允華文創

# 大河之下
# 鍾肇政中短篇小說研究

Under the River: A Study of Chong Zhaozheng's Novels and Short Stories

錢鴻鈞三部曲第三部

將臺灣文學融入世界文學脈動
鍾肇政小說技藝的進展與分期
聯繫鍾肇政的生活與長篇小說

錢鴻鈞——著

# 推薦序一　補足鍾肇政文學研究拼圖

　　眾所皆知,「臺灣文學之母」鍾肇政發揚《臺灣文藝》吳濁流精神,大力提拔新人,苦心栽培新秀,諸多文壇後進得以成長茁壯,促使臺灣文學園地開花結果,展現出欣欣向榮的新貌。

　　由於深刻感受到早期臺籍作家內心的苦悶,鍾肇政長期以來,一直為建立臺灣文學的尊嚴而奮力不懈,黃娟譽之為「臺灣文學的旗手」。鍾肇政更進一步,積極為臺籍作家們開拓發表園地,提供大家發揮的據點,不斷地鼓吹創作,例如他激勵較自己年長十歲的鍾理和,克服困難,再度提筆寫作。鍾肇政完成《濁流三部曲》後,即著手撰寫以臺灣歷史為軸心的《臺灣人三部曲》。在此之前,臺灣從來沒有過洶湧河流般流貫臺灣大地的大河小說。是以李喬說,鍾肇政是臺灣文學中,寫大河小說的開山鼻祖。1970 年代以後,李喬寫《寒夜三部曲》、東方白寫《浪淘沙》,都是在鍾肇政不斷鼓勵、提供發表園地之下催生完成的、以臺灣歷史為素材的大著作,自此「大河小說」儼然成為臺灣小說最重要的特色之一。此外,鍾肇政也鼓吹張良澤整理臺灣鄉土文學及日本時代作家作品,奠定了早期臺灣文學研究的基石,的確功不可沒。綜觀鍾肇政一生,為建構臺灣文學而努力不懈,成就斐然,世人有目共睹,咸認其於臺灣文學的貢獻與崇高地位無可取代。

　　研究鍾肇政,必然想到錢鴻鈞。錢鴻鈞自清大物理博士轉行,有別於文學科班的視角,另有一雙慧眼。由整理繕打書信開始,實際深入接觸,瞭解鍾老內心深處的文學魂、日本精神、客家硬頸風骨,能夠看到別人沒注意到的細節以及隱喻,終而成為眾所公認的鍾肇政文學研究專家。繼《鍾肇政大河小說論》、《戰後臺灣文學的建構者:鍾肇政研究》之解讀鍾肇政大河小說,與全面探析鍾肇政建構臺灣文學的苦心孤詣,及每一個歷史的腳印,並爬梳其所代表的深刻意義,錢鴻鈞再接再厲,奮力完成《大河之下:鍾肇政中短篇小說研究》,將鍾肇政中短篇

小說分成五期,包括創作模仿期、少兒小說期、心景式心理期、現代主義時期、後期藝術小說期,利用小說的基本元素,如主題、人物、情節、心理分析、象徵、結構、敘事觀點等,逐篇評述,指出各期創作特色,評價優劣之處,完整建構鍾肇政作家論,可謂深具臺灣文學研究價值,讀者藉此對於鍾肇政文學亦當有更全面性的理解。

　　鍾肇政一般被定位為臺灣大河小說創始者,事實上,長篇小說之外,鍾肇政中短篇小說數量甚多,超過一百五十篇,約一百六十萬字,然一向被學術界忽略。有鑑於此,錢鴻鈞特將這一塊補足,著手研究鍾肇政中短篇小說,用心研讀前人論述,進行文本創作技巧與題材分析,呈現鍾肇政小說思想以及藝術之演變,其所歸納的研究所得,彌足珍貴,茲臚列如下:

　　一、鍾肇政的風格乃是揉合日本精神與感傷這兩種風格,成為新的、鍾肇政式的、溫和的抗議式精神。這種新風格本身,還帶有強烈的隱喻性,產生鍾肇政與時代對話的詮釋空間。在藝術上則是兩種節奏的對話語言,形成作品的張力。鍾肇政在日本精神的表現與文化認同上,加以詮釋,這就是一種時代的隱喻,也就是臺灣精神。

　　二、感傷做為一種藝術手法,可以當成創作的基礎,但是在人性上尚有光明、積極的一面。這是鍾肇政所嚮往的文體,更進一步提升、琢磨傷感,加入一種前進的、上進的精神,也就是日本精神與客家精神。

　　三、鍾肇政將現代技巧與土俗、鄉土、泥土融為一體,成為有臺灣文學特色的現代主義,而非脫離現實的現代主義,或者避免淪為只是玩弄技巧沒有內涵的小說。

　　四、鍾肇政的小說,充滿人道思考。不管是誰,任何人都有他生存的權利與尊嚴。這是鍾肇政的文學創作觀。其結構、人物、布局,在文字特色與個性下種種的安排,所呈現的是帶有一種社會性格與人類理想中的美。人性的美,才足以被文學所刻劃。並且希望就算是醜陋的,或者違背了社會道德,還是能夠挖掘出人性的尊嚴;擴大、挖深與探索廣大的世界與社會,以及深峻富有靈性的人心。

　　五、客家味與傳統的表現,在現代技巧之下,融為一爐。能夠保持

客家味或者臺灣味，而又有現代性的情感，如生、死與性，創造出文體的新風格，是鍾肇政的嘗試與突破。

六、形塑一個聖潔、崇高的女性，一直是鍾肇政小說的主題。鍾肇政在小說創作中，相當投射了個人戀愛失敗的經驗與對女性愛情的渴望。在小說中經常安排斯文愛讀書的主角，受到女性的青睞；一方面也刻劃、虛構出理想的女性，作為成長小說中，主人翁勵志向上的動力，並且賦予女性相當的身分意識。

七、鍾肇政在面對死亡這類思考上的挑戰，儘管認為文學、藝術永恆與偉大，可是在死亡面前，一切還是如泡影一般的渺小。

八、經過心理小說的鍛鍊，鍾肇政擺脫了特定的心理病症作為劇情發展的要素。但是鍾肇政仍堅持臺灣本土的要素，如時代、歷史、社會文化，也有些微的批判的觀點。

九、鍾肇政文學在世界文學的現代主義脈絡中，代表著後進國家對於世界文學的再學習，極思追趕前衛技巧的模仿。鍾肇政想要創作出一種根植於臺灣的現代主義，或是說土俗與現代技巧結合，亦即有泥土味的現代主義。思想上，仍是以臺灣人的立場、角度與歷史現實出發，來尋求現代主義思想或技巧上的磨合。

十、講究平實的文風而非清淡、冰山理論的鍾肇政，有他的個性，也有他所追求的生活境界與文學世界。雖然吸收現代主義技巧，處理瘋狂、性與死亡的主題，可是這些主題並非人的全部。所謂人性的幽微之處的探索之外，更重要的是他追求純美的境界。藉由愛獲得活力，持續向上的人生，一個純美的境地，是鍾肇政所追求的人生，這樣的人生是鍾肇政小說所要呈現的世界。

十一、臺灣特殊的歷史與戰爭經驗，融入鍾肇政的西方技巧當中。這種內在與外在的特殊因素，都形成鍾肇政文學的特殊性。短篇中，鍾肇政的表現取向雖然更重視技巧，但是溫情的、唯美的永恆世界，毋疑更是他所追求的境界。

十二、佩服作為現代知識分子又是基督徒的鍾肇政，能夠將臺灣民俗觀察的那麼細微，把大士爺頭上的小小的觀音都注意到，或者學習到

民間的作法,將之轉換為永恆女性的象徵。

十三、後期的藝術小說,回歸到更深沉的心理探索,不用比較刺激性的文辭來表現,而希望能夠是沉渾壯大、堅硬陽光的風格。

十四、接近寫實的作法,更能夠表現出鍾肇政所要追求的泥土味。特別是長篇小說中,鍾肇政不必刻意進行所謂的土俗與前衛技巧的結合,來做藝術上的創新。這對於塑造臺灣人歷史的時代精神,應該是更為有力量的作法。

十五、鍾肇政在 1950 年代所認識的原住民文化與精神,當然與 1980 年代是有差距的。但是熱愛原住民、想要為原住民洗刷遭受歧視、誤解的想法,則是一致的。對於詞彙在文化意涵上的使用,鍾肇政僅限於客語上的方言,並未能以具原住民特色的詞彙來表現。

十六、鍾肇政文學呈現原住民本身的獵人、番刀與出草的文化,更有原住民剽悍血液的強調與定位。原民四部體例一致,構成整個 1980 年代原住民面臨新時代的困境,以及鍾肇政所賦予的人道溫情之關懷,真誠歌頌原住民精神。

十七、鍾肇政初戀失敗,似乎是他一輩子都耿耿於懷的,也因此在小說中不斷的數說,並且責怪自己的懦弱與自卑。而因為自己是相親結婚,多少對於自由戀愛,或者戀愛本身的美妙是充滿憧憬的。特別是對一個藝術創作者而言,會充滿著幻想,一如歌德,更是會受到女性的刺激而有了新的、更為美麗的創作。

十八、鍾肇政的浪漫本質,讓他對於性的探討以及男人對於性的執著,有相當深刻的表達。且無論男女,常常是在死亡邊緣,把性的議題帶進來,或者露骨的提到性,而把性描述跟死的感受,兩者融合在一塊。

以上是本書的部分珠玉,可以看出鍾肇政文學研究專家錢鴻鈞見解獨到之處。

藉由錢鴻鈞《大河之下:鍾肇政中短篇小說研究》的問世,關於鍾肇政文學研究的拼圖更為完整了。身為關心臺灣文學發展的一分子,謹向長期於鍾肇政文學領域深耕的錢鴻鈞祝賀研究有成之外,也期待更多

有心人追隨錢鴻鈞的腳步，繼續投入鍾肇政文學研究，開拓出更多面向，在臺灣文學園圃創造更豐碩的成果。

歐宗智

連清傳文教基金會執行長

# 推薦序二　給鴻鈞的一封信

　　認識鴻鈞已是上世紀的事，當年我勤讀鍾理和的作品，到了廢寢忘食地步，日記、短篇、長篇，也知道他和鍾肇政書信往來，以及發表於文友刊物《文友通訊》等資料。但並無法瞭解全面資料訊息，不知什麼機緣，知道他正編著兩鍾書信及《文友通訊》，當年冒昧 Email 給他，建立長久以來的友朋關係。

　　廿一世紀臺灣文學進入體制化建構，臺灣各地都有文學活動，看鴻鈞載著鍾老南北來往，如影隨行，當時頗羨慕有這樣的機遇。他倒也低調沉默，坐在後面不言語，勤打電腦做記錄。後來換了車，聽說張良澤教授要他留下載鍾老車子的前座椅，可惜他並沒有留下這寶貴實物。

　　之後，鴻鈞也進入文學領域及學術體制，逐漸努力向上，右手寫學術論文，左手書寫小說作品，準備來個二刀流。學術研究方向以日本模式，以一人之力窮盡作家作品研究，上窮碧落下黃泉，動手動腳勤找資料，寫成論文成一家之言。他也努力勤勉朝此方向前進，多本厚重研究成果一一而出，也讓人對這物理博士另眼刮目相看。

　　可是不久，也傳出他和鍾老不相融洽，幾乎有被逐出師門的憾事，這老少分手，外人難以言之，只是最近我聽聞曾有焚書之事，讓我難過無比，鍾老及其家屬為何做此決定，不可言之！從後來發展，新版鍾老全集，兩鍾書重新出版，會比鴻鈞所編之書來得更加豐富、更為重要嗎？還是家屬對於文化資本的重新掌管，文化詮釋權的牢牢再掌握呢？

　　之後更因真理大學臺灣文學資料館之事，因立於體制之內而飽受批評，我曾建議他辭掉行政職務，遠離是非，這方面他似乎沒有接受，當然事件之後，得罪大老也更讓他有如萬箭穿心，頗受文壇學界的排擠！只有不多的人願意陪伴接受他。這或許也是他的性格所致之，但至少他不斷努力奮發，又寫出三本鍾肇政的研究成果。

　　他拿出努力成果告訴世人，表達他努力發揚鍾老文學之功，也有他

對臺灣文學的熱愛，或許短暫挫折，他仍可轉化更大研究動力，拿出成果來。在學術研究成果鴻鈞可說最深入研究者之一，著作替他講話，別人可無視，可以批評，但他呈現成果啊！得罪大老，總要踽踽獨行，如陳明成一般，但我相信鴻鈞的努力對自己、對鍾老都已盡了最大力氣，成敗在己，評說由人。我相信他往後仍會持續研究下去，更不要忘記左手文學繆斯，繼續小說創作，雙腳還可踏查田野，甚而遊山玩水。

　　我最近眼睛一直腫脹不好，容易疲累，加上社會紛亂，心境難以平復，加上文本分析本不是我所擅長，文債拖欠至今，只能以一封短文表示對鴻鈞的歉意和尊敬。

　　對於本著作，內文論述完整，文本分析也字字深入，在此我僅對該書第九章「高山四部」短篇小說聊表意見：此篇從早期〈石門花〉、〈石門之狼〉討論高山族男女情感問題以及原住民抗日意識。這是鍾肇政早期對原住民書寫的主題，到了「高山四部」中〈月夜的召喚〉、〈回到山裡真好〉已有討論原住民在主流社會受到困境，情節中主角只在深暝月夜小米祭中，原住民身分與文化血液才會顯現，回到部落原住民強悍與武勇剽悍文化才得以伸張。不管男女都受到漢文化的壓抑和剝削，文字表達和文化闡述的內容比之前作品更向前深化。

　　從主角老瓦丹和年輕山普洛武勇文化的傳承，尤其以獵熊文化來取代過去馘首文化，雖然沒有出草文化，但武勇進取之心，永遠是原住民的特色。鴻鈞以鍾理和「故鄉四部」比擬鍾肇政「高山四部」靈敏合理的比喻。在鍾肇政長期寫作過程，不管大河小說、中短篇小說，他都關注臺灣人的精神，不僅關切角度在臺灣閩客族群，也瞭解必須包括少數原住民族群，才得以構造成完整臺灣人內容。從鍾理和〈假黎婆〉到龍瑛宗〈薄薄社〉書寫，鴻鈞點出鍾肇政已向前跨越多步，超越前輩的深度與廣度。鴻鈞專闢此章，曲盡幽微闡釋鍾肇政不同時期都重視原住民議題，論述小說內容更加精深挖掘原住民精神內涵與傷害，可見鴻鈞對於鍾老研究更是全面之眼與精準論述。

陳祈伍<br>歷史學家、退休教授

# 目　次

推薦序一　補足鍾肇政文學研究拼圖
　　　　　歐宗智／連清傳文教基金會執行長 ………………… i

推薦序二　給鴻鈞的一封信
　　　　　陳祈伍／歷史學家、退休教授 …………………… i

第一章　緒論 ……………………………………………………… 1
　第一節　創作動機與前人研究 ………………………………… 1
　第二節　研究範疇與研究方法 ………………………………… 3
　第三節　全書結構 ……………………………………………… 4

第二章　從鍾肇政短篇創作歷程：
　　　　看鍾肇政少兒小說之藝術性與客家味 ………………… 11
　第一節　前言 …………………………………………………… 11
　第二節　鍾肇政短篇小說的創作歷程 ………………………… 13
　第三節　鍾肇政少兒小說之特性、藝術性 …………………… 18
　第四節　大人與小孩觀點的侷限與突破 ……………………… 26
　第五節　結論 …………………………………………………… 30
　參考資料 ………………………………………………………… 33

第三章　〈大巖鎮〉及我所認識的李榮春 ……………………… 35
　第一節　前言 …………………………………………………… 35
　第二節　〈大巖鎮〉中的李榮春塑像 ………………………… 36
　第三節　以比較鍾肇政來認識李榮春 ………………………… 45
　第四節　結論 …………………………………………………… 53

參考資料 ················································ 54

**第四章　心景式心理小說：以 1959－1963 年為範疇** ······· 57
　　第一節　前言 ············································ 57
　　第二節　鍾肇政信件研究 ·································· 58
　　第三節　短篇心景式 ······································ 64
　　第四節　中篇小說《殘照》 ································ 79
　　第五節　結論 ············································ 88
　　參考資料 ················································ 89

**第五章　鍾肇政的現代主義實驗與小說觀：
　　　　　從〈大機里潭畔〉談起** ··························· 91
　　第一節　前言 ············································ 91
　　第二節　鍾肇政現代主義小說的創作歷程 ···················· 93
　　第三節　〈大機里潭畔〉的前人研究與鍾肇政小說觀 ·········· 97
　　第四節　受外國小說影響與取材個人經歷 ··················· 111
　　第五節　結論 ··········································· 118
　　參考資料 ··············································· 119

**第六章　意識流實驗小說研究** ···························· 121
　　第一節　前言 ··········································· 121
　　第二節　多元的敘事者與時空的交叉 ······················· 122
　　第三節　家人的死 ······································· 128
　　第四節　性、死與永恆的女性 ····························· 132
　　第五節　「我」生病 ····································· 139
　　第六節　結論 ··········································· 141

**第七章　後期藝術與家族小說研究** ························ 143
　　第一節　前言 ··········································· 143

第二節　特殊敘事角度……………………………………144
　　第三節　家族小說…………………………………………153
　　第四節　結論………………………………………………165

第八章　鍾肇政與鄭清文短篇小說創作之比較………………167
　　第一節　前言………………………………………………167
　　第二節　為人風範…………………………………………170
　　第三節　語言的探討………………………………………182
　　第四節　技巧的探討：小說的觀點問題…………………187
　　第五節　短篇作品探討與比較……………………………195
　　第六節　結論………………………………………………204
　　參考資料……………………………………………………206

第九章　「高山四部」短篇小說研究…………………………209
　　第一節　前言………………………………………………209
　　第二節　鍾肇政早期原住民短篇小說……………………211
　　第三節　故鄉呼喚…………………………………………217
　　第四節　雄壯威武…………………………………………227
　　第五節　結論………………………………………………233
　　參考資料……………………………………………………235

第十章　戒嚴下的青春浪漫小說………………………………237
　　第一節　前言………………………………………………237
　　第二節　創作時代背景……………………………………238
　　第三節　青春與政治………………………………………248
　　第四節　浪漫小說…………………………………………264
　　第五節　結論………………………………………………278

第十一章　結論 ································· 281
　第一節　中短篇小說的分期 ···················· 281
　第二節　特殊議題與長篇的相關 ················ 282
　第三節　特別題材的短篇小說 ·················· 283

全書參考文獻 ··································· 285

附錄 A　《魯冰花》與《法蘭達斯的靈犬》的比較：
　　　　談鍾肇政的創作歷程 ···················· 291

附錄 B　論鍾肇政的隱喻風格——從《八角塔下》談起：
　　　　日本精神與感傷的對話 ·················· 313

本書各章出處 ··································· 345

後記　我只會這一個 ····························· 347

# 第一章　緒論

## 第一節　創作動機與前人研究

　　鍾肇政的短篇小說量多、質美多變化，但一向被學術界忽略。有批評者對筆者的研究作總結說：

> 除上述「純」書信、書簡的專著之外，針對書簡做專門研究的，則有錢鴻鈞先生之《臺灣文學的萬里長城：鍾肇政六百萬字書簡研究》，內容以論述鍾肇政的文學創作及思想為主，全書包含「評論集」、「推介文」、「後記、隨筆」三部分，內容編排上則以 18 篇單篇論述集結而成，其中文學創作評論方面，談的是鍾肇政的長篇小說《魯冰花》創作歷程、《滄溟行》的創作意識、《沉淪》的臺灣人形象、《濁流》的愛戀心理、以及中篇小說《歌德激情書》迴響等，並以鍾肇政文學創作生涯中的 600 萬字之書簡作為輔證。
> 然因書信書簡之內容涉及範圍廣及文學、社交、為人、性格等面向，以單篇重點式的方式作為研究重心，並無法完整呈現鍾肇政的畢生文學創作思想，是較為可惜之處，但對幾部鍾肇政的小說細膩的分析及獨到的見解，尤以《濁流三部曲》的愛戀心理模式更為精闢，使本研究在中、短篇小說中婚戀主題模式的著墨與分析上，提供了不同思維。[1]

---

[1] 吳鳳琳，《鍾肇政中、短篇小說女性形象析論》，國立屏東教育大學文化創意產業學系碩士論文，2013 年，頁 30。

這是在 2013 年批評，所謂要完整呈現鍾肇政的畢生文學創作思想，筆者已經在 2013 年 2 月出版了《鍾肇政大河小說論》以及 2024 年 1 月出版《戰後臺灣文學的建構者：鍾肇政研究》，可以說對鍾肇政的重要長篇小說與鍾肇政的臺灣文學運動全面性的研究了。就缺中短篇小說，因此本書的寫作動機，就是要將這一塊補足，即可對鍾肇政的創作與文學運動都完整的鋪陳了。

對前人研究，目前比較完整的、有系統的研究是由吳鳳琳撰寫的碩士論文〈鍾肇政中、短篇小說女性形象析論〉。很明顯的，吳文只是探討小說中的女性形象。本書則是全面性的技巧、題材的分析。

本書更重要的差異是吳文將鍾肇政的中短篇小說分為「青澀萌芽期」（1948－1959 年）、「創新穩健期」（1960－1969 年）、「成熟釋放期」（1970 年－）三期。第一期為萌芽與實感的，第二期為現代主義與實感的交融，與嶄新題材的嘗試，如虛實情景、生死議題、情慾與悖德。為視角與創作意識的多元化，如視角的轉變與意識的跳躍、斷裂。第三期成熟釋放期為回歸實感文學、歷史與族群小說。[2]

而本文則將鍾肇政中短篇小說，從技巧上著眼分為五期，基本上是開始創作的模仿時期（1951－1958 年）誠如吳文說的比較使用成語造成華麗的文采的小說，並不重視情節、人物的刻劃。第二期為少兒小說時期，也就是從 1958 年 12 月發表的〈柑子〉一直到 1961 年的〈茶和酥糖〉，主要收錄在《輪迴》這本小說。內容都是以少兒的角度作為敘事觀點，被認為比較成功，在藝術上獲得肯定，大都發表在《聯合報》副刊。

第三期則是鍾肇政被文友認為開始表現意識流，不過鍾肇政認為自己正在表現一種心境、靈光乍現的內在景觀。這時間大約在 1959 到 1963 年。第二期、第三期時間有重疊，這是正常的，因為有些作品可能更早就寫完，之後才發表。或者同時創作兩種風格的小說，都有可能。這部

---

[2] 吳鳳琳，《鍾肇政中、短篇小說女性形象析論》，國立屏東教育大學文化創意產業學系碩士論文，2013 年，頁 72-98。

分的小說,幾乎都沒有被收錄到某些集子中。

第四期,則是鍾肇政利用《臺灣文藝》創刊,開始把過去寫過意識流或者性活動強烈的主題的小說。一開始是 1964 年〈溢洪道〉,一直到 1968 年的〈雲影〉,是鍾肇政的前衛意識流小說時期。這些作品大都收錄在《中元的構圖》中。

第五期是後期的藝術作品,如〈豪雨〉、〈阿枝和他的女人〉等,被收錄到《鍾肇政自選集》或者《鍾肇政傑作選》等集子中。這類似吳鳳琳的碩士論文所分期的第三期,成熟釋放期,回歸寫實的技巧。不過,異常以冷靜客觀的第三人稱的敘事觀點表現,所以本書命名為後期藝術小說期。

自此之後,在技巧上本書認為就無必要再劃分新的時期了。不過在題材上則有不同的創意。如原住民為題材的幾篇小說、老少配的愛情小說,以及主要發表在《中央月刊》加入抗日、愛祖國的意識形態的青春浪漫懷舊的小說。

除了吳鳳琳這本碩士論文值得參考外,還有葉石濤、鄭清文、李喬討論單篇小說,或者結集出版的小說集,最後有陳芳明討論鍾肇政的前衛小說。這些都在本書的各篇章中,適當的討論回應了。在此不重複。而一些意見式的解說,如能參考也在各章中點出。

## 第二節　研究範疇與研究方法

本書基本上只討論上一節說到的第二期到第五期的小說,而第一期的屬於模仿、創作初期的小說,並沒有列在專章中討論,不過零星也會提到。在中間,有《大肚山風雲》也暫時不做討論。本書基本上以鍾肇政曾結集出版的小說集,或者收錄到某些自選集中的小說為主。鍾肇政最後的一本創作《歌德激情書》,也只會在相關的討論性意識的篇章中提及。

上述除了短篇小說之外,中篇小說本書除了〈大巖鎮〉外,還有結

集以《殘照》為名的小說。其他中篇，如〈老人與牛〉、〈老人與山〉等，也只會在相關篇章提及。

本書主要是析論鍾肇政在技巧上的精進來呈現鍾肇政的藝術成就，並且聯繫與長篇小說的關係。並在這些分期中，將其他比較特殊的題材，如原住民小說、家族小說、青春浪漫小說放到相關同一時期討論，但這些題材，卻不是鍾肇政以該時期的創新的技巧來表現。某部分原因是他需要因應大量的邀稿而寫的。還有其他的幾篇短篇小說，比較不被注意，大眾型的小說，就不特別收錄在此書了，如〈戰火少年行〉、〈鏡潭夜曲〉等。

本書基本上是文本分析，利用小說的基本元素，如主題、人物、情節、心理分析、象徵、結構、敘事觀點等點出作品的特色，並在分析當中把大意整理出來。並評價優劣或指出特殊之處。

並且加上歷史研究，把創作當時的環境與創作的關係點明，以分期的方式，也是按照年代前後順序來進行的。

另外還有作者研究法，將作者的生活與小說內容加以比較，討論小說如何反映出作者的個性、人生觀、愛情觀，與家庭生活的相關性。

## 第三節　全書結構

基本上是順著鍾肇政的創作時間，且筆者發現到鍾肇政的中短篇小說，在技巧的發展上，有清晰的分期，才能有各章節的討論產生。如第一節所說基本上有五期，而在題材上有些特殊性，可以拆解出為一章的，例如有原住民小說的部分。

第二章：本章呈現鍾肇政的第二期的短篇小說。討論鍾肇政寫作之初的五〇年代，其作品從童話與鄉俗小說，進展到六十年代的現代心理派、意識流心理小說的中間，有一段約四、五年創作期的少兒小說階段。或以少兒為視角、或以少兒為主角，描繪少兒的心情、形象與成長為題材的短篇小說。其藝術性與客家鄉土風情，不僅可以作為鍾肇政在

長篇小說之前的創作歷程的探索，並且是很可以給客家文學增添一段風景的。

而少兒小說的限制為何？鍾肇政之後又有何突破與發展，都是討論之列。特別本章首先是建構鍾肇政的短篇小說創作歷程，並精心選擇文本加以比較，以顯現出鍾肇政小說的技巧與思想、藝術的演變。

第三章，以兩種的方式來認識李榮春，首先以研究鍾肇政作品〈大巖鎮〉的方式，其次以比較鍾肇政、李榮春兩位作家進一步瞭解李榮春。

〈大巖鎮〉是鍾肇政以李榮春生平背景為素材，刻劃出李榮春的性格特色為主題的中篇小說。研究這篇作品，筆者可以從作家的藝術眼光，發現李榮春的創作精神與生命意義。在這裡以三個主題：女性與愛情、國家認同、宗教修辭與性格，以瞭解鍾肇政筆下的李榮春。

鍾肇政以極大的熱情來呼應李榮春給他的感動，兩人在精神上有極大的共鳴，形成特殊的友誼。那麼以比較兩人共通與相異的性格與創作，相信可以更進一步的幫助認識李榮春。而第二部分，則以第一部分所得到的三個主題分析，並進一步閱讀李榮春的作品，作為分析基礎。

第四章，呈現鍾肇政第三期的短篇小說，在鍾肇政所出版的短篇小說集中，有《輪迴》與《中元的構圖》等，而這兩本小說，將代表他從寫實主義到現代主義兩個時期的作品集結成冊。以年代來看，中間有1962年到1963年的小說，並未被結集出版。這段時間所發表的小說，筆者認為是心景式心理小說或者是文友所稱的意識流小說？因此值得重視鍾肇政在技巧上的轉型歷程；且並未為前人所研究過，值得探討。

從1957年的《文友通訊》時期，大家似乎有共識是現代小說應以心理分析為核心，仔細刻劃人物的內在心理為主。鍾肇政在與文友通信時，也常討論起意識流小說，或者希望營造出一種心靈剎那間的景況，以傳達美感。而擺開單純的兒童觀點與平鋪直述的方式講故事的小說，並且不希望主題掛帥。可以發現鍾肇政的心景式實際上是從1959年開始的，因此本章以1959年到1963年所有有關心理分析的短篇與中篇小說為範疇，加以研究。

因此，這範疇內是怎樣的心景式的表現，跟後來的實驗性小說，也就是土俗結合現代技巧的小說，在語言、主題、結構、心理描寫、插敘、象徵等等有何變化。相信在分析這段時期內的小說中，可以發現。而這些短篇技巧的成長是非常重要的，將影響他在長篇小說中的呈現，並且進一步的瞭解鍾肇政的文學觀。

第五章，為鍾肇政第四期的短篇小說，鍾肇政文學在世界文學中的現代主義脈絡中，代表著後進國家對於世界文學的再學習，極思追趕前衛技巧的模仿。鍾肇政的短篇小說創作歷程有一段現代主義時期，他的小說觀並非是一味的模仿而已，他有他獨特的小說觀，這是本章要探討的。

本章將以〈大機里潭畔〉為例，並比對幾位評論者對鍾肇政的評論，歸納出，作者建構一個逝去的不可追尋的童年之夢，夾雜著亂倫的驚駭內裡。一般讀者除了對於筆觸不以為然外，更希望作者能夠挖深亂倫的部分，可是這並非鍾肇政所追求的趨向，因為若此道路，必然就會淪為〈阿夏家的沒落〉的模仿的趣味。

本章透過對愛倫坡與海明威跟鍾肇政小說的比較，發現了鍾肇政表現那種哀愁的世界，屬於臺灣泥土融合了異國的情調、臺灣的歷史背景，還有鍾肇政個人的病與對於愛情的憧憬，而構成的永恆的唯美境界，這是鍾肇政所切出的人生斷面，也是永恆的世界。

總之，鍾肇政的小說觀想要創作出一種根植於臺灣的現代主義，或是說土俗與現代技巧結合，或者說有泥土味的現代主義。思想上，仍是以臺灣人的立場、角度與歷史現實出發，來尋求現代主義思想或技巧上的融合。

第六章，本章承續上一章，討論鍾肇政在第四期的短篇小說中的表現，並且是全面的把這一時期有所前衛技巧，包括意識流、內心獨白的表現都加以探討。分析鍾肇政是以怎樣的語言特色、時空結構來達成技巧創新的努力。而除了技巧的討論外，還有死、性、生病瘋狂等主題加以探討。

第七章，在這裡鍾肇政進入了第五期，是回歸到寫實的傳統，不過

更為沉著冷靜客觀的調性，隱藏著潛意識裡不可測度的性靈景觀。也就是不用堆疊、尖銳的語言，一樣能表現人類心靈的廣闊或者黑暗扭曲的世界。同時，除了某些特殊的敘事角度，如女性、鳥、外省人作為敘事觀點外，本章還討論到以鍾肇政家族相關人物為題材的小說。內容娓娓道來，但是也是相當富有小說趣味與風格的，特別牽涉到家人逝去的一段。本章也討論了這些小說與鍾肇政個性的一些特點。

第八章，藉由鄭清文與鍾肇政往來的書簡為資料，作為豐富過去研究中，對於「文如其人」的論斷。再從書簡中抽出幾項事件，表現兩人在為人處事上的對比。且運用兩人對於彼此作品的批評以進一步瞭解兩人在文學風格的不同。

本章探討鍾肇政與鄭清文兩人的為人與語言風格、敘事技巧間的關係。並選擇以性與死的主題，以及兒童、女性為角色的小說，加以比較、印證。

第九章，本章透過鍾肇政四部短篇小說，擬成「高山四部」的連作形式。探討鍾肇政在作品中所挖掘的原住民精神。特別是呼應了其長篇《高山組曲》的歷史背景，闡明原住民在太平洋戰爭的英勇陳跡，是如何影響著八〇年代的原住民青年。又以人道關懷、溫情浪漫的筆調，一方面歌頌原住民的純潔與武勇，一方面給予光明與希望的未來，認為原住民雖然失去獵場、失去出草的儀典，但是原住民始終還是原住民，其文化傳承、其精神是永恆不滅的。

本章在進行上述主文前，並從早期鍾肇政的原住民小說中的語言、敘事表現脈絡中，觀察鍾肇政在八十年代時的「高山四部」的技巧與文字運用的特點。

而主文分為「故鄉的呼喚」與「英勇威武」兩部分，前者筆調初時感傷黯淡，但最後仍展現出原住民血液的沸騰，顯現出原住民純潔本質。後者則以流暢的筆法，把原住民出草、喝酒、打獵的英勇形象塑造出來。在作者賦予原住民精神不死的關懷之下，並令讀者省思原住民當下社會困境與隱微的批判平地社會對原住民的生疏隔閡。

第十章討論在戒嚴底下相關牽涉到鍾肇政的懷舊經驗與愛情幻想的

小說。前者時間大概是 1968 年前後，為配合國民黨的意識形態，這時候的鍾肇政已經成名，說國民黨要培養鍾肇政不如說利用鍾肇政，要他提供有關抗日、愛祖國、臺灣光復的題材的小說。這些小說往往從現實開始，回憶到鍾肇政戰爭時期的經驗來表達故事。結構幾乎每篇都差不多。顯然是應付的作品，不過也把歷史時代的一個面向給呈現出來。

而愛情方面差不多是 1980 年前後，這時候鍾肇政已經五十五歲，初老階段，對青春浪漫、少女懷春的題材特別感興趣。愛情往往都是一種老少配，算是鍾肇政本人的一種遐想，多少也反映出鍾肇政初戀失敗經驗的心理彌補的作用。

另外本書有兩個附錄，附錄 A 為〈《魯冰花》與《法蘭達斯的靈犬》的比較──談鍾肇政的創作歷程〉，附錄 B 為〈論鍾肇政的隱喻風格──從《八角塔下》談起：日本精神與感傷的對話〉。

兩篇論文基本上都是在兒少小說的範疇，儘管討論的作品是長篇。可是可以作為本書第二章討論的參考，並且在論文中，也討論了鍾肇政的創作歷程，特別是提到鍾肇政在第一期短篇小說的創作分析。

而《八角塔下》承接《濁流三部曲》的自傳性小說，以及短篇小說〈溢洪道〉等涉及到性愛與裸露的部分，但是因為吳濁流的反對等因素，鍾肇政發表〈闇夜、迷失在宇宙中〉在《臺灣文藝》中途被撤下，鍾肇政在很長一段時間便放棄性愛的描寫，不過在《八角塔下》鍾肇政還是在少兒的成長歷程加上身體性器官方面的變化，不過仍是被穆中南稍加修改。[3]因此，附錄 B 對本書的研究有幫助。

---

[3] 穆中南給鍾肇政信，1967 年 4 月 11 日。（肇政吾兄：「八角塔下」上部已拜讀，很好，尤其下半，功力很高，弟在發育時期的幾個場面略加刪改，其他都是存真祈釋念。下部望本月底前或至遲下月五日前擲下為禱。

有一事，即弟擬於本期或下期配「八角塔下」擬刊吾兄之封面介紹，1.照片一張；2.自傳一篇（以本社口吻）；3.作品目錄（已撰未發表者亦在內，如臺灣人等）三、五日內擲下。

教部獎，小組已通過，大會還未召開，先祝賀，但不可對任何人說（包括太太）因尚有變化，吾兄亦可抱得失不重要之心理，弟當密切注意中（此函清楚）。耑此並頌　撰安　弟穆中南上　四月十一日）相關在《臺灣文藝》發表事項，參考本書第六章。

附錄 A 還討論《魯冰花》的原創性。指出主角人物茶妹的形象塑造，與劇情中兒童畫評鑑的設計。由其中，可以發現《魯冰花》創作的思想根源來自於對教育的批判以及鍾肇政的原型人物。可以多瞭解鍾肇政的家庭成長背景。

　　附錄 B 討論《八角塔下》所表現出主角在日本文化認同上提出新解釋。並且作者的創作風格與審美意義上，發現其中一個要素是代表正面、積極的樂觀精神。除此之外，本文還在該作挖掘出，以傷感作為另一個鍾肇政風格要素。感傷除了塑造主角純真、富有同情心、易感個性外，也是做為藝術感染力的來源。

　　並且從鍾肇政的早期創作歷程加以印證，鍾肇政文風的改變經過。而進一步的總結鍾肇政的風格乃是揉合日本精神與感傷這兩種風格，成為新的、鍾肇政式的、溫和的抗議式的精神。這種新風格本身，還帶有強烈的隱喻性，產生鍾肇政與時代對話的詮釋空間。在藝術上則是兩種節奏的對話語言，造成作品的張力。本文並論證鍾肇政在日本精神的表現與文化認同上，其實加以詮釋，這就是一種時代的隱喻，也就是臺灣精神。

　　儘管鍾肇政的短篇小說很少表現臺灣認同的國族意識等糾葛，可是仍可以從小說的分析中，得到鍾肇政的個性上的瞭解，這對於認識鍾肇政的短篇小說的內涵，有很大的幫助。

　　*本書引用鍾肇政小說皆來自《鍾肇政全集》，詳細書目如下：
1 a 魯冰花
　 b 八角塔下
2 a 大壩
　 b 大圳
3 a 丹心耿耿屬斯人—姜紹祖傳
　 b 馬黑坡風雲
　 c 馬利科彎英雄傳
13 中短篇小說（一）

14 中短篇小說（二）
15 中短篇小說（三）
16 中短篇小說（四）

出版順序：

1. 鍾肇政著，莊紫蓉、錢鴻鈞等編，《鍾肇政全集》之第 3、4、5、17 集，桃園：桃園縣立文化中心，1999 年 11 月。
2. 鍾肇政著，莊紫蓉、錢鴻鈞等編，《鍾肇政全集》之第 1、2、8、9、11、18 集，桃園：桃園縣立文化中心，2000 年 12 月。
3. 鍾肇政著，莊紫蓉、錢鴻鈞等編，《鍾肇政全集》之第 14、15、16、20、21、24、25、26、27、30 集，桃園：桃園縣文化局，2002 年 11 月。
4. 鍾肇政著，莊紫蓉、錢鴻鈞等編，《鍾肇政全集》之第 22、28、29、31、32、35、36、38 集，桃園：桃園縣文化局，2003 年 11 月。（第 38 冊：王婕編）
5. 鍾肇政著，莊紫蓉、錢鴻鈞等編，《鍾肇政全集》之第 33、34、37 集，桃園：桃園縣文化局，2004 年 11 月。

# 第二章　從鍾肇政短篇創作歷程：看鍾肇政少兒小說之藝術性與客家味

## 第一節　前言

　　由彭瑞金從《鍾肇政全集》中所統計的數目，鍾肇政短篇小說共一百五十三篇，約一百六十萬字。因此鍾肇政中、短篇小說的豐富性並不比長篇小說少，可以說是量豐質精。若要周延的建構鍾肇政作家論，非得研究鍾肇政的中、短篇小說不可。

　　本章基本上是筆者研究鍾肇政短篇小說中的子計畫。也就是主要計畫要探討鍾肇政的小說觀。這可以從鍾肇政小說創作的分期開始談起，特別在筆者先前所研究的鍾肇政長篇小說中所表現浪漫歷史觀，獲得了初步的鍾肇政小說觀，乃至於人生觀的初步結論。本章只能從鍾肇政短篇小說中的少兒短篇小說為主要探討內容。其後的研究計畫，則轉往對鍾肇政在現代主義的吸收、轉化與創新。這方面可以從鍾肇政六十年代初期的短篇小說加以探討起。

　　如何綜合鍾肇政的長、短篇小說，挖掘出鍾肇政在民族主義文學、或者浪漫主義歷史觀下，或者說是臺灣本土文學的寫實主義、批判寫實文學、反抗意識主流價值觀下，被遮蔽的現代性、現代主義思想，是筆者研究全部鍾肇政短篇小說的最終目的。而其小說觀、人生觀，在鍾肇政從現代主義的轉化中、吸收中，如何互動，是值得注意的。也就是鍾肇政式的現代主義文學的特色在於：他並非是同於西方文學思潮裡的現代主義，乃是對寫實主義的反動。而是鍾肇政文學的創新思想下的吸收，試圖與世界文學、現代西方文學站在同一時代為目的的美學價值觀下的文學創作。

　　從鍾肇政創作初期開始探討，表現的是一種溫情味的勵志、反抗故

事。而在一九五〇年代早期,另一條路線,則是在表面上呼應了國民黨標榜的反共文學中的戰鬥文藝。在鍾肇政則是藉此潮流刻劃出臺灣鄉下人的勤奮精神。這精神也就是葉石濤所說的「執念」,表現鍾肇政的剛毅精神。這些也表現在鍾肇政書寫抗日題材的。其他幾篇則略含有批判味的故事。這些都是以九龍為筆名的時代。

　　鍾肇政在五十年代創作的中後期,大約是一九五八年後,也就是改以鍾正為筆名發表作品的年代。從被認為富有文學味的成功短篇作品〈柑子〉等等,其感染力來源,就是讓作品富有感傷味。幾篇鍾肇政以描繪幼年心理為對象的小說如〈榕樹下〉、〈蕃薯少年〉、〈阿樣麻〉等,不僅氣氛飄渺,在純真的童年中,竟然透露出人間的悲哀。可見到鍾肇政的文學筆觸加入了感傷味。這方面的少兒小說,就是本章研究的題材。

　　其中的感傷味是浪漫主義與右派軍國主義思想的成長背景有關聯性。一方面也是鍾肇政的溫和與自傲不群的個性所致,從其早年對富有感傷性的和歌也迷戀過,特別是從他唱歌選擇的風味,可以看出他在某一個時期喜歡傷感與悲涼風格的。像鍾肇政認為陳映真有富於感染力的文字,就是來自感傷的文字渲染。特別其早期文風受到浪漫感傷作家吉田弦二郎與高山樗牛的影響。

　　而鍾肇政對於感傷看法,雖然肯定,但認為文學藝術作品、人生境界尚不僅於此,鍾肇政認為還需要提升。他認為,人類的感傷面,是一種本能所希求的歸趨,而一個從事藝術者的精神的回歸基點,應不限於此。

　　也就是感傷作為一種藝術手法可以當作基礎,但是在人性上尚有光明、積極的一面,需要更強有力的人類與民族的構成,做為終點。這是鍾肇政所嚮往的文體。鍾肇政對於語言的選擇懸為最高理想的,他認為文學是一種意思只有一種表現方式,不能稍加增減改動的文章。它不僅要符合內心的感受,而且必須充溢強烈的個別性。

　　這個文章個性說,自然表現的也就是鍾肇政個人的個性,那是感傷、易感的。只是,鍾肇政還需更進一步的提升、琢磨傷感,從自己的

個性而言，還認為加入一種前進的、上進的精神，那也就是日本精神與客家精神的影響。兩者加以融合，作品中互相對話，而使得個性成為有韌性的。自然的在文字上，也將隱含一種韌性，一種不顯露的力量來描繪時代精神與刻劃角色。

對鍾肇政而言，創作之初，傾向於受到日本浪漫主義作家影響，這對年輕人應該是很正常的。漸漸的鍾肇政注意於生活周遭不公義的、不平等的事情，予以披露，這就產生批判寫實主義的傾向，如六〇年代前後短篇小說，有批判聯考制度的〈窄門〉、受軍事靶場流彈波及而枉死的〈小英之死〉等。而到了《魯冰花》，浪漫的天才與感傷精神與批判寫實用意，可以說是兩者兼顧。由於名聲漸起，而轉向日治時代歷史，避開現實的政治干預，於是鍾肇政開始發揚寫作之初就有的寫臺灣人、寫日治經驗的自傳小說的想法。

除了浪漫、感傷的風格之外，單單從少兒小說的研究中，其實鍾肇政也發展出以現代技巧來處理的，並且採用多種不同的敘事觀點。因此本章將先整理鍾肇政短篇小說的創作歷程。其次，在這個創作的脈絡下，挑出少兒小說部分，把鍾肇政少兒小說的特性、藝術性，特別是客家味方面予以剖析。並選用兩篇題材相近，卻是大人與小孩的不同視角來探討少兒小說的侷限性，與鍾肇政後來又有突破這個侷限的創作。

有關針對鍾肇政少兒小說的研究，在臺灣似乎並不多見。比較可觀的反倒是近年來自中國的研究者賴一郎。[1]特別他對〈投票〉一文，便以少兒觀點有精闢的分析。而他採用敘事學角度研究，在文本選擇及探討方面則與本章集中於少兒小說部分不大相同。

## 第二節　鍾肇政短篇小說的創作歷程

鍾肇政的第一篇文章約三千五百字的〈婚後〉發表在 1951 年 4 月

---

[1] 賴一郎，〈敘事學視角下的鍾肇政文學作品〉，東南學術，2012 年，第 2 期。

《自由談》，筆名九龍，從此展開創作生涯。雖然說這篇僅僅是實用的信件體文章，兼描述與反思，在時間的延續下，表現了融合浪漫理想與現實的接受為某種人生體驗後的思想。《自由談》本身為大眾講談的月刊，其後於該刊，鍾肇政發表談採茶與山歌的風光、報導臺灣獎券，直到 1952 年 4 月，鍾肇政才有故事型的文章〈臺灣青年血和淚〉，夾了一丁點對話，基本上是自傳型回憶體小說。[2]1953 年 1 月幻想性質的〈臺灣佬・遊長山〉。鍾肇政沒有反共經驗，不齒歌功頌德，但是為了發表，還是將符合社會、國家題旨的抗日、愛祖國的經驗作為題材。我不認為這裡頭是鍾肇政創作當下的真心情義，但是可以注意到鍾肇政已經能用中文在細節上塑造情緒，或以祖國當做女性、母親、戀人、故鄉、土地等等修辭，做象徵性刻劃。特別後者可觀察日後其寫《臺灣人三部曲》的修辭手法時，所表現的情感。其他題材則是鍾肇政在小學教書的環境中所獲得。如苦兒求學、外省人的書推銷員，比較特別的是批判性的〈窄門〉一文。除了仍習慣用成語、中國俗諺並設法擺脫日語外，鍾肇政也會在重要時刻利用客語俗諺，以註解方式讓讀者來瞭解。

有關萬字較長作品的發表在 1952 年就有〈青春的呼嘯〉出現。那是略帶洋化內涵並稍有情色味的描寫，有如當今的浪漫少女小說。在 1955 年也有充滿反抗戰鬥與浪漫傳奇的山胞英雄故事〈石門花〉，並長達萬字。其後有關原住民的短篇則是到了七〇年代末期才有如〈月夜的召喚〉創作，與以民間故事為骨幹的《馬利科彎英雄傳》，但在 1970 年鍾肇政為了霧社事件四十年紀念，寫了長篇《馬黑坡風雲》。

其他鍾肇政在五〇年代試寫的中、長篇就不多談。但三篇長篇題材不外是從太太那裡聽來的村中傳聞、個人日治戰爭末期時代回憶、臺灣人抗日的英雄事蹟為題材，這些都得不到機會發表。只有一些中篇到官方的《文藝創作》裡發表出來如抗日小說〈老人與牛〉。1958 年則有中篇〈大巖鎮〉是日後兩個大河小說三部曲在結構上的胚胎。表現了思想

---

[2]《鍾肇政全集 16－中短篇小說（四）》，頁 19。

與影響結構因子中，佔有重要地位的永恆女性的刻劃，值得注意。但當時沒有得到發表機會，只傳閱於《文友通訊》的文友之間。

　　1952－1956 年間，鍾肇政分別以「正仙」的筆名在《新生報》、「鄭先」在《中央兒童月刊》發表童話故事。其中類型有偵探、奇幻、動物角色，內容則勵志、機智、寓言、道德，不免是趣味與教育的觀點，溫馨感人，確實只適合讓國小幼童來閱讀。不能說是老少咸宜的，大人看難免覺得單調無深度。[3]

　　1957 年鍾肇政有新的筆名改為鍾正，投往《新生報》的小說，開始偏向鄉土色彩，另外仍是生活記述體的短文。畢竟《新生報》是省政府接收日產《臺灣新報》，閱讀大眾是偏向本省人的。鄉土色彩部分，不僅題材、人物是鄉土的，還刻意加重了方言，並考慮到兩種臺語（客語與閩語）都能互通的詞彙，以隱含其閩客融合的理想。甚至計畫整篇都以方言來寫，當然這是指臺灣方言而非中國北方方言，鍾肇政強調的是完整的臺灣的地方色彩，臺灣的完整的特色，也可以說就是以客家特色來表現臺灣特色。鍾肇政也藉此開始反思文言與成語的應用。特別是婚俗系列小說，其他也有略微的以反迷信為主題。

　　另外，在《中央日報》發表的筆名也為鍾正，主題是傾向於意識正確的。到了 1960 年代則過去鄙棄的日語，也因為寫戰時為背景的長篇，文字是寫實起來了，而音譯日語，並採用漢字也是能望文生義。這個長篇就是《濁流》，也是發表在《中央日報》，雖然並非一開始就想投此，但是最後被《中央日報》選中刊出的，自然意識型態是符合當局的，至少在表面上的解讀是如此。

　　然後 1958 年鍾肇政開始在《聯副》發表的作品，也帶有鄉土味，更含有了鍾肇政自稱的藝術性的講法為泥土味，更有醇味文學作品，第一篇為〈柑子〉。文字表現的是更為簡潔明快，以及更為具象，喚起讀者

---

[3] 有關童話，後期鍾肇政也為臺灣省教育廳寫了幾本，有《第一好張得寶》、《姑媽做的布鞋》、《勇敢殺敵的阿火旦》，編入《鍾肇政全集 31－訪談集》。另外如《臺灣民間故事新編一、二》也可列入，分別編入《鍾肇政全集 7、16》。

沉思的境地。那是一種想像性的、情感的、不確定感的、心理的純文學作品。另一技巧性發展則為敘事觀點的表現，也就是集中於幼兒的觀點思考，進行敘事。這方面的作品還有〈榕樹下〉、〈茶和酥糖〉。

其他的少兒小說，也就是本章要分析的主要題材，還有 1959 年 3 月 22 日的〈蕃薯少年〉、1958 年 6 月 5 日的〈投票〉、1958 年 6 月寫的〈泡沫〉、1959 年 6 月〈阿樣麻〉與其姊妹篇〈阿益姊〉，以及 1959 年 10 月〈劊子手〉、1960 年 5 月〈友誼與愛情〉。這些大都非在《聯副》發表，呈現的泥土味下降，藝術質地也顯得不高。鍾肇政的作品該投往何處，都有配合該報刊品味的考量。

1959 年後在文友的鼓勵、《聯副》的影響與個人求創新的因素下，鍾肇政不斷的在技巧上翻新求進步。幾年來透過將文字濃縮的訓練，以符合刊登所要求的長度限制，表達上獲得精準方面的磨練。鍾肇政開始了新感覺派、意識流的方向。其內容，如同鍾肇政在給鄭清文的信上所說：

> 我覺得我目前所追求的作品，是屬於心靈的，或者是剎那的，或者是偶然的，把那心靈的閃現之傾刻撲捉住。〈簷滴〉你說已看過，這篇也是在這種情形產生的，更早的〈梅雨〉、〈兩塊錢〉（不知兄有無印象？）也都莫不如此。[4]

心靈的閃現與剎那的表現，就是日本新感覺派的特徵。而在主題上也漸漸的往性與死的方面發展。如〈輪迴〉、〈陀螺〉、〈苦瓜〉、〈雲翳〉、〈自殺者〉、〈熔岩〉、〈小鳥和老鼠〉、〈欄邊〉、〈窗前〉、〈墓前〉、〈金子和蟑螂〉，以及 1962 年所寫但未發表的〈小英之死〉，試圖以幼童眼光來軟化控訴軍方的靶場殺人的事件。顯現了鍾肇政批判性、嘗試介入社會發言的一面。

---

[4] 《鍾肇政全集 26－書簡集（四）》，1959 年 12 月 18 日，頁 3。

1961 到 1963 年期間，另有三個中篇，用心理醫學為背景，表現心理創傷或者最後發瘋的故事，偏向於傷感而故事性濃厚，略嫌通俗化。但是也可以看出鍾肇政開始走現代主義路線。不過其中的〈摘茶時節〉是 1959 年就寫好，發表卻是 1962 年，想必是過去退稿，如今是發表《濁流三部曲》的大作家了，所以稿子重新被接受。[5]

　　其他磨練技巧性的，還有長篇的《大壩》、《大圳》的時空交錯，意識交叉，文字冷峻，明顯是拿農村題材練習現代技巧的作品。發表時間為 1964、1965 年。明顯的，鍾肇政是要將現代技巧與土俗、鄉土、泥土融為一體，造成有臺灣文學特色的現代主義，而非脫離現實的現代主義，或者避免淪為只是玩弄技巧沒有內涵的小說。這方面短篇要等到 1966 年的〈中元的構圖〉發表，才被開始肯定。否則熟悉鍾肇政鄉土小說的，或者以鍾正為筆名發表小說的讀者，無法欣賞鍾肇政在現代主義這方面的表現。[6]

---

[5] 三篇中的〈殘照〉有《濁流》女主角的原型，也有同樣出現在《插天山之歌》的哲言。這篇作品的題材來自筆友信件。此人名為黃秀琴，與黃娟在高考場合認識，同為國中教師，但不同校。黃秀琴後與鍾肇政學翻譯、創作一段時間，但轉為藥劑師脫離文壇。她比黃娟還早認識鍾肇政，黃娟也正是因為她而有機會認識鍾老。〈摘茶時節〉創意來自於美國電影《鴛夢重溫》（Random Harvest）之情節，原著乃是說 1918 年的所發生事情，原著作者為 James Hilton，作品風格知性而浪漫。劇情中的聲音大作、刺激病人，這部分也為鍾肇政所模仿。然後男主角是那麼怕失憶的女生恢復記憶，忘記兩人的愛情甚至已經有小孩。這部分也是在電影劇情、原著中發生。鍾肇政就是改變失憶症為女生，而非男生。筆者認為女生是那麼深情的愛著男性，這正是作者鍾肇政希望的，有一個女生能夠這麼愛他。〈初戀〉為鍾肇政個人中學經歷當背景，愛情方面則純虛構與遐想，之後擴大為《八角塔下》的下半部劇情。

[6] 最有名、有趣的當數鍾肇政提到讀者來信說：「不要辱沒你那幾個獎。」而熱愛鄉土文學的陳秋濤於 1968 年 5 月 13 日，給鍾肇政信件中談到，陳言：「老實說，我喜歡您初期作品甚於近年的作品，您初期之作似乎都是些「正統的」、「細膩的」，似乎每篇都有絞盡腦汁嘔心苦寫的痕跡，例如「魯冰花」，短篇如「阿樣麻」等，反之，近年的作品似乎傾向於現代味，比較難懂，文字也似乎不如過去真純明朗，且似都喜歡宣染「性」（技巧的）。例如「殘照」（不客氣的說似寫得不太令人滿意）、「中元的構圖」、「大機里潭之畔」等。不知怎的，我總認為，真純細膩，文筆盼晰審慎的作品才是正統的文學，是必須學習的，而一些專講技巧，「性」晦澀、文意段落不分之作，似走入了邪道吧？不管如何，最重要的恐怕還是不可隨波逐流，人云亦迷惑，而您對這兩個民族，不管是生活的身歷或文學方面必都有深刻的修養及感受，希望去拜訪您時，能給我解除我的迷惑，引我走

或許鍾肇政在 1963 年 6 月開始染上長達十年的支氣管炎（客語：發頦），鍾肇政甚至認為自己活不過五十歲。這種病痛，使得鍾肇政在題材上、文風上都受到影響，以致，鍾肇政在 1964 年創刊的《臺灣文藝》發表多篇實驗性小說，將文字斷裂、切割、扭曲，反映人心的錯亂、悲哀，潛意識的瘋狂之流。以文字直接反映內在世界的風景，而有別於之前的僅僅以具象，類似新感覺派，來間接補抓心靈的世界。文體就比較乾硬。這方面的嘗試一直進行到 1968 年。

　　其後則有 1973 年的〈阿枝和他的女人〉、1978 年的〈白翎鷥之歌〉、1978 年的〈屘叔和他的孫子們〉等作品，較為評者所注意。這幾篇作品，都可以在以上的創作脈絡下，重新來欣賞。而且，有關短篇部分，從《臺灣文藝》時代，鍾肇政就直接以本名發表了。長篇則在更早的《濁流》就以本名發表。

## 第三節　鍾肇政少兒小說之特性、藝術性

　　鍾肇政的少兒小說集中於《聯副》發表，其出發點之一，莫非編者林海音個人的品味有關。林自己也以英子為視角的《城南舊事》著稱，其他則寫婦女家庭的身邊小事。在文字上、題材上影響鍾肇政頗大。但是也讓鍾肇政終於感到，這方面表現小家庭身邊的文體，與自己個性不合，亟待突破。無論如何，林海音作為編者眼光是獨具。[7]鍾肇政選擇發

---

出迷津。」陳另有一信於 1968 年 7 月 11 日也值得參考：「您說的寫作貴在創新，而心理分析、意識流等似乎是現今寫作的新方向，我是完全讚同的。尤其 Frued 的心理分析，性精神等還有廣大的領域留待嘗試及研究。」多少鍾肇政也是鼓勵陳秋濤身為醫師，又熱愛文學，可以往這方面創作。

[7] 鍾肇政從投稿《新生報》，漸漸的將重心移轉到《聯合報》，也是因為後者的編輯風格改變，似乎趨向於本省籍的鄉土文學，特別帶有泥土味特色的小說。其關鍵時間為 1959 年 11 月，文心的中篇〈千歲檜〉在《聯副》發表。從林海音在同時間編輯剛創刊的《文星》，背後某些因素與力量，影響到林海音的編輯方向，而讓鍾肇政注意到。這是值得研究的。

表在《聯副》,也並非完全是少兒小說的關係,主要還是藝術品味考量。[8]少兒題材僅僅是部分原因。

　　唯一令鍾肇政遺憾的是,林不能在鍾理和去世前,將《笠山農場》、《故鄉四部曲》等這些好作品發表出來,或許可讓鍾理和多活幾年。但林海音仍是鍾肇政口中的「臺灣文學之寶」,提供版面編選藝術性、獨創性作品,提攜了這些臺灣作家。而鍾肇政第一個長篇《魯冰花》也在《聯副》發表。此作,一般也被視為少兒小說。更由於電影關係,令讀者常將閱讀焦點鎖定天才小畫家身上。而鍾肇政也因此作,信心大增,終於邁向長篇巨作之路,最終以大河小說創始者被定位,而短篇創作的成就為人所忽略。

## 一、少兒小說的特性

　　在 1958 年 9 月,鍾肇政寫在〈泡沫〉中的一句話:「也許這就是大人的世界吧⋯⋯」,[9]可以看出來一些少兒小說的端倪。這是一個成長小說的筆法,一方面表現了小孩的心境,似懂非懂。而關鍵在於讀者若是小孩,那麼他或許被勾起思考,也許就懂了,這個讀者也因此被教育了。而讀者若是大人,也可能重新以小孩的眼光來看事情,獲得新的理解與趣味。那麼成長小說,除了模擬少兒的心理外,主題可能是集中小孩身上,也可能是小孩的眼光所集中的事情身上。[10]

　　簡單講,鍾肇政的少兒小說,就是以少兒視角寫故事,但是卻並非為僅僅給少兒所看。其中的關鍵詞語為不懂大人的世界,但是卻寫下了大人的故事。作為大人的讀者當然可以懂這個故事的。至於主角也就是少兒的心理,往往並非小說的重點。如何的引起大人同情、瞭解少兒的心理,也往往是小說的人文關懷重點。這角度來說,鍾肇政發展出不同

---

[8]　鍾肇政,〈早期聯副瑣憶〉,《聯合報》,1981 年 9 月 24 日。
[9]　《鍾肇政全集 15—中短篇小說(三)》,頁 589。
[10]　〈泡沫〉的角色與背景將成為《濁流》與《江山萬里》的胚胎。

於過去他寫的童話故事，也不同於當下所定義的少兒小說。

又如1958年6月5日發表的〈投票〉，以小孩的眼光看選舉的醜陋面與荒謬。這是明顯批判性的小說。[11]整篇情感上的表現是以失望、失望又失望貫串全局。以小孩眼光的目的是足以警惕大人，讓讀者能夠獲得啟示，行為上加以改善。但是文學的力量，也許並不那麼大，就藝術欣賞來看，就止於童稚的趣味。更有可能的是作者為了減弱直接批判選舉所帶來的政治性衝突。避免白色恐怖下，作者受到威脅。其後，1960年鍾肇政的《魯冰花》就直接描繪賄選的醜陋面，據鍾肇政言帶來了白色恐怖時代中所面臨的心理上的威脅。日後鍾肇政因此將筆觸轉往日治時代歷史，以獲得較安全的創作空間。[12]

這方面批判與以動物為角色作為控訴的手段，有異曲同工的效果。如以貓為主角的〈控訴〉，[13]利用貓的可愛與動物本能達到諷刺的手段，講述大人的殘忍。中間也有安排小孩的角色，表達極大的同情試圖阻止大人虐殺行為。與純少兒為主角的小說所不同的是，作者可以直接將大人殘忍的背後心態，指出是為了省些糧食的原因，在小說中點出來。

同樣的，在1959年5月30日所發表的〈兩塊錢〉，講酒鬼的父親，主題是以意識流方法來描摹嗜酒者的內在世界，中間與末尾穿插了小孩的錢被討回去、最後遭殃被打，使小說更引起讀者同情與怨嘆，增加警惕大人的作用。但是，藝術性還是更為重要，教育啟示往往得不到效果。小孩被打的一段，鍾理和閱讀過後認為是不必要。[14]總之，幼兒與動物，無論是否為主角、配角，其天真可愛的形象，總是有加強讀者同

---

[11] 《鍾肇政全集16—中短篇小說（四）》，頁164。

[12] 施英美的碩士論文觀察到，鍾肇政在《聯副》刊出的第一篇作品〈人情〉，1958年3月1日發表，但是《鍾肇政全集》有疏漏，而未能收錄，「開始營造社會體制控訴的本土路線」，頁145。這與本文觀察到一些鍾肇政未得發表的幾篇作品如〈小英之死〉，批判色彩濃厚，是符合的。〈社會改革家〉則略帶戲謔與諷刺。這印證鍾肇政說的，從《魯冰花》之後，感受到白色恐怖對創作批判題材的威脅，從而改變創作路線，或者更隱晦的方式來介入社會。

[13] 《鍾肇政全集16—中短篇小說（四）》，頁155。

[14] 《鍾肇政全集23—書簡集（一）》，頁521。

情的效果。但是往往也有限制小說表現的範疇、減弱藝術性的可能。此類作品還有 1957 年 10 月的〈鄉愁〉，[15]寫有母愛情懷的婦人為視點，好奇著看少兒愛看火車的特殊行止。此婦人猜想誤為少年人對火車本身有興趣、或者特有的傷感鄉愁，原來是少年的媽媽久病許久，而他的家位在遠處的鐵軌旁，因工作而不能回去看媽媽之故。此母子情愛關係，處理不當的話，極可能庸俗化。

## 二、藝術成熟的要素

　　以下三篇的內容，也是常常道出，不瞭解大人的世界，而表達出疑惑、深思不得的幼兒心理。而這個疑惑，正是作者要讀者去體會的，美感也就在這裡。但是除了人情事故之外，主要的藝術性更在讀者透過純真小孩的眼光中，所體會的美感。一種朦朧、說不清的，或者是風景、或者是生命，有懂沒懂中間，所穿透與沉浸下的感受。

　　1958 年 12 月 21 日發表的〈柑子〉，以少兒阿年「我」的眼光看成人世界的冷暖現實，描繪著在客家葬禮習俗過程當中，從對大人的哭、送往迎來，其中的哀愁與悲苦，在似懂非懂之後，於結局忽然令阿年感受到寂寞感，暗示阿年似乎真正來到成年的世界了。這篇作品給人世間抹上一幅黯淡之美的顏色。在結構、描寫與象徵中表現了藝術的審美效果。

　　1959 年 5 月 10 日的〈榕樹下〉則以頑皮的少兒「我」看阿秀將被送做堆的心境。由情感經驗不足的小孩為視角，來捕捉更為撲朔迷離的童養媳的心情。在舊式大家庭、眾多男人當權的世界裡，女性只能以哭作為表達的方式。而阿年在觀察阿秀祭拜土地公的風景中，並且在夕陽裡，見到阿秀的背影，似乎人間爭議都不重要了，而阿秀心情則呼之欲出。阿年看到一幅畫著觀音的雕像似的，作品表現一種平安幸福的世界。與〈柑子〉一樣，兩作品都有回憶的方式來做為插敘的方式，榕樹

---

[15] 《鍾肇政全集 16－中短篇小說（四）》，頁 125。

風情的背景下,作品一樣充滿客家味,增添舊時鄉愁的風景。

類似角度的作品還有 1961 年 6 月 13 日的〈茶和酥糖〉。比較特殊的是主角是兩兄弟阿田與阿牛,年紀都不大,弟弟阿牛的腦中似乎更充滿著疑惑。小說中充滿著是兩兄弟對死去父親的追思之外,更多的小小兩兄弟之間手足之情。

鍾肇政曾與李喬討論到,第三人稱單一觀點的敘事者「他」,換成第一人稱的「我」效果是非常接近的。特別是敘事者與主角是同一人的話。[16]但是在少兒小說中,以「我」還是比較容易獲得同情與親切的效果。尤其小說本來就是要有點渲染作用,讓讀者去接近少兒的模糊的心理。用「他」則太過於分析性,客觀上比較讓人信服、相信,但是讓讀者與主角過於保持距離,感情效果上反而不利。

三篇是正統的鄉土味小說,或者泥土味小說。這三篇的泥土味,其實就是客家味。小說中常常出現幾個客家的詞彙,就令懂得客語的讀者倍感親切。以及傳統客家鄉村的情義,表現平淡而深遠的情調。就連題名本身就是充滿濃濃的泥土味與客家味。

總之,鍾肇政筆下的〈柑子〉、〈榕樹下〉、〈茶和酥糖〉是利用了小孩子懵懂的心理現象、常常帶有疑惑的眼光,來看待大人的複雜的世界、美麗女人的形象、對死去父親的思念,所造成的淡淡的美感與傷感。這幾篇的敘事者的聲音就是主要角色的視角,主要角色就是「我」或者就是小孩。當然,鍾肇政也有〈阿樣麻〉是長大回到故鄉後的成人的回想。

鍾肇政以「我」來敘事,通常可以直接轉換成「他」。重點在於鍾肇政擅長描寫某一個年齡、身分當下的心理狀態。而敘事上的人稱為何,就是次要問題了。就算作者跳入直接分析敘事者當下心理,這也是可以為讀者所接受。這也正是鍾肇政寫《濁流三部曲》、《八角塔下》成功的原因,他能夠鋪陳主角細膩的、短暫的不同年齡、歲月之下的差

---

[16] 參考本書第八章。

異。

　　以比較上述三篇的觀點來看以下這三篇，分別為 1959 年 3 月 22 日的〈蕃薯少年〉、1959 年 10 月〈劊子手〉、1960 年 5 月的〈友誼與愛情〉。皆非發表於《聯副》，而是《新生報》。相信是作者於國民學校服務時，手邊所取的教育性題材。反映有升學惡補問題，也有愛情的疑惑，也仍有勵志成長的主題。這些則是以成人眼光回顧與觀看的視角來表現的。雖說與少兒純真的眼光不同，但是仍以刻劃、揣摩兒童內心感受為核心。大人則或以指導、或以學習與懊悔來表現兒少情懷的世界。

　　這三篇就沒有那麼強烈的詩的味道，也就是穿透與沉浸的想像空間。部分是缺乏泥土味、部分則是說教味太重、教育意義與批判性太強烈。在敘事觀點上，都是老師的角度來描述學生，老師的心理或者高興、懊悔，以及解決學生之間的糾葛的喜悅。一般無法進入被描述的學生的心理層面。問題焦點就成為兩者之間的匯流之處，故事性勝於想像力。

## 三、童年回憶與記憶

　　以回憶童年經歷的方式，但是視角所及才是主角，這是鍾肇政少兒小說的另外一種類型。這樣的小說有 1959 年 6 月 7 日所發表的〈阿樣麻〉。[17]與上述段開頭的前三篇〈柑子〉、〈榕樹下〉、〈茶和酥糖〉來比較，在回憶童年當時的位置，是一樣的。只是上段開頭前三篇敘事者是沒有加入故事中的。而〈阿樣麻〉則是回到童年的敘事者，介入了真正的主角的生活。

　　與上段文章之後三篇〈蕃薯少年〉、〈劊子手〉、〈友誼與愛情〉相同的是，同樣都有大人的角色，當〈阿樣麻〉的開頭與結尾都是回到大人的時代來當做敘事者，來看當年的回憶，作一些評論、思考。所以〈阿樣麻〉等於有兩個敘事角度，一個是大人、一個是這個大人的童

---

[17] 《鍾肇政全集 13－中短篇小說（一）》，頁 37。

年。後者必然是充滿童趣、好奇心的。大人則是懂得思考人類、社會層級的問題。後三篇雖然也有回憶，可是敘事者基本上都是大人，只是被敘述的童年角色，有的是長大了，如〈蕃薯少年〉。

〈阿樣麻〉這篇小說還有一個特點，乃是被敘述的主角是智障人士。智力上雖然類似小孩，但是明顯的沒有將來。但是他也有他的純真之處，因此更引人同情。如果跟上述前三篇比較，如〈柑子〉還能夠直接以少兒為敘事者的方式，演繹故事。但是如果是〈阿樣麻〉這樣的智障人士來做為敘事者，就會發生很大的困難。語法、思維表現下來，該令讀者無法理解。因為連童言童語都不算。當然，這仍可以克服困難，加以做到。在世界名著中嘗試者也不在少數，如福克納的《憤怒與喧囂》，但是那畢竟是太過於奇想與戲劇性，在臺灣的報章上大概不容易獲得發表。這在鍾肇政的現代主義實驗性作品才開始嘗試。

類似的作品，還有〈阿益姊〉。但是創作之時，鍾肇政並未發表，或者被退稿。故事改由作者的太太回顧童年的回憶方式來講述。智障主角唱著山歌的天真浪漫情懷，是相當有造型的。其遭人欺負而懷孕，最後兒死進一步發瘋，頗發人同情。鍾理和曾評〈阿樣麻〉：

> 〈阿樣麻〉初讀似覺平平，但經過二讀三讀之後才覺得這篇作品感人之深並不亞於以往兄所有作品。能把一個人描寫到如此之傻，仍非易事，只此一點〈阿〉篇即可算成功之作。不過這篇是屬於人物記體小說，它的價值在它所提起的問題，而不在它的故事。它的故事正如兄所說，如果要刪，則再刪去二三千字也還可以。這種體裁的小說、故事情節，難期緊湊，因為一個人的一生即根本缺乏緊湊。緊湊是小說家的技巧。
> 
> 這篇所提出的問題似乎是：人的價值何在？第二個問題是：一個人應不應該相信他所看見的？這問題問得很深刻，令人讀後很久仍不能去懷。[18]

---

[18] 《鍾肇政全集 23－書簡集（一）》，頁 524。

鍾理和提出的問題，鍾肇政在 1970 年 10 月所發表的〈角色〉一篇中，有回答，但是也等於沒有回答。鍾肇政還是以感性的方式來處理。因為正如題目所言，智障者有智障者天生下來的角色，雖然是悲哀的，但是他仍有他個人的生命，也就是如正常人一樣的該扮演的角色。也因此，鍾肇政這篇故事的形成，其「角色」乃是雙關的。智障者喜歡演皇帝，常人看來很滑稽。可是，在智障的世界中，或者我們想像的世界中，那仍是智障者真正的世界。本來人生就如戲，我們正常人在世間上扮演什麼角色、又演的是什麼戲呢？這就是我說的感性的角色來思考鍾理和的提問。

小說中認為這樣的天生殘缺，特別是智障者，所謂人該不該相信他所看見的，這個問題完全在於你如何理解、思考智障者的行徑，特別他仍有堅強的毅力、孝心、羞赧，而令人感到欣慰、歡喜。甚至智障者往往還比正常人還要來的善良。你並非是相信不相信你所看見，而是你如何去面對這樣的人。

而鍾理和所問的第一個問題，人的價值何在，也就呼之欲出了。在鍾肇政的小說中，是充滿人道思考的。而被思考的人，不管是誰，都有他生存的權利與尊嚴。這是鍾肇政的文學創作觀，表現對於人的關懷、對於文學介入社會的功能。但是文學的本質仍是個人的藝術表現，也就是結構、人物、布局，在文字特色與個性下種種的安排。所呈現的是帶有一種社會性格與人類理想中的美。人性的美，才足以被文學所刻劃。並且希望就算是醜陋的、違背社會道德之中，還是能夠挖掘出人性的尊嚴。擴大、挖深與探索廣大的世界與社會，還有深峻富有靈性的人心。

有關回憶童年的短篇小說，到了 1960 年代，題材涉及到生死與親情。本章所選的是 1961 年 7 月的〈陀螺〉、[19]1961 年 3 月的〈小鳥與老鼠〉。[20]〈陀螺〉基本上不能算是童年回憶的小說，而是面對著殘酷的親情的考驗、矛盾，「陀螺」代表著兒時美好的回憶。大人的主角在面對

---

[19] 《鍾肇政全集 14－中短篇小說（二）》，頁 313。
[20] 《鍾肇政全集 14－中短篇小說（二）》，頁 357。

親人將死之時,見到了陀螺,讓主人翁想起童年時期美好的情感,而轉念、打破情感上的矛盾,重新接受了將死的父親。

〈小鳥與老鼠〉則是寫童年時期所接觸到的動物的死,那種在手上的溫熱感,但是生命卻以離去的感受,使得作為大人的敘事者,還久久難以忘懷,有著生命的感動。並且伴隨著兒童玩伴日後的死,兩件事情、兩個死讓成人的敘事者,有新的感觸。那是生命的神祕感,而自己的已過去童年,也等於是一種死。如同阿火、小鳥與老鼠。

## 第四節　大人與小孩觀點的侷限與突破

### 一、侷限

鍾肇政在 1959 年 8 月 12 日給鍾理和的信中說:

> 我對創作已失去自信。〈梅雨〉、〈兩塊錢〉等後就再也寫不出作品了。這兩篇我是受了一個朋友的影響寫的,心路歷程,心像記錄,他說這才是近代小說的正道,我寫了這兩篇得了他的稱許,但取材不易,而以前〈柑子〉、〈榕樹下〉那樣的作品就不願再嘗試,甚至〈阿樣麻〉、〈蕃薯〉那樣的人物記體小說也沒有胃口了。你說糟不糟?[21]

基本上,鍾肇政想要脫離少兒小說的範疇。而走心路歷程,心像記錄路線。這多少就是一種意識流與新感覺技巧的展現。如果敘事者是少兒,或者主角是幼兒。雖然日後鍾肇政仍寫下如〈小鳥與老鼠〉的少兒小說。但是比較是回憶性質,融合了大人的思想,因此主題上也與人生觀中的生死思考有關。

---

[21] 《鍾肇政全集 23－書簡集(一)》,頁 534。

不過相對的,客家味與傳統的表現,在現代技巧之下,融合為一爐。能在保持客家味或者臺灣味,而又有現代性的情感,如生死與性。還有創作出文體的新風格,是鍾肇政將要嘗試與突破的。

現在利用比較〈柑子〉與 1965 年 10 月發表的〈大料崁的嗚咽〉[22]的方式,來討論少兒小說的侷限。雖然侷限是明顯的,但是仍可以深一步的瞭解〈柑子〉的藝術性與定位。而〈大料崁的嗚咽〉就是鍾肇政實驗新技巧,又不失客家味的創作。

雖然兩者發表時間相差七年,作者的思想與技巧都有變化,但是基本上題材相近,只是敘事觀點不同,後者是兩夫妻的角度來看哥哥生前受到虐待的故事。而〈柑子〉是小孩來看阿公受到祖母折磨而感受到人生悲哀,主題是表現失去童真的傷感味。而〈柑子〉與〈大料崁的嗚咽〉的標題,剛好都是情調性的表現。一是水果,顯示其酸味,也就是小孩體會到人生淡淡的悲哀滋味;大料崁乃是河流,發出了嗚咽聲,則是為家族的親情傾頹發出不平之鳴,也是哀痛生命在不公不義下的流逝。兩者其實各有擅長。

人物安排,虐待者都是後母的角色,也都有非親生子但反而受到眷顧。更重合的部分是兩者都出現純真的幼兒配角,對虐待事件表現出同情之感。

技巧上〈大料崁的嗚咽〉是現實與過去的交替方式,場景在於葬禮時的夫妻夜談與回憶。〈柑子〉則是去奔喪的過程,中間穿插回憶,以與現實加以比較。文字上兩者倒是蠻接近的,都呈現鄉土味、客家味。只是〈柑子〉多了些童言童語與童思。差異最大的,就是〈大料崁的嗚咽〉是夫妻的視角,所以對受罪者的哥哥在情感的表現上、婚姻的態度上,有了高度複雜的心理方面的臆測。也因此多了許多意識流的表現。

---

[22] 《鍾肇政全集 13－中短篇小說(一)》,頁 521。

## 二、突破

　　是否少兒小說的深度，就不可能比得上大人為視角的小說呢？這是不盡然的。至少在鍾肇政於 1979 年發表的〈迷你車與女孩〉，[23]藝術深度上有相當的突破。這是一篇描繪女孩的兒童角色的故事。特別的是小女孩，失去了父親。意味著女孩需要照顧，她失去了保護者。

　　〈迷你車與女孩〉中的女孩，僅僅只有「她」，鍾肇政沒有給予名字。「她」十五歲，所以身體發育了，在性的意識上則呈現朦朧的狀態。這部分的心理描寫也是鍾肇政所擅長的。鍾肇政賦予這個女孩，呈現俏皮，卻因為偷竊與失身，造成心理衰竭的狀態，著實可怕。

　　而鍾肇政的〈迷你車與女孩〉雖然一樣的，持續著過去對於兒童心理與意識的掌握。但是在語言風格上，相當的冷冽與黑暗，有一股令人顫抖的恐怖感。只是在結局，鍾肇政又安排春天的陽光與歡樂，一方面似乎要沖淡令人無法逃出的黑洞與恐怖，一方面似乎要造成一種懸疑，有如基里訶的名畫〈憂鬱與神秘的街道〉。[24]或許這就是鍾肇政被批評為保守的地方了。

　　但是，也可以認為這是鍾肇政的一種含蓄、溫和的個性的表現。不想太過於極端與激烈。我認為主要就是造成懸疑，而有的人可能會認為是鍾肇政想帶來一點生命的希望。但是重點應該還是讓讀者多體會小女孩失身與在身體上的虛榮與騎腳踏車上的虛榮的關連性。並且終究造成一種偷竊癖的扭曲心靈、甚且是虛無的感受。而這一切又與失去父親、有個不夠體貼的母親，而造成這中間的某種關連性。

　　這一篇，是否可以被當成是一篇新的帶有客家現代性情感與風景的小說。這值得評論者加以詮釋與重述。

　　而比較大一些的女孩作為視角的，有鍾肇政在 1961 年 6 月發表的

---

[23] 《鍾肇政全集 14－中短篇小說（二）》，頁 223。
[24] 張心龍，《百幅名畫的啟示》，臺北：雄獅美術，2002 年 2 月，頁 74。

〈夕照〉[25]可以與〈迷你車與女孩〉加以比較。〈夕照〉的表現是純心理的。這種純心理的表現方式，是帶有某種美感的，我認為鍾肇政在此有唯美主義的傾向。表現心靈上的唯美，而不帶有任何的社會意識、道德教訓。

在〈夕照〉中，雖然敘事者就是主角「她」，可是美感的暗示，卻需要來自於配角「他」。「他」的作用不僅提供了愛的滋潤、或者救贖，也介入了作為美感的視角。這篇小說的敘事觀點，基本上是保持第三人稱限制的觀點，強烈的客觀性構成一個美麗的圖案。結構上時間穿插、空間變化，步步進逼作者所要營造的最完美的圖像。女主角基本上還是保留了柔嫩的本質。那是鍾肇政所常強調的女性的個性之美。

整篇作品表現女主角的倔強心理，以相當多的對話，表現抗拒的心理，以及層層的時間的進逼與鋪陳。並以野生的杜鵑，原來代表美好與希望，女主角卻要將之拔除，表現僅存的倔傲。其實心理是相當的壓抑著接受愛的滋潤。這時，大地是漫天紅霞。到底這對情人有無終成眷屬，已經不重要了。

在〈夕照〉中的女主角，這是否可當成是一種現代客家女性的身影呢？傳承了傳統客家社會中女性剛硬的一面，而更願意獨當一面，不願意依靠男性而生活。

總之，在〈迷你車與女孩〉的藝術價值，雖然是以第三人稱單一觀點，描繪少女的心理，但應該是不輸如〈夕照〉的小說，甚至還是超過的。原因在於鍾肇政並非直接描繪少女的心理。那將會太過於簡單或者單純。鍾肇政所採用的是更為間接的、暗示的，以文字的乾硬，來顯現黑暗的色調，因此等同文字在時間、空間上呈現了某種扭曲的世界。這是高度的文字藝術與緊密結構的表現。

相對於少兒小說。以女性為視點也是相當特殊的。以刻劃女性心理作為主題的故事，鍾肇政還有若干篇，如〈梅雨〉、〈金子和蟑螂〉、

---

[25]《鍾肇政全集13－中短篇小說（一）》，頁137。

〈溢洪道〉、〈殘照〉、〈山路〉、〈豪雨〉，都是以女性為主角的短篇小說。這裡面除了中篇小說〈殘照〉外，全都是第三人稱限制觀點。這方面，鍾肇政在女性主角的短篇分量並非有很多。倒是因為裡頭的主角都是採用限制觀點，所以不管採用第一人稱與第三人稱的使用，因為敘事技巧的掌握成熟，而可以交換人稱使用。

另外一種特殊視角則是以原住民為主角。這是比少兒視角、動物視角，甚至女性視角都還要困難。因為牽涉到文化的距離，以及語言文字的翻譯。這就不多談。

## 第五節　結論

一般認為鍾肇政最為人稱道的短篇小說是 1966 年 10 月的〈中元的構圖〉、[26]與 1973 年 1 月的〈阿枝和他的女人〉。[27]兩篇都發表於《臺灣文藝》。這一方面是鍾肇政身為編輯者，有義務為此刊供稿，以負責邀稿而沒有給稿費之以身作則的地位。二方面，也是這是臺灣文學的大本營，有必要在現代性上，也就是藝術的創新上，給予風向引導。並且早期，那種實驗性作品，也不易在其他刊物獲得刊登。但是最重要的，還是最好的作品、創新的作品，必須要自己的地盤發聲、爭取臺灣的榮耀。

在技巧性上，前者是意識流、歷史穿插、精神異常與浪漫取向合一的作品。後者則是在瞎子的身分與視角上，作了相當大的突破，產生了異常的趣味，題材還略帶性的意識。

除了技巧性的突破外，這兩篇也是最有客家味的成熟之作。前者是客家傳統祭拜習俗為背景，後者則是地方的奇風色彩。可說是鍾肇政理想的土俗與現代技巧融合的典範。

---

[26] 《鍾肇政全集 13－中短篇小說（一）》，頁 443。
[27] 《鍾肇政全集 14－中短篇小說（二）》，頁 104。

反觀前文之少兒小說，不免是小家碧玉的感覺。這兩篇成熟之作，則相較之下是雄渾許多。但是在藝術上，少兒小說還是有可觀之處，溫婉含蓄、可人依戀，稍帶傷感，有懷舊曲調。

特別在鍾肇政的創作歷程上來看，少兒小說是其練就敘事觀點的第一階段。嚴格限制自己模擬幼兒心理與語言。然後才過渡到意識流或心景式的階段。在 1960 年之後，鍾肇政有《魯冰花》的類少兒長篇小說。更有準少兒小說的《八角塔下》。可說都是少兒小說階段所練就而來的發展。

如同評者高麗敏對《魯冰花》在兒童文學脈絡下所言：

> 在語態與用詞上，超越兒童所能理解的程度，訴求的理念，過於傾向社會價值觀的探討，對兒童而言較為抽象，不易掌握，情節的發展更以郭雲天的際遇為主軸，難掩成人文學的色彩。這些現象，正如鍾肇政自己所言，寫這部小說時，並非專為兒童少年所寫。因而，在兒童少年小說界定意義與寫作的原則下，被列為兒童少年小說，則略顯牽強，然後再六〇年代兒童文學發展的背景下：古阿明，一位國小三年級生，具有繪畫天才和一位知他惜他的老師，交織的那份情感，足以震撼閱讀他的大小讀者，傳遞真善美的感動。《魯冰花》著實為桃園縣兒童文學開啟一扇門。[28]

也就是說，鍾肇政的少兒小說，仍是可以讓國中程度的孩子來閱讀，一如《魯冰花》。甚至在國小程度不錯的小孩也適合。更對於有意從事少兒創作的客家作家做為參考模仿的對象。

在鍾肇政的少兒短篇小說，我認為一直到了〈迷你車與女孩〉，雖然僅一篇短篇，其藝術味濃厚，完全超越過去的少兒小說或者心理技巧小說。這可以看出鍾肇政文學仍在進化。不過鍾肇政的興趣與野心已經

---

[28] 高麗敏，〈桃園縣文學史料之分析與研究〉，東吳大學中國文學系碩士論文，2003 年，頁 193。

都在大河小說。短篇的試煉，僅偶而為之了。1980 年左右，在鍾肇政創作歷程中，此時比較著稱的是原住民類的短篇小說。

此外還有在 1978 年同年發表的姊妹篇〈厴叔和他的孫子們〉、〈厴叔〉。後者是以大人角度回憶童年成長的歲月，從幼兒、公學校到中學、當上日本兵。其中，許多歷史性的背景，若是少兒來閱讀可能比較吃力，以及畢竟是以大人的眼光來描述，回憶過程中，加入相當多的大人角度的評論，是純回憶性的小說。但是仍可以嘗試，畢竟鍾肇政文筆都是相當的樸實無華，而自然顯現其內涵與力度。

再回到 1969 年鍾肇政創作的〈宜人京班〉也如〈厴叔〉是以相同的手法來說故事的。在這一年鍾肇政有以《青春》為題的短篇小說集，都是以回憶性質來寫的。[29]其他還有〈青春〉、〈清明時節〉、〈野外演習〉，但是只有一篇是以回憶童年時代。其他應該還有若干篇，但是至今尚無法找到在哪裡發表，只留下若干題名。這類輕鬆筆調，文字樸實，內容呈現歷史記憶者，仍相當適合少兒閱讀。一如鍾肇政寫中學時代傳記體的長篇小說《八角塔下》，這部長篇則是限制於少兒視角的純文藝作品，這更是值得做為國中、國小高年級的校長老師來推薦為增進少兒閱讀能力與文學涵養的作品。這本書有客家味，但也有濃濃的日本味夾在當中。

---

[29] 這個系列是鍾肇政寫完《沉淪》，感覺到需要休息，而以調劑的考量，採用新的筆法、以較輕鬆的態度而成的系列著作。〈夜路〉、〈銀夜〉、〈叛骨〉，〈遠雷〉只存題名，尚未尋獲何處發表。《鍾肇政全集》因此無法編入，後《新編鍾肇政全集》有收錄。

## 參考資料

1. 葉石濤,〈鍾肇政和他的《沉淪》〉,收錄於《葉石濤作家論集》,高雄:三信出版社,1973 年 3 月,頁 135-142。
2. 葉石濤,〈論《中元的構圖》〉,收錄於《葉石濤作家論集》,高雄:三信出版社,1973 年 3 月,頁 179-191。
3. 鄭清文,〈讀鍾肇政短篇小說札記〉,收錄於《臺灣文學的基點》,高雄:派色文化出版社,1992 年 7 月,頁 67-72。
4. 彭瑞金,〈心路歷程的碑石〉,《鍾肇政集》之序,臺北:前衛出版社,1991 年 7 月,頁 9-12。
5. 彭瑞金,《鍾肇政文學評傳》,高雄:春暉出版社,2009 年 6 月。
6. 陳芳明,〈鍾肇政的現代主義實驗——《中元的構圖》的再閱讀〉,收錄於《大河之歌——鍾肇政文學國際學術會議論文集》,桃園:桃園縣文化局,2003 年 12 月,頁 307-324。
7. 胡紅波,〈鍾肇政的鄉土關懷與實踐——「河壩系列」作品試析〉,收入陳萬益編《大河之歌——鍾肇政文學國際研討會》,桃園:桃園縣文化局,2003 年 12 月,頁 1-40。
8. 賴一郎,〈悸動的心靈化石——鍾肇政短篇小說的一種考察〉,福建教育學院學報,2011 年,2 期。
9. 賴一郎,〈敘事學視角下的鍾肇政文學作品〉,東南學術,2012 年,第 2 期。
10. 高麗敏,〈桃園縣文學史料之分析與研究〉,東吳大學中國文學系碩士論文,2003 年。
11. 施英美,〈《聯合報》副刊時期(1953-1963)的林海音研究〉,靜宜大學中國文學研究所碩士論文,2003 年。

# 第三章 〈大巖鎮〉及我所認識的李榮春

## 第一節 前言

　　在《李榮春全集》出版已多年,藉李榮春出生一百年的偉大日子,筆者希望重拾過去兩篇為文,[1]進一步的分享筆者對李榮春的瞭解。過去筆者研究鍾肇政以李榮春為模特兒寫成的中篇小說〈大巖鎮〉,主要目的仍為以鍾肇政的訴求為核心,特別是挖掘出鍾肇政創作、想像的模式,與他未來的作品的一些聯繫,諸如永恆的女性作為角色立志向上的基石。另一文則是筆者追蹤李榮春與鍾肇政、文友們的信件,所整理的資料為基礎。以追蹤的歷程,但仍以審視鍾肇政的角度,來瞭解李榮春。

　　現在筆者想要改變角度,盡量以李榮春為探索的主角,並閱讀《李榮春全集》為基礎來寫本章。筆者發現,過去以為永恆的女性只是鍾肇政個人的創作理想,化在以李榮春為模特兒的小說裡。其實,女性在李榮春小說中佔有一定地位,過去研究所強調比較偏重於母親的角色,[2]而愛情在某段歲月中也是李榮春所追求的。

　　進一步來探討,過去彭瑞金以私小說來定位李榮春文學,[3]大致鎖定

---

[1] 參考錢鴻鈞,〈認識一位逝去的老作家:從《文友通訊》進入李榮春的文學世界〉,《李榮春的文學世界》,臺中:晨星出版社,2002 年。錢鴻鈞,〈〈大巖鎮〉出土與《濁流三部曲》〉,《臺灣文藝》173 期,2000 年 12 月。錢鴻鈞,《鍾肇政大河小說論》,臺北:遠景出版社,2013 年。

[2] 李榮春、鍾肇政等,《李榮春的文學世界》,臺中:晨星出版社,2002 年。特別如李麗玲的研究。

[3] 同上。

李榮春真誠無畏的創作態度，以自身經歷為題材從事文學寫作。但是，私小說中所強調的暴露個人道德上的缺失，一般研究論及較少。這一點可以深入挖掘。[4]

而實際上，李榮春小說以真誠為創作態度，目的在闡述追求真理與光明的生命價值。這與日本私小說根源於自然主義的真實為美、以暴露為能事的文學觀，有所差異。但若以心境小說的光明面、真誠態度來看李榮春小說，至少在男女相處的層面上看，李榮春小說中，對女性心理描述，有過多的幻想、不實在的部分。一般認為他為了創作犧牲了婚姻、家庭生活，這說法沒有大錯，李榮春創作精神在臺灣作家中獨一無二。但是，其個性、人際相處，也令一般人難以侍候。就是他戀慕母親，其真誠是一回事。但是實際是他也是讓母親最為擔憂，侍奉起母親也無法有耐心從事。

以下分為兩部分來瞭解李榮春的創作與為人。首先藉由分析鍾肇政小說〈大巖鎮〉，以三個主題：女性與愛情、國家認同、[5]宗教修辭與性格[6]，以瞭解鍾肇政筆下的李榮春。

第二節，則以第一節所得到的三個主題分析，進一步閱讀李榮春的作品，並以比較鍾肇政、李榮春兩人的方式，來深入瞭解李榮春。

## 第二節　〈大巖鎮〉中的李榮春塑像

鍾肇政在 1958 年 3 月 20 日左右寫下四萬字的〈大巖鎮〉，目的無非是想要為李榮春的長篇巨作《祖國與同胞》未受到國家社會的重視而

---

[4] 周介玲，《臺灣作家的文學獻身之道：李榮春之藝術家成長小說研究》，國立清華大學臺灣文學研究所碩士論文，2012 年。

[5] 吳淑娟，《以生命和文學共舞：李榮春自傳性小說研究》，佛光大學文學系碩士論文，2006 年。

[6] 周介玲，《臺灣作家的文學獻身之道：李榮春之藝術家成長小說研究》，國立清華大學臺灣文學研究所碩士論文，2012 年。

感到不平,並希望以此作能為《祖國與同胞》作宣傳。所憑藉的是以塑造一個偉大的作家靈魂,描述其創作精神,刻劃作家的性格為內涵。可惜,經過《文友通訊》幾位作家輪閱後就塵封,直到 2000 年 12 月才出土發表於《臺灣文藝》。

鍾肇政的素材基本上是從李榮春的好友陳有仁給鍾肇政的信件中所回應的資料,以及李榮春的作品《祖國與同胞》的第一冊所記載的事蹟。從〈大嶽鎮〉中所提到的坐火車時想要自殺,童養媳、勞動狀況,或者早年發表批判漢奸的文章,得罪土豪,會認為鍾肇政似乎也閱讀過李榮春在 1957 年完成的《飄》(後來更名為《海角歸人》)。不過從信件記錄來看,鍾肇政似乎在 1958 年趁寒假二十多天寫完之前,都沒有機會來閱讀這份與李榮春剛回到臺灣的大小事蹟。

其實更重要的,是李榮春的性格的部分才是鍾肇政要刻劃的。因為主要事蹟如李榮春的創作歷程、曾回到祖國的經歷有所瞭解後,鍾肇政運用個人的想像力,配以自己熟悉的場景、時代,加上自己的日記,甚至就是自己所體會到的作家精神,創作志向。以敘事者回到童年故鄉後,對主人翁嚴鐵城產生好奇,並藉由主人翁的好友庚申來進一步的探索鐵城的靈魂。

李榮春也曾在 1958 年中,寫下一文五千字的〈友愛〉記錄著與陳有仁在該年 3 月 21 日造訪鍾肇政家的經過。可惜該文佚失了。[7] 接著分為三

---

[7] 「有仁兄:來信都收到了,真感謝你。真沒料到,我一時的感嘆,竟驚動了你,讓你寫了那麼長的信給我。我不知該怎麼道歉呢!老實說,我原來是在模糊裡想到那樣的作品的。當時還沒有任何具體的思想,約暑假預定也只有寫三萬字的中篇,但你為我供給了那麼多材料,那點的場面,這個樣子,非十萬字莫辦,以我目前的能力,實在不能表達無遺的。況且即使勉強寫了一部長篇,也絕不可能成功,更絕不可找到讓他成為鉛字的機會的。不過我打算好好地把這個題材琢磨一番。當然,我也知道寫作並非僅為發表。只要我仍藝術良心驅使我非寫不可。我還是會全力以赴的,只是在目前的我仍因環境及體力,大概暫時談不上。寒假三禮拜也不足以處理這樣一個頭緒紛繁的場面,那就有只等待暑假了,總之,我暫時不敢做決定,一面懼怕照你寫的那個樣子,會與榮春的第二部長篇內容類似,這就仍看看榮春的第二部大作後再看看了。
以往我也寫過頗長的稿子,兩篇十餘萬字,一篇八萬多字,另一篇五萬多的曾整理投去(差不多兩年了)文藝獎金(得二千七百多元稿酬)外,其餘都無勇氣修改整理,至今仍

段討論女性與愛情、國家認同、宗教修辭與性格，來分析〈大巖鎮〉，以瞭解鍾肇政筆下的李榮春。

## 一、女性與愛情

　　鍾肇政在小說中安排嚴鐵城的童戀情人呂金枝，基本上是虛構的。作者安排因為情人的父親阻擋，而未能結合。倒是鍾肇政另外安排一個童養媳，是確有其事，且符合李榮春在來到祖國大陸前，便成婚。這是過去的時代，略顯荒謬的婚姻關係。因為故事中的鐵城為了讓金枝死心，就答應母親與蓮招結婚，不多日便應日人徵招赴大陸擔任「臺灣農業義勇團」。鐵城不僅沒有讓金枝死心，金枝反而出家為尼，蓮招則次年生下一子，獨自照顧母親。

　　事實上，李榮春有四個兄弟兩個姊姊，母親也未如劇情很早就過世。重點在於鍾肇政特意安排鐵城離臺之際，與金枝純潔的一段愛情與悲劇。鍾肇政強調那是為了愛。劇情似乎不合理，但是過去的男女不能自主的時代，也是有可能的。且對照鍾肇政的初戀，也是因為對方父母的關係而失敗。鍾肇政個人早年也是有一個童養媳，但是詳細情形並不清楚。

---

在書籍裏靜躺著。榮春信中也屢次對你提到，目前文壇，像我們這麼無名小卒不會有出路的。我們只有默然的學習，等待來日捨此便無他途可想了，但這也不值得悲哀，值得悲哀的倒是失去信心，至少在這一點，我自信是可以終此生堅持到底的。
榮春的信件我會好好保存，請勿念。
最後還有一點，你說你沒有受過中國教育，這是使人驚奇的，你的認識，你的文字，都是達到相當深刻的程度，以你仍努力，將來的成就是不可限量的，說到此，我倒真想這篇題材，應該建議你自己來執筆，你有這樣勇氣嗎？不怕失敗，你就會成功的。
好了，要上課了，就此打住　祝
愉快
弟肇政拜上十一月二十五日」取自於國家檔案局，aa11010000F/0058/301=01182=0001=virtual001=00016.jpg and 00017.jpg。該信為 1958 年，由陳有仁於《新生報》的某同事，做為線民偷拆私信，抄錄給調查局所留下的檔案。顯示鍾肇政所辦的〈文友通訊〉也被間接的調查中，至於是否有直接的調查證據，尚待警總檔案呈現。由此信可之，鍾肇政所創作的〈大巖鎮〉，頗多也來自於陳有仁所提供的資料。

形塑一個聖潔、崇高的女性,一直是鍾肇政小說中的主題。似乎在鍾肇政這篇小說中表露無遺。

> 「有人說,自殺的人是弱者,但我卻未必能同意,當一個人決心自殺,而不能付諸實施時,他才是個真正的弱者。
> 今夜,我徘徊在天橋上。當我看準南下的列車疾駛過來,正準備縱身一躍時,我看見車窗裏探出了一個女孩子的面孔。那是,啊!那明明是金枝啊!她在一時間後連同列車消逝了。
> 『城哥,我四時都在為你祈求神助啊……』
> 『城哥,我相信你有天分的,寫吧,寫出不朽的傑作來……』
> 我的耳畔響起了這熟悉的聲音。呵!冥冥中她在引導著我,為了她——我不能懷疑,我確信,她就是我中華民族魂的化身——我必需活下去,無論如何得熬下去,完遂我的志願……」
> 在這一剎那間,金枝成了鐵城心目中的永恒的女性。[8]

金枝是鐵城在精神上的支柱,方向上的引導。本身也是文學少女,但為鍾肇政塑造成老年後,因病枯乾憔悴,而失去任何女性的嫵媚與光彩。試圖引起讀者的同情。而童養媳也是犧牲一生,照顧鐵城的母親與子女,最後因喪夫而失心。鍾肇政在永恆的女性的主題的設定下,安排鐵城將來要寫的理想女性的塑像,是以這兩個女性,加以融合為一的。這在鍾肇政個人的創作實踐中,是常有的情況。

而相對的,李榮春筆下的人物,都是寫實為主,不虛構。當然也不會特意的設定理想的人物,更不會揉和幾個人物特點的方式為之。不過,相同的是,兩人在生活上的愛情、或者初戀上的經驗,都沒有成功。

---

[8] 《鍾肇政全集 15—中短篇小說(三)》,頁 534。

## 二、國家認同

　　作者幾度強調臺灣、臺灣人。並且明顯指出祖國對臺灣人是不信任的。只是在嚴鐵城這邊似乎表現了隱晦的態度，理由是要堅強的指出主角是熱愛祖國的。並且對中華民族的希望、中華民國的未來，抱著強大的希望。

　　不過在作者來看，藉由敘事者的問題來表現，似乎是有所疑慮的。並且鍾肇政還藉由敘事者的好友庚申，為鐵城吃苦沒有獲得回報而抱不平。當然，鍾肇政還是安排鐵城告訴了庚申：「寧願祖國負我，我也不願負祖國。」

　　鍾肇政把祖國與回到母親的懷裡，這樣做聯繫，這是相當平常的作法，並且也強調了在臺灣的生母。鐵城認為了祖國的生存，這也就是為了真理與光明，他將貫徹這個理念，而奮鬥下去。這也是李榮春本人，創作的一貫主題。鍾肇政在小說中點的很清楚。

> 祖國，親愛的母親呵。我要跟你暫別，回到如今已歸返懷抱裏的小島，因為那裏，有我的另一位親愛的母親跟我那可憐的小女人，我撇下了她們已有八年多之久了。此刻，我也不由不懷念起她們來了。[9]

　　但是，鍾肇政也強調了中華民國，也就是祖國太過於貪財，這在李榮春對祖國的理解似乎是一致的。但是造成的認同的影響，可能不同，作品中強烈的寫到：

> 祖國，我親眼看到妳在創傷裏復甦過來，心願已了，我可以心安理得地離開妳了。然而，我看到妳的許多子民們在瘋狂地做著發接收財的夢。他們也許真正苦過來，該得到報償的，可是，可

---

[9] 《鍾肇政全集 15－中短篇小說（三）》，頁 534。

是，不知為了什麼，我心中卻有一種莫可名狀的危懼在滋長。我依稀感到，世界上不論任何一個民族，他們對財富的追求與獲得，都對整個國家民族有所補益，唯獨我們中華民族愛不得財富……。[10]

從在大陸時，鐵城的崇高目標「消滅敵人重建祖國」在支持他，回臺灣後因為金枝的鼓勵鐵城發現並喚醒民族魂，成為他創作的重要主題：

> 金枝的話給予了我莫大的啟示。我不能再猶疑了。一年來在我腦中時起時伏的，不正是這個嗎？寫篇長篇小說，不錯！看吧，喚醒我民族魂，這是時候了。人們是那樣容易忘卻苦難，那樣容易陶醉於勝利的果實，而更可慮的，是那樣容易成為物慾的俘虜，金錢的奴隸。長此下去，危機必然怒濤般洶湧即至。
> 祖國！祖國！可愛的祖國啊，妳已飽受苦難的折磨了！可憐的祖國啊……[11]

這裡的民族魂，從整篇小說的脈絡來看，當然是中華民族魂。1967年鍾肇政發表《臺灣人三部曲》的第一部《沉淪》，刻意的在楔子加上了「中華民族魂」。在整篇小說中臺胞抗日的英勇的使命、鍾肇政對題名的堅持，顯然很不合。可以猜測，就算他是不排斥中華民族魂的說法，他最想寫下的還是臺灣魂。而那種不得寫下中華民族魂，是相當不甘願、相當被壓迫的、不自由的、心中有小警總的自我檢查。

並且依照上節所說，金枝是中華民族魂的代表。而鍾肇政日後所刻劃的女性，是有臺灣特色、臺灣味的，因此作為臺灣魂的代表，是顯而易推的。這就是鍾肇政真正的思維的模式。

---

[10] 《鍾肇政全集 15－中短篇小說（三）》，頁 535。
[11] 《鍾肇政全集 15－中短篇小說（三）》，頁 549。

對於〈大巖鎮〉作品的基調是抗日，過去日治時代的遺跡成為侵略者的見證。鍾肇政也安排主角的創作除了熱愛祖國外，也有臺灣同胞抗日的英勇故事。這自然是鍾肇政在 1950 年代，處理相當多的題材，未來的《臺灣人三部曲》也好，就是在 1958 年，鍾肇政想要寫第四部長篇「黑夜前」也是取自如是題材。在李榮春的小說片段中，也常引其長輩日本人來臺殺戮臺灣人的凶殘，血淋淋的。李榮春對日本帝國主義的認知，是停留在這個地方。對日本精神這四個字完全沒有好感。

## 三、宗教修辭與性格

相當少見的，鍾肇政在小說中引用不少宗教的修辭。在一開始就有：

> 「那殺身體不能殺靈魂的，不要怕他們，唯有能把身體和靈魂都滅在地獄裡的，正要怕他。——馬太福音 十：二十九——」[12]

這段話的用意，就是在強調鐵城的靈魂的奧祕，有堅定的信念。

並且小說中，有相當多宗教、神話的修辭，如上帝、十字架、佛教、希臘神話的。會牽涉到佛教，當然是為了連結女主角金枝遁入佛門的關係。金枝的角色，是除了鐵城之外，筆墨最多的。她的善於犧牲、照顧他人、保護主角，似乎在李榮春的經歷是不存在的。同樣的鍾肇政在作品中安排鐵城照顧蓮招，這也非李榮春所擅長。鍾肇政非常瞭解李榮春是完全投入小說創作，這是真正所謂的作家氣質，忠於創作，除此以外，其他一切不顧。而所有違反世俗、對他人造成傷害的，鍾肇政也歸諸於李榮春有一顆純摯善良的心。

最後還引鐵城的日記，提到宗教觀念的救贖概念，並以西方文學中常見的永恆的女性的塑造，表現在鐵城正在創作的第二部長篇小說。

---

[12] 《鍾肇政全集 15－中短篇小說（三）》，頁 494。

在他這時期的日記裏，屢次地碰到一個陌生的女郎——高雲月。起初我很覺莫名其妙，庚申也不認得有這麼個女人，後來她出現得多次，我方才明白過來這是他第二部著作裏的女主角，也是全書的主人公。從片片斷斷的描述裏，我領悟出這是把金枝和蓮招兩人揉合在一起塑造成功的悲劇女角。無可置疑，他是在企圖創造出一個犧牲自我而成全並引導一個男子為祖國為同胞而奮鬥的，足跨新舊兩時代的「永恒的女性」。
「我要寫了。這次我得慢慢來，沉著地，穩重地寫，為至今仍在苦難中掙扎的祖國，為行將來到的光明的日子——我已望得見曙光，因為祖國正在漸漸強大茁壯——我要傾注一切精力，拼命地寫。我要醮著淚水寫，眼淚乾涸了，就讓我醮著血液寫吧！」[13]

但是很奇異的，李榮春雖然也看過〈大巖鎮〉，但是理想的愛情與女性，似乎從未是李榮春的主題。

而對於宗教團體，鍾肇政似乎沒有客氣的，在小說中穿插鐵城住在廟寺所看見的醜態：

他來到臺灣中部名剎白雲寺，成了一個寺裏的打雜傭工。白天從事種植、園藝、打掃等工作，入晚則伴著孤燈，在和尚們的清馨木魚聲中埋頭寫作。
這是段比較安靜的時期，寫作頗有進展。然而不到兩個月，他就領略到清淨的梵宇僧樓裏，住的卻是不清淨的人們——他把他們形容做「廉恥與頭髮齊光的禿頭族」——，環境的清淨幽靜，也祇讓他勉強忍耐不到半年的時光而已。[14]

類似的批評也指向了勞工被剝削的慘狀。這顯示出鍾肇政在這時

---

[13] 《鍾肇政全集 15－中短篇小說（三）》，頁 562。
[14] 《鍾肇政全集 15－中短篇小說（三）》，頁 553。

期，藉由撰寫〈大巖鎮〉透露出鍾肇政潔癖的一面。在這時三十歲出頭，短篇小說創作漸趨成熟之際，進行了初步的社會批判方式的創作意識。

因此，在小說筆下的鐵城，鍾肇政在處理性格安排，看的出來鐵城是疾惡如仇，對貪官、漢奸家族毫不客氣。甚至對於好友老趙的庸俗化，也格格不入。拒絕老趙的好意，並在內心自承狂放與自私，而徬徨不已，這種憎惡性格，是非常貼近李榮春的性格寫照的。

> 這就是人嗎？沒錢的人想得到錢，有錢的人想更多的，於是一切卑鄙陰險的手段都變成正當的，蠅營狗苟無所不用其極。結果都同樣歸到：成功的人──即是把錢弄到手的──就是對的，否則便錯。於是人人都恭維成功的人，奉承成功的人，尊之敬之唯恐不及。為什麼呢？我真想不通。他們不也都是有吃有穿有住了嗎？從前，可有幾個人如此想法？當年大家是受奴役的，是被征服的，雖然難免有些卑屈的奴才相，然總還懂得樸質之可貴。如今呢？卻是如此趾高氣揚，唯利是圖，你爭我奪，甚至不惜置國家利益於不顧。唉，有幾個人看到，民族的危機正在滋長啊……[15]

這是從鐵城的日記抽出來的。自然在李榮春的《祖國與同胞》可以見到這麼慷慨激昂的話語。可是，這也可以瞥見，反映出鍾肇政另外一面的性格。特別有可能這就是他自己的日記上的話。

劇情中，在他面對昔日好友呂金沐指責污辱了呂的祖先，鐵城用日本話大罵一句「巴格耶魯！」，轉身離去。他感到血液沸騰沸騰這段，衝動的樣子與口吻，非常的傳神。

另外，愛與熱情也是主角內心中最為重要的前進的動力。他接受了友誼、親情的大愛，還有女性的愛情，成為他不斷努力的信心的來源，

---

[15] 《鍾肇政全集 15－中短篇小說（三）》，頁 540。

就是靠著愛。人間之愛，與上帝之愛互相結合，並調節了角色性格與感情上面對世間壓力時，造成失序的可能，如自殺與暴怒。

## 第三節　以比較鍾肇政來認識李榮春

在上一節，畢竟都是鍾肇政在塑造李榮春，並且也侷限在 1958 年前，鍾肇政見過李榮春兩次面，閱讀過李榮春的一篇長篇的部分章節。在這之下，對李榮春的性格與經歷上的描述，是有所侷限的。

在這裡，將延續上一節分析的三種方向，愛情觀、國家認同、生死觀與創作觀，並閱讀李榮春所有作品為分析基礎，並比較鍾肇政、李榮春兩人性格的方式，期望能夠深一層的瞭解李榮春。

### 一、愛情觀

鍾肇政在小說創作中，相當投射了個人戀愛失敗的經驗與對女性愛情的渴望。在小說中經常安排斯文愛讀書的主角，受到女性的青睞。一方面也刻劃、虛構出理想的女性，作為成長小說中，主人翁勵志向上的動力。並且賦予女性相當的身分意識。

奇怪的是，李榮春雖也是常賦予主角，讓女性來愛他。但是問題還不在於主角往往就是其生命經驗的化身。而是在作品中，明顯的感受到，那完全是主角個人的幻想。這並非作者故意虛構出來的，而是讓讀者感受到，不僅是主角真誠的想像這女性對他的渴慕，而且還發現作者本人也似乎認為是真實的。

特別在《洋樓芳夢》這部小說中，有清楚的呈現作者也好、主角也好，一副完全不懂世情陶醉在自己的世界裡：

> 「貞嬌我真懊悔，我太傷了妳的一片芳心。罷了，我已經覺悟了，再不梭巡卻顧了，即使為了妳而跌落地獄，也心甘情願……」

> 他毫不躊躇的蹲下那兒,像一個勇敢的騎士,緊捧著情人的玉容,儀態莊嚴的吻著她的芳唇。感慨萬千地,接著還默語道:
> 「我懺悔了,請原諒我,我永遠不離開妳!」
> 她半閉著眼睛,四肢顫戰著接受他的撫愛,渾身一陣癱軟,幾乎撲倒在他懷裡。[16]

　　過去詮釋這本小說,認為是顯坤夫婦貪戀主角羅慶的創作將帶來大筆收益,而女主人似乎有誘拐羅慶的嫌疑,刻意的討好。但是筆者認為討好應該是有,而作者所撰寫出來的,似乎貞嬌是愛上羅慶,這不是不合理的情節描寫,就是顯示出主角與作者的共謀,表現了一種幻想。也就是作者藉由主角陶醉在被愛的幻想中。

> 貞嬌這幾天心情很難過,為什麼羅慶不回來呢?已經五天了呀!她真想不出她怎麼要跑開,她更料不到他離得開她。她感受到一種殘酷的諷刺,她暗暗傷心幽怨。有如一朵嬌豔的花兒,忽然被一陣風雨摧殘,她受了一次精神和心理上的無情的打擊,顯得有些憔悴萎靡了。[17]

　　因為李榮春的作品都有事實做根據,並且以忠實表現為創作態度。因此,為何作者,也就是主角,他會知道貞嬌的心情呢?筆者認為這都是李榮春一廂情願的想像。諸如鍾肇政在筆下對主角的萬人迷的安排一般。差異在於鍾肇政小說是虛構的,而且在小說筆下,也合理的呈現出兩人相愛漸深的過程。

　　李榮春這樣的劇情安排,也在《海角歸人》中的主角牧野,安排了八年未見的童養媳妻子素梅以及唐老太太的女兒美華愛上他、永遠等著牧野。我覺得也是想像出來的。特別是素梅的角色安排,與《洋樓芳

---

[16] 《李榮春全集―洋樓芳夢》,頁205。
[17] 《李榮春全集―洋樓芳夢》,頁179。

夢》的貞嬌一樣有個特性，就是當主角清醒時，他是極端個厭惡這兩個女人，覺得她們的容貌、身材，一一都是庸俗的，他也自我懷疑怎麼會喜歡上她們。

　　精采的地方就在這裡。筆者認為這是一種性飢渴的心理所造成的幻想。李榮春不自覺的透露出個人的性心理不穩定的心理狀態，在判斷男女關係時產生了極度的幻想的狀況，對女性的真正的心理有了誤判，並陶醉其中。當然，對作者李榮春來說，創作當下應該是很清醒、有意識的狀況。可是他的創作態度的誠實，以及創作的理念，對人際交往不合世俗禮法的因應方式，造成他在回憶過去情事的時候，便無法進一步的反思真實狀況，掉入了過去記憶的狀況。雖然，有進一步的反思到，對該女友憎惡的情況，但還是忍不住的受到吸引。

　　這時候，李榮春筆下的主角，除了感到個人背棄友愛之外，總是認為自己純潔的心靈喪失，失去了人格，就再也無法寫出富有高尚心靈的創作了。然後，主要靠著大自然，尤其是故鄉的美而獲得了救贖，或者平靜下來。

> 他深深的吸進一口河邊清鮮的空氣，精神頓覺清爽，心情也不覺得那麼鬱結了。他似乎開始覺悟了，一直在苦擾著他的迷念，已經漸漸消失。受了這裡的自然的洗滌，這一刻，他的心靈又獲得淨化了。他忽然感到由內心湧起一陣新的力量，禁不住欣躍著在心裡叫道：
> 「噢！這樣的心境多麼安自在，多麼輕鬆，愉快。這一刻我又能感到光明和快樂！」[18]

　　還有一個更特殊的設計，就是想念著另外一個女人，如《洋樓芳夢》的麗卿、《海角歸人》的美華，來讓自己忘記此刻所憎惡但又著

---

[18] 《李榮春全集－洋樓芳夢》，頁173。

迷、無法脫身的女人。李榮春所設計的情節，由於男性情愛的情節，過於不合理，而致使筆者猜測為一方面是性苦悶，而至幻想最後成為荒謬的情境的表現。

在女性角色方面，李榮春也設計了女性主角貞嬌，執迷於情慾於羅慶，而作了惡夢拿刀殺羅慶或者被丈夫殺死。荒謬的情境，無意識的拼貼的筆觸，表現出類似後現代的段落。好像這個「洋樓芳夢」的小說，正在進行著劇情，也正在撰寫的劇情，劇情與撰寫互相的交替進行中：

> 緊接著，那個哀艷的「洋樓芳夢」，忽又幽靈似的縈繞在腦際，一幕幕鮮明地映在眼前，拂拭不開……她顫戰著，動彈不得地，顯坤揮著寒光閃閃短刀，正要戳進她的喉嚨……她的心房起了一陣悸動，眼皮緊接著跳個不停。慌亂中，她念念有辭的，急忙在嘴裡嘰咕著：
> 「讓我少活幾歲，望神、望佛庇佑羅慶成功！」[19]

總之，這個真誠的作家，但是不適和人際的交往，在作品裡的對女性情愛的想像，寫成不切實際的、不合常理的表現，其意識流或者內心世界的剖露，一方面作者用敘事與全知觀點的方式揭露主人翁內心，而且還在對話當中，直接透露出主角是怎麼想事情、內心想著什麼話，而對面的角色，因為主角沒有真正吐露出來，而無法猜知主角的內心。在只有讀者知道的情況下，並且主角內心這時往往是充滿惡意的態度，這形成一種張力。在往後，主角常常爆發出打人、大怒的情景，成為一種性格壓抑表現下的自然結果。深入、完整的表現了主角的特殊的性格。

在李榮春後期作品《歸鄉》中，他寫下了性飢渴更荒謬的狀態，一次是在火車上對女人性騷擾，而且怪異的是，他又自覺這個女性的印象是又髒又臭的，就在頭城往臺北的火車，進了草嶺隧道的時候：

---

[19] 《李榮春全集－洋樓芳夢》，頁402。

>車廂裡並不亮起燈光，漆黑一團，隨著火車震動巔陂，他們越發緊緊碰在一起，他禁不住摟著她，假如那時她只喊一聲來，他就無所躲，只有跳車自殺，但他開始時是很小心，不敢粗心大意，偷偷摸摸的試探著，這才一步步放膽，緊緊摟著她，她唯一的反應，就是拼命捻著他的手腕，她捻的越痛，他就把她抱得越緊。[20]

這一段，是相當巧妙的布局。因為其後，主角榮春（與作者同名）來到臺北開始迷戀一個妓女阿炬。並且通過種種的想像，認為阿炬也是愛著他、等著他。但在小說中，讀者卻可以清楚的發現到，這是主角個人的想法。可是又感到作者寫的那麼真誠，不像是虛構的、故意要騙人的。主角說：「你騙取我的純情，你騙取我的純情……」，[21]感覺上，甚至作者都不知道主角自己在騙自己。這是李榮春小說中，一個獨特的表現。

在男女愛情之外，李榮春將主題轉向為對母親的懷想。李榮春來到祖國大陸，縱然是有熱愛祖國的原因。但是部分原因也是要逃避婚姻。他在後來創作的主題放到對母愛的歌頌，可以說是愛情的不順遂使然，而在極度的性壓抑之下，早成許多越軌的，但是令人理解的舉動。李榮春也將之暴露出來。並且表現了

而不同的是，鍾肇政都集中在愛情的表現，而對於母親甚少描繪。令人感到愛情與母親的角色，似乎有衝突性。這在李喬的小說中也可見到。奇異的是，李榮春無論寫祖國、寫愛情、寫母親，似乎都是非常的單純在刻劃這些情感本身，而未將女性與國家做了相當程度的連結。但是事實上如《祖國與同胞》的主角與大陸女子的愛情卻是失敗的。似乎仍可以令讀者有進一步的如《亞細亞的孤兒》式的解讀。而女性作為筆下角色的救贖，在鍾肇政作品中多所發揮。李榮春一樣的排除了這種救贖象徵，只耽溺在創作本身，創作本身就是他的救贖。這跟兩人的個性

---

[20] 《李榮春全集－歸鄉》，頁195。
[21] 《李榮春全集－歸鄉》，頁214。

與文藝理念似乎有所關連。

## 二、國家認同

　　鍾肇政雖為葉石濤筆下的臺灣大河小說的第一人。可是鍾肇政以李榮春模特兒，並以李榮春創作出《祖國與同胞》的成果，化身為「長江三部曲」為名，作為小說主角嚴鐵城理想。本章並不想翻案誰是臺灣第一個大河小說家與大河小說的定義。但是，李榮春的巨幅創作，想必是相當鼓舞鍾肇政才是。這也是鍾肇政創作〈大巖鎮〉，甚至辦《文友通訊》受到鼓舞的起因之一。並且巧合的是，鍾肇政創作〈大巖鎮〉的過程當中，也是第一次在給鍾理和的書信當中，透露出他想要寫以「臺灣人」為名的小說。

　　祖國情懷與難忘日本帝國主義所做的殘忍不義，該行為無論是對祖國或者臺灣人，正也是激起李榮春作為一個作家的動機，以及永恆的主題。對比鍾肇政，在光復之初鍾肇政也激起了濃烈的祖國情、建設中國的夢。鍾肇政在作品《怒濤》所表現出來的建設進步的國家，要好好的學習來自日本的新技術，這在李榮春筆下這麼說：

> 我希望你們都要有得研究的熱情才好，並且你們要想做的到這裡來學習一種技術，希望能把技術學得好起來，等祖國勝利，我們才會有得技術，可以為新中國的建設努力。我們這時在這裡就要這麼想，這樣決心，大家要認真學習，希望將來能為我們的國家努力，這樣我們才能對得起一點我們的祖國。[22]

　　雖然說李榮春在作品中仍是有嚴厲的批判祖國人民奴隸心態，描寫日本兵也有善良的一面。但是基本上與祖國站在一起，脫離臺灣人被殖民的痛苦處境，是沒有改變的。這跟同樣的祖國經驗的鍾理和，也是僅

---

[22]《李榮春全集－祖國與同胞》，頁1028。

僅小李榮春一歲，似乎是比小十歲的鍾肇政世代所感受到的差別待遇不同。李榮春世代雖然也目睹過二二八，但是並不以整個祖國、中國的文化差異來認知，而與臺灣人做切割，並同樣認為臺灣人要追求幸福，必須與祖國緊密的結合。

這似乎可以依賴心態來批評李榮春的世代。但是進一步的瞭解他們受到奴役的心靈傷害，痛惡日本帝國主義，這一樣是一種臺灣人的心靈，是值得同情的。

兩位作家同樣的有臺灣人的立場，追求臺灣未來的幸福與光明。就算是李榮春在最後一部長篇《八十大壽》以戀慕母親為主題，但是仍不時的重述李榮春個人在祖國奮鬥的歷程、創作的抱負，且延伸到童年的時代說起。顯示出李榮春與時代的互動停止在撰寫《祖國與同胞》時的認同態度。

而鍾肇政同樣在最後一部長篇《怒濤》，認同的角度也是停留在二二八之後，對祖國的失望。不過，卻是在《怒濤》嚴厲的批判了臺灣人的墮落。與解嚴前在《臺灣人三部曲》等小說，全然的塑造正面形象的臺灣人精神，有所不同。

比較之下，李榮春似乎是不加取捨素材的，一心一意的以抽象的「真理與光明」來表現其生命的主題。李榮春的時間一直停留在日本時代給他的創傷，對於祖國情懷、國民政府，已經固著無法有任何的反省。這是無需見怪的。何況他本來就是活在自己個人、家庭的世界裡。

又比較鍾肇政的《濁流三部曲》，鍾肇政在短短的三年的小說背景裡，表現了隨時代飄移的認同意識、語言轉換與幾段愛情情節的搭配，故事與文化是豐富且細膩多了。不過，由於李榮春難得的祖國經驗，見證日本軍人的殘暴、祖國人民的苦難與醜陋面，還有臺灣人掩飾自己身分的漂流，也是非常動人的觀察與珍貴的心靈記錄。

## 三、生死觀與創作觀

李榮春要活到一百歲，對上帝、靈魂不死覺得不實際。很早就放棄

了生命的永恆這回事。所以，比較實在的就是運動、鍛鍊身體。並且以擁有健康的身體而為創作培育體力。李榮春說：

> 天堂與靈魂都是不可知的，我根本就不知道我自己有沒有靈魂存在，但生命是只有一次、生命一死便永不復生，雖說能活到一萬歲，歸結還是死，⋯⋯，總要盡可能延長自己的生命，這是絕對辦得到的，要把生命握在自己手掌中，非到成就自己這一生必須實現的願望，直到對自己生命的意義和價值感到在沒有遺憾，無論怎麼也不願死，絕對不能死。[23]

鍾肇政在作品中則常作反抗死亡的主題，但終究感到自己是太天真，認為自己可以看破死亡，而實際上一敗塗地。雖然鍾肇政是長老教會教徒，但是很少提到聖經的詩句，信仰的詮釋。他是否相信有靈魂，是很令人懷疑的。作一個第三代的教徒，是否虔誠，也不大清楚。[24]

他的生命觀，就是在這樣的趨近死亡的狀態下，不讓自己沉溺於虛無的人生。努力的創作，在作品中賦予繼續向上的人生觀。所謂的參透死亡，也僅僅是克服對死亡的恐懼，然後在不斷創作、向上、豐富人生體驗，也就可以說是戰勝死亡了。

綜合起來，兩人在創作本身的意義，似乎是一種反抗死亡的方式。如李榮春所寫：

> 老四一回來便開始寫，這是他的另一種奮鬥的開始，只有這樣他或許才能使死了的生命，說不定還有重新活回來的一天，給已經沒有意義的生命，創造出一種意義。這是他為一個一種自救，這是沒法使任何一個人能夠瞭解，同情他，他自己也不知究竟如何，這是一種很難把握的，沒法摸捉的冒險的賭注，說不定會因

---

[23] 《李榮春全集－李榮春的文學世界》，頁125。
[24] 《鍾肇政全集13》，頁130。

此更加全部廢滅了他的一生。[25]

在藝術功能上,兩人都有淑世為歷史作見證。鍾肇政專注在愛情、李榮春則專注在母愛。可以說,兩人都希望以藝術的永恆來超越生死,兩人都是虔誠的奉獻在創作的道路上。創作都有一個強烈的使命感。

## 第四節　結論

鍾肇政利用簡單的資料,在小說〈大巖鎮〉精確的構建出李榮春的形象與性格。敏銳的捕捉到李榮春的熱愛祖國的心志、追求愛與光明的理想。更重要的是李榮春的作家性格,對文學創作的忠誠。

在愛情觀的表現上,李榮春呈現相當不成熟的一面,趨近於個人幻想式的情慾,而且產生一種高度的性飢渴的緊張感,甚至會產生侵犯到他人的狀況。雖然是小說,但是李榮春真誠的創作態度,顯然是一種自剖。這種暴露基本上是一種私小說。但是實際上,主題指向是仍以真善美為依歸,並非抱有私小說的暴露為藝術目的真實觀、文學觀。

因此,李榮春的小說,基本上原來還是有自我的非道德的暴露。只是全書仍偏重於浪漫主義式的真誠的表現,還是存有強烈的理想性格,而非自然主義的表現獸性、揭露個人的虛偽面為滿足。

比較起來,鍾肇政暴露稍多,性的描寫有更細膩的刻劃。李榮春僅僅是點到為止。這也是因為李榮春都是在純幻想的狀態之下為之,甚至有點像梵谷,幾次的熱中與妓女在一起,而實際的肉體行動極為有限。另外一方面,也顯示了兩人在文學觀,可說都有相當理想的一面。但是鍾肇政在道德倫理的美學層次上,是放的更寬些。

在國家的認同層次上,緣由世代的不同,各有其認同的對象,對於外來殖民者、中國與臺灣,有不同的好惡。只是光復後,祖國情結、建

---

[25] 《李榮春全集—八十大壽(上)》,頁246。

設偉大的中國這樣的夢，曾一致過。但是，李榮春似乎在早年階段，這種認同就已經固定了，而且也不會細膩的表現個人認同中的變化的過程。但是，基本上，兩人分別代表了臺灣人不同世代的作家，反映出臺灣人認同上的心靈的不同。臺灣與祖國的幸福是他們分別的創作的動力與使命感。

在性格上，兩人都是有相當的有疾惡如仇的成分，而李榮春更顯得有暴怒的舉動發生，不如鍾肇政相當的內斂。而鍾肇政在 1950 年代後期，也是富有批判社會的作品產生。兩人的創作觀都期許能夠改變社會與國家。而在有限的生命裡，都願意忠誠的面對藝術，產生作家的精神與氣質，為創作付出一切。當然，這一點在李榮春應該是犧牲更大的。如鍾肇政所言，李榮春是他們那群夥伴中最有作家氣質的一位。一切的苦難，也是因為有這顆誠摯的、作家的心使然。

## 參考資料

1. 李榮春，《烏石帆影》，臺中：晨星出版社，1998 年。
2. 李榮春，《祖國與同胞》上冊，臺中：晨星出版公司，2002 年。
3. 李榮春，《祖國與同胞》下冊，臺中：晨星出版公司，2002 年。
4. 李榮春，《海角歸人》，臺中：晨星出版公司，2002 年。
5. 李榮春，《洋樓芳夢》，臺中：晨星出版社，2002 年。
6. 李榮春，《鄉愁》，臺中：晨星出版社，2002 年。
7. 李榮春，《八十大壽》（上），臺中：晨星出版社，2002 年。
8. 李榮春，《八十大壽》（下），臺中：晨星出版社，2002 年。
9. 李榮春，《懷母》，臺中：晨星出版社，2002 年。
10. 李榮春，《和平街》，臺中：晨星出版社，2002 年。
11. 李榮春、鍾肇政等，《李榮春的文學世界》，臺中：晨星出版社，2002 年。
12. 褚昱志，〈人性的照妖鏡——試論李榮春的《洋樓芳夢》〉，《臺灣

文學評論》6卷，第4期，2006年10月。
13. 褚昱志，〈臺灣大河小說之先驅——試論李榮春的《祖國與同胞》〉，《臺灣文學評論》5卷，第3期，2005年7月。。
14. 錢鴻鈞，〈認識一位逝去的老作家——從《文友通訊》進入李榮春的文學世界〉，《李榮春的文學世界》，臺中：晨星出版社，2002年。
15. 錢鴻鈞，〈〈大巖鎮〉出土與《濁流三部曲》〉，《臺灣文藝》，173期，2000年12月。
16. 錢鴻鈞，《鍾肇政大河小說論》，臺北：遠景出版社，2013年。
17. 丁世傑，《臺灣家族敘事的記憶與認同》，臺北教育大學臺灣文學研究所碩士論文，2007年。
18. 江靜怡，《李榮春小說研究》，東吳大學中國文學系碩士論文，2005年。
19. 吳淑娟，《以生命和文學共舞——李榮春自傳性小說研究》，佛光大學文學系碩士論文，2006年。
20. 沈秋蘭，《李榮春小說的在地書寫》，臺北教育大學臺灣文化研究所碩士論文，2009年。
21. 陳凱筑，《論李榮春及其小說》，臺北教育大學臺灣文學研究所碩士論文，2006年。
22. 周介玲，《臺灣作家的文學獻身之道——李榮春之藝術家成長小說研究》，國立清華大學臺灣文學研究所碩士論文，2012年。
23. 莊紫蓉、錢鴻鈞等編，《鍾肇政全集 15》，桃園：桃園文化局，2001年。
24. 莊紫蓉、錢鴻鈞等編，《鍾肇政全集 23》，桃園：桃園文化局，2001年。
25. 莊紫蓉、錢鴻鈞等編，《鍾肇政全集 13》，桃園：桃園文化局，2001年。

# 第四章　心景式心理小說：以 1959－1963 年為範疇

## 第一節　前言

　　為何筆者特別要研究這一段時期的小說，因為鍾肇政的短篇小說集《輪迴》只收錄到 1961 年的創作，而收錄最早的創作是 1958 年底的〈柑子〉。而之後結集中的短篇小說，是所謂的實驗小說多篇，書名為《中元的構圖》。

　　這些所謂的實驗性小說，都是往往在敘事上偏離了故事主軸，處理夢境與幻想或者精神上的失常，面對死亡與其他打擊造成的精神崩潰，以及死亡與性兩個題材的探討。

　　就現代小說而言，是重視深入心理與描繪心理的，這是基本的概念。鍾肇政在 1964 年開始的實驗小說是明顯的進入意識流技巧小說，這是他的一個新的心理分析技巧上的表現，是一個創作上技巧成長的過程。

　　如鄭清文所言：「從他的長篇小說，我們可以看到一個人的成長，從短篇小說，卻可以看到一個作家的成長。」[1]鄭清文在文句中的「作家的成長」指的是精鍊的技巧與嚴密的結構；而人的成長指的是豐富的內容思想部分。

　　而就筆者研究，從〈柑子〉的發表前後，鍾肇政有多篇以少年的敘事角度來創作的。而根據鍾肇政與文友的通信來看，鍾肇政在 1959 年開始，有所謂的意識流技巧的表現與學習。

　　因此筆者認為有必要從 1959 年到 1963 年挑出這段時間鍾肇政所發

---

[1] 鄭清文，〈鍾肇政短篇小說札記〉，收錄於《鍾肇政全集37》，頁74。

表，比較不是兒少為敘事觀點的小說，詳加研究這段時間作品的心理分析表現上，到底發展的如何。

而 1961 到 1963 年期間，另有三個中篇小說合為《殘照》的書本中，特別是〈摘茶時節〉是鍾肇政用心理醫學為背景，表現心理創傷或者最後發瘋的故事，偏向於傷感而故事性濃厚，略嫌通俗化。但是也可以看出鍾肇政開始走現代主義路線。不過其中的〈摘茶時節〉是 1959 年就寫好，發表卻是 1962 年，想必是過去曾被退稿，1962 年時已經是發表《濁流三部曲》系列作品的大作家了，所以稿子重新被報章刊物接受。因此，有必要在此篇以心景式定位來分析，在本章中也一併討論這三篇中篇小說。

本章的構成，在第二段將以鍾肇政與文友的通信中，提到現代小說技巧的部分加以分析，以作為研究相關小說的基礎。而第三、第四則分別研究短篇與中篇的小說。

## 第二節　鍾肇政信件研究

從鍾肇政與文友的往來書信，可以發現鍾肇政創作上對技巧、方法上的進展與計畫，並且注意到在什麼時間點時，作品中有相當的心理分析的表現。儘管需要真正對作品進行細節上的考察，但是這些往來的書信，仍是可以給筆者相當的參考性質。

最早提到鍾肇政在浪漫主義、傷感的小說之外，有了新的轉變的是他給鄭清文的信上所說：

> 我覺得我目前所追求的作品，是屬於心靈的，或者是剎那的，或者是偶然的，把那心靈的閃現之傾刻撲捉住。〈簷滴〉你說已看過，這篇也是在這種情形產生的，更早的〈梅雨〉、〈兩塊錢〉

（不知兄有無印象？）也都莫不如此。[2]

　　心靈的閃現與剎那的表現，筆者以為這就是日本新感覺派的特徵。[3]當然，這不一定完全符合日本人的新感覺派的定義；或者也不一定是鍾肇政在跨入如 1964 年在《臺灣文藝》發表的實驗小說，那裡頭有強烈的情緒的堆積，利用怪誕的修辭與敘事方式，時空特異的排列，所造成的往往是瘋狂的人的心靈世界。所謂「心靈的閃現之傾刻」可在下一個段落直接從〈簷滴〉、〈梅雨〉與〈兩塊錢〉來考察。

> 我很欣賞您的「簷滴」，因為那篇很有格調。我看過有些人寫的東西，雖然可看出他們的「知性」很高，但他們的作品，好像，不免落俗。您所說的其他兩篇，我沒看過，因為在軍隊裏比較不易看到聯合版，其他的報紙也多是「僧多粥少」，不然就是幾位上頭的人在看，底下的人不便開口。
> 您所說「屬於心景」的，是否就是 J. Joyce 或 V. Wolf 所說的「意識流」。J 的作品，我不敢問津。W 的作品以後也許可以看一點。雖然，英文的小說，我勉強可看一點，只是速度太慢。您的信寫得太客氣，請以後別這樣。[4]

　　這時鄭清文正在軍中服役，從鄭清文的回應來看，他認為鍾肇政是在表現意識流，但是鍾肇政似乎不置可否。鍾肇政回信時，先藉由討論了鄭清文的〈打蚊記〉，[5]闡明鍾肇政一向主張的是心理，且是深入人性

---

[2] 鍾肇政給鄭清文書簡，《鍾肇政全集 26－書簡集（四）》，1959 年 12 月 18 日，頁 3。

[3] 「這些作家不願意單純描寫外部現實，而是強調直覺，強調主觀感受，力圖把主觀的感覺映象投進客體中，以創造對事物新的感受方法，創造所謂由智力構成的「新現實」，而與傳統的寫實主義相對立的。」取自蔡登山，〈迷茫與焦灼的漫遊者：記「新感覺派」作家〉（另眼看作家系列之九），全國新書資訊月刊，2007 年 6 月號，頁 28。

[4] 鄭清文給鍾肇政書簡，《鍾肇政全集 26－書簡集（四）》，1959 年 12 月 21 日，頁 5。

[5] 《鄭清文全集・短篇小說卷 1》，國立臺灣文學館，2022 年 6 月 1 日。原出於《中國時報・人間副刊》，1960 年 5 月 28 日。

的幽微的地方。

它的取材在闡發幽微的心理模態。心理的撲捉，通常是注重在矛盾——不管是其（矛盾）形成也好，經過也好，總之它不應僅是心理動態的過程，否則作品便要流為平淡，蕪雜而無味。此作予我的印象正在這一點。不過事情都得靠心血來摸索。當然，下筆前你當也注意到這篇題材的乾燥無味，因此你極力藉穿插來企圖打破平板。在嘗試的意義上，這篇作品對作者而言，是有其崇高價值的。如今，小說的路向已到了心理第一的時候，在這當兒，你用心在刻劃心理，該是日後成功的最好保證！如果不嫌蛇足地拿一個比較來看看此作，我還可以說出「獵」。[6]「獵」的心理動態建立在矛盾上，父與子的，歡欣與失望的，期待與落空的，而開頭時的人物——尤其主角，與夫結束時的他，顯然在心理上已完成了某件變化。小說的功能已盡於此了。這是成功的取材，而打蚊記則沒有這種變化。[7]

並且鍾肇政認為，心理刻劃是第一準則，這是現代小說的主流，也就是本章所強調的心景式的意義。但是，鍾肇政還是強調，必須要集中在矛盾上，以在情節層面，人物的心理在開頭與結果有所變化。並且以鄭清文的另外一篇作品〈獵〉做為例子來解說。

緊接著，鍾肇政才回應了他對意識流的理解，但是仍沒有提到潛意識等等非理性的部分，只說意識是龐雜的，然後轉向說明主張，認為仍需要經過藝術上的安排，形成一個有機的結構。

前面說到穿插。所謂「意識流」的技巧，你在此作上有極明顯的

---

[6] 《鄭清文全集・短篇小說卷1》，國立臺灣文學館，2022年6月1日。原出於《聯合報》副刊，1960年4月2日。

[7] 鍾肇政給鄭清文信，《鍾肇政全集26—書簡集（四）》，1960年5月31日，頁20-21。

嘗試。說起意識流,我也不甚瞭解,但據我的意見,一個人的意識雖極其龐雜,但我們做為題材來描述時,龐雜是不行的,儘管龐雜較近乎真。其實所謂寫實,也並不全是「真」一字可以代表,這真,稿在紙筆上,必須經過藝術的安排——也就是取捨與排列,務必有個「有機的」關聯。[8]

除了一些技巧上的討論外,鄭清文也給鍾肇政的一些作品修辭上的建議與批評,例如〈陀螺〉與〈兩塊錢〉:

> 今天在聯合副刊上拜讀了「陀螺」。這是一篇很沉鬱的作品,和「兩塊錢」堪稱異曲同工。
> 開始一段描寫得很好,把一個人猶豫的心情表露無遺。「西天幾抹殘照,看去像是烤焦了的燒餅。」似不很恰當。
> 他至少一年半沒到那裏,是因為看了可憐的母親「於心難忍。」這一段也許可以這樣寫:「他好久沒到那裏了,每次他到了那裏,就覺得……」這樣也許要含蓄一點,有時,寫得過分詳細,反而把意思限定了。
> 但這些都可以說是吹毛求疵性質的。最重要的一點,我覺得也許是你的疏忽。那個「陀螺」落在地上時,好像沒有再交代過。好像它就靜靜地停留在地上,沒有什麼動作。它應該在地上轉動一下。你既然知道掉在地上的是一隻陀螺,自然會看到它的動作。然後再引出他的回憶。
> 還有一點,這篇的結尾,似乎太快了一點。至少也要把那個「不中用」的父親描述一下。[9]

鄭清文回信時,討論了鍾肇政的兩篇短篇小說,也是本章將討論

---

[8] 鍾肇政給鄭清文信,《鍾肇政全集26—書簡集(四)》,1960年5月31日,頁21。
[9] 鄭清文給鍾肇政信,《鍾肇政全集26—書簡集(四)》,1960年7月21日,頁25-26。

的。鄭清文發揮他的風格上的批評，希望鍾肇政的描寫，可以更為含蓄，如冰山理論一般。[10]鍾肇政的回應，一般是都是不多加辯解，而認同對方的說法，僅小小的暴露自己原來的構想而已。

而由於鍾肇政之前並沒有把相關意識流的經典作品或者表現方式作更清楚的回應，因此鄭清文指出了福克納的作品《我躺著死去》，作為說明。但是，似乎也只是強調多人的交替口述，這部分鍾肇政的某些作品也有此表現方式，但是否這就是意識流的核心定義呢？或者筆者認為，重點是在那個快要死去的母親，所聽見的或者意識到的話語，正是那些似真似虛的多人交談，這種反映方式，才是意識流技巧所真正強調的呢？

> 現在，我正在讀一本福克納的作品，叫著「我躺著死去」。我不敢說能看懂得多少，但我覺得他用了一種很高明的手法。我還沒讀完。故事大概是說一個母親快死了。但她要回到自己的家鄉，人家在替她釘棺材。整個故事是由幾個人交替口述，各人說各人的事，所看所覺的事，許多人的話交織在一起，完成了一個故事。覺得每句話都相當有分量，只是沒看完以前，無法說出故事的概貌。也許，這就是「意識流」的手法吧。[11]

因為在 1960 年 8 月鍾肇政遇到鍾理和的過世，讓鍾肇政等人都非常難過，過了幾個月後，才有意識流技巧方面的技術討論。鍾肇政在回應中，還是強調真實仍是意識流小說想要追求的。

> mood 其實用慣了倒沒什麼，詮釋起來卻也很麻煩。川端康成的短

---

[10] 「海明威的『冰山理論』（凡是你所知道的東西，都能刪去；刪去的是水底看不見的部分，是足以強化你的冰山）也是鄭清文信服至今的原則，造就了他清淡澄明的筆風。他喜歡隱藏自己，以呈現的角度書寫，沒有直接表態的價值觀，是臺灣文學家中的異數。」取自吳國瑋，〈水田與冰山 鄭清文〉，明潮 M'INT，2017 年 11 月 5 日。

[11] 鄭清文給鍾肇政信，《鍾肇政全集 26－書簡集（四）》，1960 年 7 月 21 日，頁 26。

篇都以 mood 見稱,在日本,幾乎被認為最高技法,意識流的解釋我覺得很明白,與我所領略的幾乎一致。中國理論家講的倒有些使我糊塗。你拿去的那本伊藤整全集裏的論文,相信也對你有好處的。如何迫近人的真實狀態,我想這就是意識流這個技法的目的吧。日本的純文學作品中常可散見運用這技法的,意象鮮明,值得我們效法、研究。ドルヂユル伯の舞蹈會我尚未讀,不過我早就知道它的存在。在小說已到了日暮途窮的現在,「心理」一定是唯一的出路。而有個了不得的天才,為我們剖示一種心理,供我們觀摩,一定對我們是會有幫助。今後,我就想在ドストエフキ—、スタンダ—ル到ラデイゲ—這一系列的心理分析和ヂョイス的意識流一起研鑽,也許可以尋出一條道理吧。

謝謝你為我錄了那麼好的註釋。[12]

　　鍾肇政除了以川端康成的表現人的精神狀況,也就是富含日本味陰鬱的情緒表現作為例子,更多他提到的還是法國作家斯湯達爾、拉提格的偷情式的心理小說,以及被認為存在主義先驅,探討人類靈魂來去的杜斯妥也夫斯基的心理小說。最後才是喬伊斯,還有之前鄭清文提過的美國小說家福克納的作品。

　　事實上,在這之前鍾肇政受到海明威的影響很大,才會在 1954 年左右有〈老人與山〉、〈老人與牛〉、〈老人與豬〉的系列作品。並且曾以海明威為例的簡短明亮的文字表現與鍾理合作相關討論。海明威這位作家也有現代主義小說被鍾肇政吸收模仿學習的部分。

　　早期除了鄭清文特別會跟鍾肇政討論現代主義小說的技巧外,文心跟鍾肇政也討論過。

---

[12] 鍾肇政給鄭清文信,《鍾肇政全集 26—書簡集(四)》,1960 年 10 月 26 日,頁 37。

鍾正：

新春剛開始，便看到你的短篇「自殺者」和「融岩」，在後一篇裡，顯示你在企圖走上「意識流」這條路，朋友，我十分為你高興，你的看法正是我的看法。打倒那些老頑固吧！自然，拿出好的意識流式的小說，是咱們最有效的「武器」。你一定做得到，我相信。這些年來，文友中要首推你志氣最高，熱情最烈，我深深為能與你比肩「作戰」為榮，但你卻永遠的在我遙遠的前面跑！這是我由衷之言！

去年看到陳紀瀅先生時，我曾提起過「意識流」小說的新的境界，並說咱們應向這路發展，但他似乎沒有多大興趣，梅遜也者正也是他們的「同宗」，是無可否認的。[13]

總之，無論意識流的技巧如何表現，上述提到的意識流小說家，筆下作品總是相當的晦澀的，不容易理解。

而鍾肇政在 1959 年到 1963 年之間的短篇作品並沒有那麼不好理解的。一樣的有輕巧的故事情節甚而有俏皮的故事表現，基本上應該是歸類於鍾肇政一種新的心景式的表現。不單單是分析人物的心理，而是主題上並不重視一種道德意義的展現，而是一種鍾肇政自稱的剎那的心靈風景。

## 第三節　短篇心景式

鍾肇政直到〈柑子〉這篇小說，得到許多文友肯定，他自己也才感到滿意。過去他寫了七年的小說，大多是童話故事、鄉間婚俗、家人生活為主的題材。這篇小說也是第三篇發表在《聯合副刊》，時間為 1958 年 12 月 21 日。此後，他一連串、更多的也都如〈柑子〉，用第一人稱

---

[13] 文心給鍾肇政信，1961 年 2 月 11 日。

「我」，以小孩子的眼光來敘事，[14]發表也轉而從《新生報》、《中央日報》到藝術性要求比較高的《聯合副刊》為主。[15]

筆者在本章要研究的主要是這段時期的心景式。雖然說上述的所謂少年小說，基本上也是分析小孩子的心理來構成，但是小孩的心理畢竟是比較簡單、純真的。內容常常是以表現出疑惑的心理，講述小孩所看到現象。如果要呈現更有深度的心理分析技巧，則以成人的敘事者才比較有可能。或者單純說是呈現「心理的片刻景觀」也是同樣的道理。比較微妙的是，鍾肇政有多篇是以女性角度來敘事的。

以下分為三部分來討論，分別是以女性為敘事者，探討死亡主題的，以及其他種類的短篇小書。

## 一、以女性為敘事者

〈梅雨〉[16]

講一個賭鬼最後染上了肺結核，作為敘事者的妻子對先生的愛與恨。而在雨聲中，視覺上產生了幻影，有如死神的來到，將捕捉她的先生。而男子在不斷的懺悔與嬰兒的哭聲，惹的敘事者「她」更為心煩氣躁。

她再度的回憶著十年前，先生進入她的生活，而打破了她的夢想，並且仍是一方面憎恨，一方面又憐惜，還隱隱的感到自己也獲得一些身體上的慰藉。有時還感到先生是真的悔恨了。在這心亂如麻當中，又產

---

[14] 例如〈蕃薯少年〉（1959年3月22日發表於《新生報》）、〈榕樹下〉（1959年5月10日發表於《聯合報》）、〈阿樣麻〉（1959年6月7日發表於《聯合報》）、〈小鳥與老鼠〉（發表於1961年3月12日發表於《聯合報》）、〈茶和酥糖〉（1961年6月13日發表於《聯合報》）等。據筆者聽過鍾肇政說，自從《魯冰花》於1960年連載成功後，自己成為知名作家，過去被退稿的，現在重新投出或者受邀，就會把之前寫的交出去。因此有些作品雖然於1961年後發表，但是有可能很早就寫了。

[15] 之前的類似小說為〈投票〉，其他還有〈阿益姐〉是〈阿樣麻〉的學生作品，但是並未發表。

[16] 1959年4月25日發表於《聯合報》。

生了勾魂的地獄使者的幻影。她盡力的要抵擋他們的到來，終於發現原來是一場夢，而丈夫卻似乎真的魂魄被地獄使者帶走了，真的死了。

這是鍾肇政第一篇以幻影、夢境的語言，以令人緊張的速度感敘事，表達對丈夫的不捨，在丈夫將死之際，感到某種憐惜與諒解。這種語言，被鍾肇政認為自己是表現了「心靈的閃現之傾刻」，也就是那份作為敘事者的妻子的矛盾的心靈樣態。不過，鄭清文認為筆者所指出的那種幻影或者夢境的，稍加凌亂的語言表現，就是一種意識流。顯見每個人對意識流的體會，是各有不同的。

〈夕照〉[17]

主角也是女性，並且是以第三人稱單一觀點進行敘事的。這是一個因為工作受傷失去了一隻腳，在裝上義肢後成為某種病態的人格。也是由於一種自尊心與類似客家女性的一種強悍味道，不接受仍是深愛她的男友。儘管男友百般的表達誠意，鼓勵、幫助，「她」更是表現出執拗，冷漠、冰涼的態度拒絕了男友，甚而以自殺的方式表達最強烈的抗議。

故事在多次的痛苦表現當中，「她」回憶起快樂的童年，與他談戀愛的過往。並且作者設計了她在受傷前兩年種下了象徵愛情的野杜鵑花。

情節就在不斷的刻劃出「她」的孤高、冷傲的拒絕男友的一切誠心誠意，終於因為求生的本能、因為愛，她開始練習走路，忍受疼痛，不過她仍是更為強烈的拒絕男友的接近。而他就在一次的夕陽西下，看到「她」的臉上反射的陽光，說出了「她」更美麗了。而兩人雖然因此接近了些，小說卻仍表現著「她」冷峻的神氣，甚而狠心的把自己種下的野杜鵑都拔掉，故事就在夕陽已經西下時結束。

基本上，雖然故事是第三人稱單一觀點，以關注女主角的「她」為主，可是為了表現男主角的「他」與「她」的對話、爭論，而進一步表

---

[17] 1961 年 8 月 1 日發表於《自由談》第 12 卷第 8 期。

現「她」的病態的性格。而同時也顯得「他」的一種深切的誠意的愛。小說似乎是兩個第三人稱的觀點，或者說就是全知觀點，一下子進入「她」的內心世界，一下子又轉而進入「他」的內心的世界。但是，基本上這篇小說還是在刻劃女性的「她」在受傷後的病態的性格為主。

〈回欄〉[18]

這篇小說基本上分為四段，第一段與最後一段是以女性的我來敘事的。第二段則是以留學回國的俊雄的我來敘事，第三段則是「她」的未婚夫順仁來敘事。

故事一開始圍繞著「她」遇到回國的俊雄，兩人在車上相遇，「她」感到一直有人在盯著她看，不是很舒服。不料原來俊雄是順仁的中、小學同學，甚而大學畢業兩人都在一起。而重新審視了俊雄，似乎「她」有了好感，卻又感到胸口一陣隱痛。自己感到自己被這種媒妁之言綑綁是舊時代的婚姻，但是又矛盾的感到俊雄是博士，自己只是高中畢業，如何配得了俊雄呢？

第二段，劇情安排了順仁讓未婚妻陪俊雄到處玩耍，因為自己剛好要帶學生南下旅行。而就再以俊雄為「我」這樣子的敘事者，交代出因為四天的接觸，漸漸的兩人都互有好感，甚而俊雄也對「她」那種舊式婚姻不以為然。只是俊雄仍有著一種道德感，守住防線。但是最後的一天，他們到了北投洗溫泉，俊雄忽然人不大舒服，這製造了兩人更為親近的機會，終於作為敘事者的「我」失去了自我，也就是與「她」有了肉體的關係。

第三段就是作為敘事者的「我」的順仁，想當然爾的恨死未婚妻的「她」與俊雄，甚而希望殺死俊雄。不過，順仁一再地細思之下，疑惑著這事情到底怎麼發生的。更為冷靜後，反而認為自己應該要有成人之美，認為那才是愛。他要成全俊雄。不過俊雄卻表示萬萬不可，已經決定終身不婚。

---

[18] 1962年4月1日發表於《自由談》第13卷第4期。

最後一段則是女主角留下一封信，說她離開了，仍希望兩個男人是好朋友。

基本上這劇情很荒謬，好像一個浮濫的電視劇，兩位男生都很大方、很為他人著想，願意犧牲自己。這與現代小說的心理分析差距很大，因為太不真實了。不過，作為一個多方角度的敘事方法，來描述一件事情，也算是鍾肇政的一種短篇小說的技巧的練習。

## 二、探討死亡的主題

鍾肇政在短篇小說中探討了很多死亡的問題，甚而性的問題，或者性與死的結合。不過在這一階段，都很保守的沒有將性的主題帶到短篇小說中。首先在這段時期的短篇小說有〈自殺者〉[19]這一篇，牽涉到死亡。不過因為僅僅是一種風趣、幽默、荒謬的表現，以醫生作為敘事者，以偵探的角度，說一個好吃懶作、又愛賭的、又愛色的被招贅的男人的自殺，或者是被謀殺的各種可能性。最後，僅僅是一種誤報，這個男人僅僅是爛醉而已，並沒有真的吃下農藥。此篇不值得在本章中進一步的探討。

〈熔岩〉[20]

這是一篇以鍾理和寫作不輟，因肺結核病發吐血於稿紙上為題材的故事。以第三人稱單一觀點敘事，將「他」一面吐血到病逝身亡的過程，與辛勞寫作思考生活與藝術的關係，交替的呈現。中間還有妻子、兒子的細心照料與悲苦的心情的描寫。

作品一直圍繞著以分析「他」的創作思維歷程，以及對抗病魔的心理反應。特別是將吐血以火山爆發的意向來表現。而當時「他」正寫的是最後一部作品《雨》，這是應鍾肇政好意要鍾理和能趕緊創作，接上鍾肇政在《聯合報》發表的《魯冰花》的關係。所以鍾肇政至死都懷疑

---

[19] 1961 年 1 月 9 日發表於《聯合報》。
[20] 1961 年 1 月 25 日－2 月 22 日連載於《聯合報》。

著是否因為自己的建議,害死了鍾理和。

而感人的部分還有做為妻子的「她」無悔照料「他」,默默的支持「他」的創作。儘管「她」不一定對創作與作品有所理解,或者共鳴。而「他」也欣慰、感謝、抱愧面對著妻子的「她」。

中間有一段「他」睡著後的夢境,是描述「他」以前在醫院時,以手術摘除六根、七根肋骨的方式來治療肺結核。這描述是可以歸為潛意識的恐懼心靈的描繪,不過敘述上還是容易理解的,並不混亂。

小說中,多少描述了他面對死亡的經驗,不過更多的是因為有妻子的愛、有創作的激情,讓他克服了對死亡的恐懼與孤獨感。當然,面對死亡,人還是渺小、脆弱的。作品再一次的重述開刀拿掉肋骨的場景,讓「他」感到人生不公平。

最後就在「他」仍為活下去、寫下去的努力中,他想到了「她」是他腦海中最為鮮明、難忘的美麗又悲泣的形象。而「他」也想到了:

> 他體認到活著這事實。自己還活著。活著——他沒想到過死,不,應該說很久很久沒想到過死——這是多麼奇妙的事喲。活著——這事實是那麼單純,單純到卑微渺小的生物都能夠享有,然而另一方面卻又是那麼複雜,複雜到教一個活了四十多年的人感覺到莫名所以的感動。我還活著,他想,我能看到那沁人眼睛的綠色,能看到兒子,妻,還有許多許多的東西。他覺得以往把思想當做至高無上,把藝術——或者說文學——當做一切,並不見得怎麼切合實際。自己所看、所聞、所觸的一切,會沒有了自己而仍舊運行不息地存在下去呢?抑或自己也夾在其中保持原有的卑微、渺小、瑣屑、不為人所知而存在至某一個有限的時間呢?不管如何,所謂思想,所謂藝術,祇不過是在兩者的夾縫中佔有渺茫的地位而已。更何況思想、藝術這東西,誰也不能保證永存啊⋯⋯[21]

---

[21]《鍾肇政全集14—短篇小說集(二)》,頁351-352。

其實,這一直是作者鍾肇政在面對死亡這類思考上的挑戰,儘管認為文學、藝術的永恆與偉大,可是在死亡面前,一切還是如泡影一般的渺小。雖說如此,他還是不認輸,還是更為努力的挑戰藝術的創新,勇敢前行。如同在作品中,以「他」來表達,他真正該走的路:

> 忽然有個強烈如電擊的意念泛上他的腦際:那篇作品必須完成!這是憑空而起的念頭,沒有經過邏輯的思維,沒有依靠思路的醞釀,如宇宙萬物的自然生成。至此,原先的,思想與藝術是不切實際,祇有活著這事實才是實在這種想法已經不待他的否認而不復存在了。思想、藝術,與夫生活,它們是一體的,有了生活,或者說活著,方才有思想,有藝術;沒有了生活,一切都歸烏有。[22]

最後留下感人的幾句話,是鍾肇政利用鍾理和自己的作品中的一些句子,表達因為有愛、有你在,一切都可以放心而去了。確實是無比感人的一幕作為本篇作品的結束。

〈小鳥與老鼠〉[23]

這一篇類似兒少小說,不過敘事者是一個成年人,只是主要的內容都是一種回憶童年時的友誼與趣味事情。不過,中間有一個以兒童的心靈,去碰觸到小鳥與老鼠的死亡事件,作者以「它」來表達那種神秘的感受。小鳥給童年的「我」是溫暖的傳達到「我」的手掌上,漸漸死去。老鼠則是被火燒死、虐待殘酷的死。「我」說:

> 我不曉得這兩則回憶裏的小故事是不是應該這個樣子地連結在一起。然而在我個人而言,它們卻的確有著一脈相通的感覺貫串其

---

[22] 《鍾肇政全集 14─短篇小說集(二)》,頁 353。
[23] 1961 年 3 月 12 日發表於《聯合報》。

中。我雖用「它」來代表這個感覺,可是我不曉得它到底是什麼,但它之含有一種神秘感,倒是不能否認的。[24]

然後時間回到現實上,「我」第三次接觸到死亡是那位童年好友阿火的死在太平洋戰爭中,並且經歷飢餓、病痛與逃竄之苦。而此事送走了「我」的童年歲月,小鳥與老鼠成為「我」認為是阿火的化身。最後總結那微微的溫熱感,將「它」也就是一種死的認知,推到一個層次上。

這篇小說儘管也是探討死是什麼,不過心靈層次的表現,並不強烈,語言敘事上也是簡單的回憶的過程穿插而已。

〈欄邊〉[25]

這篇很單純,講一個老主人的死,以及家人有妻子、兒子、女兒、媳婦與將死之人的互動狀況。比較特殊的是,敘事者「我」是一條牛。除了傳達動物的肚子餓、小便等生理之外,還有對於老主人的戀戀不捨。以及藉由牛的「我」對於老主人的一種情感,也感念老主人就是臨死也不忘記「我」這條牛。

〈墓前〉[26]

是一篇以第一人稱「我」的敘事方式,以詼諧的筆調講述與老周、老吳三人去墓地弔祭好友老趙。百般無聊,討論誰會先死。老周很無聊的說以跌聖筶方式,引出老趙靈魂來說誰會先死,結果一開始表現很消極的老吳,竟然抽到是他最先死的簽,因而臉色發青,但老吳卻繼續假裝淡然,產生令人發噱的一幕。

而「我」在一開頭回憶到自己在十多年前二十歲的時候所遭遇隨時都會死去的戰爭末期的經驗:

---

[24] 《鍾肇政全集14－短篇小說集(二)》,頁361。
[25] 1961年3月31日發表於《聯合報》。
[26] 1961年8月28日發表於《聯合報》。

> 有個時期，說清楚些，就是我廿歲左右那幾年，我的腦子裏注滿了從書本裏得來的對死的觀念。那時我很易感傷，「人生如朝露」，「寄蜉蝣於天地」這一類思想經常地蟠踞在我的腦海中。當時正當戰爭末期，我還是個學生。校方奉命開墾廢棄的墓地，種植番薯，掘出了無其數的白骨，堆放在一處。每到假日，我便獨個兒帶本叔本華的書到那堆白骨附近坐在草地上讀，倦了就睡在白骨堆旁。常常地，我激動起來對著這些無名骨骸痛苦流淚。我自以為懂得了死，也自以為悟出了人生真諦。[27]

最末，「我」只說是懂得死了，但輕描淡寫的說「死是可怕的。」如此而已。這種詼諧筆調來寫死，跟〈自殺者〉一樣，不容易有嚴肅的以心理分析的方式或意識流的技巧發揮。敘事的語言相當平淡無奇。

## 三、其他

### 〈兩塊錢〉[28]

故事的主角是一個酒鬼，以第三人稱單一觀點來敘事。對描述酒鬼的內心世界，是相當有挑戰性的，也是相當文學性的。特別是對一個還有相當「良知」的酒鬼，他充滿了矛盾，知道自己的行為不可取，傷害了妻子、小孩，更造成自己的尊嚴的受損。不過，一如吸毒，酒癮是相當難以克制的，一旦發作，人便失去了理性，充滿了暴戾的氣息。

題名「兩塊錢」，也就是這個「他」，一方面很節省的、捨不得的花了些許的錢買酒解癮，而同時面對著兒子、妻子跟他要錢，便陷入相當的窘境。特別是妻子的賢淑與小孩的優秀，造成「他」的一種痛苦，希望能夠改過自新。

---

[27] 《鍾肇政全集 14─短篇小說集（二）》，頁 387。而這段話語，也是作者鍾肇政在後來的自傳性長篇《濁流三部曲》的第二部《江山萬里》寫到的。

[28] 1959 年 5 月 30 日發表於《聯合報》。

不料工作的勞累、午後的熱天,讓他漸漸的感到想睡覺。而開始有了一段美麗的夢境的描述,這一段的夢境的描述,筆者認為也不能算是意識流,畢竟語言上的描述還是接近清晰的情景。

而當「他」醒來時,急著想要以剩下的幾毛錢,繼續的買酒。卻不知是不見了呢?或者已經花完了,自己忘記了呢?還是小孩偷走了他的錢。這在小說當中是沒有明講的。最有可能就是自己搞錯了,不料他看著小孩吃著香蕉,卻以為真的是小孩偷去買香蕉了。於是他暴打了小孩,小孩痛苦不已。而他自己卻因為沒有了酒,顯得更加痛苦,而扭著身體、抓住自己的喉頭遠去。

這是一個相當悲哀的小說,但是鍾肇政深刻想要捕捉酒鬼的內在世界,特別是抓住他的矛盾的心靈,進一步的以小說使人領會到酒癮發作的瘋狂而令人感到可恨、可憫的一景。

〈簷滴〉[29]

這篇原來是鍾肇政放在內心中的很長一段時間的題材,有關作為丈夫的「他」,拋棄了已經送做堆的童養媳的故事。這篇是以第三人稱單一觀點來進行的,是為了相當客觀、冷靜與節制的方式進入「他」的內心世界與回憶,完全是心理分析的技巧的短篇小說。而當作者鍾肇政某天睡前為妻子按摩雙腳,得到了一種柔膩的快感,致使放在心中很久的題材,瓜熟落蒂,順利完成了作品。

故事是說原本「他」是從小就厭惡作為童養媳的「她」,不料反抗父母之命不成,送做堆後,一開始並不琴瑟和諧,不過因為酒精、雨與冷的作用下,回到家裡後,「她」愛護的撫摸、按摩了「他」的腳板。原來討厭的心情,有了矛盾的感受,而有了床第之事。

就在「她」有了身孕與生下小孩,「他」終於仍拋棄父母、女人與孿生小孩。這一切就是「他」在二十年後,早已經有新歡時,新的妻子也觸摸了他的腳板。這感受觸發了他的回憶,以及感到對不起背叛了原

---

[29] 1959 年 11 月 25 日發表於《聯合報》。

來的妻子。

而這個回憶是伴隨著從屋簷的雨滴落下來，表現著與被摸著腳板的相當模糊又細微、真實的感受，而有了在文學上的心靈隱微處的象徵作用。

原本「他」的被觸發的悔恨，而想多寄點錢給留在家鄉的妻子與學生兒子，但是隨著那細微的感受，一如簷滴的若有似無的感覺，他開始計算著，或許怕現在的妻子不高興。於是他矛盾的想著收回那愧疚的感覺，重新考慮著是否多寄錢給故鄉的妻子一事。

儘管這篇短篇有穿插的回憶，可是文字上卻是相當明瞭、清晰的。巧思上就是那摸著腳板與簷滴聲響的結合，而把這個「他」的隱微的悔恨、自私、精於算計種種矛盾給表現出來，並不算有牽涉到潛意識的意識流技巧的表現。筆者認為這種性格刻劃並非只是優柔寡斷，更是一種人性的自私本質的流動。

在這裡，有評論者推斷作者鍾肇政本人是優柔寡斷的。[30]個人以為人本身是複雜的，優秀的作家本身應該是考量很多、且敏感的，特別是在戒嚴統治時期，更是應該多思量。但是，作家也是豐富的、多面的，比方鍾肇政在創作的活力上，對於生命的主題「臺灣人」，是果斷的、勇敢的、耐久的，並以行動將之實踐。[31]另外還有臺灣文學運動，也是堅持的、目標清楚的、帶頭行動的。這又絕非優柔寡斷四個字可以論定的。[32]

---

[30] 鄭清文，〈鍾肇政短篇小說札記〉，收錄於《鍾肇政全集 37》，頁 76。「我們讀一個人的作品，往往可以從最瑣碎的地方看出一個作家的秘密。他的秘密，在他最早期的作品『簷滴』就已表露出來了。為了多匯一千元給鄉下的糟糠之妻，男主角對自己說，還要細心考慮一下。這和『南廊崗上』一系列作品中的男主角的優柔寡斷是一致的。從這裡也可以看出作者是一位溫和、誠實、而小心翼翼的人。從最初期的作品到現在，他這種基本態度可說是一直沒有改變。」

[31] 錢鴻鈞，《鍾肇政大河小說論》，元華文創，2021 年 4 月。

[32] 錢鴻鈞，《臺灣文學的建構者：鍾肇政研究》，元華文創，2024 年 9 月。

〈苦瓜〉[33]

　　這是一篇語言、情節都平淡的小說,因為落在本章的研究範疇中,還是多少分析一番。敘事者介入小說也平常的,講述著一個老人退休後種苦瓜,引起妻子的一種疑慮。不過令人意外的是老先生種苦瓜,但是卻不以吃苦瓜為目的,儘管他是相當愛吃苦瓜,也有一種特別的吃法。

　　作品中表現著老人的一種特殊的思想,認為種瓜不一定要得瓜,他從種瓜本身就獲得了享受。這引起老妻的疑惑,罵他胡說八道,老人卻哈哈大笑。

　　作者鍾肇政不僅常描述兒童、女人的心理,特別對老人的心理或者思想,這方面也是鍾肇政常常探索的。

〈雲翳〉[34]

　　此作以第三人稱單一觀點,講一個泥水工遇到了過去的戀人「她」,卻背叛了他嫁給了一個有錢人,現在他來到這個有錢人家做泥水工,內心期盼見到她,又相當矛盾與自卑的心情。

　　不過她卻似乎有種不得已的苦衷,並且好像對他還舊情綿綿,但是他卻無言以對。作者以內心獨白說出他此時真正的想法:

> 他祇能在內心裏無言地回答了:唉唉,叫我怎麼樣來看妳呢?不過,其實我也來過的,而且還不止一次。我在妳家周邊徘徊,不瞞妳,有一次我甚至想殺妳,我喝了很多酒。我也曾弄到過一瓶硫酸……可是我沒下手。不是我沒有勇氣,妳一定曉得,是因為……因為我太愛妳了。不過那也是在回來後的兩個多月間,那期間過了,我就看開了……想到這裏,他清醒了。於是他又著急起來。他不由得感到,如今越來越不容易回答了。[35]

---

[33] 1960 年 7 月 28 日發表於《聯合報》。
[34] 1961 年 1 月 9 日發表於《聯合報》。
[35] 《鍾肇政全集 14─短篇小說集(二)》,頁 328。

這種心情，似乎跟作者曾有的失戀經驗與內心中曾經的心聲是類似的。而「雲翳」這個標題是小說中的陽光與烏雲交替出現，除了有身體上的寒冷與溫暖的感受外，主要象徵著「他」的心靈的黑暗與光明面。最後結局是雖然太陽仍出來，可是他的內心卻永遠寒冷。這篇小說算是呈現了作者所要傳達的一種心靈瞬間的痛苦的感受。

〈陀螺〉[36]

故事是講「他」的父親是一個好嫖賭的無用的人，一方面他惋惜母親的想法，不僅接納了父親在外所生的小孩，且當「他」能夠自立時，想要接母親來住，母親也不肯。他認為母親是愚蠢的。

而他因為父親病重，不得不回到家中，看到母親與兩個非親生的小孩在一起，住的房子是骯髒、簡陋的。他看到了小孩玩的陀螺，不禁回憶起小時候也玩過陀螺等等玩具，且都是父親做的。

作者則用小舟作為美好的意象來敘述過往的記憶：

> 他有不少古老的記憶，夜半夢醒，睜眼一看，母親慈祥的面孔把整個視線都遮著，於是又被夢裏的小舟載著身子浮盪開去了。[37]

並且將小舟連結到現實：

> 他走了幾步，側過頭看了一眼小架仔床。兩個，加上自己的兩個，此外也還會再增加幾個的，那隻夢裏的小舟仍然可以再搭乘的——他默默地盤算著。[38]

---

[36] 1961 年 7 月 21 日發表於《聯合報》。

[37] 《鍾肇政全集 14－短篇小說集（二）》，頁 316。小舟的意象，也出現在後來鍾肇政的〈夢與真實〉當中，那是一篇鍾肇政在描述自己的長子車禍身亡的處理過程，藉以掃除沉重的哀傷之作。

[38] 《鍾肇政全集 14－短篇小說集（二）》，頁 318。

而「他」忽然如原諒父親的一切，重拾對病重當下的父親，充滿了濃濃的思念之意。

作品中傑出之處，是不斷的穿插過往記憶，且相當小的段落出現。使得作品有種強烈的曲折感，表現濃烈的情緒，如深埋在底層的心靈當中，時不時的幾乎洶湧而出。

〈雨雲〉[39]

與〈苦瓜〉那篇類似，講述兩夫妻之間的拌嘴，也一樣主要是為了農事的關係。不過，「他」是以一種固執，卻又是堅忍不拔的精神在顯現。而作為妻的「她」參與著農事，忍耐著夫的固執的意見。

當然丈夫也是會反省到妻子的堅決的態度，往往也是正確的。終於妻所預測的大雨真的要來的。因此最後夫妻洋溢著快樂愉快的心情，面對未來。

這篇作品也相當有鍾理和的《雨》的味道，講人間一切的苦難、爭執，對於求生存困難的農人來講，一陣漸漸飄來的烏雲，終於下了雨，解消一切的紛爭，繼續努力的耕耘才是最重要的。

這部作品也是平淡、相當壓抑的，也是藉由「他」有許多回憶的穿插而構成的作品。

〈窗前〉[40]

講述一個吝嗇的老頭家的醜態，故事是從一個可能有肺結核的阿樹仔，曾在老頭家作長工十多年，成家自立後去打礦，結果受傷回家，成了一個討人厭的男人，只剩他的女人獨力承擔家計。而這個老頭家阿添居然來找阿樹仔，又是給他請醫生，又是給他錢買藥。原來一切都是假好意，目的是要阿樹仔去幫他作證，一個佃農不肯繳納佃租是詐欺的行為。

當然阿樹仔離開後，小說描述了老頭家厭惡阿樹仔的真實醜態，令

---

[39] 1961 年 7 月 26 日發表於《聯合報》。
[40] 1961 年 8 月 1 日發表於《聯合報》。

請來的中醫師都大感驚訝。而篇名「窗前」顯露出來的意思是老頭家不願意阿樹仔進到屋內交談，只願意在屋外的窗前交談的真正原因，就是嫌棄阿樹仔那類似肺結核的病狀太骯髒了。

〈金子和蟑螂〉[41]

這篇比較有意識流的技巧，因為描述的是一個被性侵過後、有嚴重創傷的女子。儘管那是十年前的事，而她現在有美滿的婚姻。但是，因為先生去當兵了，然後她要撐起一個小店鋪，有了雙重的壓力。

在這狀況下，她常常感到神經過敏，算錯錢。甚至大兒子的眼睛也讓她產生聯想，幾乎瘋狂：

> 她奇異地看著大兒子睜大著那圓溜溜的眼兒瞧著她點頭。一陣寒風颼地從她的胸中吹過，好像那兒開著一個大洞般，她禁不住渾身震顫了一陣子。[42]

而她因此錯把兒子當成是強暴她的男人，幾乎掐死兒子。

劇情上還設計了類似詐騙者拿來金塊在她的眼前，她卻把金塊當成了金色的蟑螂，這與某天晚上她在睡前遇到的暗紅色的蟑螂，做了強烈的連結，而恐懼到昏倒了。

在她甦醒後，她在回憶當中解釋到，她何時被性侵，失去了貞節，又因此怎樣的對不起愛她的先生，也因此罪惡感更為深重。而那被性侵的畫面，仍盤據在她心靈深處，也不時的閃現出來，讓她幾乎崩潰。

她只有盼望著先生當兵兩年，剩下最後的半年，先生早日回來。而自己也必須持續著經營這個小店鋪的壓力。她硬撐著不顧公公的建議，再度的開門營業。

這確實是一篇意識流心理小說，更有意識流的技巧。時空錯亂，語

---

[41] 1962 年 1 月 11 日發表於《聯合報》。
[42] 《鍾肇政全集 14－中短篇小說（二）》，頁 396。

言也相當紛亂。還有一種潛意識的恐怖幻影出現。不過,篇名的金子與蟑螂的出現,卻有點突兀的感覺。儘管如此,還是給讀者一種,在心理分析的技巧下,讓受到創傷者的奇異的行為給予了深刻的解釋。

## 小結

有關現代心理分析的表現,上述有多篇可以確立,不過進入意識流分析的卻不多,甚而以嚴格來看,牽涉到潛意識的往往只有病態的、創傷的心理的人格才足以表現出來,如〈金子與蟑螂〉是最為明顯的。

## 第四節　中篇小說《殘照》

根據鍾肇政在此書的後記中說的:

> 中篇小說在本質上,與長篇更接近,甚至說中篇即是把長篇緊縮簡化而成的,也不算過分。所以一個中篇小說,如有必要,是可以拉長為長篇小說的,而相反地,將一個中篇再行凝縮,卻不能成為短篇,因為短篇在本質上,與長、中篇是截然不同的。[43]

因此可以說鍾肇政這三篇中篇小說,是可擴大為長篇。那就是在三篇小說中,可以發現,在比較短篇小說來看,鍾肇政在中篇加入了更多時代背景與歷史。如果再加入更多人物,特別是時代、歷史背景的話,也就變成長篇了。而鍾肇政所擅長的歷史背景也就是日本統治的時代,特別是太平洋戰爭的時代。

而「要把一部長篇寫成功,非有深邃的思想和廣泛的社會經驗」[44]這一點來看,這三篇的中篇小說,便存在著很多鍾肇政在長篇小說中的情

---

[43] 《鍾肇政全集 14－中短篇小說(二)》,頁 437。
[44] 《鍾肇政全集 14－中短篇小說(二)》,頁 438。

節與主題。

基本上這三篇中篇小說，還有共同點就是第一人稱的敘事模式。有如類似自傳體小說，特別是第三篇〈初戀〉，就是根據鍾肇政本身的經驗而來的。第一篇〈殘照〉則是根據文友以書信傳來的自己的經驗作為題材。第二篇〈摘茶時節〉則是以電影的故事為基礎的。

而就心理小說的部分，最強烈、有特色的表現是〈摘茶時節〉，那是藉由失憶症作為情節上的核心衝突的。以今日來看未免有些通俗了，不過在當時，就鍾肇政個人而言，也是一個重要的學習歷程。在比較1964 年後的意識流小說，就不再有特殊的醫學名詞上的病因的設定。當然那些意識流小說也跟這一篇一樣，是一種創傷，或者大都是戰爭的後遺症所造成的瘋狂的原因。其他就是癌症造成的死亡陰影，再加上一些愛情的失敗造成了加成的衝擊而終於發病。

與 1964 年後，主要鍾肇政在《臺灣文藝》所發表的意識流小說，或者鍾肇政自稱的實驗小說，在這裡有更多的性意識與死亡的探討。

而且那些意識流小說，往往是描述有心理病徵的角色。那些主題相關於情色原型與死亡，不斷的重複無意義的詞彙，並且堆積那些的語詞是蒼白與尖銳的，造成意識流、瘋狂的思維表現。堆積成一的小段落，一樣幾次的重複許多詞彙是科學性的或者生物學的。鍾肇政運用了內心獨白、時空的混亂，造成了真實與虛假的莫名辨識。最後鍾肇政過渡到土俗式的意識流小說，如第三人稱單一觀點的小說〈阿枝和他的女人〉，或者其他的新鮮的題材如鳥與環境的關係，或者牽涉到家族與自傳性小說。

在上述的基礎下，開始分析《殘照》裡頭的三篇中篇小說：

〈殘照〉[45]

這篇小說基本上是利用鍾肇政的文友黃秀琴的來信，其中黃講述自

---

[45] 此作原名「殘情」，是鍾肇政在 1960 年 7 月 31 完成草稿，但是尚未整理。而且大約是 1960 年 6 月前就已經執筆了，接近暑假快開始的時候。根據鍾肇政給鄭清文信，《鍾肇政全集 26－書簡集（四）》，1960 年 7 月 24 日與 1960 年 7 月 31 日。

己的愛情經歷，鍾肇政將之整理、變化，而成為這篇小說的題材。可以說，鍾肇政藉由文友的描述，來產生以女性的角度來說故事，這在其他短篇小說中，鍾肇政也常做類似的敘事，希望刻劃出女性的內心世界。

確實，鍾肇政模仿女性的角度來敘事，是他常用的磨練自己的敘事方式。他以模仿女性的角度來思考，這有助於鍾肇政在長篇小說時，在全知觀點時，能夠特別進入女主角的內在世界。不過，他說過男女的心理可以說是差不多的，因為男女所面對的文化是相同的。特別是比較起原住民小說而言，要模仿原住民的心靈世界，就非常難以跨越了。

這篇小說所設定的角色，似乎有一種命定的悲運，她會有這樣子的思想，也就是過於美麗的事物，是無法長久。所以作者設計角色在這樣子悲觀的心理狀態下，不敢去把握幸福。這種角色的性格在《濁流》中的谷清子，也是這麼設計人物形象與安排劇情。

小說當中還有一個小飾物，就是黃秀琴給鍾肇政的信中提到的。

> 我現正編著一隻老狐狸，不！是隻小狐狸，只到一半，有空再繼續，但不知它會否成個樣子，如果還行，就讓它在農曆的新年跟您見面，它真可愛的呢！可放在案上或琴上當裝飾，可不要當姥姥的玩具。人家說狐狸狡滑，我倒不以為然，牠只是頑皮，是嗎？孩子越壞我越喜歡，那些頑童都是我最好的（在國校時），他倒也真夠乖巧的呢！也許我自己也正有這個劣根性。至今我還偶而會惡作劇，拿人家開心。所以我希望您不要輕視牠，牠不會狡猾的。[46]

而且黃秀琴真的送一個狐狸的飾品給鍾肇政了。而對於醫生這個角色的個性的塑造，與女主角的對手戲，確實如信中的表現。

> ……總之，他真好玩，跟他在一起儘可撒野，好好壞壞，他一概

---

[46] 黃秀琴給鍾肇政信，1960 年 1 月 21 日。

受理。本來嘛,我常想來個惡作劇,設法把他的情叫吹,但真沒辦法呢?訂婚的第二天晚上他又忽然從員林跑來找我,把我了一驚,我故意的蓬頭垢面,我說狐狸(他管我叫狐狸,說我易變而把我的後面的頭髮叫狐狸的尾巴)又變了。他連卻頻頻稱讚,真美,真美,比昨天要美麗得多,我真拿他沒有辦法了呢!多奇怪的人。我禁與他以後不許像無故的跑來見我,除了假日。他總算很聽話,再不胡鬧了,今天是星期日,也就要了呢![47]

而小說中,女主角之前的同事,讓她念念不忘的,也是真有其人。最後也是沒有緣份的結束了。一切似乎是女主角的幻想,沒有積極主動,而男方到底怎麼想的,而不得而知。此同事確實好像也沒把女主角當回事,一如小說中的蕭教授那麼猜測的。

據說寫詩的那一位,二月二十八日便可以到校,但至今,連影兒也沒有。決定回故鄉(岡山)執教嗎?記得他說過:「將來結訓之後,我真想當幼稚園的老師」常常,我都看見他被一大群孩子纏著,多可愛的一個人,我真是被他迷倒了呢!請原諒,您會笑我,這樣的厚顏?寫到這裡我又想哭了,允我擱筆。[48]

而這位蕭教授自然是以鍾肇政個人為模特兒的,儘管身分、地位差異甚大。鍾肇政當然也沒有如蕭教授那樣子罹患重病癌症而死去。只是作為一個幻想、想像,將自己的心靈投入這位蕭教授的角色身上,做一番虛構式的幻想,作為創作小說所需要的想像力的來源。

不覺把話扯得這麼遠,朋友的來信是:「……因為這才是真實的,在這世界上我只要愛一個人,一個真正能令我感到富足的

---

[47] 黃秀琴給鍾肇政信,1960 年 5 月 20 日。
[48] 黃秀琴給鍾肇政信,1960 年 3 月 4 日。

人。」您猜她是誰?她便是我說過曾罵我跟您來往這麼密的人。但這一次她竟說:「想像中你的近況:日日興奮地期待著信,他的(鍾先生)錯吧!妳把稿神寄託在一份熱忱的友誼上,當然是很自然的事情,有個那麼會欣賞妳的筆友是妳的幸福……」鍾先生,真正的愛可以叫人瞭解一切,使妳的心情柔和使妳的心境崇高,是嗎?[49]

從信件當中,可以看出作為文友的黃秀琴確實對鍾肇政崇敬有加。[50]

當受到人家的善待,我一向是感謝與驚奇的我從不曾有自傲過!這麼樣也要受到如許的責罰嗎?那是第一次,當一個破破爛爛的乞丐伸出乞求的手,我倒入一碗飯在她手上時,聽到一聲由衷的謝聲,我感激得要流淚,她說「小姑娘,不要這麼接近我,我身上髒,有蚤蝨」。我是驚奇的,世界上竟有這麼好的人,為了怕別人受到自己的壞影響竟誠心暴露自己的缺點,那時我還沒上學,那麼一點小孩的事,但至今那情景,那街上黯淡的燈光,那寂寞的跫聲,那稀稀爛爛的丐婦的衣服,那蓬亂的頭髮和她那依稀可辨的年輕時的儷影,依舊歷歷如繪,我是寂寞的,她帶著一隻流浪的腳我卻有著一隻更徬惶的心。[51]

在小說中則化為女主角想像自己就是那丐婦,會把壞的命運帶給他人。而在信件中,黃秀琴是要表達,自己是容易感動,並且當受到人家的善待,我一向是感謝與驚奇,而從不曾有自傲過!她是這樣子的一個謙和的人,不該受到他人指責說她在拒絕某人的愛情,是一種高傲,而

---

[49] 黃秀琴給鍾肇政信,1960年3月5日。

[50] 可惜,早年的信件,黃秀琴所收到的大都流失了。只剩下1970年代末期的幾封,否則可以透露出鍾肇政更多與女性文友往來的心情。

[51] 黃秀琴給鍾肇政信,1964年4月12日。

需要被責罵，她有選擇愛情的自由。

而小說中，把女主角設計為一個不幸的女性，終於把厄運帶給男主角蕭教授。而女主角也不配獲得幸福。女主角終將是一輩子寂寞的。如上所說，這樣子的角色的設計，跟《濁流》中的谷清子有著相同的命運，谷清子因此拒絕愛人，擔心她所愛的人，如果她向愛人表現愛，愛人會因此而死亡。

因此，這篇小說的情節，主要講的就是女性的主人翁，她複雜的感情世界。圍繞的三個男性朋友，她不知道作何選擇。也因為愛上了最不該愛的已婚教授，彼此的曖昧關係，更讓她矛盾、痛苦。而似乎命定如此，她所愛的教授，也真的因病去世。

如此，複雜的愛情關係，呈現出女性主人翁的內在世界與性格上的複雜。鍾肇政有了信件作為依據，更能夠設計出巧妙的對話來表現所謂「殘照」或者原來的篇名「殘情」的故事。從篇名的改變，也可以看出，鍾肇政將感情的變化無常，改變為如夕陽一般的落寞與餘暉給人的無窮遺憾的感受。

而如果從改寫為長篇小說來看，因為人物眾多，感情複雜。便可以將女主角與每一個男性的往來，細細的描述，加以擴大了。

〈摘茶時節〉[52]

這篇小說的創意，筆者猜測來自於美國電影《鴛夢重溫》（*Random Harvest*）之情節，這部電影上映的時間是 1942 年。大意是男主角在失憶中，邂逅一位女士。結果遇到車禍，恢復了記憶，兩人分離。女主角這邊利用機會接近他，終於復合，不過卻是出於男主角的心機。但是最後男主角終於回憶到失憶時跟女主角所建立的真情。

電影的劇情相當複雜，跟鍾肇政所寫的中篇小說，雖然都是失憶症，但是重點卻是放在男主角邂逅了失憶的女主角，男主角害怕女主角

---

[52] 1962 年 2 月發表於《今日世界》，但鍾肇政寫於 1959 年 4 月，時間跟短篇小說〈梅雨〉差不多。表示在這時候對於心理分析的技巧，有關精神分析中的病態人格的題材，產生了創作興趣。

恢復記憶，或者再度的失憶，而終於離開男主角。

失憶的原因，兩者都是因為戰爭的關係，不過不僅男女主角在角色上的對換，而且鍾肇政的小說結局是悲哀的，與電影中的劇情很多對立上的相異之處。鍾肇政在小說中寫到：

> 在醫學上，那種病叫「記憶喪失症」，是種稀有的，卻也並不算絕無僅有的精神病症。比較常見的病因是腦部受損，例如戰時頭部受傷的不少，病例也就較多，此外某些精神特別纖弱的人，有時也會因受了某種特殊的嚴重刺激而猝然發作。此病的特徵是病情一發，過去的事便全部忘卻，簡直成了另一個人。而這時，病人的一切身體狀況都和常人無異。一旦恢復時，發作期間的一切又都遺忘，回到以前的一個人。正和其他許多種精神病一樣，也還沒有確切有效的療法，電療法、精神療法雖也值得試試，但都不算可靠，祇有等待自然恢復──多半是某種不可預知的偶然刺激，使病突然痊癒。[53]

電影與小說中，都出現有小孩。不過，電影中的小孩卻是夭折的，凸顯了愛情本身更是在核心的部分。而在鍾肇政的小說這邊，小孩成為留住女主角的心靈的部分，且小孩並非兩人的愛情結晶，而是男主角的前妻所生。

小說裡的心理分析最多的是當女主角月桂一再受到刺激而失神，忘卻自我，令男主角擔心失去她而恐懼到極點，於是男主角分析到底是什麼原因刺激到女主角，他列出了好幾點原因。也在這種分析中，連結月桂原本的生活中，可能的家人背景。

除了分析月桂的心理，小說中還有一條心理分析的線，就是一直暴露出男主角對月桂的戀戀不捨，而自以為對不起亡妻，也讓自己因為月

---

[53] 《鍾肇政全集 13─中短篇小說（一）》，頁 355-356。

桂與亡妻相像,而進一步的想要佔有月桂的種種壞念頭。

而因為創傷的背景是在太平洋戰爭當中,小說中描述了男主角個人對戰爭當中的記憶與理解。這部分,正是可以發展成為長篇的基礎。除此以外,還有月桂加入了男主角的摘茶工作,這種客家人的民族經濟,也是可以擴大加以細描的。

〈初戀〉[54]

這篇中篇小說,與之後在鍾肇政的自傳性長篇小說《八角塔下》的部分篇章,兩者有大量雷同的部分。很可以作為鍾肇政所說的中篇小說與短篇小說有本質上的不同,無法濃縮為短篇小說,卻可以擴展為長篇小說。

小說敘事的方式一開始是用回憶方式,與〈殘照〉有些相同,後者是作者藉由一個女生來敘事的。而〈初戀〉則是「我」的回憶,儘管「我」說這是一個真真實實的事情,但事實上鍾肇政並未有這一段的愛情經驗。何況〈八角塔下〉當中有類似的故事,且有更多綺情愛戀的描述。而且那些據筆者判斷也都並非是鍾肇政真實的愛情經驗。

《八角塔下》與〈初戀〉相同的部分主角都是讀中學的,只是前者的父親是教師,後者則是水流東的日東紅茶廠職員。也因此,後者的場景是在水流東,而非鍾肇政實際經驗的八結,也就是目前的百吉。

不相同的部分為,主角沒有〈八角塔下〉主角的自卑感,他是私立中學的學生,儘管當地的中學生已經絕無僅有了。〈初戀〉中的主角劉宏文是臺北二中的學生。女主角的身分都是臺北第三高女。

因為劉宏文的保守性,且要想力爭上游要考上高等學校,所以對戀愛是口是心非而排斥的。因此他們兩人真正認識時,需要經過一番巧遇。例如因為躲雨的關係,一起相聚於茅草屋中。

只是兩篇小說的男主角好像很自然的都會愛上女主角,女主角也會深愛著男主角。這似乎很能夠滿足作者的一種沒有類似的初戀經驗,或

---

[54] 1963 年 10 月發表於《今日世界》。

者自戀的心態吧。

而小說中出現很多日本時代的節日、配給、志願兵的問題，還有臺車那些交通工具。這在長篇小說就寫的更多更詳細了。在〈初戀〉寫更多的是所謂的山胞抗日、出草的故事。

有一段鍾肇政親身的經歷是志願兵的身體檢查，鍾肇政因為天冷的關係，順勢讓醫生誤診為疝氣，而沒有通過身體檢查。有關志願兵的事情，兩篇小說都安排了主角因為延誤而被巡察毆打，父親也因此受到責難。

最大的不同是，〈初戀〉男主角考上高等學校，又遭遇「學徒動員令」去北部的一個小鎮從事海防。女主角的身分則是臺灣人巡察的女兒。男主角因為恨禮子的父親，連帶的疏遠禮子，連禮子寄來的信都不願意拆開。禮子終於得到傷寒，而幾乎死亡，雖然病好了，但是精神卻失常了。

而結果光復後，禮子的父親吉村遭受村民毆打，禮子的發瘋更形可憐了。主角鼓起勇氣勸說大家不要再毆打吉村了。主角之後第一次與禮子相擁，卻感到禮子身體很輕，留下了一陣淚水。故事的最後，禮子淹死了。主角說十八年後的今天，她依舊活在他的心理。

一種民族的仇恨，造成這個戀愛成為悲劇，讓讀者一灑青春之淚。不過，或許也會有讀者感到許多處是太過造作不合理的。男主角也是過於狠心，最後的表現也是相當虛假的。

## 小結

這三篇中篇小說，在鍾肇政的創作歷程中，在本章的脈絡下，應該是一個心理小說的練習。或許從這些練習也好，或者藝術創作也好，無論成功與否，都將成為鍾肇政真正的文學目標，而作為長篇小說的養分。如第三篇〈初戀〉，之後擴大為《八角塔下》，這是一本鍾肇政重要的青春期小說，重點在於洋溢著少年的心靈與身體的成長，背景是真實的臺灣的時代。不過，〈初戀〉似乎僅僅成為一個浪漫的少年之愛的

故事。

而〈摘茶時節〉的題材本身，就是牽涉到一個失憶症所產生也是綺麗的、感傷的愛情故事。跟〈初戀〉一樣，閱讀過後能夠感受到的藝術氛圍是比較稀少的。不過，因為牽涉到醫學上的精神分析，也算是一種心理分析小說的作品。

而〈殘照〉也是關於一種感情，算是一種畸戀，若有似無的一個文藝少女，對於有夫之婦的教授的依賴。儘管自稱只是單純的崇拜，但是事實上鍾肇政是要塑造成朦朧之中，並非是一種純友誼或者師生的關係。相反的，教授那邊看過來也是一樣的情況。儘管兩人都相當節制、保守，但是卻是一再地製造給彼此相當的機會。

因此如名作家陳映真在閱讀〈殘照〉會給予相當的惡評：

> 溢洪道和殘照等都拜讀過了，卻找不到早時我讀您那些短篇時的感動。肇政兄，我以為如果您再不對自己的創作做一個誠實的分析和內省，是十分危險的。最近的作品，嗅不出一點兒味道來，貧乏，庸俗。我很為您急，也為您哀。[55]

陳映真講的早期的短篇，應該就是後來收錄在《輪迴》這本書的小說吧。至於〈溢洪道〉的藝術性如何，那在第六章討論。

## 第五節　結論

在 1959 年之前，鍾肇政與《文友通訊》中的文友討論時，大家都紛紛的說出心理描寫的重要。不過到了 1959 年以後，鍾肇政與若干文友才說起了意識流等技巧。鍾肇政也開始有了多篇的中短篇小說，新的表現手法受到肯定，作品產生了濃厚的藝術味。

---

[55] 陳映真給鍾肇政信，1964 年 3 月 24 日。

經過這一時期的心景式心理小說的鍛鍊，鍾肇政擺脫了特定的心理病症作為劇情發展的要素。但是鍾肇政仍堅持臺灣本土的要素，如時代、歷史、社會文化，也有些微的批判的觀點。

　　等到了 1964 年有《臺灣文藝》創刊，作為實驗小說的發表空間，鍾肇政開始做文字上、敘事上的種種改變。最後進入更為自然與深刻的心靈，以及在人性上的深度探討。

## 參考資料

1. 鍾肇政，《鍾肇政全集 13－中短篇小說（一）》，莊紫蓉、錢鴻鈞等編，桃園縣文化中心，2000 年 12 月。
2. 鍾肇政，《鍾肇政全集 14－中短篇小說（二）》，莊紫蓉、錢鴻鈞等編，桃園縣文化局，2002 年 11 月。
3. 鍾肇政，《鍾肇政全集 15－中短篇小說（三）》，莊紫蓉、錢鴻鈞等編，桃園縣文化局，2002 年 11 月。
4. 鍾肇政，《鍾肇政全集 16－中短篇小說（四）》，莊紫蓉、錢鴻鈞等編，桃園縣文化局，2002 年 11 月。
5. 鍾肇政，《鍾肇政全集 26－書簡集（四）》，莊紫蓉、錢鴻鈞等編，桃園縣文化局，2002 年 11 月。
6. 鍾肇政，《鍾肇政全集 37－年表、補遺、演講大綱》，莊紫蓉、錢鴻鈞等編，桃園縣政府文化局，2004 年 11 月。
7. 葉石濤，〈論《中元的構圖》〉，收錄於《葉石濤作家論集》，高雄：三信出版社，1973 年 3 月，頁 179-191。
8. 鄭清文，〈讀鍾肇政短篇小說札記〉，收錄於《臺灣文學的基點》，高雄：派色文化出版社，1992 年 7 月，頁 67-72。
9. 陳芳明，〈鍾肇政的現代主義實驗──《中元的構圖》的再閱讀〉，收錄於《大河之歌──鍾肇政文學國際學術會議論文集》，桃園：桃園縣文化局，2003 年 12 月，頁 307-324。

10. 錢鴻鈞,〈《魯冰花》與《法蘭達斯的靈犬》的比較——談鍾肇政的創作歷程〉,臺北師院語文期刊第 9 期,2004 年 11 月,頁 267-292。
11. 錢鴻鈞,〈從鄭清文、鍾肇政往來書簡看兩人的為人與文風〉,真理大學臺灣文學系主編《第十三屆牛津文學獎鄭清文文學研討會論文集》,2009 年 11 月 28 日。
12. 錢鴻鈞,〈從鍾肇政短篇創作歷程——看鍾肇政少兒小說之藝術性與客家味〉,歷史與藝術、臺灣人文論叢 2,博楊文化事業有限公司,2013 年 1 月。
13. 錢鴻鈞,〈鍾肇政的〈大巖鎮〉與我所認識的李榮春〉,靜宜大學臺灣研究中心主辦「李榮春文學研討會」,2014 年 5 月 3 日。
14. 錢鴻鈞,〈鍾肇政「高山四部」短篇小說研究〉,《仁德學報》第 11 期,2014 年 10 月。
15. 錢鴻鈞,〈鍾肇政的現代主義小說觀——從〈大機里潭畔〉談起〉,《真理大學人文學報》,第 22 期,2019 年 5 月。

# 第五章　鍾肇政的現代主義實驗與小說觀：從〈大機里潭畔〉談起

## 第一節　前言

　　在鍾肇政 153 篇短篇小說的作品中，可以觀察到鍾肇政在技巧上的成長軌跡，也可以看到鍾肇政在思想上的變化，兩者都可以作為研究鍾肇政長篇小說的基礎。不過，不僅在鍾肇政個人的創作歷程的探討，甚至在臺灣文學史的脈絡下來看鍾肇政的短篇小說的發展，也是可以提供一些思考。特別是在 1959 年開始，鍾肇政開始集中於心景式的創作，可以對臺灣文學史由日治時代的超現實主義的新詩的脈絡、或者 1950 年代的橫的移植的新詩論爭、1960 年代《現代文學》所引進的現代主義風潮，以及最新談到的結合鄉土與現代的《文學雜誌》的脈絡之外，鍾肇政、文心，甚至李喬、鄭清文之後的臺灣作家的現代主義，特別在《臺灣文藝》中所集結的臺灣作家，如何回應向世界文學學習的現代主義創作路線，這是相當被忽略的。

　　基本上鍾肇政走向現代主義技巧的學習，或者從習作走向實驗性作品是很直接的。與日治時代標榜現代主義作家的想法類似，都是要與世界接軌。只是某些作家一開始就要走前衛路線，而有些作家雖然也同樣向世界文學學習，但是仍認為寫實主義的風格比較適合他的題材與風格，以及與風格、題材相應的技巧，如鍾理和也有〈蒼蠅〉這樣的新感覺派作品。

　　在鍾肇政立場上，臺灣戰後早期所標榜的現代主義不僅與臺灣文學所標榜的泥土味不同、或者葉石濤所批評的脫離臺灣現實。那是否是一種創作？還是僅僅是模仿？鍾肇政是持懷疑立場的。最新的評論認為那些現代主義也是臺灣文學史的一部分，筆者也認同，但是是否超越了被

歸類為寫實作家的文學貢獻與美學價值，就見仁見智。而若認為那些現代主義作品，仍是與現實相關，而認為那是回應了白色恐怖的作品，這個連接上就有點誇大了。基本上那些作品並未具反抗性，甚至也未逃離時代，而是迎合美國文化的進口潮流。這個觀點可以參考廖偉竣的論文，基本上他認為《現代文學》所反映的族群性格在人文價值上是相當負面的。[1]

不過，鍾肇政確實受到臺灣所謂的現代主義潮流的激盪，只是他是冷眼、不服氣的方式，認為自己不輸人、自己也會這樣的心態來創作。當然，也是他個人的創作歷程，必須面對世界潮流的問題。那麼，他如何因應呢？也就是「臺灣文學有臺灣文學的特色」這樣的主張。進一步講就是「現代技巧與土俗的結合」。鍾肇政在給李喬的信上說：

> 臺文我的理想中是「臺灣的」、「新的」，……我的試驗作品，在土俗之中注入「新」意，「中元」、「大機里」等莫不如此。[2]

土俗指的是鄉土題材、方言的應用。現代指的是意識流、內心獨白的技巧。思想上乃是生死與性的探討，而所謂的現代性，在啟蒙的意義上，進一步的在生命的存在與荒謬，在生死與性意識的思想探討與題材，可以說是一拍即合的。因此，除了鍾肇政個人在生死與性的經驗的體驗上，臺灣在太平洋戰爭的歷史經驗，是可以作為創作所謂現代性實驗作品的背景的。

本章分五節，除「前言」與「結論」外，第二節先整理鍾肇政在現代主義實驗性短篇作品的創作歷程。而這個議題有關的評論，首先是葉石濤所開始，然後是鄭清文、彭瑞金零星的評論接踵其後，近來有陳芳明有了之前的更深入討論的看法。至於第三節，將對先前研究者的回應

---

[1] 廖偉竣（宋澤萊），〈臺灣存在主義文學的族群性研究：以外省人作家與本省人作家為例〉，中興大學臺灣文學研究所碩士論文，2009 年。
[2] 《鍾肇政全集 25》，頁 388。

與討論,並探討鍾肇政對西洋文學的吸收與創新,以建構其小說觀與風格。第四節針對〈大機里潭畔〉探討,並以此篇如何與外國文學的影響開始來討論,以及這篇作品的題材來源,最後回應前人研究,並在鍾肇政的小說觀與文學風格之下重述〈大機里潭畔〉的文學表現。

透過本章的研究,將能對鍾肇政在現代主義小說的創作歷程,與鍾肇政的小說觀做瞭解,並從〈大機里潭畔〉詳細的檢視鍾肇政在現代主義作品中表現的實際狀況。

## 第二節　鍾肇政現代主義小說的創作歷程

鍾肇政在 1959 年左右開始了意識流或者是新感覺派的技巧的磨練。基本上意識流與內心獨白是屬於現代主義的技巧,是延續寫實主義的心理分析外,再加上佛洛依德心理學,在潛意識、夢、性方面的敘事分析與題材的掌握。鍾肇政模仿海明威的部分就等於是現代主義的範疇。而模仿愛倫坡的部分,是象徵主義的範疇。也就是間接的進入心靈、神祕的世界裡。藉由外在的感官描繪的方式。這種象徵主義到了日本文學,就成了新感覺派。如鍾肇政在 1961 年寫的短篇〈陀螺〉、〈雲翳〉、〈欄邊〉、〈雨雲〉、〈窗前〉等等就是表現一種心像,就是屬於新感覺派所強調的通過剎那的感受表現人的內面神祕心靈。

幾篇鄉土小說以現代心理分析,表現戰爭後遺症或者心理病症、瘋狂的作品如 1959 年 4 月就寫成的〈摘茶時節〉,之後有 1961 年寫的〈殘情〉以及〈初戀〉。三篇中的〈摘茶時節〉創意來自於美國電影《鴛夢重溫》(*Random Harvest*)之情節,原著乃是說 1918 年的所發生事情,原著作者為 James Hilton,作品風格,知性而浪漫。劇情中的聲音大聲,刺激病人,這部分也為鍾肇政所模仿。然後男主角是那麼怕失憶的女生恢復記憶,忘記兩人的愛情甚至已經有小孩。這部分也是在電影劇情、原著中發生。鍾肇政就是改變失憶症為女生,而非男生。若以作者意圖來猜測,筆者認為女生是那麼深情的愛著男性,這正是作者鍾肇

政希望的，有一個女生能夠這麼愛他。這在鍾肇政在長短篇所設計的情節中很常見。可稱為初戀失敗的補償作用。當然，也是一個女性崇拜者所普遍的投射。

〈初戀〉為鍾肇政個人中學經歷當背景，愛情方面則純虛構與遐想，之後擴大為《八角塔下》的下半部劇情。〈殘照〉這篇作品的題材則來自鍾肇政的文友寄來的一兩年間的信件，基本上這些語言表現是相當通俗的。這類純精神分析的小說，倒是於 1962 年發表的短篇〈金子與蟑螂〉比較成功，之後鍾肇政就不處理這類直接架構在心理學的作品了。

而在語言上的斷裂與扭曲的方式表現，卻是到了 1964 年之後在《臺灣文藝》中所發表的，在這裡鍾肇政直接以語言來模擬瘋狂與內在意識的思考方式，鍾肇政才被注意到他也有現代主義小說的表現，但是實際在心理分析的探索上，在性與死的題材的發揮，是更早的階段。

而 1962 年水晶所發表的〈沒有臉的人〉在文壇上掀起批評。引起鍾肇政的注意與刺激。鍾肇政認為那並非是創作而僅僅是模仿。如何將現代主義引入臺灣，並且有臺灣特色的現代主義，鍾肇政做了各種的嘗試，基本上就是將土俗的題材配上現代的技巧來處理。這方面在長篇的創作，等於是意識流技巧的試寫，有 1962 年 8 月就已經開始構想的《大壩》，還有在 1965 年 2 月完成的《大圳》，採取時空交錯，內在心理獨白的方式表現。短篇的則有如文心所說的鍾肇政作品〈簷滴〉、〈熔岩〉嘗試了意識流的寫作。鍾肇政自稱是心靈的，或者是剎那的，或者是偶然的，把那心靈的閃現之頃刻撲捉住，那是在 1959 年代的〈簷滴〉、〈梅雨〉與〈兩塊錢〉，分別表現丈夫、妻子、酒鬼的複雜矛盾的瞬間閃現的內心世界，或者說是心理動態過程，不管是形成的或者是經過當中的矛盾。

鍾肇政對於意識流有他自己的體會，也就是不龐雜，他說：

> 儘管龐雜較近乎真。其實所謂寫實，也並不全是「真」一字可以代表，這真，稿在紙筆上，必須經過藝術的安排。──也就是取捨

與排列,務必有個「有機的」關聯。[3]

可以說,寫實並非是反映現實,只是一種技法、一種風格,一種過去時代的思潮。鍾肇政求「真」還是目標,精神層次、靈性世界的真。基本上鍾肇政的小說觀是介入社會、人生的。是建構一個人生片斷,或者是一個宇宙,並非寫實反映或浪漫、現代,可以一語道盡。如何維持各種思潮與技巧,而與題材思想,維持一個平衡點,而成為一個結構與有機的關聯,這個平衡點的安排,也就是鍾肇政所謂的藝術。當然這個藝術之意,並非僅僅是巧思、安排,還是達成作品之後,作品的整體呈現的純美境地,或者就是藝術的世界。

除了死亡方面的現代性表現,還有另外一個現代性題材則是性問題的探討。由於 1963 年郭良蕙發表《心鎖》引發文壇圍剿。這引起鍾肇政的不滿。鍾認為其罪不致死,甚至這方面的題材應該是要嚴肅面對的,而非染紅、染黃,甚至人身攻擊。也因此,鍾肇政在 1964 年 4 月 1 日《臺灣文藝》發表的第一篇文章就是〈溢洪道〉,討論了女性觀點中的情慾心理。這多少有點騎士精神、為郭良蕙打抱不平而以創作來聲援她的心態。當然,鍾肇政個人探索這類題材,也是對自己的突破。

早期鍾肇政討論比較多的是生死的大事,後來的短篇是將性與死綜合的探索。這兩個主題原來就是現代主義的題材範疇,最常被作家來處理的。這方面的作品有〈道路、哲人、夏之夜〉、〈闇夜、迷失在宇宙中〉、〈在那林立裡〉,延續著〈溢洪道〉性與死的主題。但是文字表現已經是為了要顯示臺灣人也行、臺灣作家可以更精采,顯示與如水晶那樣的作品對抗的姿態。類似的筆法還有〈骷髏與沒有數字版的鐘〉、〈長夜行〉,這兩篇就單純處理死的問題。有關文字的扭曲與斷裂,就數這五篇了,都是 1964－1965 年間的作品。

每一節以不同時空來交錯的結構,現實與虛幻、想像的方式構成的

---

[3] 《鍾肇政全集 26》,頁 21。

小說，除了 1967 年發表的〈大機里潭畔〉，還有 1966 年的〈中元的構圖〉與〈細雨夜曲〉。鍾肇政在這些作品就放棄了上述的過於尖銳與斷裂的文字表現方式，改以更為平實的語言，僅在時空的扭曲與對照之下來進行敘事。該實驗性小說出版時，鍾肇政曾擬總題為「大機里潭畔」。[4]可見此篇之敘事結構與〈中元的構圖〉是相近的。只是前者清淡、虛幻，後者雄渾、瘋狂。最後仍訂名為後者，想來是口味比較重，適合讀者與出版商吧。

其後還有 1968 年的〈雲影〉又是一種時空交錯的變形，將幾次的幻影，直接融入現實生活的主線中。之後還有類似作品在 1969－1971 年間發表的〈那天——我走過八吉隧道〉、〈山路〉、〈豪雨〉，更將穿插的記憶與現實融於無形當中。

最被研究者提起的這類作品則是在 1973 年發表的〈阿枝和他的女人〉，以及 1978 年發表的〈白翎鷥之歌〉。前篇是表現瞎子的內心世界的意識流動，語調相當沉潛，配合看不見的人作為描述對象，讀者的眼光完全停留於瞎子的內在世界中，甚至是瞎子的觸覺感受中。表現功力已經爐火純青。

後者〈白翎鷥之歌〉更為有趣的是不僅以動物作為敘事者，交叉的回憶與現實，最後聽著聽著老人的聲音，將白翎鷥的動物聲、人聲融為一體。同時期的還有，在 1978 年於〈現代文學〉與〈中外文學〉發表的姊妹篇〈甌叔和他的孫子們〉、〈甌叔〉。之後除了原住民短篇小說的創作，題材特意，技巧圓融，顯得內容相當飽滿。但後來又出現一篇〈迷你車與女孩〉，富於現代心靈的陰影，顯現了相當可怕的罪與罰的恐怖世界中，鍾肇政製造了令人有無限聯想的空間，值得加以注意。

鍾肇政從心境式心理的小說，過渡到現代主義意識流小說，多少受到臺灣現代主義思潮的刺激才加緊速度表現自己早已領略到的技巧。並且提出自己對創作的看法，也就是臺灣土俗、歷史與現代技巧的結合，

---

[4] 《鍾肇政全集 25》，頁 121。

而非一味的模仿西方人。由上述綜觀鍾肇政的現代小說創作歷程，對於鍾肇政把握臺灣文學有臺灣文學的特色的小說觀，將有莫大的幫助。

## 第三節　〈大機里潭畔〉的前人研究與鍾肇政小說觀

### 一、前人研究

　　基本上葉石濤的開山之作，對鍾肇政的實驗性作品的研究，至今無人能夠超越。實驗性作品的說法，僅僅是鍾肇政的客氣，對於自身創作歷程的描述。其他作家不講實驗，而直接被當成創作作品，當然鍾肇政也值得這麼被對待。

　　葉石濤點出鍾肇政受到海明威與愛倫坡的短篇小說的影響。而海明威背後的思想是：「一套心理創傷，脫離社會和法規，迷失的一代的所有十字架。」技巧上則是：「以現實的時間和過去的時間交錯出現的手法，成功地把外在世界和內在感受統一了起來，構成一幅色彩明亮的畫面。」「當這情婦離去的那孤獨的時刻，這作家的以往生活情景的碎片以『內底獨白』的手法，斷斷續續地重現了。」[5]葉石濤並說在思想上、技巧上這些也都非海明威獨創。暗批1960年代當時，以所謂的現代主義揚名文壇、自我褒貶、津津樂道的作家，是如何的滑稽與荒謬。

　　而他認為鍾肇政的實驗性小說呢？

> 但他在這技巧裏注入了新生命，把它造成頗富於民族風格和鄉土色彩的表現方式，去蕪存菁，賦予嶄新的面貌。這在〈中元的構圖〉這一篇小說裏最明顯地看得出來。我們可以說鍾肇政把這手法改變為頗能適合他一己的稟賦的一種表現方式，變成了他的血肉。現在我們先來看看他集子裏的另一篇小說〈大機里潭畔〉，

---

[5] 葉石濤，〈論《中元的構圖》〉，收錄於《葉石濤作家論集》，高雄：三信出版社，1973年3月，頁181。

這小說雖不能說是這短篇小說集中最好的小說,但可能是最精彩,形式的意念最歐化的一篇。而且這一篇小說的情節和氣氛,有某種因素同我們平凡人很常識的思維傳統有些格格不入。[6]

除了將這手法改變為適合鍾肇政一己的血肉外,葉石濤還說在〈大機里潭畔〉的大廈,其神祕的外貌與情調的表現,受到了影響:

> 頹廢和耽美氣氛彷彿出自於愛德加・愛倫・坡的小說「鳥舍家的滅亡」(The Fall of the House Usher)那房屋的怪誕和陰慘。當然欲使這大廈有真實感而富有濃厚鄉土色彩,鍾肇政把這一座出奇的建築物放置在大機里潭畔實實在在的風景裏以加強它的現實性。[7]

但是,葉石濤更重要的是點出了鍾肇政小說中的鄉土色彩。以及葉石濤認為感人的卻是愛情的部分:

> 我們之所以讀了「大機里潭畔」而引起微微不安的,並不限於這舞臺的海市蜃樓般的非現實性,還有的是那主角和他的妹妹麗仙摯愛之間,有某種曖昧神秘的感情成分在流瀉的緣故。……日常生活瑣屑的齷齪事務是一劑良藥,我們大多數人,到底會從心理創傷中痊癒,把傷痕淡忘了。然而,在鍾肇政的這一篇小說裏他提示的是一個異常的例子:病態的愛和病態的執著。這好比是佛洛伊德學派的精神分析家的臨床報告。

---

[6] 葉石濤,〈論《中元的構圖》〉,收錄於《葉石濤作家論集》,高雄:三信出版社,1973年3月,頁182。

[7] 葉石濤,〈論《中元的構圖》〉,收錄於《葉石濤作家論集》,高雄:三信出版社,1973年3月,頁183。

葉石濤不斷的在評論中一方面呈現鍾肇政作品中接受了海明威與愛倫坡作品所影響的影子,更重要的是強調了鍾肇政在思想上的獨創性:

> 鍾肇政的世界和海明威的世界是大相逕庭的。構成鍾肇政小說的世界裡最重要的支柱之一,是傳統的民族靈魂,古老的倫理道德。這倫理道德也就是鍾肇政在這小說裏的法規。……鍾肇政的這篇小說並不迷失,他這裏也有一套法規,儼然存在,而且是基於美德的法規。姊姊的獻身和犧牲,主角的友愛,妹妹的柔順服從,傳宗接代的思想,無一不是我們民族賴以生存的倫理道德。而主角之所以由心理創傷而選擇死亡,與其說由於他心身的極端疲勞,毋寧說是他自覺他背叛了這法規,認真又超人地苦悶的結果。[8]

以及葉石濤點出鍾肇政其他的特質:

> 富於強烈的心理底紀實性(Documentary)和地域性(Regionalism)色彩。這篇小說由主角的過去時間裏的獨白裏正確地捕捉了臺灣的時代,社會的遞嬗。這主角在日據時代末期曾經被迫投入於日本軍隊,備受日本人的壓迫和虐待。他的肺病也起因於太平洋戰爭時的摧殘。造成這主角的死亡,其原因的一大部分應歸咎於皇軍虐待臺灣青年的殘暴措施。而這本省特殊的歷史和風物的確是決定這小說不流於東施效顰,充分地流露著民族風格的因素。這小說在結合民族傳統和舶來技巧的嘗試上樹立了一種不可忽視的典型。[9]

---

[8] 葉石濤,〈論《中元的構圖》〉,收錄於《葉石濤作家論集》,高雄:三信出版社,1973年3月,頁183。

[9] 葉石濤,〈論《中元的構圖》〉,收錄於《葉石濤作家論集》,高雄:三信出版社,1973

之所以不厭其煩的引述葉石濤的論點，主要的是要將陳芳明幾乎是不同角度的方式來評論鍾肇政的實驗性小說，以作品不成功來做結論。其理由為何呢？首先陳芳明也是先從葉石濤評《中元的構圖》作為先行研究的討論。既然陳芳明同意葉石濤指出了鍾肇政小說中有海明威的技巧特色，可是為何說是流於「泛論與誇張」呢？[10]而鍾肇政依靠日譯習得現代主義作品的思想與技巧，相對而言白先勇與王文興為主的「現代主義」作家群，又不是在片斷與選擇性的閱讀與學習西方文學技巧呢？就閱讀量而言，我們何以知道鍾肇政閱讀的量比較少，吸收因為是間接的，而有所不如呢？在這裡將葉石濤與陳芳明兩位對鍾肇政在現代主義小說的開創性評論，加以論述，是非常有意義的。

而鍾肇政所譯的安部公房的《砂丘之女》為 1967 年，恰為〈大機里潭畔〉的年代。雖然說《砂丘之女》在 1962 年於日本出版，鍾肇政可能已經於當時閱讀到了，可是整個《中元的構圖》大都為 1967 年之前至 1964 年所發表，筆者很難說整個《中元的構圖》簡單的受到安部公房的影響，當然也是極有可能，並且其他影響來源應該更廣才是。但是，葉石濤卻精確的指出〈大機里潭畔〉裡有海明威與愛倫坡作品的影子。意識、結構上為《砂丘之女》影響的應該是〈在那林立裡〉，或者表現消失在都市中的《燃燒的地圖》更為接近。在 1960 年鍾肇政給鄭清文的信中，鍾肇政自剖了他的學習來源：

> 在小說已到了日暮途窮的現在，「心理」一定是唯一的出路。而有個了不得的天才，為我們剖示一種心理，供我們觀摩，一定對我們是會有幫助。今後，我就想在ドストエフスキー，スタンダール到ラデイゲ—這一系列的心理分析和ヂヨイス的意識流—

---

年 3 月，頁 185。

[10] 陳芳明，〈鍾肇政的現代主義實驗——《中元的構圖》的再閱讀〉，收錄於《大河之歌——鍾肇政文學國際學術會議論文集》，桃園：桃園縣文化局，2003 年 12 月，頁 313。

起研鑽，也許可以尋出一條道理吧。[11]

有趣的是，陳芳明也指出鍾肇政的現代主義小說構造出來的故事是非常鄉土、非常歷史。但是比較朱西甯的《鐵漿》是造成一種突兀的錯愕的美感，而鍾肇政的「發明」的作品：「置放在鍾肇政的文字生涯的脈絡，是一種稀罕而離奇的存在。」[12]

接著陳芳明分別對《中元的構圖》的十篇短篇中，選擇了六篇做分析，特別他選擇〈中元的構圖〉、〈大機里潭畔〉探討的結論如下，在〈中元的構圖〉的批評結語：

> 不過，鍾肇政的文字技巧，似乎難以表現現代小說的精神與精確。在表現層次上，他仍然被寫實主義的反映論所羈絆。冗長的文字與過多的敘述，反而使「構圖」的影像落於過剩的言詮，也使象徵與隱喻失去了力道。[13]

而對〈大機里潭畔〉是：

> 現代主義原是在探索人的真實，暗藏在內心的慾望與想像，往往具有悖德的傾向。悖德議題的開發，乃在於對世俗權力與傳統規範進行挑戰，這正是現代主義最具爭議、也最引人入勝之處。現代主義者在處理道德倫理時，就是為了探測人性的脆弱與黑暗。鍾肇政面對這樣的議題時，表現得非常自我壓抑，以致使故事在

---

[11] 《鍾肇政全集 26》，頁 37。ドストエフスキー，スタンダール，ラディゲー，ヂョイス，分別為杜斯妥也夫斯基、斯湯達爾、拉迪格與喬意斯。拉迪格常被鍾肇政提及，著有《杜其樂伯爵的舞會》。鄭清文當然常常推薦福克納給鍾肇政。鍾肇政從川端等等也習得所謂的現代主義技法。

[12] 陳芳明，〈鍾肇政的現代主義實驗——《中元的構圖》的再閱讀〉，收錄於陳萬益編，《大河之歌——鍾肇政文學國際學術會議論文集》，桃園：桃園縣文化局，2003 年 12 月），頁 315。

[13] 《鍾肇政全集 33》，頁 594。

恰當的地方能夠開放與突破之際，反而變得保守與退縮。現代主義中的疾病與死亡，有時也可以寫得相當積極昇華。但是，在鍾肇政的現代主義實驗裏，卻充滿了敗壞、悲傷、沉淪。

太平洋戰爭終結了殖民地歷史的經驗，為臺灣人留下了深沉的死亡陰影。精神分裂症的現象，使戰後臺灣人在歷史與現實之間失去依憑。鍾肇政的小說，有許多地方已經觸及到這種人格分裂症的危機，卻又輕易放過，未及深刻去渲染。他在形容小說中的男主角時，使用如此的筆法：「他發現到他的意識在這一瞬間一分為二。其一是他的靈魂，另一是他的肉體。一個仍留在那個寬寬敞敞的房間裏躺在那隻鐵床上，另一個則是來自這伸手可觸到河水的地方，不過何者為靈魂何者為肉體，這卻不是他所能明白的。」鎖在鐵床上的靈魂，其實是臺灣歷史的隱喻。投入大自然的肉體，則是追求自由解放的慾望。只是，在這雙重人格的矛盾處，鍾肇政未能進一步開展故事，反而筆法戛然而止，整個小說又轉向了。

這些小說嘗試在過去與現在之間架構起對話，或者說，藉用佛洛依德的解釋，在夢與現實之間做對應式的鑑照。亦即在懷舊（nostalgia）與除魅（disenchantment）之間尋找生命的意義。不過，鍾肇政對於夢的詮釋似乎還過於停留在表象，以致未能在小說中建立更為深奧的內心世界。如果夢是一種迷宮，則人是如何失落，又是如何掙脫。尤其戰爭的歷史是臺灣人的惡夢，小說其實是可以透過各種防衛性的夢的轉化而獲致願望的表達。鍾肇政小說中的夢，並沒有描寫出深淺不同的層次。夢是平面的，死亡是平面的，所以精神世界也是平面的。他的現代主義實驗，最後又回歸到現實主義的敘述。[14]

---

[14] 《鍾肇政全集33》，頁595。

陳芳明總結鍾肇政的實驗性小說總是回到寫實主義的平舖直敘，每個人物終於都是純潔善良，而全然未表達人性的脆弱與衝突。陳芳明質疑鍾肇政為什麼總是樂於挑戰道德，最後竟怯於突破？並認為確實突破是非常人性的描寫，但是這是歷史的真實，而不必然與人性的真實可以等同起來。

總之，陳芳明認為鍾肇政沒有表達人性的真實，最後總接受道德的召喚。雄辯的大河小說，才是鍾肇政的終極理想的寄託，現實主義小說才是鍾肇政文學的主流。他的意識流小說是不太成功的。

成功與否，倒非本章想要論斷的，其實陳芳明所指的幾點疑問，倒是點出了鍾肇政的小說觀與風格所在。本章倒認為既然牽涉到小說觀與風格，倒沒有成功與否的問題，而在於讀者是否喜歡與接受。而並非是一種人性真實的侷限，反而是一種創作，是一種境界。

陳芳明所指出的對於人性真實的理解也好，或者是現代主義的探索也好。畢竟是評論家對於現代主義或者人性的認識。鍾肇政有他自己的認識，有他個人的考量，根據的正是鍾肇政的小說觀與風格的塑造，鍾肇政所要追求的文學境界。而不是要追求意識流小說的成功。或者正確的講，他是要將意識流技巧與土俗題材做結合。所要探索的人性隱微之處，有他個人的著眼點。讀者所謂的人性的深與淺，其實往往是讀者根據自己的閱讀經驗或者個人身心的體驗。當然，評論者往往也僅能如此出發。

其實，鄭清文同樣的也有類似的看法，茲摘錄如下，並方便討論起見，標上數字：

1. 他的作品，包括長篇和短篇，有一個很重要的重心，就是以戰爭末期做背景的作品群。這些作品，都寫得相當精彩，雖然那些男主角的姓名和身分都不同，但是本質上都是作者本人的化身。

2. 他最精彩的小說中，經常可以看到他自己的影子，沒有他自己影子的地方，也會或多或少露出破綻。他善於表達，卻不善於

3. 虛構。他是一位誠實的作家，有時為了遷就事實，反而犧牲真實。

3. 他是一位不善於移情的作家，似乎不太注重作者應和作品人物之間保有某種距離的問題。

4. 這種不矯飾，正是作者的一貫態度。讀他的短篇小說，應該關照全盤，不能做個別的品味。從這些作品群，我們可以看到他的生活。完整的生活，也可以算是某種思想吧。

5. 作者是一位溫和、誠實、而小心翼翼的人。從最初期的作品到現在，他這種基本態度可說是一直沒有改變。

6. 要解開這個謎，也許應該引用勞倫斯批評愛倫坡的一句話：「真正的藝術，經常要有創造和破壞的雙重韻律。」破壞，正是他的作品中所缺少的因素，所以他雖然有幾篇作品，如「大機里潭畔」，可以看到愛倫坡作品的影子都沒有那種陰森可怕的實質。

7. 福克納說得更徹底，一個藝術家，如果必須強暴他的母親，也在所不惜。這一句話，狠得叫人毛骨悚然。鍾氏的作品所缺少的，正是這種狠的本質。

8. 〈阿枝和他的女人〉，是他的短篇小說中的一個異數。我們在他的長篇小說中，找不到任何類似之點。先說題目，真是平凡得令人無法忍受，就像安徒生童話中的那隻醜小鴨。但是，在平淡中，我們卻看到短篇小說的各種優點。作者雖然寫得很節制，卻一點也不損壞他那顆溫和的心。這是他的最好的短篇小說。這是一種標竿，也是一種境界。[15]

鄭清文在這幾句話中，相當強調了鍾肇政的個性，卻也認為因為這種溫和的個性，而造成文學創作的侷限。而陳芳明的論文則並不強調這

---

[15] 鄭清文，〈讀鍾肇政短篇小說札記〉，收錄於《臺灣文學的基點》，高雄：派色文化出版社，1992年7月，頁70。

一點。鄭清文比陳芳明講的更猛烈，而引用福克納所講的狠話。鄭清文文風被認為清淡，但是其文學信仰的部分素質，卻是福克納的狠話。雖然說強暴母親，那是一種比喻，在文學虛構的世界裡，是可以無所不想、無所不談的。不過，講究平實的文風而非清淡、冰山理論的鍾肇政，有他的個性，也有他所追求的生活境界與文學世界。在這一點上，鄭清文倒是在 1973 年鍾肇政所發表的〈阿枝和他的女人〉找到鍾肇政真正想追尋的小說世界。我說，那是一種純美的世界。狠話人人會講、會說，鍾肇政卻不會，但是那並不代表鍾肇政所探索的世界不夠味。他在長篇小說所創造的世界已經證明他是萬馬奔騰的作家，小小的身軀有的巨大的靈魂。在文學探索的領域、想像的領域、創新的領域，被認為是怯懦的，這種看法似乎有待商榷。而作品所閱讀而來的印象，當然與其個性有關，應該是風格的表現與有深思熟慮的考量使然。而確實鍾肇政在短篇小說所探索的世界，也是走到葉石濤歎為觀止的地步，雖然說陳芳明覺得葉石濤太誇大，似乎過於吹捧。但是，我就接著探究鍾肇政的小說觀吧。

## 二、鍾肇政的小說觀

　　本小節探討鍾肇政的小說觀，將一併探討其小說風格，因為筆者認為這兩者是分不開的。鍾肇政的小說觀是難以歸納的，因為他沒有坦言個人的追求，如果問之，他的回答也是模糊的。筆者認為，他正是沒有特定的小說觀，而是不斷的在追求。但是基本上，從他所說的他要挖掘的是人性的幽微之處，而小說創作講就是新的，另外就是臺灣的。因此，就算是現代技巧的學習，也必須融合土俗，成為臺灣特有的現代主義創作。

　　但是，現代技巧有利於人性幽微的探索嗎？基本是的，特別是以創新的角度，技巧上、語言上在語法的翻新，引入現代主義是最快速的。特別是在佛洛依德心理學的基礎上，處理潛意識的意識流與內心獨白，是極適合表現的。要觸及神祕性的生與死，還有瘋狂與罪惡，用斷裂性

的語法、瑣碎的文字,是可以模擬種種非正常心理的人性幽微之處。

不過人心幽微之處,基本上常常顯示不正常、罪惡面,但是人性無所不包,也有正常面,符合道德、良善的一面。現代技巧當然也可以處理良善、正面的人性的一方,相信這些考量在鍾肇政的創作思維中,是相當清楚的。因為他最後走向平實的一面,放棄了過分語法斷裂的語言表現方式。不僅不適合長篇在讀者方面的閱讀,容易疲勞,而且長篇中,他所要表現的臺灣人是什麼,這樣的主題,也不適宜以斷裂性的語言來構建。畢竟整個臺灣人並非是瘋狂、過於敏感的集合,這中間牽涉到鍾肇政的歷史觀。

除了歷史觀之外,還牽涉到鍾肇政的小說觀,也就是他對於風格的建立,基本上是符合他的溫和的為人的作家性格的本質。他不追求極端,但是矛盾的是他追求的是創新。那麼,他雖然吸收現代主義技巧,處理瘋狂、性與死亡的主題,可是他漸漸的發現,這些主題是非常重要的,但是並非人的全部。所謂人性的幽微之處的探索之外,更重要的是他追求純美的境界,這也就是他在最近的創作,藉歌德描述了歌頌情慾與歡愉的世界而有《歌德激情書》。

溫和處理的風格,基本上在語言文字上,就是平實。說他有寫實主義的風格,不如說是平實的風格。那麼,他進入現代主義技巧,他也認為這種技巧是創新的沒有錯,但是過分的使用,也僅僅是技巧上的創新,那麼也就並非創新了,因為這些現代技巧基本上都是從外國人處學來的。所以在作品內,除了結合土俗以達成臺灣的特色之外,收斂技巧面,而在土俗的、傳統生活的題材之外,在人性的幽微之處來挖掘,才是更重要的。

其實不僅僅是現代技巧的運用,甚至鄉土語言,也就是 1960 年代所說的方言的使用,鍾肇政也是有所節制的。他希望是適合作品的題材、人性的幽微之處的把握,所以在給李喬的信上,他就感到李喬是許多處的表現過於堅持方言的使用。

臺文稿運用客語,具見吾弟執善而固執,我常以為文貴個性,自

創一格,乃為上乘,倘若需靠特殊用語以達此目的,則不免類乎偏鋒,恐未必可取耳。但吾弟當另有所見,我將拭目以待![16]

當然這並不表示鍾肇政就反對方言文學的成立。在 1980 年代他同樣的對東方白在母語上的用心,表達類似的不算質疑的不支持的意見。[17]但是這同樣不表示,他不認為臺灣文學該有完全自己的語言來創作的一天,只是在當時,既然並非完全的母語文學,所以如何的適當,而保持臺灣文學的特色,但是在純文藝的角度上,鍾肇政還是有他的「平實」而不過分的堅持。否則,他一概認為那僅僅是實驗性而尚未成熟的小說,這並不違反他認為的,盡量的來提煉母語加入作品中創作路線。因此,現代主義基本上與平實的路線,或者一般聲稱的寫實路線,好像是衝突的。可是,在性與死、瘋狂的主題中,以現代技巧與語言來展現,也仍是寫實、平實的。

在文字的表現上,在必要的尖銳性之外,仍不排斥平實的筆觸,反映時代、社會、歷史背景,以及作品角色曾經平實、平凡的經歷。但是避免濕黏的文體,呈現乾澀、陽剛的風格,[18]也就是多採取名詞,與意象清晰的詞彙,重視在結構安排上,顯示出思想與情感的力量。而在平實的字句中,表現善良的人性裡,如何遭遇不幸,又如何自處。在這細微之處,閃爍人性隱微的深處,或是不可避免的悲劇、疑惑與矛盾,留下輕輕淡淡的尾聲,暗喻那細微、渺小的人類的心靈深處,或是生命正在被啃蝕或是自己極思療傷之法。基本上相對於李喬的黏與濃的風格主張,鍾肇政則認為:

鬆些散些,寫的人鬆散,看的人也鬆散,一樣能表達同樣意境

---

[16] 鍾肇政給李喬信,《鍾肇政全集 25》,頁 87。另於頁 185 也提到類似發言。
[17] 鍾肇政給東方白信,《鍾肇政全集 23》,頁 59。
[18] 李喬給鍾肇政信,其中可推論鍾肇政這麼主張,《鍾肇政全集 25》,頁 80。

的。[19]

不過，鍾肇政仍回答李喬，他並沒有所謂的強烈而獨特的文學主張：

> 我沒有「完全」「我的」文學主張。內涵是純心理的，表現則以文學乃文字的藝術為最高理想。故而文字求其獨特，有個性，而不僅僅以最適當的字放在最適當的地方為足。這不算主張，而且我也言行不符，這也是我的悲劇了。[20]

作品陰影的造成，也仍不用藏在過於稠黏的文字底部。而是平實、平淡、平凡的文字之外的清晰的意象所架構而成，而在某個視角之下，被整個結構所遮蔽而產生的虛幻與真實之間的縫隙。這樣子陽剛乾烈的文字，有助於保住人性的尊嚴，這樣的文學底線，或者說在人性的尊嚴前提下，表現了如何喪失尊嚴，而至於無法自我拯救的地步。

鍾肇政並不以模糊、黏濁的文字直接產生讓讀者耽溺於文字之中遐思，或者造成人性的黏滯不前，表現極端的罪惡地獄之處。這是有違鍾肇政在文學觀中，要創作純美世界的理想。但在這人性尊嚴的保衛戰中，靈魂的震顛仍是鍾肇政所追求的境地。

基本上鍾肇政的文學觀是純文學的，不為功利性的、更不為意識型態，是純粹追求美感的世界，但是很顯然的他的美學觀，卻往往趨向於有益社會人心的作用。特別在長篇，還是帶有意識型態與使命感的。也因此在短篇中，除了是一種創新的態度，而設法帶有臺灣味，結合臺灣的歷史背景與泥土、傳統，基本上是可以探索人類本質更基本的問題諸如生與死，但往往還是溫和的個性緣故，影響了他創作的風格取向，也仍是不尋求刺激性、極端性的境界，而是幽微、隱微的境地。更是希望

---

[19] 鍾肇政給李喬信，《鍾肇政全集25》，頁69。
[20] 鍾肇政給李喬信，《鍾肇政全集25》，頁61-62。

達到純美的境地。這也就是鍾肇政在最近的一本著作，決定甩脫使命感，朝向情色文學的發展，試圖進入人類的純美的境地，但是在中間還是融入了活力與向上的思想內涵，仍然是一本其追求純文學，但是落入介入社會、改造社會人心的意圖。

　　如果風格如人，個性與風格就會有相當關係，也會影響其小說觀與思想。鍾肇政的個性除了上述的溫和之說外，還有潔癖，這是一種完美主義，主張依照自己的個性來決定小說表現，不容一絲失誤，某些主張呈現過分的敏感。多少也是一種道德主義。來自於浪漫主義精神的思想與個性，如騎士的風範、尊重女性，也有來自於日本精神的豪爽俐落作風。這與個性溫和的本質並不衝突，是一種表裡互現的個性。而鍾肇政的道德主義，也是相當寬鬆，常常為了表現豪爽，是可以容忍自己、或者友人，如傳統的大男人，可以為了文學體驗，去花天酒地一下，淺嚐即可，過於耽溺則又不美了。[21]

　　如果說鍾肇政的小說觀，也就是要呈現他的人生觀，應該不會差距太遠。而他的人生觀，在他的情色小說後記中可以窺探一二：

> 他的那麼多那麼多並且又那麼美那麼美的愛情，給予了歌德積極進取的人生態度，也使他的靈魂獲得了純化淨化，同時更因此而產生了那麼大量的美妙動人的詩篇。我們似乎可以說，歌德畢生所追求的，正是美麗的靈魂。
> 下面，我要引述歌德在他的曠世偉構《浮士德》第二部末尾的一句話，作為這篇蕪文的結束：
> 「永遠的女性
> 才能提升我們到更高的境界」[22]

　　話說回來，也就是有感動的人生，奮鬥的人生，有愛的人生，不斷

---

[21] 這可參考鍾肇政給鄭清文的建議，見《鍾肇政全集26》，頁22。
[22] 《鍾肇政全集32》，頁459。

的勞作、創作、創新的人生，並且藉由愛獲得活力，持續的向上的人生，一個純美的境地，是鍾肇政所追求的人生，也就是這樣的人生是鍾肇政的小說的所要呈現的世界。這個世界是反映現實的，作家身邊的實在，但是僅僅是與現實的世界相仿。鍾肇政的一篇篇小說構成一個小宇宙或者世界，鍾肇政利用小說，構成了他自身的宇宙。

比較同樣是長短篇都擅長的李喬、鍾肇政，文字表現是一濃一淡。而比較同樣都是樸實、平淡的鄭清文、鍾肇政，後者個性雄渾豪爽，但是鄭清文卻認為創作取材該有狠勁。以鄭清文欣賞鍾肇政的〈兩塊錢〉，而鍾肇政自己卻更喜歡〈梅雨〉[23]可以瞭解到，前者是講酒鬼清醒、罪責，又轉換為角色被酒癮發作而失去人性的剎那間的心像捕捉；而後者卻是作為妻子埋怨賭鬼的丈夫、又恐懼丈夫即將死亡的中間，其心靈的哀痛與怨恨之間的矛盾心景。後者似乎更能顯現鍾肇政對於小說美感的體會。那是更為普遍的現實與夢境夾揉的世界，仍帶有溫情的人性面。而〈兩塊錢〉就不無過於刺激、暴力了。就小說題名，鍾肇政指出至少兩個字會更有意象、較清晰。這是不無為讀者接受能力考量，但也並非說鍾肇政的創作的本質就不是個人的個性的表現。而鄭清文常見的一個字的題名，[24]這就不得不說鄭清文在堅持己見中，在文字清淡平實樸實之下，是顯露狠勁的。鍾肇政的個性還是顯得溫和許多，這多少也是浪漫派的思想與風格的融入到了現代主義中的技巧，所形成的特殊美感吧。

在觀點與敘事上，鄭清文似乎更嚴厲。而鍾肇政對於描寫說故事而非間接以言動表現來顯示性格，與作家介入與否，就保持比較觀鬆的角度來看待。這顯示了兩人雖然某部分的個性、用字相同，但是鍾肇政是屬於大而化之、不走極端的路線。但是也不能說鍾肇政沒有潔癖，特別是他人寫過用過的題材、描寫，鍾肇政是相當有自制，而盡量節省這方面的文筆的。在他給李喬的信中說到：

---

[23] 《鍾肇政全集26》，頁11。
[24] 《鍾肇政全集26》，頁13。

心靈的獨白方式,我也覺得有點膩了,以後我將盡可能不再運用。文體之不能一貫,說來實在不得已,我過去也常有此病,質言之,未能完全控制自己的思考形式而已。吃人肉未詳述,乃因前此已看過人家寫了,未便深入,似乎是我的一種潔癖吧?[25]

並且,信中直言,現代技巧對鍾肇政來說是玩玩即可,並非當做非得不可的樣子,這畢竟是西洋人已經操作許久之物,鍾肇政自認已經熟悉了。同樣的道理,亂倫不會是鍾肇政想要發展的主題,雖然讀者這麼要求,可是除了個性因素、小說觀的因素之外,還有潔癖,讓鍾肇政寧願往他自己所探索的幽微方向前去。在亂倫與正常的情愛當中,以二元對立的思考方式,從中間插進去,加以發展,並配合自己的風格,以及泥土味的融合,表現在他的創作裡。

本節比較陳芳明、葉石濤對鍾肇政小說的不同的看法,並且參考鄭清文對鍾肇政的評論,鍾肇政有其特殊的風格,而非僅模仿西方文學的技巧。簡而言之,鍾肇政的小說觀來自於他的為人風格,也是他對臺灣文學的堅持,他將自己濃厚的泥土味與現代技巧進行融合的結果。

## 第四節　受外國小說影響與取材個人經歷

鍾肇政在〈大機里潭畔〉受到愛倫坡與海明威的影響之說,葉石濤的評論給予相當大的啟示。本節深入的探討鍾肇政在場景氣氛,以及意識流的技巧,是如何從外國作家而來,但是又有自己的作品特色。其特色是來自於自己的生命經驗,以及身體上的痛苦而來的。本節最後提到鍾肇政另外的作品〈中元的構圖〉,發現臺灣的特殊歷史與戰爭經驗,也融入了鍾肇政的西方技巧當中。這種內在與外在的特殊因素,都造成了鍾肇政文學的特殊性。

---

[25] 《鍾肇政全集25》,頁69。

## 一、場景氣氛與愛倫坡

　　葉石濤認為愛倫坡的〈阿夏家的沒落〉影響了鍾肇政這篇小說，這需要我們後來的研究者仔細的對照。首先雷同的地方是同樣出現的宅邸，並且這個宅邸在最後是毀壞、或者跌落潭中。這棟房子，不僅同樣象徵了這個家族的毀壞，同樣的他的氛圍影響了主角的病情，被愁雲慘霧籠罩，以致內在空氣通路也被籠罩阻斷。其他，還出現無機物與化學等說話，這方面兩篇文章是同工的，更為〈大機里潭畔〉增加些異國情調，還包括外國買來的大燈架。除了宅邸外，同樣出現了一個湖或者潭，最後吸入這個宅邸，只不過，在〈大機里潭畔〉的湖的重要性，比〈阿夏家的沒落〉更大。

　　主角阿仁最美的回憶就是與妹妹划著船。湖水就有如妹妹的身體，兩人划過湖水，等於是另外一種親密的接觸，最後阿仁與阿夏一樣，與妹妹一起都死了。雖然阿仁的妹妹並非與阿仁一起擁抱而死，但是這個湖水象徵的妹妹，阿仁跳入水中，或者想像般的跳入水中，也等於是跟妹妹結合為一體了。

　　除了物質上的氛圍影響了主角的病況，還有就是妹妹的影響。不同的是阿夏家的妹妹尚在人世，〈大機里潭畔〉的妹妹則已經病死了。從互文的觀點看，兄妹倆的奇特感情倒是非常的接近，給人近乎亂倫的猜測。也就是解讀〈大機里潭畔〉會受到〈阿夏家的沒落〉之中做為孿生兄妹的男女主角的亂倫情節的影響。當然，這個互文性對於解讀上的猜測是可能的，因為主角為何一定要將妹妹嫁給自己的好友呢？雖然是在戰場上生死好友之間的付託，可是這正好反映出主角對妹妹在無意識之間的佔有的慾望，既然自己是不可能永遠佔有她，那麼趁這個在戰爭中自己隨時會死的狀況之下，將妹妹託付給好友。這種方式，也就等於自己仍舊佔有了妹妹，只是投射到好友身上。

　　〈大機里潭畔〉還出現主角的姊姊，這個角色的安排與海明威的作品相關，下面再談。而〈阿夏家的沒落〉則多一個敘事者，阿夏家的朋友。讀者的感受，都經過敘事者的描繪。

至於家族的影響，尤其是過往的壞事，在〈大機里潭畔〉中提了些，猶如同樣受到〈阿夏家的沒落〉所影響下而寫成的〈女誡扇綺譚〉，而〈阿夏家的沒落〉本身，就沒有講到這一點。兩篇小說最大的不同在於〈大機里潭畔〉的氣氛比較沒有那樣的濃郁，並且對於過去的歷史、記憶描述的比較多。

## 二、意識流技巧與海明威

　　葉石濤所指的另外一篇小說對〈大機里潭畔〉的影響是來自於海明威的〈吉力馬扎羅的雪〉。這個影響主要來自於敘事手法方面。也就是時空間的轉換、或者是意識流的描述方式。兩者都是現實與記憶交互的穿插，直到最後幻想與真實交融為一體，主角生命消逝，可以說小說結構的構成，兩者是一致的，只是在〈大機里潭畔〉的過往與現實的接合方式是用咳嗽的聲音來做為界標。

　　而角色安排上，兩篇的照顧者與被照顧者，彼此的互動是相似的，也是因為兩位男性角色都是行動不自由的狀態，因此行動上都是靠著幻想，然後病痛越重，幻想也就越大，直到真正的肉體即將消逝時，似乎靈魂的行動佔據了真正的肉體。

　　若是以互文的角度，倒可以將海明威筆下的愛情故事，移到〈大機里潭畔〉，問問看作為姊姊的為什麼要那麼無悔的照顧弟弟呢？雖然弟弟嫌她囉嗦煩人，是否姊姊從小就想控制弟弟，也產生了兄妹之外，另外一種姊弟方面的亂倫意識，如果可以這麼想，這部小說就更離奇、富有意趣了。

　　兩者敘事最大的差異在於海明威是用第三人稱單一觀點，虛幻的穿插部分，也就是意識流表現的部分乃是發生在「他」的腦子中，即是他是作家，正在想像著他的情節故事。這個敘事角度的好處是可以加入敘事者的評語，增加描述主角的狀況，而保持一致的客觀性。並且敘事者也藉此描述女主角的內在世界，稍平衡男女主角的角色。而在鍾肇政的小說中，女性角色似乎成為功能性，不管是姊姊還是妹妹。接著又是利

用寫作構想的方式,進行想像,可是他卻一個字都沒有寫,「一個都沒有寫」成為小說的關鍵字,然後男女主角的對話,回到現實中,這個現實卻越來越短暫。

在鍾肇政小說裡是以第一人稱單一觀點,用「我」來回憶過往,一方面交代歷史背景,一方面表現悔恨,而希望脫離現實來到死亡之境。這在使用第一人稱的單一觀點,便可以讓讀者似乎也融入了「我」的意識中,來到虛幻的世界裡。而這個世界是純美的,經過死亡的洗禮獲得救贖,而來到純正的感情世界。雖然說是些微表現亂倫的情感,但是鍾肇政並不想進入亂倫的世界,而回歸到人類的純真的情感面。男性角色表現如嬌生慣養的獨生子,恣意的發脾氣。

## 三、題材的來源與身體狀況

鍾肇政在 1967 年 1 月所發表的〈大機里潭畔〉,其中心的意念是遺憾。題材的胚胎乃是有個人經歷為本的。故事中的哥哥與妹妹,這位哥哥(是二哥)的大哥蕭老師(過繼給他人,原姓李)是鍾肇政在龍潭公學校就讀時期的恩師,曾經開玩笑說鍾肇政告訴他,長大要娶班上的某女生為妻。而這位李姓老師的妹妹,日後考上第三高女,鍾肇政卻讀私立中學。這位妹妹曾經寫信給鍾肇政,可是鍾肇政自卑,也恐於校規,不敢回信。日後鍾肇政回到母校教書,也就是光復後兩年,鍾肇政才知道那位妹妹已經結婚了:

> 而且聽說她病死了。她怎麼會病死的呢?她有一個哥哥在日本留學得了病回來療養不久就死了,那時戰爭還沒有結束,他臨死前再三希望他妹妹嫁給他的一個家在宜蘭的同學。戰後那同學從日本回來,他們就結婚了,沒有多久她也死了,聽說同樣是肺病。我那時聽了這些消息很傷心,我想她的婚姻大概不是很順利、很

幸福，所以抑鬱而終。我有這樣的想像而替她難過。[26]

　　鍾肇政在隨筆中稱呼這個妹妹為大妹，長得清秀。姊妹中，另有一Ｈ子更為漂亮。大妹也是戰後沒有幾年過世的，在鍾肇政帶來「心靈上留下帶有苦澀味的綺念。」[27]這些關連，成為鍾肇政在 1967 年創作〈大機里潭畔〉的原始胚胎。因此鍾肇政怪罪那個作哥哥的人，雖然說這個二哥也是戰後不久肺病過世，而在怪罪之中，作者投入設想那位哥哥的懺悔之心以外，當然也投影了自己曾經心儀過的女生（即 H 子的大妹）是必然的。

　　那麼，故事癥結放在為什麼作哥哥的會有那種強烈慾望，希望妹妹嫁給自己的好友的慾望呢？這中間帶有一種佔有慾、亂倫是可能的。但是，在作品當中，表現的那麼低迷、疑惑，讓一般讀者認為只是哥哥剝奪妹妹的愛情罷了。從作者創作胚胎來看，只成為作者投射到主角的身影中，表現的並非主角對妹妹的控制慾，而是作者本身的情慾，這是從創作心理來看故事的形成與內涵。或者鍾肇政對姊姊（也就是鍾肇政的三姊）也是一種依戀。面對那麼溫柔的姊姊，但是由於自己生病，而心煩使性子，對姊姊發脾氣，表現就是一個單丁子的肆無忌憚。這是一種戲外的遺憾吧，以致造成小說中的主角沒有想到姊姊的好，沒有想要報答姊姊。

　　另外，在鍾肇政創作之時，幾年來正是有氣管的毛病，生活景況、心情與主角是有一致性的。因此在〈阿夏家的沒落〉中提到：

> 「我活不久了，」他說，「饒這樣沉溺癡愚，我『一定』活不久。我必滅亡，是因為如此這般，而別無其他原因。」[28]

---

[26] 莊紫蓉訪問鍾肇政，收錄於《臺灣文學十講》，後編入《鍾肇政全集 30》，頁 254。

[27] 《鍾肇政全集 22：隨筆集（六）》，頁 314。

[28] 愛倫坡，〈阿夏家的沒落〉，收錄於《愛倫坡短篇小說集》，臺北：志文出版社，1996

鍾肇政在 1963 年得到氣喘，長達十年才痊癒、停藥。在這中間，鍾肇政也常常認為自己活不久、活不過五十歲。心境與小說中的主角產生了共鳴，有了相同的恐懼上的心理基礎。當然，並非說作品本身一定要靠作者創作當下的經驗或者回憶才能寫出生死交關的作品。不過，相信是更可以刺激出作者的想像力的。

　　另外，故事中被認為嘮叨、照顧主角的姊姊，其形象可以鍾肇政的太太為模特兒。[29]這在創作當時，應該是很自然的想法。多年之後，當然是帶著微微虧欠的。[30]

　　小說裡有一個矛盾，因為主角的好友，也就是娶主角的妹妹麗仙的男人並未死去。葉石濤在評論此文時說，主角的好友，影射了鍾肇政的好友沈英凱。但是其實故事來源，與沈英凱並沒有關係，不過，鍾肇政可以設想，他與沈英凱的友誼是可以讓他來想像為何作為題材來源的二哥，要將妹妹嫁給他的好友。而且，二哥在戰場上活下去的意志，好友應該是有一個地位的，這也可以讓鍾肇政以與沈英凱在戰爭末期相處的心情類比。

　　小說中，還提到一個公學校的日本老師在潭水中游泳而淹死。這也是鍾肇政個人在公學校的經驗。這可作為主角自殺、淹死的一個情緒上的布局與聯想。

　　以及主角對於愛情的渴望說：「我還要愛人而被愛，我還要⋯⋯」[31]這種人生觀的表現，充滿了浪漫的精神，也的的確確反映了鍾肇政的人生觀。

---

年，頁 35。

[29] 《鍾肇政全集 22》，頁 373。
[30] 《鍾肇政全集 22》，頁 375。
[31] 《鍾肇政全集 13》，頁 489。

## 四、對話與闡釋

如何以短篇小說而仍能成為一個世界、一個宇宙,把人生的一個斷面加以深入的挖掘,而不浮泛、止於表面,這是鍾肇政想要創作一個永恆的世界。比較〈中元的構圖〉與〈大機里潭畔〉,有相同的時空交替、意識流動的穿插性的結構與技巧,以及在過去時空中設定在戰爭的背景。不同的只是前者是設定在傳統的鬼節祭拜中,後者則是富有異國情調的、清靈的世界,但是兩者都是介於主角在現實與夢幻中的交融與分離,最後都是導向了瘋狂與虛幻。

明顯的在傳統的祭拜背景中,雖然夾雜浪漫的情調,可是筆觸是雄渾的、濃烈的,〈大機里潭畔〉卻是清靈的。後者比較難以找到欣賞的讀者,一般人適性濃烈的感受。而鍾肇政雖然在長篇往往表現雄渾的風格,但是仍以樸實的筆調來進行,以有更多的意象來構成史詩型作品這個大建築。但在短篇中,鍾肇政的表現取向雖然更重視技巧,但是溫情的、唯美的永恆的世界,毋寧更是他所追求的境界。

那麼〈大機里潭畔〉構建了怎樣的世界呢?一個逝去的不可追尋的童年之夢,夾雜著亂倫的驚駭內裡,一般讀者除了對於筆觸不以為然外,更希望作者能夠挖深亂倫的部分,可是這並非鍾肇政所追求的趨向,因為若此道路,必然就會淪為〈阿夏家的沒落〉的趣味。因此那種哀愁的世界,屬於臺灣泥土的融合了異國的情調、臺灣的歷史背景,還有鍾肇政個人的病與對於愛情的憧憬,而構成的永恆的唯美境界,這是鍾肇政所切出的人生斷面,也是永恆的世界。

〈中元的構圖〉與〈大機里潭畔〉的兩個主角都受到愛情的衝擊,兩人都是為著逝去的愛,特別是前者原來是因為愛才讓他在太平洋大戰生存下來,破滅之後而遭受到重大打擊而瘋狂,瘋狂之後,將愛寄託在觀音神像之上;後者則是友愛,更是隱然有亂倫的愛,在戰火中將兄妹之愛投射到友人身上,之後妹妹死了,悔恨又加上重病,最後終於瘋狂,將愛與在湖水上划船的美好記憶融合在一塊。

## 第五節　結論

　　本章從鍾肇政在現代小說中的創作歷程，瞭解鍾肇政從現代心理小說，過渡到現代主義小說，多少受到臺灣現代主義思潮的刺激才加緊速度表現自己早已領略到的技巧。並且提出自己對創作的看法，也就是臺灣土俗、歷史與現代技巧的結合，而非一味的模仿西方人。瞭解到鍾肇政把握臺灣文學有臺灣文學的特色的小說觀。

　　並從〈大機里潭畔〉的前人研究，對比葉石濤與陳芳明的評論，進一步挖掘出鍾肇政的小說觀。可以說鍾肇政小說觀，也就是鍾肇政的人生觀，小說就是要表現有感動的人生，奮鬥的人生，有愛的人生，不斷的勞作、創作、創新的人生，並且藉由愛獲得活力，持續的向上的人生，一個純美的境地，是鍾肇政所追求的人生，也就是這樣的人生是鍾肇政的小說的所要呈現的世界。這個世界是反映現實的，作家身邊的實在，但是僅僅是與現實的世界相仿。鍾肇政的一篇篇小說構成一個小宇宙或者世界，鍾肇政利用小說，構成了他自身的宇宙。

　　最後探討鍾肇政受外國小說影響與取材個人經歷、作者身體狀況，進一步的瞭解鍾肇政的小說觀。也就是將愛倫坡的〈阿夏家的沒落〉與海明威的〈吉力馬札羅的雪〉，比對鍾肇政的〈大機里潭畔〉，瞭解鍾肇政小說的場景氣氛、意識流技巧，跟西方小說的差異。又更進一步比對鍾肇政創作當下的心理，發現鍾肇政小說源自於他個人的身體與經歷。西方小說只是一種表面上觸發鍾肇政的創作而已。核心的精神，還是來自於鍾肇政的臺灣文學要有臺灣文學的特色的小說觀。

　　在世界文學的脈絡中，現代主義接著象徵主義而出現。代表著世紀末之後，對人類在工業化文明中人性受傷的反思，以及對語言藝術的重新思考，讓語言能夠直接表現人類的內在世界，也就是潛意識本身，而非過去的寫實主義下的心理表現。之後存在主義反思二戰後歐洲文明的毀壞，表現人類虛無的、無神之後的尊嚴與反抗，存在主義文學可說是現代主義文學的第二波。之後，現代主義在南美洲又有突破為魔幻寫實主義，有時也被歸為後現代主義。無論如何，那是南美洲有歐洲文明與

當地原住民文化的結合，而產生的思維模式。基本上在臺灣的泥土上，與上述的人類處境、思維模式都有差異。

　　鍾肇政文學在世界文學中的現代主義脈絡中，代表著後進國家對於世界文學的再學習，極思追趕前衛技巧的模仿。鍾肇政想要創作出一種根植於臺灣的現代主義，或是說土俗與現代技巧結合，或者說有泥土味的現代主義。思想上，仍是以臺灣人的立場、角度與歷史現實出發，來尋求現代主義思想或技巧上的磨合。

　　鍾肇政的這種考量與實驗出的作品，以及其發展，應該是相當有啟示性，可以進一步重視與研究的。

## 參考資料

### 一、專書

1. 本書引用鍾肇政之中短篇小說皆參考鍾肇政著，《鍾肇政全集 13－16》，桃園：桃園文化局，莊紫蓉、錢鴻鈞等編，2002 年。
2. 愛倫坡，《黑貓・金甲蟲》，譯者：杜若洲，臺北：志文出版社，1996 年 5 月。
3. 海明威，《海明威短篇傑作選》，譯者：齊霞飛，臺北：志文出版社，1997 年。
4. 葉石濤，〈鍾肇政和他的《沉淪》〉，收錄於《葉石濤作家論集》，高雄：三信出版社，1973 年 3 月，頁 135-142。
5. 葉石濤，〈論《中元的構圖》〉，收錄於《葉石濤作家論集》，高雄：三信出版社，1973 年 3 月，頁 179-191。
6. 陳芳明，〈鍾肇政的現代主義實驗——《中元的構圖》的再閱讀〉，收錄於《大河之歌——鍾肇政文學國際學術會議論文集》，桃園：桃園縣文化局，2003 年 12 月，頁 307-324。
7. 鄭清文，〈讀鍾肇政短篇小說札記〉，收錄於《臺灣文學的基點》，高雄：派色文化出版社，1992 年 7 月，頁 67-72。

8. 彭瑞金,〈心路歷程的碑石〉,《鍾肇政集》之序,臺北:前衛出版社,1991年7月,頁9-12。
9. 彭瑞金,《鍾肇政文學評傳》,高雄:春暉出版社,2009年6月。
10. 胡紅波,〈鍾肇政的鄉土關懷與實踐——「河壩系列」作品試析〉,收入陳萬益編《大河之歌——鍾肇政文學國際研討會》,桃園:桃園縣文化局,2003年12月,頁1-40。

## 二、論文

1. 蔡翠華,〈六○年代《臺灣文藝》小說研究(1964－1969)——以認同敘事為中心的考察〉,國立臺灣師範大學臺灣文化及語言文學研究所碩士論文,2010年。
2. 陳正芳,〈臺灣魔幻現實現象之「本土化」〉,輔仁大學比較文學研究所博士論文,2002年。
3. 包雅文,〈戰後臺灣意識流小說的理論與實踐——以《文學雜誌》及《現代文學》為例〉,國立成功大學臺灣文學系碩博士在職專班,2012年。
4. 廖偉竣(宋澤萊),〈臺灣存在主義文學的族群性研究——以外省人作家與本省人作家為例〉,中興大學臺灣文學研究所碩士論文,2009年。

# 第六章　意識流實驗小說研究

## 第一節　前言

　　在 1964 年的《臺灣文藝》創刊時，鍾肇政發表了所謂的實驗小說，一連數篇，最後還結集為《中元的構圖》。所謂的「實驗」，其實就是前衛小說，前者可能會讓讀者誤會，這只是實驗而已，不成熟。不過葉石濤卻大感讚賞，一直到幾十年後，還是希望這類小說受到注意、研究。筆者以為「實驗」，是一種謙虛的說法吧。這跟 1951 年後鍾肇政創作〈婚後〉，還在譯腦階段，甚而模仿階段，是不大相同的。儘管實驗小說的技巧、題材、結構，多少也受到西洋文學的影響。鍾肇政使用的語言堆疊的、意義不明之下，時空交叉如作夢發狂，到底會有何作用，他是顧慮讀者的，而持以保留態度。

　　特別還有一個信念是要將土俗的題材跟這些尖銳的心理表現，加以融合。這該怎麼做呢？也是這一章要探討的。儘管第五章，已經做了一些討論，但是主要集中在〈大機里潭畔〉，這一章要全面的把這一類或者這一時期所發表的小說全面的探討一番。

　　第二節就是有關以不同的敘事者觀點的轉換之下，講同樣的一個故事。這在鍾肇政的同一時期所創作的長篇《大壩》是同樣的技巧來表現的。這種作法應與福克納的《聲音與憤怒》類似，一個角色 A 講了他的觀點，接著另外一個人 B 講他的觀點，接近同樣的時空之下，又把劇情往前推進。而不同時空的事件又進一步的混在一起。這在〈中元的構圖〉表現最為強烈，也結合了中元節這樣子的風土民情。

　　第三節則討論死亡的主題，第四節為性與女性的主題，第五節為性與死的主題。性、死，或者性與死的題材的結合，本來就是創作者相當大的挑戰，特別在短篇小說中來表現，相對於長篇才能表現人類宇宙、

戰爭、社會的寬闊的時空。

而從鍾肇政的生活來看，在這幾年，鍾肇政於 1962 年得過嚴重的腸胃病，好了之後，1963 年開始又有咳嗽，終年不會好，幾乎長達十年有氣喘的問題。發作期間是他在三十九歲到四十九歲之間，這讓鍾肇政認為自己活不過五十歲。最終在使用類固醇之下，獲得控制。不過，他也得到了月亮臉。且奇異的是在這當中，受到藥物的影響，性慾變得過分強烈。[1]

在死亡的陰影與不正常的性慾之下，鍾肇政有相當的體驗，而更能夠將性與死的主題加以發揮。事實上，性的問題在他更早時，就有很多發揮。而在老年時，也仍是他極度想要突破的主題。而初戀的失敗，讓他對愛情有深刻的體驗，也使得他對於愛情的幻想更加的強烈。想要描繪出理想的女性，且不只探索男性的性心理，也探討女性在性方面的原型。

## 第二節　多元的敘事者與時空的交叉

〈道路、哲人、夏之夜〉[2]

故事是講阿棟的情人阿敏給哥哥佔去，但是阿棟與阿敏藕斷絲連，被哥哥懷疑偷情。敘事以阿棟、阿敏、哥哥三個觀點，一段一段的敘事前進，最後哥哥表示嫉妒很強，要殺他們兩個。

之前也有類似的作品〈回瀾〉，也是三個角度，一個女的與兩男的愛情糾葛，但集中在女性的情愛的感受上。[3]更早之前，則是運用戀愛與迷惘中的高中生，互相將信件寄給老師的交叉方式來呈現故事。將其中

---

[1] 鍾肇政告訴筆者，約 1999 年於鍾肇政宅，細節上鍾肇政並未說明。（類固醇是否有此影響，也不清楚。）

[2] 1964 年 6 月發表於《臺灣文藝》1 卷 3 期。

[3] 參考本書第四章。

彼此的誤解,一層層撥開。⁴

不過在〈道路、哲人、夏之夜〉,不僅小說名稱怪異,而顯現著一開始時,弟弟阿棟以「我」的方式描述著痛苦的想要自殺的心靈之下的思維。一直重複著道路會思想、道路是哲人,這是第一點,跟過去的小說,如〈回瀾〉特別不一樣的地方。第二點不同是露骨的談起了車掌小姐的胴體:

> 啊——你這卑鄙的傢伙,可笑的偽君子,可惡的懦夫。你還是死了好,等會兒汽車就要下坡路了,那兒有個急轉彎,而司機在思想,他忘了轉方向盤,然後汽車一直地駛去,駛進谷底。那時,你這微禿的會思想的動物是第一個慘死的,其次該是我了,接著你這冷面孔的車掌小姐也將摔得血肉模糊。真可惜,你倒有個好身材,白皙的皮膚,豐滿的胴體,你也有過愛人嗎?你一定不是處女了,你的一雙小腿上一共有三塊黑斑,你的腳並不好看,肉太多了一點,敏子的腳就是最美的,我知道,我比誰更知道。⁵

這篇是繼在《臺灣文藝》發表的〈溢洪道〉,有了露骨的描寫,似乎引起了吳濁流的緊張或者不以為然。認為鍾肇政每篇都要靠性來吸引讀者。⁶

---

⁴ 〈友誼與愛情〉,1960年5月發表於《文星》31期。
⁵ 《鍾肇政全集13—中短篇小說(一)》,頁564。
⁶ 吳濁流給鍾肇政書簡,1964年8月16日。「你第一期和第三期的小說都是有關性的描寫,而『暗夜,迷失在宇宙中』則預定要刊在第四期。據吳瀛濤所表示,對你在創刊號的有關性的描寫,林海音和新生報的副刊某人之批評不佳,但是,我一點也不在乎。以文藝的眼光而論,若要避免這種描寫,就產生不了像『查泰萊夫人的情人』那種傑作。然而,在目前的文藝界卻有許多假紳士存在。但是,也不必顧忌這一點。前天,臺北市立女中的教師看了之後抗議表示,不能讓女同學閱讀,不過,這件事我只是通知你而已,而並不意味我也持反對意見。我是擔心讀者們會認為你是專門處理性的問題的作家,所以寫這封信給你。」從此封信看,吳濁流是贊成的,很寬容,但是卻感到有點忍耐的性質。因為從下一封信,就發現到吳濁流無法挺住壓力,實際上表現出他對所謂的「黃色小說」不以為然,見吳濁流給鍾肇政書簡,1964年8月20日。「今天接到省政府新聞處如下之通知:

故事是從阿棟坐車回故鄉的過程，想要看老情人阿敏，但是又有罪惡感，阿敏已經嫁給哥哥了。而哥哥又是說服父親，不斷鼓勵自己升學的，自己之前相當的矛盾類似把阿敏讓給了哥哥，這軟弱釀成了大禍。另外，小說又以類似內心獨白的方式，回憶著自己跟阿敏的戀愛上的成長。

　　第二段是以阿敏的角度敘事，稍提到老公，也就是阿棟的哥哥因為開會外出，但事實上是在外面偷偷的監視。阿敏回憶著過去與阿棟的恩愛，儘管只有親吻，還有被父親強逼而嫁給阿棟的哥哥。在這裡描述阿敏對愛的渴望與無法衝破禁忌而強烈的苦惱著。

　　第三段則是阿敏的丈夫，在暗夜中幾近瘋狂，嫉妒的懷疑阿敏與阿棟正在幹著苟且的事情。一開始則是自責不該懷疑他們，不過想到自己跟阿敏要歡愛，幾次的被拒絕，而發狂的不再相信他們的清白，準備著一舉抓姦後，要將他們砍成碎片。

　　基本上如果不是在《臺灣文藝》發表，這種恐怖的情節，相當不善良，是不容易找到發表的地方，至少會被要求大量的刪改。因此對比〈回瀾〉的劇情，就相當不人性，過分誇張的互相容忍、相讓，並且在

---

『國家安全局函以該局暨各治安機關公共關係單位曾訪問本省中、南、東部地區地方人士反映意見謂報紙雜誌對於社會上黃色案件加強渲染對於人民士氣不無影響等由到部希轉知各報社注意改進。』

　　以上當然是一般性通知，然而，我卻想趁這次機會決定不刊載黃色文學。因為我本來就不喜歡黃色文學，在五、六年前，我到日本的時候，曾對中村先生諷刺過『日本的大學教授竟寫出裸體隨筆而洋洋得意』。中村先生就立即回答『已經恢復正常了』，如今，沒有人會對這種黃色文學感興趣，只有四、五十歲的半老人在閱讀而已，我始終主張健康的文學。我也在『瘡疤集』中的『漫談文化沙漠中的文化』一文中強調了這一點，在這種時期，最好不要採取要把雜誌的命運賭上去的方式。我認為反而致力於其他方面較好。因此，已決定取消在第五期刊載『闇夜，迷失在宇宙中』，因為它的描寫容易被誤會為黃色文學。雖然稿子已送去印刷廠，但想要取回它。它已經把活字都檢出來了，另一個重大的理由是，擔心今天提出的『十大傑出青年選拔』推薦書會受到這種作品的不佳影響。以上要請你諒解，也希望其他的作家不要再寫黃色作品。在以往，吳瀛濤先生也一直極力反對黃色文學，因為是如上述原因而不得不取消刊載，這一點要特別請你原諒，雖然因此而會缺少稿子。」這似乎給鍾肇政某種限縮，很長一段時間牽涉到性的短篇小說就相當保守了。

結尾還很不可思議的說，不結婚了，要嫁給國家。

〈細雨夜曲〉[7]

　　這一篇小說發表在《幼獅文藝》，自然的在技巧上就不會跟在《臺灣文藝》上的發表相同，比較溫和，而且語言的表現也非常傳統。題材上更是關係到小孩的逃學，但是原因跟他失去母親有關，產生了報復生命與人生的想法。不過，因為後母實際上是一個愛護他的真正母親，而終於感化了小孩。

　　敘事上則分為六段，第二、四段是小孩李石泉的內心世界，第一段是李石泉的父母來拜訪劉老師，說明小孩沒有回家，第三段也是父母跟劉老師去尋找李石泉。第五段則是父親與後母的心聲與擔憂。最後第六段，大團圓，快速的結束這篇小說，表現細雨、昏黃的燈光，內心世界儘管仍有寂寞與渴念，但是已經是朝向溫暖的方向前進著。

〈在那林立裡〉[8]

　　這是一個令人捉摸不清主題的作品，不僅僅是作者用了強烈的、毫無聯繫的字眼，加以形成一整個段落，表現了靈魂的輕顫，四分五裂的血肉、元素等等，都擠在一團了。而且過分的聯想，從腿到足球賽到被踐踏而死的那麼多人。

　　然後回憶到摘百合花與遇到蛇，百合花的目的除了顯示自己是愛美的，以及可以賣給都市的人，那邊的大廈也就是題目所謂的「林立」，不過也常常轉換成各式各樣，各種一條一條的東西，包括腿。

　　後半段，則是交叉了一男一女講述著戰爭時期所帶來的創傷。他們兩人正是在林立中的咖啡廳所認識的。呈現了彼此的虛無，儘管同處一室，卻只是聽音樂、喝酒，儘管那女性是相當迷人的，還小「我」十歲。

　　她說的是遇到飛機轟炸，而媽媽死了。這戰爭的創傷有點像中篇小

---

[7] 1965年8月發表於《幼獅文藝》23卷2期。

[8] 1966年1月1日發表於《自由青年》35卷1期。

說〈摘茶時節〉的景況。而「我」說，戰爭當時「我」二十歲，比女生大十歲。「我」當了志願兵，上船後被潛水艇炸沉了，劇情如《插天山之歌》一樣，他大海求生，僥倖不死，不過夥伴卻如林立一般的好幾位直挺挺的。屍體一大堆。「我」感到死的平常。但事實上，內心的創傷是很深刻的。

最後「我」又回到林立中。

〈中元的構圖〉[9]

這一篇小說，不同於本文上面所述的敘事者的交叉對話與推進情節，而是真正的意識流作品，表現了時間、空間紊亂的交叉。主要也是主人翁已經陷入了瘋狂的狀況，且作者有意的造成一個懸疑，到底主人翁做了所謂的復仇殺人與否呢？還是僅僅是他的想像而已。據作者鍾肇政說：

> 這個原始胚胎怎麼樣構成這篇作品，當然是靠想像。丈夫被日本人徵去打仗，回來了。家裡的老婆已經改嫁了，小孩也長大了。這樣的故事是相當常見的，說不定各位也聽過這樣的故事，在你的族人親戚鄰居當中，這在臺灣是非常常見的。我把這樣常見的故事引進到我這篇作品裡面。這篇作品的構成最基本的就是吃人肉的問題。[10]

有關情節的構成，與《臺灣文藝》創刊時的時代背景，需要引進新思潮、小說的結構之美，更為重要的說法，以尖銳、前衛的技巧來處理土俗的題材。鍾肇政在《臺灣文學十講》已經透露許多了。[11]那麼作品的表現結果到底如何呢？

---

[9] 1966 年 10 月發表於《臺灣文藝》3 卷 13 期。

[10] 鍾肇政講、莊紫蓉筆錄，《臺灣文學十講》，前衛出版社，2000 年 11 月，頁 182。

[11] 《臺灣文學十講》，頁 180-188。

首先鍾肇政運用的手法是不斷的重複「古老民族的愚昧與睿智造成了一幅狂歡的三天的行樂圖。」總共出現三次，開頭、中間與結尾。並且將中元節慶典的場面的混亂，包括聲音、光線與人性的貪婪、渺小，十八層地獄賭博的場面，加以無次序的呈現。這就是愚昧與睿智的部分，或許更偏向愚昧吧，睿智傾向於諷刺味道。但是，歡樂與地獄的想像，這也許是一種作者說的睿智。

　　然後有許多內心獨白，更有無時空次序的意識流的表現，特別是主角對於性的渴望，仇恨帶來的瘋狂，讓他將大士爺頭上的觀音娘娘，想像為救贖與寬慰的對象。在大火燒毀大士爺之際，他跳入火中，欲搶救觀音娘娘。並且是預告的方式說出，然後在後來以行動表現出來：

> 娘娘，她走了，跟著那個年輕人，留下阿菊。是我放她走的。我傻嗎？娘娘，我真傻啊。把自己的女人讓給人家了。娘娘，呃，娘娘，你……你……你比她更美啊。你真美，真好看。你神力無邊。對啦。我要把你偷下來。後天，你要跟「大士爺」一起被燒掉的，我要把你搶下來，把你放在我的米櫃裏。我的米櫃就有吃不完的米了。你跑不掉的。米就……從小就聽人家說，把那觀音娘取下，放在米櫃裏，米就任取不完。我要做，誰也不敢的，我就敢。還要把你當老婆，你真美啊，比阿寶更美，簡直美上十倍百倍呢。嘿嘿……[12]

　　鍾肇政表現了，性、女性、神聖的觀音，似乎是肉體的滿足外，更是精神上強力的支持，所以讓主角能有個盼望得以在戰爭中，撐下去，也保持人性的尊嚴，避免因為肚子餓就打破吃人肉的禁忌。他因為失去太太的忠誠，而精神一鬆懈就瘋狂了，而把人性最深層的對女性的在肉體與精神上的需求，付託在神聖的觀音之上，要把觀音拉下神壇，儘管

---

[12] 《鍾肇政全集 13－中短篇小說（一）》，頁 451。

觀音是一個虛幻、紙紮的物品。可是對他而言,卻是能夠產生實際感受的象徵品。

筆者最佩服的就是作為現代知識分子又是基督徒的鍾肇政能夠將臺灣民俗觀察的那麼細微,除了能夠把大士爺頭上小小的觀音都能夠注意到,或者學習到民間的作法,將之轉換為永恆的女性的象徵。

而他也細膩的把三天之內的中元節祭典從入壇、放水燈、普渡細膩的呈現出來,與主人翁還有養女與男友的浪漫愛情,予以交錯又不紊亂的陳述在一起,讓讀者瞭解一定的情節內容。

另外作者也發揮他所擅長的長篇的歷史敘事,將中元節在日本時代最後一次的祭典,將戰後當下的祭典予以對比,把古老民族的愚昧,鋪張浪費、虛矯對抗,進一步的寫實的描繪對比出來。而小說中的殺人的場面,也是鍾肇政相當少見的令人感到驚心動魄的精彩場面。

## 第三節　家人的死

〈骷髏與沒有數字板的鐘〉[13]

這一篇也是鍾肇政相當重視的小說,本來是要做小說集的書名的,而非《中元的構圖》。不過陰錯陽差,連編入這本書都沒有。小說的胚胎是客家的撿骨的習俗,如果骨頭上的肉沒有乾淨,必須讓長子去儀式性的咬一下。[14]而鍾肇政發揮想像力的部分則是把骷髏的兩個眼睛當成是時鐘的齒輪。不過沒有數字版的鐘,容易讓人聯想到瑞典大導演英格瑪‧伯格曼的《野草莓》裡頭的夢中場景一幕,也是沒有數字版的時鐘。不過兩者的情節差距很大。

特別是在語言的表現上,小說第一句「沒有肉的街道」並且重複好幾次。接下來「不毛的軟石馬路」,兩者都是有點不知所云的東西。這

---

[13] 1965 年 1 月發表於《臺灣文藝》2 卷 6 期。

[14] 《臺灣文學十講》,頁 187-188。

顯現出敘事者「我」所看到的混亂的景象,更是「我」腦中的混亂,心靈的創傷。

而從農藥巴拉松,又聯想到的馬拉松,……阿貝貝,也是一個奇異的聯想。儘管正常人也會有這種意識流的表現,不過對於有創傷的人的當下,是更為明顯的。然後有痛苦、氣憤,甚而男女肉體,亂罵一通的堆疊在一塊的描寫。進而來到了小說的核心的景象,也就是「我」看到了父親的遺骨,特別是骷髏,那兩個深深的大洞。

小說在語言上、描述上,以時鐘的聲音、沒有數字版的鐘的聽覺與視覺上的呈現,內心中對於死,以及過往父親偏心哥哥,自己沒有任何地位的那種創傷被勾起來。

接著第二段,就比較以正常的描述方式,回憶到父親的死狀、惡臭,還有誦經的聲音,以及自己的哭泣,儘管父親並不疼愛他。而受到疼愛、期待的哥哥,卻沒有流淚。回憶性的描述,也可以說是內心獨白的表達方式,自己在父親面前受到污辱、挨打,被哥哥給比下去。父親強烈的憎惡「我」。我想要自殺。而在這一段的開端與結尾,也都想到死,還有那些時鐘的聲音。

第三段則以正常的描述方式,講哥哥面對父親的死,卻沒有哭。然後哥哥從小對他的相當的不友愛的事蹟,害「我」又被父親揍,進一步的感到父親的不公平對待,讓自己受到更為嚴重的創傷。在結尾處,又出現同樣的時鐘的聲音,再加上骷髏的形象,進一步的顯現出死亡的恐怖與黑暗。

然後故事回到現實,也就是撿骨的過程的描述。在這裡講述了那些骨頭沒有乾淨,還有回憶到過去好吃的東西,自己是沒份的。特別是提到肉,這與第一段的沒有肉的路,有了聯繫。而也因為吃與肉,牽涉到鍾肇政創作的胚胎,也就是客家人的習俗,要咬去沒有乾淨的骨頭上的肉。

在中間故事還安排了父親背叛了母親、嫌棄母親沒有教育,搞上酒家女。相對的哥哥也有了高學歷、好的職業。沒有肉的、貧血的街道的描述再度出現。而哥哥在最後,卻不敢去咬那些骨頭上不乾淨的肉,儘

管是用金紙包住骨頭，象徵性的咬一下，而「我」卻是願意的。似乎在眾人面前第一次獲得肯定。自己卻沒有得到平靜，反而靈魂又一次的哭泣了。

　　所謂的前衛的、現代性的技巧，除了靠語意一開始是不清楚的聯想方式呈現與堆疊，表現意識上的混亂。但是還是常常要靠正常的描述方式，傳統的插敘的方式進行故事的因果的說明。只是，伴隨那些說明，又堆疊死亡的象徵的聲音與可見的骷髏的形象。故事最後的節奏進行很慢，細細的描述了兄弟真正的性情，弟弟顯得更為真誠與樸實、勇敢，也批判了哥哥獲得所有的愛與資源，卻是懦弱無能、自私驕傲的。

　　這篇，筆者認為是這一系列小說最為傑出的作品。儘管〈中元的構圖〉在整篇的土俗的風土民情表現的更為徹底。而核心的創作胚胎吃人肉，鍾肇政並沒有詳細的刻劃。而是主人翁被背叛後，加上吃人肉等創傷，引起的瘋狂殺人報復的慾望，才是重點。

　　而〈骷髏與沒有數字板的鐘〉更有技巧上的創意，以及時鐘的象徵物的飽滿成功之處。而撿骨一段的客家風俗，長子要將骨頭上的肉咬掉，似乎有人類學上吃人肉的象徵含意在裡頭，象徵父子的傳承，而轉為所謂的漢人的傳統孝道觀念。這個吃人肉的場面，更為令人感到驚悚、現實上的更為強烈的形象。而把兄弟、父子愛恨情仇與死亡的衝擊聯繫起來，更強化了人性的面對創傷的極限，而產生接近瘋狂的場面與尖銳的文字語言上的創新表現。

〈大嵙崁的嗚咽〉[15]

　　這篇小說的題材牽涉到傳統、古老的家族的權力的傾軋，一家的幸福被命運掐住，而爸爸則年老無力。在這中間，弟弟阿圳以第三人稱的「他」的觀點，講述一個傻哥哥阿波的純樸與對愛的渴望。感人之處，應該就是從弟弟的眼光看來阿波似傻非傻的一些舉動與描述。

　　這情節，跟鍾肇政被認為第一篇登入藝術性的作品〈柑子〉有點

---

[15] 1965 年 10 月發表於《臺灣文藝》2 卷 9 期。

像。只是死的「我」的阿公。講父子之間的感情，都因為後母的關係而弟弟離開家裡，哥哥是養子被認為被養母寵壞而早死了。只是〈柑子〉是兒童的視角，不能穿透事件的真相，表現偏傷感。不過裡面加了一些喪葬的禮俗，以及作者童年回老家吃到柑子的經驗。且，鍾肇政似乎對妓女出身的養母或者後母，都是負面的表現。在這裡養母是相當勢利眼，看到主角的爸爸殺一頭豬回來，才表現熱情大方。

可見鍾肇政有些題材，不僅長篇、短篇會有重複的部分，短篇之間也會用新的方式來表現。〈大〉篇的技巧一樣是以穿插的方式，講述過去。且，小說也沒有進到阿圳的內心世界，都是回顧與講述的方式，把阿圳的人雖然傻，但是複雜的感情，也是每個男人都有的愛慕之心表現出來。

阿圳本來是愛上養女阿銀的，阿銀則是妓女的後母之前操賤業時抱來的，可能是為了繼承這行業。可是後母卻要阿銀嫁給阿波，阿波雖然也喜歡阿銀，可是為了哥哥的幸福，且不想被後母控制就走了。而阿圳也被另外找了一個瘸手的妻子阿柑。

這樣子複雜的情感世界與家人之間的糾葛，本來是「他」的客觀敘事，卻分別進入了不同的「我」的內心世界，如阿波的妻子、後母、阿波的角度敘事。轉而成為一種全知觀點。這應該是此篇小說的重要技巧所在。在長篇小說中，將會廣泛的應用。

而後母溺愛一個抱養的養子阿輝的心態，作者分析的很深刻，鍾肇政能夠深入人心的理解，這也正是鍾肇政作為創作者的重要能力所在，他分析說：

> 阿圳之討厭阿輝那孩子，好像是很突然的。阿輝是阿圳的妹妹阿波的姊姊阿菊的兒子。那個「瘸」了一隻手的阿柑走了以後，老人們想出了給阿圳抱一個養子之議，以繼祧阿圳的香火。阿菊那時已有三個兒子一個女兒，雖然是他姓人家，算起來也是骨肉之親，便決定把阿菊家的老二要過來給阿圳做兒子。阿菊婆家不很遠，小外甥們常常走動的，那老二阿輝原本對阿圳也大阿舅長大

阿舅短地相當親熱。阿圳凡事總是拿不定主意，這種場合，母親也不讓他出主意，事情便這樣決定了。

　　是個黃道吉日什麼的一天，母親親自出馬，黑花綢上衣褲，髮邊綴了一隻紅花簪，那是她們那樣年紀人物的大禮服飾，去到親家翁家把阿輝帶了回來，不少人認為，也有不少往例顯示，在風月場中打過滾的女人多半是缺少愛心的，而近乎歇斯的里的愛面子卻是她們共通的特質。那一天，她那僅有的愛心倒被誇張得十分顯著。[16]

　　阿菊是阿圳的妹妹、阿波的姊姊，算起來也是有主人翁趙家的血緣的。在這裡作者把風月場所中的女人，有一種深刻的刻板印象，非常精彩。

　　小說當中，除了不斷的重複「大嵙崁的嗚咽」的水的聲音，還有白茫茫的菅草起伏著。「菅草」帶來的傷感景觀在《插天山之歌》也出現過。[17]除此外，就是出現一個客家人稱呼的「山狗太」的蜥蜴，增加一些趣味，以及客家的鄉土味。

## 第四節　性、死與永恆的女性

　　是什麼原因，讓鍾肇政熱衷於性的探討呢？在 1960 年他就翻譯過《鍵》，可是林海音並不接受。他很早就閱讀過〈肉體之門〉，可見他的態度是很開放的，認為是值得突破的。

　　而《濁流》中的谷清子的描寫，受到一些人的稱讚，認為那是自己的性啟蒙的小說。[18]而那些裸露的鏡頭，描寫上似乎很有明治時期作家的

---

[16] 《鍾肇政全集13－中短篇小說（一）》，頁537-538。

[17] 葉石濤在小說《西拉雅的末裔》就出現過幾次菅草、龍舌蘭，都是要表現臺灣女性的堅韌的強壯的生命力，並緊抓的泥土的象徵。

[18] 陳芳明這麼聲稱過：「鍾老師是我文學生命中的一個重要象徵。在我的青春時期，就已

唯美風格，可能受到該作品的影響。

而郭良蕙事件，鍾肇政是頗有打抱不平的感覺。例如朋友來信提到：

> 郭良蕙女士今日寄了一本「心鎖」給我（她是出一本送我一本的，郭嗣汾也一樣）我等看完「流雲」才看它，「心鎖」是一本今年最惹人罵的書，為以之故良蕙女士今年都不到青年寫作協會開年會了（因為青協的刊物攻擊她），去年她是來的。我今年也只是到，簽了名換會員證就溜之大吉，他們選理事，我不知道，看報才知我被選上一個，星期六下午理事大會，我不去參加，沒意思，文藝協會開了十一次會，邀我，我勉強去了一次，被人說我「神氣了」，我以後更不高興去了，我還是閉門讀。[19]

因此，鍾肇政在《臺灣文藝》創刊號發表了〈溢洪道〉，並非偶然，且是刻意為之的。儘管立刻受到警總的朱介凡上校的注意，且撰文反對。[20]當然朱介凡本來就在監視《臺灣文藝》，有關性的主題，只是他的一種批判的入口而已。吳濁流一開始雖然說這個發表是正常的，不過

---

經開始閱讀他在《中央日報》連載的長篇小說。那應該是屬於「濁流三部曲」的其中一部分，十五、六歲的南部少年，從來不知道什麼是文學，更不知道什麼是臺灣歷史。卻因為偶然開始追蹤他的連載小說，冥冥中有一條看不見的道路就在我生命裡展開。在那之前，我從未專注讀完一本長篇作品，鍾老可能就是第一位帶著我去尋找奧秘的前輩作家。尤其小說裡所描述的一位日本老師谷清子，隱約之間使一個鄉下少年突然獲得了性啟蒙。鍾老的筆是那樣純潔，而那位少年的閱讀是那樣邪惡。這是非常神秘的生命交錯。我後來終於寫了一篇〈希望樹〉的散文，詳細記錄了我是如何讀完鍾老的小說。」發表於《聯合報》，2017年8月31日。

[19] 馮馮給鍾肇政信，1962年12月31日。
[20] 林衡茂給鍾肇政信幾次有提到，特別是1964年5月15日。「肇政兄：早上收到您的覆信。果然不出所料，有人在雜誌上對兄那篇〈溢洪道〉有言辭了？是朱介凡先生，他在這期的《晨光》上寫了一篇〈不必要的拙寫〉，他說，他本來應允為某本新雜誌寫篇捧物的文章，可是看了後，尤其是看到首篇，令他失望極了！不過朱先生還算客氣，他並沒有指名道姓，我想您取不理睬的態度就可以。不知這期的《晨光》您是否看到了？」該文於《晨光》，12卷3期，1964年5月1日。

後來的〈闇夜、迷失在宇宙中〉，吳濁流就忍不住批評了。

而且，鍾肇政除了在短篇有所表現，在自傳性長篇中，如《八角塔下》，他還是深刻的描寫少年在成長期的身體與心靈的變化。並且在發表時被要求修改。

不過，本質上到底是什麼原因，讓鍾肇政可能是戰後第一代、第二代作家中探討性最多最深刻的人。一直到最後一本創作《歌德激情書》，仍不憚於被說是老不修，而以歌德作為主人翁，將自己對性在創作上的滿足感，放在這本小說裡。並以日本老人文學的傳統來激勵自己，勇敢的向前走。[21]

而性在小說中，必然牽涉到異性的角色上，女性自然就成為男性的主人翁的性或者愛情的對象。描繪一個完美的女性，或者作為性的結合的理想的對象，就很自然了。

〈溢洪道〉[22]

這篇以「她」為敘事的焦點，去探索她（阿珠）的感觸與心理。特別是她對於性的認知與感受、期望。而這些探索，作者安排了她在傳統之下，作為一個童養媳，很自然的接受了婚姻的安排。

對於男性對性的執著與渴望，顯得女性被動的很多。但是，終於女性也掌握了自主性，也是一種對於男性的失望吧。

小說中，作者盡力的描述了性愛的過程，特別是心理的感受，而且還用對死亡來強化的描述這個性愛的感受。除此之外，因為對生命的失望，阿珠確實也想要自殺過，去感受了死的虛無與解脫。

作者設計了「溢洪道」的象徵，除了也是自殺的場景外，也把流淚形容為水庫與溢洪道。婚外的性愛，儘管讓她感到暢快，但是也讓她感到罪惡感。

---

[21] 相較起來，好友詹明儒也是響噹噹的大河小說家，時空上、數字上都超越鍾肇政。可是對於性的主題的探討，卻保守的令人感到訝異。提出很多藉口來規避這個主題。

[22] 1964 年 4 月 1 日發表於《臺灣文藝》1 卷 1 期。

而她的婚姻的不幸，作者也歸咎到阿珠，也就是一個傳統女性的身體的變化、覺醒的性意識給鋪陳出來。這一點或許就是作者真正想要探索的地方，儘管那覺醒是相當模糊的，但事實也正是如此。

> 一年多以來，她對於自己身上的不正常的發育——其實當然不是不正常，只不過是她以為不正常而已——感到說不出的羞愧。如果被人看到，她會要羞得渾身臊熱，萬一有人想碰它，她會不顧一切地咬住對方的手。但是，此刻她卻竟一點兒也沒有羞愧的感覺，甚至還感到那溫熱正在漸漸加大，擴散。她好像在做夢，懼怕、寒冷都一點兒也不剩了，代之而起的是一種期盼——熱切的，幾乎使人不耐的，而且又是莫名其妙的期盼。她期盼一種壓力加在她的每一方皮膚上，使她痛，迫她忍受。然而阿松仍然停止著。自己手掌裏的東西好像使他驚住了，或者迷糊了。是什麼使得他停住了呢？無能？無知？也許這是永遠沒有解答的疑問，可是很明顯地，這也是使得他們間的婚姻淪為不幸的結局的原因。[23]

而在作新娘的那一夜，作者也加以連結這個覺醒，細膩的刻劃著阿珠的意識與認知。並且因為並不愉快，阿珠體認到原來是這麼回事。那種熱切的期望，於是遺忘了。卻在一個騙子那裡，獲得喚醒、滿足，如之前所述的，甚而感受到死亡的一種愉悅感、重量感。

> 她知道男女間怎樣才算幸福，她已嘗到禁果了，她自覺到自己確乎是個女人。在那以前——在與阿松共同生活的十餘年間，她不過是個機器，洩慾的，生育的，而不是個女人。使她成為女人的，卻不是公認有資格使她成為一個女人的人，這就是她的悲哀、痛苦。[24]

---

[23] 《鍾肇政全集 13－中短篇小說（一）》，頁 607。
[24] 《鍾肇政全集 13－中短篇小說（一）》，頁 614。

而阿珠在騙子那邊，作者又再次的把溶解、支解、重量、顫抖的性愛的感覺與過程又描寫了一次。以及又連結了眼淚、大壩與溢洪道。儘管她有報復阿松在外面搞女人的心理，而阿珠也自認為自己成為真正的女人，也感謝與崇拜使她成為女人的那個男人。每天的晚上，都讓她嚐到死的充實。當然，這種死亡的描寫，跟真正的死亡，病痛造成對於死亡的感受，其實是有相當的差距的。不過，因為罪惡感或者其他，讓阿珠走向了大壩，同時感到虛無，感到自己如一個遊魂。這裡，似乎讓讀者感受到，活著比死似乎更為痛苦，如果不是因為小孩的話，阿珠應該是會自殺的。

　　性愛與死的探討，做為小說的題材，應該就是最現代性、最富於現代意識的創作上的挑戰。在這裡儘管作者是用插敘，但是心理的描寫與細膩的探索，對肉體的感受的呈現，本身就是相當有現代主義的表現。儘管語言文字上，並未有尖銳的、混亂與堆疊的方式。而童養媳的角色，也是臺灣鄉間、歷史最為土俗的一個題材。鍾肇政在他的第一篇於《臺灣文藝》的創作，確實做到了前衛的題材與土俗結合在一起了。

〈闇夜、迷失在宇宙中〉[25]

　　這是一篇相當露骨的把對性的濃郁的固著給表現出來，也是將對死亡的恐懼做最徹底的描寫。小說中所謂的惡魔的聲音，也就是死神的聲音，並且還是讓他驚悚的，也就是對癌症的認知，那是會復發的，如此沒有希望的生病。

　　這個病，讓他失眠，甚而在病發時，或者一想到這個惡魔，他原來興致勃勃的要跟妻子溫存，一下子完全的退卻。只能讓自己逃離家庭，走在深夜的馬路中，讓自己因為病而有了與性不同的燥熱感平靜下來，而且他已經是第五天的失眠了，相當的痛苦。

　　在這樣子的痛苦中，作者安排他以許多的詞彙堆疊起來，表示咒

---

[25] 收錄於 1968 年 12 月《中元的構圖》，康橋出版社。筆者推斷，創作時間應為結集出版的半年之前。

罵、詛咒,甚至是對妻子的怒罵,且提到了乳房、娼婦,但是一下子卻又感到罪在自我,他要妻子怨他,他是愛她的。小說中是這樣子說的:

> 怎麼?妳還沒有夠是嗎?妳這婊子、娼婦。看妳那低垂無力的醜陋的乳房吧。那是不可思議的醜陋,醜陋得有如非洲的大唇黑婦。怨吧,恨吧,呃,不,我是愛妳的、疼妳的,吾愛,可是我不能夠了,我要⋯⋯走,走,走到⋯⋯走到死的深谷,滅亡的深淵,腐敗、蛆蟲、棺材,一坯黃土,我要砍掉我的雙臂,我要切開我的肚子,挖出心臟,刺破眼球殺人放火,強姦,用氫彈炸掉地球及宇宙,我要走走走走到⋯⋯[26]

鍾肇政在這個實驗小說系列,特別愛用科學、化學的詞彙,太空船、微生物、宇宙、人類、元素等等。同樣的不斷的堆疊,那是面對惡魔,也就是對死亡的凝視下的一種相當複雜的心靈世界,無助的、憤怒的、痛苦的、反抗的、仇恨的,也需要慰藉的、平靜的。

因此他除了在深夜中遊蕩,也想到嫖妓、酒家,試圖安慰自己。他想著他才三十五歲啊,他不要死,可是卻一定得死。然後小說倒敘的提到他到底怎麼了,是怎樣的癌症,然後爆發,看了醫生,治療又復發,因而精神失去了平衡。

最後他終於回家了,他再度以回憶的方式,說起了怎麼認識妻子的。然後他是快樂滿足的,回到現實時,卻發現這是虛幻的幸福。而原本他就是失眠的狀態,小孩哭了,讓他無法忍受那哭聲,他幾乎要捏死小孩。他描述自己的狀態:

> 再發?你懂得這話的意思?那就是——他不敢想下去,喉嚨戛然一響,喉頭窒住了,失去了出路的空氣在肺泡裏翻滾著,膨脹著,

---

[26] 《鍾肇政全集13—中短篇小說(一)》,頁581。

> 心臟砰然猛跳起來。血在激烈地奔放,而相反地身上每方皮膚卻同時地起了針刺般的細小但卻強烈的微痛。他清楚地感覺到整個身子在冷卻著,收縮著。那是靈魂的顫抖,精神的悚慄,在這顫抖與悚慄當中,他的意志在混亂,在崩潰,在癱瘓。他看到支離、滅裂、腐朽……[27]

最後他感到人類輸給了細胞中的壞死,而微生物才是偉大的。就在這樣子的混亂、挫折的思考之下,他迎來白天,但是大地卻又是罩在一片黑暗中,那指的就是他的精神仍是受不了死亡的衝擊。

〈雲影〉[28]

這篇在討論愛情,所謂的愛的感受,而也正是愛的信念的表現,作者必須以更為抽象的描述、奇特的詞彙來追求一個更有體會的愛的感受。

並且作者設計了某種鬼魅,一如題目雲影,那也就是愛的抽象的觀念的東西。還設計了一種趣味,就是他為追求這個愛,把女友、妻子都拋棄了。他一再地追求這個幻影,最後在新婚妻子的肉身當中,發現,那個愛的信念、觀念,此刻在新婚的肉體的歡愉當中,獲得了確認。

故事當中除了一再地追求一個鬼魅般的愛的形象。也提到「他」在童年時,很小的時候就感受到的成年女性給他的一種興奮感,特別是那紅色的嘴唇。這個在鍾肇政接受訪談時,也提到過這個強烈的童年的印象。

而小說似乎也再闡述,愛的抽象的觀念,要落實到妻子身上,需要有一番過程,特別是肉體的作用,是這個愛的抽象觀念的謎,是有強烈的緊密關係的。人的一生似乎都無法離開這個謎團,還有追求所謂的異性,永恆的一個愛的理想,或者永恆的女性。

---

[27] 《鍾肇政全集13—中短篇小說(一)》,頁597-598。
[28] 1968年10月發表於《臺灣文藝》4卷21期。

## 第五節 「我」生病

〈長夜行〉[29]

　　這篇跟〈闇夜、迷失在宇宙中〉一樣在描述失眠的狀態。比較特別的是主角「他」做了一個惡夢,而夢中是無法理解的詞語,不僅很多堆疊,還有數著無意義的數字。原來,他因為升學的壓力,造成了腦病,也就是有了頭痛的毛病。

　　而且作者同樣運用生物學、原子時代等科學性的詞彙,各種醫學的器官詞彙,還有鍾肇政常用的五燭光的小電燈泡,以及啃食主角的小蟲。並且敏感的聽覺,對於時鐘的滴答滴答聲,更使「他」痛苦。

　　他在失眠當中,也跟〈闇夜、迷失在宇宙中〉一樣的流落街頭,在之前躺在床上還看到許多幻影,例如天花板的腳印,他以為有神仙、武俠的可能,飛簷走壁,不過他立刻極力的反駁,現在是原子時代呢。

　　然後在街頭行走,他以回憶的方式,想起國小六年同班的秀玲,兩人有奇異的情愫。不過初中時,秀玲去了臺北的女中,自己則是城裡的中學。且自己在初中讀完時,將之前熱衷的小幫會,十八兄弟,決定利用暑假遠征臺北。結果各人想辦法偷錢,才能完成此壯舉,卻都被發現抓回家。

　　結果他成為私立高中的學生,秀玲成為北一女的學生。自己因為愛而立志用功,就是在這時候他搞壞了身體,得了腦病。並且高中三年,他都因為秀玲的爸爸是醫生,自己又是一個私立高中的學生,幾個因素,讓他慚愧的,都不敢去找秀玲。

　　不過在暗夜中行走,腦病發作,他卻想要見她,或者用打電話的方式找她,結果沒人接電話。終於他回到床上,繼續的失眠,看到天花板的腳印,繼續作著奇異的武俠神仙的幻想,繼續的責罵自己,現在是原子時代啊。

---

[29] 1964 年 8 月 9 日－10 日發表於《中華日報》。

而時鐘的聲音，描繪的方式，也可以聯想到跟〈骷髏有數字板的鐘〉類似。只是這裡的鐘聲與意識流的描寫就比較單調、沒有顏色，畢竟是腦病引起的幻覺與過分敏感。後者則是一個正常的、不被父親疼愛的兒子，看到父親的骷髏而聯想到那是一個沒有數字板的鐘。

〈大機里潭畔〉[30]

這在上一章已經專門討論過了。特別是劇情與故事的來源，受到西洋文學的影響的部分。只是沒提到，鍾肇政用的詞彙，包括有化合物、金屬等構成虛幻與真實的描述方式。並且一樣的有生病的「他」不斷的聯想，也都是那些天花板上發霉的線條等等。這些線條，也等於構成了他的混亂又虛無的心靈。

而且他的心靈不僅混亂，更是一分為二的分裂。一個是靈魂、一個是肉體，也就是這樣子的安排，讓他走向了死亡，這時候，肉體也跟隨著靈魂而去了，靈魂與肉體再度了二合為一。

而裡頭大量的吃藥的描述與情緒，跟鍾肇政從 1963 年到 1973 年間，長期的氣喘、吃藥有了對應。這部分的描述，可以想成也就是鍾肇政當時部分的心理的寫照。並且讓他時時的想到死，認為他活不過五十歲。小說中也很特殊的提到高山同胞去抓鱸鰻，撈起了一副骷髏。而抓鱸鰻的部分，在《插天山之歌》也有出現過。另外一個死，則是一個日本先生也被淹死在這個潭中。雖然那日本先生還很會游泳。

從這幾個死，這個潭等於是被詛咒一樣，也將帶來了「他」的死。並且因為這棟大廈，是過去祖先的欺詐騙術而來，也帶來了毀滅的命運。儘管「他」還想愛與被愛。但是死亡是唯一的一條路。他終於自殺了。

---

[30] 1967 年 7 月發表於《臺灣文藝》3 卷 17 期。

## 第六節　結論

　　在創作結束本章所謂的第四期前衛意識流小說時期，大約是 1964 到 1968 年間，鍾肇政創作了他的生命主題的代表作《臺灣人三部曲》的第一部《沉淪》。這部小說在描寫到秋菊被阿岱欺騙性侵時的精神反應，鍾肇政便用了大量的前衛意識流的技巧，表現秋菊的混亂、自責、悔恨等等的心態，瀕臨崩潰，最後也因此自殺的過程。這部分的描寫是這樣子的：

　　「嗚嗚……」
　　秋菊忽然發現到自己置身在一個陌生的地方，兩邊屹立的絕壁，也不知有多高，天在上頭成了細細長長的發亮的東西。這是個峽谷嗎？多奇異的峽谷啊！這麼窄，這麼深，又這麼長。怎樣才能上去呢？盡頭在哪兒呢？掉下來的？可是身上沒有痛的地方，也不見有傷痕。好怪呀……
　　驀地裏，她看到前面半暗不明的地方，有兩個圓圓的發著微光的東西。越近那光就越強了，越明顯了。哎呀，那，那，那不是眼睛嗎？
　　「嗚嗚……」
　　是什麼？野獸嗎？吃人的巨魔？
　　「嗚嗚……」
　　終於給抓住了，給撳在地上。
　　「嘿嘿……」
　　可怕的笑聲，令人汗毛直豎的。完啦，會給吃掉啦。救命呵……阿崙哥啊，救命呵……那巨魔淌下了口水，滴在她脖子上，冷冷的，她突然醒過來了。原來是一場可怕的夢。秋菊睜開了眼，可是什麼也看不見，四下是一團漆黑。雙手也不能動。她想起來了，右手上睡著的是大弟阿木，左臂彎上躺著的是小妹桂香。這兒是一棵大樹下，是逃難到這兒來的，對啦，阿爸已經死了，可

憐的阿母,還為那個大半輩子都用棍子揍她的男人哭得那麼傷心。脖子上忽然起了涼颼颼的感覺,大概是樹上的露水滴下來的吧。

「嗚嗚……」

呃?原來那夢中的聲音是真的,不過不是什麼妖魔鬼怪,祇是母親的哭聲罷了……呵,可憐的阿母……她正想叫住母親,給她安慰,可是就在這時另一個聲音響過來。[31]

這部分的描寫還有多處,描述夢中情景的,不由自主的恐怖情景,魔鬼的形象是無意識間所造成的,文字相當片刻短暫、跳脫與尖銳。

而原本這部長篇小說在 1964 年時,鍾肇政就開始執筆了,完成四萬字。因為被懷疑是臺獨,發表在《公論報》便被撤下,然後在 1967 年鍾肇政才敢續寫,也在此時,有了上一段的描述方式。因此可說這描述方式跟他在此時期發展前衛意識流技巧有關係。而如果在 1964 年時,鍾肇政便完成《臺灣人三部曲》的第一部《沉淪》(原題為《臺灣人》第一部)是否會有如此尖銳的描寫呢?是很難確認的。

奇特的是,鍾肇政在 1973 年完成第三部《插天山之歌》,1975 年完成《滄溟行》,卻沒有運用前衛意識流的技巧,是否這也符合本文的分期的說法,這是鍾肇政的第五期,後期的藝術小說,回歸到更深沉的心理探索,不用比較刺激性的文辭來表現,而希望能夠沉渾壯大、堅硬陽光的風格中。這是很合理的推測。

---

[31] 《鍾肇政全集 3—臺灣人三部曲(上)》,頁 427-428。

# 第七章　後期藝術與家族小說研究

## 第一節　前言

　　本章主要收錄了《鍾肇政傑作選》、《臺灣文學全集——鍾肇政集》所收錄的，又沒有經過前幾章所討論的作品。時間上，也是上一章所討論的鍾肇政意識流實驗小說之後。

　　因此，本章分為兩類，一為特殊的敘事角度，這在第二節討論。一為家族小說，在第三節討論。所謂的特殊視角，指的是以女性、瞎子、鳥、被性侵的小女孩、外省人等做為主角的敘事觀點。而家族小說，就是描述作者本人的親人為主角描述對象，主要有曾祖母、父親、厾叔、厾叔的小孩、大兒子鍾延豪，並且一半是對他們的死去的懷想。

　　在這兩節中間，有幾篇小說在比較意識流實驗小說，可以發現到，鍾肇政似乎回歸一種純樸，但是又更深刻的表現出主角的內在世界，甚而是幽微的心靈風景，而不再以過分新奇的詞彙的堆疊方式，或者時空的雜亂跳動去表現所謂的潛意識心靈。且那些實驗小說未免都是有病態的心理，或者探討死與性的主題。

　　在這一章所謂的後期藝術短篇小說，就是對比之前幾章的，鍾肇政在技巧上的進展，可以歸為後期，或者成熟期、高峰期，表面上看不出有過分新奇的東西，但是卻表現出一種冷靜、樸拙，甚而是超越樸拙的一種風格，或許這可以名之為鍾肇政所要表現的泥土味或者鄉土味的風格，將現代的時空錯落、潛意識的技巧融入而不見聲色的表現在小說中。

## 第二節　特殊敘事角度

除了以女性為焦點的敘事角度，其他還有瞎子、鳥、外省人、身心障礙者、身心受創的少女。除了女性、智能不足者外，這些都是鍾肇政過去沒有嘗試過的特殊身分的角色，去探索他們的心理，或者從他們的觀點去看世界。

〈豪雨〉[1]

這是戒嚴時代，少見的有批判性的作品，而能夠不被刪節而刊出來。並且，作者是女性作為主角，以表現女性心理。是第三人稱單一觀點。這種觀點，鍾肇政在之後創作《插天山之歌》長篇小說所用。所以，可以說這種觀點的運用，是鍾肇政在實驗小說之後，努力想要突破的寫法。能夠保持冷靜客觀，以節制的筆調來表現平穩。並克服觀點受到限制時，如何可以擴大時間與空間上的挑戰。鍾肇政應該是在創造一種單調乾淨的新筆法。

故事基本上是講母親憂心忡忡要去看被誣告的兒子，這篇小說可說是之後被〈屘叔與他的孫子們〉與〈夢與真實〉分別擷取了部分的情節來創作。也就是兒子出入彈子房與人發生摩擦，在跟對方道歉兩次後，對方竟被人殺傷。而重複的道歉卻變成警察認為的唆使殺人的理由。後者則有證人受到惡勢力或者自己的利益，而改變證詞，為自己脫罪而使得母親的兒子連交保都不行，被送入看守所。

不過，這篇小說卻用了意識流實驗小說相當多的技巧，這位母親幾天沒吃飯，疲累焦慮之下，產生了幻覺，把大雨之下的城市積水，幻想成自己是坐著船。並且，小說不斷的在一些插敘的表現手法之後，加入了母親從車站到法院之間的路程，儘管很短，但是一下子只能走一小段。而將時間拉的很長很慢，空間距離很短，卻好像拉的很大等等的意識流技巧。

---

[1] 1970 年 7 月 1 日發表於《文壇》121 期。

在這樣子的巧妙技巧下,引人迷糊的文字中,配合大豪雨,形成一種意識流的描寫所產生的混亂,而表現出做為母親的心靈的混亂。因此被收錄在《鍾肇政傑作選》中。

〈角色〉[2]

這是一個智能有問題的角色的故事,叫做阿狗哥。內容與以前的作品〈阿樣麻〉相當類似,只不過之前是以兒童的角度看待鄉里的一個傳奇人物。而這一篇則是比較客觀的第三人稱單一觀點的呈現。敘事者並不存在一個明白的身分,基本上也是帶有同情心的。

一開始阿狗的形象就是骯髒之外,還有一些裝扮,受著眾人注意與嘲笑。然後故事回到過去,講述阿狗哥到底怎麼會淪落到此地步。而他的頭家還曾幫他討了一個老婆阿滿。然後有了一個小孩,而阿滿到底是怎麼想的,敘事者並沒有清楚的描述。只說她會虐待阿狗。但是阿滿為了養活自己與小孩,是很認真工作的。特別是阿狗的頭家死後,阿狗失去了工作。

而阿狗除了被阿滿虐待,也被眾人嘲笑他是否懂得「疼老婆」之類的。他似乎越來越無法「正常」,喜歡扮演如皇帝的角色,而敘事者也暗示阿滿可能跟人家跑了。那麼阿狗哥在社會當中扮演的是不知愁苦的皇帝呢?這問題是沒有意義的,因為他的智商,連敘事者也無法理解其中。

這是一篇非常乾燥的文字的所呈現的風格。敘事者似乎也不見得有同情的筆觸,只是客觀的描述這樣子的一個所謂的人的人生而已,是一個單純的生命風景。略有淡淡的哀愁。

〈山路〉[3]

鍾肇政很多篇小說都是在揣摩女性的心理,特別是傳統的女子,作媒婚配的那個年代。並且探討的都是與異性相處的微妙心情,這篇則是

---

[2] 1970 年 10 月發表於《臺灣文藝》5 卷 29 期。
[3] 1971 年 10 月發表於《臺灣文藝》6 卷 33 期。

微微的碰到性的問題,敘事者相當節制的僅僅以「血潮衝上來」的描述而已。

小說分成兩段,故事是講新婚的秋妹,第一次自己獨自的從山村走山路去跟街上工作的夫婿會合。小說細細的描繪山路的景色,幾次的提到血潮還有相處的甜味。也穿插小路的捷徑中有義民塚,喚起一種緊張感。

而後半部,就講讓一個陌生男子阿海陪她到上街,經歷一種恐懼感,並回憶十六歲時被鄰居阿枝從後頭抱住她的討厭往事。她擔心阿海也這麼做,而又一次感到血潮衝上來。終於平安無事,結束了故事。

故事相當的節制,也是用第三人稱單一觀點來描述女子微微的歡喜與驚恐的感受。相當平靜的風格,一如山路的寂寞一般。

〈阿枝和他的女人〉[4]

這一篇小說,應該是鍾肇政最受到推崇的一篇小說吧。也因此被收錄在《鍾肇政傑作選》中。這在技巧呈現的是相當的節制、壓抑與樸拙,而產生的一種藝術效果。

這是一篇表現瞎子的內在心靈的世界。最終把瞎子對性與肉體的需求的問題,轉換成一種對女性的更早年的記憶或者更深刻的需求,例如母愛。因為敘事上的節制,更能夠顯現出來,主角內心中的矛盾與心情的轉變。

因此,這一篇跟早期的〈溢洪道〉有類似之處,後者是探討作為童養媳的對於性慾望的原型。這一篇則是男性與瞎子。而差異的部分比較是最後,童養媳看破了男性的醜陋,只要女性的身體的真相。無論是老公或者是光鮮亮麗的第三者。而童養媳決定走出傳統,除了大膽的追求性愛,跟溫柔的第三者在一起。而看破男性真相後,儘管回到家裡,也拒絕老公求愛,將自己包裹起來。她基本上走出罪惡感,也獲得了一點點的女性的尊嚴吧,這已經是很難得了。至於未來她是否還有性的慾

---

[4] 1973 年 1 月發表於《文藝月刊》43 期。

念、渴望就不得而知,這不在小說處理範圍中。不過既然前面說到她已經看破了男性真相,也因此在沒有精神層面的撫愛、真心,性愛在這個社會氛圍中,終將是空、是恥辱。

回到這裡討論的小說,小說題材的觸發,跟他看到一群乞丐,在市場角落過夜時,聽人家說他們在那裡玩起男女生的遊戲。另外鍾肇政驚訝附近的一個瞎子,如何養雞。在瞎子放雞出去後,又可以自動回家。然後瞎子知道有幾隻,一隻不少。

因為主角是瞎子,自然在小說中必須模仿瞎子的觀點,就是他是沒有視覺的,只能用聽覺,甚而嗅覺。自然還是有一個敘事者在描述故事的發展與場景,不過因為大量的表現瞎子阿枝感官,有透露出阿枝從感官收到的訊息,而內在的世界又是如此。

因為二十幾年前阿枝還是有視力的,他一開始對於阿桶嫂的年紀可能很大的鄙夷,而喚起他對祖母或者曾祖母的形象。可是,他也希冀著過去有這樣的一個老人家對他好。

然後回顧過往,原來阿枝是有一個年輕女性阿完陪著他,讓他享受煮食、陪伴,更有夜間的美好的性愛關係,大約半年間。而敘事者描述這些都是在阿枝的腦板上呈現的,特別是阿完離開的那一天,被她的老公找到帶回去。這個部分是一種比較法,強化了阿枝希望有比他年輕的女子來陪伴他。

雖然一開始嫌惡阿桶嫂可能的老,不過餵雞、順從,特別是阿桶嫂的手是很細軟的,使得阿枝再度的想起了阿完的年輕的肉體。作品這裡,表現了男性,而不管是否眼睛看得見與否,那種與性的強烈的連結與需求。只是阿桶嫂給他的一種想像的老的,又讓阿枝的血潮猛的退下。

接著阿枝一方面聽到有年輕人嘲笑他與老太婆在一起、又有好心婦人要阿枝疼阿桶嫂,不要嫌棄她。讓阿枝心裡不快。不過,晚上阿桶嫂準備好吃的還有洗澡水,還讓出床,且阿桶嫂似乎比阿完更不多問話的優點。在碰觸到阿桶嫂的手,又喚起了阿枝對女性的需求。

最後阿桶嫂要求在平安日去討錢,聲嘶力竭很讓阿枝佩服。只是下

雨的關係，還有戲到了中場，阿枝要求阿桶嫂回家，阿桶嫂不願意。最後淋了一身雨，回家倒頭就睡。阿枝因為瞎了，一下子無法辨明阿桶嫂是生是死，叫都叫不醒。這裡顯示阿枝對阿桶嫂的依賴，從對女性的單純的肉體的需求，似乎進入了精神上的需求。這也暗示著，未來如此阿桶嫂並沒有死，阿枝必定不會再嫌棄阿桶嫂了，這中間正有男女之間的精神與性愛的一種複雜的糾葛。

這樣的結構上的表現，情節的推進，瞎子內心世界的逼真，讓此篇小說贏得相當多讚譽。甚而被選而翻譯成日文，做為鍾肇政在客家文學的代表。

而〈阿枝與他的女人〉這篇小說也可跟〈中元的構圖〉做類比，一樣有祭拜、唱戲，儘管前者是有應公的小廟，後者是接近義民廟的大廟。前者的主角只是一個瞎子，後者是瘋子。但是瞎子在有應公廟中的表現，也有更多更為自然的內心獨白，更細膩的感情的表現。在內心分析與土俗的結合中，顯現的更加融合。讓〈阿枝與他的女人〉在藝術創作的整體層次上，可說超越了〈中元的構圖〉，更為深入人類的靈魂。

## 〈白翎鷥之歌〉[5]

此篇以鳥的特殊視角觀看人間世事的變化，如老少的意見的不同。有點輕鬆趣味的口吻，類似成人可欣賞的童話故事。但是，卻是表現著農藥污染所造成的不幸。這篇經常被當成是環保小說，但是鍾肇政並沒有想到此，他跟筆者說過，他只是感到鳥倒在稻田旁死去張著嘴的那種悽慘景況。當然讀者有絕對權利去歸類小說的屬性。總之，這些特殊性而被編輯者選入《臺灣文學全集——鍾肇政集》中。

因為是鳥的視角，因此描述鳥的生活，特別是飛行的狀況。而牠看到的地上的車子，牠竟然以為是甲蟲，並且驕傲的飛著，說這些甲蟲是醜陋蠢笨，且放出臭氣，發出叭叭的叫聲。原來那是汽車呢，而因此造成一種滑稽的趣味。而一開始也用臺語的童謠，大家耳熟能詳的〈白翎

---

[5] 1978年9月17日－19日發表於《民眾日報》。

鷥〉增加了童趣。

　　故事除了講述白翎鷥所遇到的景色完全被破壞，畢竟牠是越洋而來的候鳥，之前可是食物充足的。現在連可怕的蛇類也都不見了。故事就在白翎鷥的回憶與現狀的比較中呈現出來，現在所謂的文明社會的污染問題，而農田的凋敝。

　　當然農業問題不僅是污染問題，也是人力、經濟發展轉變的問題，人口老化的問題。於是作者就安排白翎鷥跟老人對話。但是這時讓白翎鷥只會嘎嘎的叫，白翎鷥確實聽懂老人的說話，而老人也似乎懂得白翎鷥嘎嘎叫的回應的意義。比方老人沒有牛了，白翎鷥再也不能跟著耕牛時，後面出現的一堆可以吃的蟲子。老人也是這麼憐惜餓著肚子的白翎鷥。

　　而老人這邊有一個糾葛就是孫子旺仔，小時候旺仔就是唱著阿公所教的〈白翎鷥〉童謠，可是現在旺仔不僅不幫忙阿公耕田，還吃著檳榔有著叛逆的代溝。而旺仔的父母又去了哪裡呢？這裡沒有交代，可能就是經濟轉型，父母都到城市甚至遠方的工廠工作了。而留下小孩在家裡給阿公帶。

　　正當老人失望的只能自己拖著老態辛苦翻土，白翎鷥也在旁邊焦急的看著。不料遠方卻有機器的隆隆聲音，不是那些叭叭叫著的汽車，而是耕耘機，原來旺仔是疼惜阿公的，他開著耕耘機從遠處來了。

　　結尾是過分光明的，給人喜悅的。儘管是非常的刻意的安排。這也是作者不希望讓讀者感到太過於黑暗沒有希望吧。

〈迷你車與女孩〉[6]
　　這是一篇異常沉靜，而陰影很深，有點恐怖片的味道。作者一直隱藏著一個被性侵的小女孩創傷。由於又是一個兒童，或者成人也一樣，表面好像若無其事，但是可以預期的終將爆發，或者終身受到影響，在潛意識的世界中困擾著。而讓讀者感到相當的憤怒、不忍、焦急。由於

---

[6] 1979 年 3 月收錄於文華出版社《鍾肇政傑作選》。

這種藝術的表現，而被收錄在《鍾肇政傑作選》中。

　　作者很有技巧的把讀者的注意力放到女孩對迷你車的慾望，以及青春成長期的躁動，特別是肉體上的變化。還有偷偷摸摸的壓抑的感受，更重要的是她的寂寞無聊，媽媽的好賭與暴力下的教育方式，讓她似乎只能逃家，跟高掛的星星作伴。

　　敘事的方式是以第三人稱單一觀點來客觀的、冷淡的呈現女孩的成長歷史。很不幸的她在九歲時失去父親。而迎來了一個繼父，儘管繼父算是疼愛她，讓她重拾中斷的學業，還買一個二手的腳踏車給她。

　　因此在愛美追求豐滿，性意識的成長之下，她原本驕傲的有個迷你車可以在弟妹前面炫耀，卻看到馬路上有更為小巧玲瓏更為美麗的迷你車。而她自己的只是老爺車。她因此被附近的有迷你車的小孩嘲笑，並且感到恥辱。加上母親欠了賭債，讓她感到雪上加霜，連床和棉被都被債主搬走。

　　作者因此還強調，那是爸爸媽媽用的床。這時候作者才透露出來，在小說的現在的時刻，她逃家的現實，上面都是以在冷空氣的建築中，連草席都沒有的工地，所聯想的一切過往。而中間更有一個，她自以為是自己做錯的事情，她說：

　　　　我為什麼這樣呢？這麼暗，天氣也漸漸冷起來了，真不知幾時才會天亮。誰叫妳幹了那種事？妳竟那麼膽大，把人家的……她的思緒因碰觸到那個事實，突然強烈地震動一下，彷彿觸了電一般。
　　　　那是可怕的字眼，可詛咒的字眼，想到那個字眼，一幕驚心動魄的往事就清清楚楚地在腦子裏重現。
　　　　好像是電視螢幕上的情景，歷歷如在眼前。那個可憐兮兮的女孩，在水泥地板上雙膝下跪，她面前是兩隻沙發椅，坐著兩個大男人。那是法官與罪犯，法官用一把木槌在桌上猛敲，青筋暴

露……[7]

　　接下來讀者會看到，原來是她偷了工地的鐵筋，賣了錢，而終於被一個工人抓到。雖然她並沒有被送到法院，被舉發。但是，這個偷竊被抓的恐懼，卻深入她的內心世界。不過，作者隱藏了一個事實，這個十五歲剛在發育的小女孩，遭受到更為恐怖的是被那個工人性侵了。而且還是兩個工人，一高一矮。

　　作者並沒有指明性侵，只是強烈的暗示，女孩被帶到有床的地方。女孩似乎沒有意識到被性侵的恐懼，或者潛意識的躲避了這個被性侵的認知。她只感到那是身子有強烈的刺痛。而小偷的印記才是她認知到的可怕的印記，是那兩個工人給她的。而不是認知到性侵受到劇痛的侵犯，甚而尊嚴的污辱。

　　而後來作者讓我們知道，她逃家的另外一個原因，是她偷了人家的迷你車。這個偷的行為，是否與那個被性侵的創傷，有什麼聯繫的關係呢？總之，小女孩的心理的不正常已經固著了，偷成為一種潛意識的出口。

　　而她終於在冷冽的空氣中，睡著了。開始做美夢，她挺著乳房，在迷你車上，在那些小朋友面前多麼驕傲。可是，她也可能在這個冷空氣中，冷死了，僵硬了。

　　儘管這篇小說，並非所謂的意識流的技巧中的內心獨白、尖銳的詞彙堆疊。故事其實非常簡單，但是卻以懸疑、偵探式的方式，讓讀者一層一層的知道發生了什麼事情。而這些普通的人間的悲哀，卻隱藏著更可怕的事實，而小女孩的壓抑的意識下，潛意識中有巨大的創傷，不斷的影響著她。讀者感到的不是同情，而是焦慮、震驚與無可奈何。

---

[7] 《鍾肇政全集 14—中短篇小說（二）》，頁 236。

〈父與子〉[8]

　　這是一篇少見講外省人的題材，在當下這個時代很有意義。因為外省人可以說已經消失了，或者隱藏起來了，模糊了。畢竟他們沒有特殊的語言，或者他們的腔調消失了。此篇被選入《臺灣文學全集——鍾肇政集》中。

　　而這篇小說樹立了一個外省人的典型，老兵、「媽個巴子」髒話連連、暴力，作品利用對話把這種外省人的形象很清晰的點出來。儘管鍾肇政告訴筆者，他不會去寫外省人的故事。但是，他卻寫過了。他住的地方，外省人很多，都好像很閒的無事可做的、遊蕩的。比較起臺灣農民的辛勞，可能讓他很有所感。只是，為何他強調他不會去寫他們呢？儘管他也寫了，甚至他早逝的大兒子也寫過類似的主題。

　　而這個外省人少見的是被客家人招贅的。在鍾肇政筆下，被招贅的男人是相當不良的，賭博、好吃懶惰。儘管鍾肇政的父親也是招贅的。不過，當然鍾肇政的父親並非如此，而且招贅的條件也跟一般人不大一樣。表面上好像等於沒有招贅。也都完全就是鍾家人，繼承鍾家的土地，小孩也都姓鍾。也沒有去繼承吳家的任何財產，或者是住到吳家中。只有在《滄溟行》隱約暗示，鍾家的長輩，特別是祖母，對辛苦拉拔作了老師的兒子，給人家招贅。很不以為然。這也是並不大好聽的名聲。

　　一開始幾乎都是老郎這個外省人利用對話的方式，且都是只露出老郎的說話，講自己的豐功偉業，為自己辯解。然後，作為幫忍讓、渺小的妻子阿香，讓族叔與村長上門來，要求老郎把一個孩子阿忠給阿香作為傳宗接代的兒子。

　　老郎早就被丈人趕出來，說怎樣也不肯聽。還猛說光復大陸之後的未來，作為一種推托之詞。

　　然後阿忠偷回來印章與戶口謄本，辦妥了名分過戶回媽媽這裡的手

---

[8] 1982 年 2 月 1 日發表於《臺灣文藝》75 期。

續。最後完全是阿忠的角度，回到老郎這邊，老郎再度用暴力要懲罰阿忠，甚至將他掐死。阿忠感到老郎氣力不如以往，卻是沒有反抗，且感到恐懼感消失。只是結尾留下空白，他沉下去了，不知被掐死還是沒有。

這種本省外省的婚配下的小孩，到底要呈現怎樣的父子關係呢？在這裡並沒有牽涉到認同的問題，只是外省老兵的教養方式，使得婚姻破裂之外，兒子長大後，也漸漸的遠離父親。主題似乎是一種批判，也是鼓舞這種婚配下的子女，勇敢作自己。

小說多少用了敘角的幾個轉換，類似內心獨白的方式。不過，不再有實驗型的小說，充滿堆疊、難解、隱諱與過分尖銳的詞彙，而比較傳統平實的把故事好好的交代出來。儘管很多歷史穿插，時空轉換，可是都是意識層面上的表現，而不是潛意識的，混亂的陳述。主人翁也是一般的「正常人」、「普通人」。

## 第三節　家族小說

鍾肇政很少在小說或隨筆寫他的家人。這是為什麼呢？還有一個不寫，就是他所痛恨的人，傷心的人，難過的人。不好的、醜陋的不寫。之後的刻意的排除他內心中所厭惡的題材，一種創作上的潔癖，也是一種鍾肇政個人的特殊的性情。又如，鍾肇政完全沒有寫過媽媽與吳家，這又是怎麼回事呢？這是這一節要探討的。

〈曾祖母〉[9]

這篇小說發表的時間點，鍾肇政的父親鍾會可還在世，非常健康。鍾肇政為 44 歲左右，鍾會可 81 歲，兩人相差 37 歲。鍾會可是鍾肇政對於 1895 年日本接收臺灣時相當好的報導人，儘管當時鍾會可才 8 歲而

---

[9] 1968 年 1 月 3 日發表於《徵信新聞報》。

已。

　　這篇小說,則藉由「我」的父親,也就是鍾會可的化身,講述了兩件往事,一是去了漳州把鍾肇政的曾祖母的遺骨帶回來,時為 1913 年,也就是小說中說的 55 年前,鍾會可當年 26 歲。這些小說中的時間,跟發表的時間,鍾肇政父子的年紀都是符合的。畢竟創作當時跟發表的時間會有點誤差。

　　第二件事情,則是鍾會可跟鍾肇政講述了日本人來時,鍾家人走反後的第二年,曾祖父帶族人回長山,而曾祖母捨不得離開鍾會可,竟然留在臺灣。當時鍾會可 9 歲。不過,又過了兩年,鍾會可 11 歲,曾祖母還是被曾祖父要求回到長山了。

　　而故事一開始則是現實的時間,也就是 1968 年,族人希望把在新埔打鐵坑的遺骨,帶回到曾祖父的風水合葬,這自然是鍾會可自告奮勇與五、六個人去辦了。最後,鍾會可請鍾肇政在原有墓碑加寫字樣,故事就結束了。

　　敘事者「我」,也就是作者鍾肇政說,他們是基督徒,是從祖父時開始信的。鍾肇政就是第三代基督徒。而鍾會可還是很重視這些禮俗,儘管沒有細寫帶回金斗甕的過程。鍾肇政認為這也是鍾會可回報曾祖母的愛的,以及仍重視客家傳統的作法。

　　而上述兩件事情的講述中間,作者特別強調鍾會可對於踏上祖國兩次的驕傲與感動,一次是到漳州龍溪帶回曾祖母遺骨,一次是大概 1925 年鍾會可回到原鄉的長樂。第二次去大陸的目的是要撰寫族譜,調查相關資料的關係。[10]這篇小說,為了避免複雜化,就約略帶過。奇妙的是敘事者「我」想著父親到了祖國的心情,自己難體會。而認為自己沒有福氣,沒有機會親臨大陸土地。

　　筆者以為強調父親對祖國的熱情,應該是真實的。而鍾肇政本人會如此想嗎?自己覺得是大有疑問的,甚至並非如此的。如果這篇所以成

---

[10] 參考〈鍾肇政談族譜、來台祖及其他〉,《漢聲》雜誌,1989 年 5 月。

為小說，虛構的部分，也就是在這個地方吧。技巧也有很多小說方式的插敘的結構上的安排，讓文章更為簡潔有力、不凌亂了。

其他有關曾祖父在大陸時，坐吃山空，依靠留在臺灣的祖父的耕耘並非辦法，所以乖乖的回到臺灣來。或者曾祖母在要回臺灣的前夕，因火災而傷重不治，在此不多贅，因為在本書第十章討論 1970 年發表的〈源遠流長〉，題材跟此篇是相當類似的。只是〈曾祖母〉這篇，說到了鍾肇政是第三代的基督徒，是很有趣的。畢竟基督徒的掃墓祭拜方式，跟傳統的客家方式是大不相同的。

〈牽牛花蕾　風樹篇〉[11]

講作者鍾肇政對於死去三年的父親的懷念，而在灌溉父親墓地上的牽牛花時，把父親這個老人的生命哲學給描繪出來，這種哲學也是鍾肇政在許多長篇小說中所展現出來的思想。

> 爸：我但願也有您那一份面對大自然時的悠閒與自得；我更希望能夠有您那一份勤懇。「祇有土地是真正正直而誠實的，您滴了多少汗出了多少力，她便回報你多少收穫。」您曾不祇一次地這麼述懷過的，記得不？
> 想起來，您雖然當了一輩子的教師，但是也大半輩子與泥土結下不解之緣。您的勤懇，您的熱愛泥土，是不是得自代代務農的我們鍾家血統？儘管我們家在您上面也出了幾個讀書人，可是自原鄉來臺以後的七八代人，豈不是多半都是農人嗎？[12]

不過敘事者也就是鍾肇政回憶起在中學時，父親搬到八結的鄉村。被村人所敬重，可是父親卻開墾、種植等等粗活。當時的鍾肇政深不以為然，認為有違地位崇高的先生的地位。自己幫忙著，但是又不停抱怨

---

[11] 1976 年 6 月 1 日發表於《文壇》192 期。
[12] 《鍾肇政全集 19－隨筆集（三）》，頁 341。

著肩膀被木頭壓住，很疼痛。

不過，鍾肇政發現村人反而更敬重父親，認為父親是神一般的崇高。而鍾肇政也不以勞動為苦了，現在則從事另外一種耕種，也就是筆耕。

鍾肇政對於親人的描繪，在小說或者隨筆中，寫父親是最多了。鍾肇政也常常以懺悔的角度，寫出了曾經以父親為丟臉的感受。以父親是一個臭丸的說法，或者來到臺北的神社找他，讓他在同學面前感到羞愧。

這是有一個心靈深處的遺憾的，也就是鍾肇政在成年後，是鍾肇政的屘叔告訴鍾肇政，鍾會可在接近可以領到年金時，被日本人逼迫離職的往事。這讓鍾肇政更感到父親犧牲自己，極力照顧家人的辛酸。而更讓鍾肇政感到慚愧與抱歉。

相對的，鍾肇政母親的過世，鍾肇政卻沒有寫下相關的懷想小說或者隨筆。晚年時，鍾肇政還常常公開的說法，母親並不疼愛他。好像鍾肇政認為，母親對這個單丁子還不懂得進一步的疼，至少母親疼姊妹更多，鍾肇政不以為然。部分原因，可能也是鍾肇政與妻子的感情越是晚年越是濃密、憐惜，相對的對於母親、姊妹對妻子造成了許多生活上的壓力，連帶的引起鍾肇政對母親比較負面的說法。[13]

〈屘叔〉[14]

對於鍾肇政的兩個叔叔，在隨筆中提到比較多的就是屘叔，他的第二個叔叔鍾會馳就很少提到，[15]頂多就是鍾肇政去考彰化青年師範學校是

---

[13] 鍾肇政在晚年，公開演講中除了母親這件事情外，最常提到的就是《插天山之歌》的發表，引來的惡評、譏笑、誤解。儘管鍾肇政也經常聲稱並不在意這些批評。鍾肇政對此事，內心是非常掙扎，一方面看得開，一方面又很在意。經常對友人數說著發表《插天山之歌》背後的遭遇，如臺獨三巨頭的傳言等。

[14] 1978年5月1日發表於《中外文學》6卷1期。

[15] 鍾會馳在大正八年開始服務於桃園廳南勢公學校，為訓導心得，月薪十三元。次年轉到龍潭陂公學校，直到昭和八年，最後為準訓導，月薪五十二元。參考臺灣總督府職員錄。

二叔建議去的。而大溪宮前國民學校、龍潭國校的教職，則是父親（鍾會可）幫忙爭取來的。[16]屘叔給鍾肇政提到最多的是捉弄鍾肇政，甚而恥笑鍾肇政是反種、從臺北回到故鄉不會講客家話這回事。是否因此，鍾肇政甚少提到作為福佬人的媽媽與媽媽那邊的親戚呢？

甚而，鍾肇政提到祖母也比媽媽還要多。而這篇小說，先提到屘叔已經七十歲了，如果這是真實情的話，屘叔在小說發表的 1978 年算回去，應該是 1909 年生。敘事者我提到見到祖母最後一面是 33 年前，也就是 1945 年，也符合鍾肇政這時候要去當一個「學徒兵」。並且跟著父親一起從八結走回老家九座寮。因此說「我」就是鍾肇政應該是沒有錯的。儘管這一篇是所謂的虛構本質的小說。

不過，「我」回到老家後一些與屘叔的對話，屘叔的性格「吊兒郎當」可能是確實的，而他點出要「我」開溜，並啟發了「我」想到「替日本人賣命」與否的思考與價值的判斷問題。這是否是真實的，就值得懷疑了。

這篇小說儘管主角是屘叔，但是事實上主要還是作者的成長背景，以「我」作為視點，在與老家之間的關係，然後跟屘叔的互動，其他主要還有祖母、父親、二叔的角色。然後把自己對屘叔的外在表現作一個理解，把這個感覺寫出來，並去想像屘叔的內心世界是什麼。

總之，屘叔不愛唸書，跟鍾肇政的父親、二叔不同，二叔特別對屘叔管教嚴厲，還會揍他。[17]不過祖母卻是溺愛屘叔的。屘叔會抓魚、抓

---

[16] 鍾會可在明治四十四年（1911 年）開始服務於桃園廳中壢公學校，官職名為訓導，月薪十六元。大正六年轉入桃園廳龍潭陂公學校，仍為訓導（月薪二十一元），三年後升為教諭（月薪二十六元）。大正十四年任職原新竹州內柵公學校，直到昭和三年，身分為訓導，月薪六十七元。昭和四年離開教職，直到昭和十五年回任內柵公學校八結分教場，身分為訓導，月薪五十元左右，比在內柵公學校時還少了十七元。

[17] 二叔在鍾家三兄弟中的角色，鍾肇政在年輕時有這樣子的看法：「叔父是完全可怕的人。關於他的傳聞，我想妳也聽得耳朵結繭了吧。以前已講過幾次，我詛咒跟這種人流著同樣的血。他掌控家裡的一切，而家父又是好好先生，毫無戒心地全部交給他處理。趕快跟他切斷關係，以求乾淨俐落，是我的心願。」出自於《苦雨戀春風：青年鍾肇政初戀情書集》，鍾肇政給 R 信（原日文），1947 年 5 月 5 日，頁 241-242。

鳥、做竹篾器具。

除了屘叔，還有提到祖屋、種柑子，特別是峨眉溝，這在《沉淪》中也有提到。

最後加入一個角色屘嬸與養女阿英，牽涉到婆媳的問題，甚而作者的妹妹也有點看不起屘嬸而欺負她。作者顯然是同情阿英的，標舉她有客家婦女的忍從但是又有堅韌的不服輸的精神。因此從這個角度，可以猜測，鍾肇政為何少寫母親，甚而姊妹，如此的就會牽涉到婆媳與姑嫂的結構問題，引起家庭的紛擾。當然，也有內心中對稍有不舒服的地方，甚而反感的，就不寫的一種作家潔癖的癖性。

對叔父的完整的認識，頗有趣味。小說的手法，撰寫家族為題材的故事，來接近事實，增加閱讀的趣味，完整的、深刻的理解主人翁的個性，家族的興衰。

〈屘叔和他的孫子們〉[18]

這一篇是〈屘叔〉的續集，〈屘叔〉最後留一個尾巴：

> 三年兩載地，我偶而也有回去老家的機會。果然那幾個小蘿蔔都長得不錯，雖然不是我喜歡的那一類孩子，卻也不容我否認他們是眉清目秀的。
> 每次回去我都會想：顯然屘叔與屘嬸的長久以來的苦難歲月並沒有過去，而那幾個小蘿蔔們也好像承受了更多阿坤那邊的血統。我極力替自己解脫，告訴自己那衹是由外貌上來判斷的，也許他們的心地會像阿英那麼良善。我唯一的希冀是但願屘叔與屘嬸，仍將繼續下去的苦難歲月不會太長，讓他享受幾年晚福……我這樣默禱著。[19]

---

[18] 1978 年 10 月發表於《現代文學》復刊 5 期。

[19]《鍾肇政全集 14－中短篇小說（二）》，頁 222。

而此篇作為續篇小說，正是再寫那幾個長大後的小孩，這顯示鍾肇政早就知道結果如何，這也是〈厸叔〉這篇小說成立的部分原因。如果是一般的隨筆，就不可能這樣子寫，否則有點類似欺騙了。

換句話說，〈厸叔〉是採用倒敘的手法，一開頭的時間是 1978 年，可是最末尾卻不是停在 1978 年，而是更早時，那些厸叔孫子還很小的時候。不過，1978 年那些小孩事實上都長大了，且鬧了不少事情，帶給鍾肇政一些困擾的。

果然，按照這篇續篇的描述，那幾個小孩確實承受更多阿坤的血統，惹事生非，但是也仍透露出一些對作為堂叔的鍾肇政的尊重，仍是有尊卑、義氣所在的。不過，從這篇可以看出鍾肇政很重視鍾家的血脈、家風。鍾肇政是很為自己的家世而驕傲，如祖先是地主，或者父親與二叔是公學校教師，也深受到鄉人的愛戴。不過，這也讓鍾肇政，至少在童年時感到自卑所在。也就是教員的身分，在律師、醫師的圈子裡，顯得很卑微，特別教員的薪資並不高。這種衝突，會常常在創作時顯現出來。特別是自傳性的小說。相信也會在他從事臺灣文學運動中的活動中顯示出來。那種卑微、謙恭與隱忍，但是又有不服輸的、好勝的、反抗的內心世界。[20]

在上一篇厸嬸對於入贅的阿坤相當寵愛，甚而傳出聲音說：

「我家阿坤可以蓋過他們鍾家任何一個男人。」[21]

而鍾肇政相當不以為然，且描述的語氣中，也帶有相當強烈的嘲諷。這在鍾肇政的隨筆與創作中，都是相當少見的。顯見鍾肇政的底線與對鍾家血緣的一種自傲與潔癖。反映出鍾肇政內心中的一小部分，卻

---

[20] 在臺灣文學的伙伴關係中，鍾肇政也對愛出名、愛出風頭的作家會表現相當的不屑的態度，如果對方肯聽從教訓，就會講幾句點醒對方。如果對方覺得難堪而不接受，鍾肇政也不會再多講，甚而就斷了彼此的往來。

[21] 《鍾肇政全集 14－中短篇小說（二）》，頁 220。

相當強烈與執著的聲音。

> 這意思當然是指她招的女婿一表人材,但在我聽來卻並不十分受用,也實在不敢苟同。阿坤是不難看,也不太土,但是憑他那種逢人便齜牙裂嘴及色瞇瞇的模樣兒,我是絕對不敢恭維的,何況父親當年的俊美英偉,鄉中無人不識,厏孀應當比誰都清楚,我覺得厏孀以鍾家的一分子說出這樣的話,實在是不成道理的。妻也聽到幾個老一輩的人說,阿英那小女孩,才十七歲就嫁給那個壯漢,真是把一頭小綿羊送到老虎嘴邊似的。[22]

　　有趣的是,這些事情往往都要靠鍾肇政的妻子跟厏孀、阿英或者族裡的婦人聊天,轉述給鍾肇政聽的。所幸厏孀倆夫妻是相當的恩愛,感情很好。儘管厏孀受到祖母等人,不友善的對待。
　　〈厏叔和他的孫子們〉相當有趣的,在開頭又從厏叔的大壽寫起,敘事者已經待了很晚了。幾個厏叔的孫子貓古(就是阿茂,是哥哥)、阿倉爭相要送「我」回去,竟然演變成打架。這時他們已經二十歲了。把這一家人的個性都顯露出來。鍾肇政說:

> 我深深地吁了一口氣。這兩個孩子,怎麼會如此充滿乖戾之氣呢?我們這個家族,怎麼會出這樣的子弟呢?忽然,我想到他們並沒有鍾家血統,幾乎禁不住啞然失笑了。於是陡地想起二十幾年前阿英剛招了贅婿──就是這兄弟們的父親──阿坤時,厏叔姆得意地說的一句話:「他們鍾家就沒有出過這麼帥的男子。」阿坤早死,但我還記得那副嘴臉。他容易笑,尤其對女人時,幾乎是笑臉常開的。可是我一直不喜歡那種笑。那是使我覺得有點邪門的笑,似乎並非必要地露著太多的牙齒。阿茂和阿倉外表都很

---

[22]《鍾肇政全集14－中短篇小說(二)》,頁220-221。

像阿坤,尤其老么阿倉,像剛才他出來時,那紅噴噴而平滑的臉,眉清目秀的,簡直像極了。我還為他沒有阿坤那種色瞇瞇的笑而心中感到欣慰。好像總算沾染了一點我們鍾家的門風吧?雖然他那嬉皮笑臉的樣子,委實太放肆了一點。[23]

之後,才提到阿坤死去二十年了,死因是肺病。並且阿英為了不得病,跟阿坤分房睡,阿坤卻想盡辦法要對阿英下手。引為笑談。鍾肇政下了結論,這些孫子承續了阿坤的外表,甚而乖戾的脾氣。

果然阿茂好勝,賭博時為人出頭結果被殺傷入院,弟弟阿倉似乎有兄弟之情,聞訊也去報仇,拿石頭砸回去。鍾肇政不得已去醫院看了阿茂,而作為阿公的屘叔夫婦卻淡然一點都不想管。最後讓鍾肇政感到自己遇到這事情,跑到醫院來關心,真是又氣又感到是多餘的。

小說還提到入贅的規矩、分家,以及時代的變化,雖然有了石門水庫,可是水費、電費負擔仍重。年輕人轉而去工廠上班居多了。也提到阿英的另外一個兒子阿熊也荒謬,曾經去性侵未遂一個表親的女兒。

這兩篇小說都是樸實的敘事,娓娓道來,偶爾穿插過往,兩篇也都提到祖母,做了相當的連結。此篇被選入《臺灣文學全集——鍾肇政集》中。

## 〈夢與真實〉[24]

這篇小說是作者為了解脫對兒子的思念、悲傷之作,也就是面對真實、接受真實的意思。也對自己所遭受到的不平而控訴。[25]不過,小說是否有虛構的部分,或者事實是否不完全呢?就不是這裡能夠追究的了。

---

[23] 《鍾肇政全集 14－中短篇小說(二)》,頁 176-177。
[24] 1986 年 4 月 1 日發表於《聯合文學》2 卷 6 期。
[25] 筆者在 1993 年拜訪時,鍾肇政不在家。他太太張九妹,告訴了我她的傷心,吐露了很久。阿伯姆認為鍾肇政都是幫忙別人的事情。自己的家裡的情況,也都不懂去爭取。當然,這是一種傷心的話語,不一定全然是事實。還提到自己的兒子多優秀,撞人的那邊的人多可惡等等。感到相當的不平,兒子被這種人撞死,相當不值得。

裡面有許多因為兒子的死，而引發作者對死亡的探討，還有許多故事細節的描寫。也就是鍾肇政的文筆，從來都不是寫意的，而是寫實，由描述性的文字所構成，且都能夠產生某種生動的形象、場景，到圖像語言。並且把小說能夠表現的內心的世界予以闡述。

裡頭真實的把家裡的電話號碼，還有車號都寫出來。把出事那幾分鐘的細節、對話都陳述出來。兩個兒子的名字也都寫出來，親戚、朋友的也都清楚的列出來。這是真實的部分。其他就是去找曾做為法官的同學請教，也控訴了當場的警察、證人的不公義。

還有夢的部分，有如鍾肇政在 1964 年時開始的實驗性作品中表現的意識流的技巧。將人生最大的悲痛，所造成的創傷，以及對死的疑惑表現出來。有歌曲、有划船、有哈雷彗星、最特別的是在殯儀館中的表現：

薄薄的霧。

整個天地祇剩下這麼一個小圈圈——是一隻鐘，銅鐘，或者鐵鐘，巨大的鐘，把這一塊小小的空間和小小的地面罩住。屋簷下的、招牌的、屋內的燈，沒有一盞不是那麼陰慘慘的。

我忽然發現到，我就置身在這麼一個小小的空間裡，站在這麼一塊小小的地方。不止我，還有領我來的張警員和開車陪我來的阿蟠哥。還有哩。這所殯儀館的幾幢奇形房子——屋頂是圓拱型的，是波浪形鐵板之類吧，連牆也是。旁邊一所小小方形水泥屋子。那不是屋子，祇有三面水泥牆，頂部也是波浪形鐵皮。一個頭戴道士帽，身披袈裟的道士，周圍三四個人，有男有女。鐃鈸在響。唸經聲。那麼遙遠，又似那麼近。那是什麼呢？是人死了，在做法事？為什麼須在這樣的地方？火葬？它們佔住巨鐘底下的一個小小角落。隱隱地傳來啜泣聲。噢不！這豈是我願意看的場面啊。我要逃。我要離開。我不想待下去。但是，這隻巨魔覆蓋下來的巨鐘似乎有一股魔力，把我死死地釘在那裡，不由我動彈。好冷！不能抖顫。丹田用力吧。把牙根咬住。我豈是怕你這

隻巨鐘的人。我絕不怕。我是頂天立地的一個男子漢。你不會把我罩牢的。那不可能。絕不可能。這不是地獄，我隨時可以離開。祇是順路。對，順路而已。延豪不可能會在這裡。他不會。兒子，你一定是在醫院裡。你放心吧，不管你受的傷多麼重，爸爸一定會把你醫好。然後，就像以往那樣，你又高大強壯、孔武有力。生龍活虎。對，生龍活虎，那才是你……。

作者很有技巧的從真實、寫實的描寫，然後透過霧，從之前詢問警員死者放在哪裡，而來到殯儀館。之後，就呈現如此的鏡頭。混亂的、傷悲的景況。而且，還不能接受這些真實或者事實。然後由於冷，繼續的、重複的把鐘作為與死亡連結最強烈的象徵物，觸發了夢與幻想的一切，爆炸性的文字。

然後是兒女、年輕好友如何面對這死亡事件，鍾肇政的太太，一如她親口告訴過我的，鍾肇政也早就寫下來：「你是個最沒有用的男人……」發洩最為悲痛的言詞。也表達太太完全不能接受這個現實。

接者作者在一切都比較平靜之後，把戰時所經歷過的死亡，所閱讀的哲學書籍如尼采、叔本華所探討的生命的意義，這也在《江山萬里》的長篇出現過，經過了二十多年後，再次的重述，只是這次是透過兒子的死而再次的思考。

最後出殯、做禮拜，作者稱這只是一個心靈掙扎的紀錄，而對於死亡的探索，終將仍是失敗而無力的。然後再次的細描了他的兒子為何回家了，然後又要出門。在那個一剎那間，終於車禍了，又是怎麼回事。

鍾肇政雖然信仰基督教，但是還是不得不從眾的回到車禍現場，做了招魂的動作。然後控訴對方的家世背景的關係，讓整個事情都呈現不公義，且對方是相當陰險欺詐有手段的人。拖過了官司，連金錢的賠償、談判也都抱著吃人的態度。

而似乎惡有惡報，對方的親人在近來遭受到幾椿車禍。但是賠償與官司，在最終沒有太多結果。儘管有退休法官的朋友、省議員、年輕朋友的幫助，都有如做白工、白花力氣的味道。

小說最後，只能再度啟動，划船等過去與兒子同在的經驗，逃離到美麗的回憶中。作品完成，似乎痛苦也減少了一些些了。

〈先生娘和她的六個兒子〉[26]

這可能是鍾肇政的妻子告訴她的故事，特別是早期，很多故事來源來自於張九妹的娘家的故事。例如《圳旁一人家》，鍾肇政第一篇的長篇小說試寫，題材也是從妻子那邊聽來的。[27]

畢竟，彼此的親密關係，談天說話間，還有張九妹特殊的農家背景，混合一點商家的經驗，給鍾肇政從父親的公學校教師的背景有所差異。儘管鍾肇政的父親在老年時與鍾肇政的媽媽愛做些農事，或者祖屋那邊的人也不少是從事農作的。這些都給鍾肇政撰寫故鄉人、農村生活相當多的資料，並且在思想上也影響著鍾肇政。儘管個人以為晴耕雨讀的傳統說法，那是太過於理想了。

小說用自問自答的流暢方式，裡頭的「阿媽」就是鍾肇政的老婆張九妹，故事中稱為「阿芹」。因為張九妹家在戰前就在關西開雜貨店，戰後搬回老家三坑。為何稱呼自己的太太為「阿媽」呢？那是鍾肇政以孫輩的角度稱呼的。且，因為鍾肇政的媽媽是福佬人，所以自己的兒子稱呼鍾肇政的媽媽時，也是「阿媽」，如此傳承下來。

這篇小說有如〈甌叔和他的孫子們〉，主要就是講那六個兒子，還有阿媽，也就是先生娘。其實，她的年紀、身分，跟鍾肇政的媽媽是類似的。不過，故事中出現的是張九妹的媽媽，她跟先生媽是同年的，彼此很有話聊。因此戰後的故事，就是張九妹回娘家時，張九妹的媽媽說出來的。

大概 1975 年先生媽來找張九妹，讓張九妹知道了先生媽的六個兒子的各個去處。而去了中國的老大，總是沒找到。先生媽跟老四去了巴

---

[26] 1994 年 12 月 26 日手稿，收入《阿媽的故事》，玉山出版社，1995 年。

[27] 〈簷滴〉的按摩聊的一段，也是鍾肇政從妻子那邊得來的經驗與感受。鍾肇政第一篇小說〈婚後〉則是以與新婚妻子相處的經驗，述說給好友沈英凱的故事，並用通信的方式表達。

西，不過很想念臺灣。在結尾，以阿媽的一種淡淡的過去往事給人的輕輕的感受結束。

## 第四節　結論

在本章所謂的鍾肇政進入第五期的短篇小說時期中，鍾肇政更廣闊的對特殊身分的角色，且大多是第三人稱的單一觀點進行，或者全知觀點的進入每一個人的內心世界，交叉穿插有秩序有結構的進行敘事。

而放棄前一期的尖銳的混亂的語言描述方式，儘管仍是以心靈細微的探索為藝術本位的。而且這種接近寫實的作法，更能夠表現出鍾肇政所要追求的泥土味。特別是長篇小說中，鍾肇政不必刻意在要進行所謂的土俗與前衛技巧的結合，來做藝術上的創新。這在以塑造臺灣人歷史的時代精神，臺灣人精神，應該是更為有力量的作法。

並且在鍾肇政對於女性的心理的探索，最能夠在長篇小說的女性角色的心靈的深處進行心理刻劃。而非僅止於男性人物的心理分析。特別是鍾肇政的女性角色，非常重要，帶來更豐富的臺灣精神的與臺灣母土的象徵。

而這一時期鍾肇政寫很多親人的家族小說，有許多是鍾肇政的妻子所提供的訊息，他寫他的爸爸、曾祖母，還有屘叔兩夫妻與孫子，以及長子的驟逝。本章提到鍾肇政甚少寫到他的母親與舅舅那邊的家人，這些都反映出鍾肇政的家居生活、個性，這也將反映到鍾肇政的創作，與在社會活動的一些行為模式。

# 第八章　鍾肇政與鄭清文短篇小說創作之比較

## 第一節　前言

　　鄭清文的文風與為人,所謂的「文如其人,人如其文」已經成為了定論。[1]就連鄭先生的名字,也作為一個根據。

　　因此,究竟鄭清文的為人為何,除了訪談、作者的說明外,從書信的資料來分析,應該是相當正確的。書簡內容分為文學活動與友誼往來,友誼往來也算是文學活動。其他活動包括:創作、翻譯、出版、編輯雜誌的討論。創作方面則有對文學作品、文學觀的討論,活動還有一些文壇消息。最為特殊的還是從活動中去捕捉作家的個性。雖然現今有作家訪談、隨筆,更有作者家人為鄭清文寫的傳記,可是這些在時間上畢竟都是後來的追憶與補充。所以除了日記外,書簡是最能表現當時作者的想法與心理。

　　而除了鄭清文與鍾肇政的往來書簡外,另選兩人的共同好友李喬,與他們兩位的書信,作為參照。相信對於瞭解鍾肇政、鄭清文之間的為人與作品風格是有很大的助益的。

　　自從 2002 年 11 月兩人通信書簡發表至今,書信資料的引用者,目前僅有李進益,[2]不過也限於發表在《臺灣文藝》的書簡部分內容。[3]

---

[1] 黃娟,〈審判者──論鄭清文的《局外人》〉,《政治與文學之間》,臺北:前衛出版社,1993 年 5 月,頁 105。蔡振念,〈鄭清文短篇小說中異化的現代英雄〉,江寶釵、林鎮山編《樹的見證──鄭清文文學論集》,臺北:麥田出版社,2007 年 3 月,頁 38。

[2] 李進益,《繼承與創新──論鄭清文的文學世界》,臺北:致良出版社,2004 年 3 月,頁 160、263-288。

[3] 〈鍾肇政與鄭清文往來書簡(摘錄)〉,刊於《臺灣文藝》,臺北,2003 年 2 月,第 186

因此，本章從書信的資料開始研究，並不想推翻過去的定論，而是作為補充資料，作為進一步的瞭解鄭先生的為人，也探究鄭先生的語言風格、技巧，以及作品。本章到最後或許無法產生新觀點、見解，但是也盡了蒐集文獻、整理一手資料的任務，並且改正編輯時一些日期上的錯誤。

另外本章第二個方法，是從鍾肇政、鄭清文先生對彼此的批評，並且以比較的觀點，來深入瞭解鄭清文的文學。兩人彼此的批評中，恰可以顯示出兩人的文學標準何在。這些除了在書信的資料中呈現外，也出現在訪談與發表的特定文章裡。

基本上一位是長篇小說著稱、一位是短篇小說著稱，比較的基礎是薄弱的。可是，鍾肇政也是被認為是誠實的小說家，文字風格也走向樸實的、客觀冷靜色彩。彭瑞金說：

> 鍾肇政「低溫度文體」的文學信仰，即使他後來寫那會令人熱血沸騰的《沉淪》，他仍然採用冷澈、客觀的筆法。[4]

> 寫起文章來，總是熱血澎湃的吳濁流，自然不習慣鍾肇政低溫度的文體；其實，鍾肇政平實、真誠的文字風格，正是工藤好美所謂的「向個人努力」。[5]

可見，鍾肇政雖然在待人上也是如吳濁流熱力昂揚，可是文字風格卻呈現樸實、真誠。從文字風格來看，鍾肇政、鄭清文兩人的文風確實有比較的基礎。鍾肇政評論鄭清文的早期作品說：

> 鄭清文的文字風格也頗值得在這兒一談。在執筆寫文時，他似乎

---

期，頁66。

[4] 彭瑞金，《鍾肇政文學評傳》，高雄：春暉出版社，2009年6月，頁51。
[5] 彭瑞金，《鍾肇政文學評傳》，前揭書，頁227。

永遠牢守著客觀的分寸,以致文體冷峻,有時甚且近乎冷漠。即在描寫激情的場合,他也能那麼冷,冷到把激情也一筆帶過。句子是那麼簡潔,那麼短促,祇找那些意象鮮明的文詞,靠那種簡短句法來表達,因而描物狀景寫情敘事都正確無比,鮮明無比。(中略)

鄭清文目前仍在銀行工作,但他身上一點兒銅臭味也沒有,住的是臺北近郊,可是散發出來的卻更多鄉村氣息,不修邊幅,滿臉書卷氣。不過做為一個從事小說創作的人,他倒是相當狷介的,對那些流行作家,流行作品,多產作家,他不僅從不稱羨,反而持冷眼旁觀態度。不過另一方面,在他那冰山般的冷漠底下,蘊藏著的卻是一股熊熊烈火般的熱情。他參與臺灣文藝季刊編務,事繁而雜,又是義務的,可是他一絲不苟,肩負重責,毫無怨言。他實在是位可敬可愛的年輕人。[6]

可見在鄭清文尚未提出冰山理論時,好友鍾肇政就以冰山形容鄭清文的個性,不僅文學表現以冰山作為隱喻,為人也如冰山。又,鍾肇政常常說:「小說家都是騙人的」。[7]鄭清文則對藉由敘事者「我」來表達「他」的看法說:「是一種狡猾」。[8]兩人不約而同,對於小說本質就是虛構,虛構就是從事敘事技巧重現人生的真實。他們卻用騙人與狡猾的字眼,恰恰顯現著兩人對於誠實、真誠的人格的自我期許。特別兩人在早期給人的印象都是沉默寡言,但都是卻靜靜的觀察他人言行。

或許鍾理和的為人與文風也是樸實、誠懇的。[9]但是鍾理和的文字則

---

[6] 鍾肇政,〈鄭清文和他的《簸箕谷》〉,1966 年 1 月,莊紫蓉、錢鴻鈞等編《鍾肇政全集 20—隨筆集(四)》,桃園:文化局,2002 年 11 月,頁 347。

[7] 鍾肇政著,莊紫蓉編,《臺灣文學十講》,莊紫蓉、錢鴻鈞等編《鍾肇政全集 30》,桃園:文化局,2002 年 11 月,頁 143。

[8] 林鎮山,《離散、國家、敘述——當代臺灣小說論述》,臺北:前衛出版社,2006 年 7 月,頁 274、278-279。

[9] 鄭清文,〈讀《鍾理和短篇小說集》〉,《臺灣文學的基點——鄭清文文學評論》,高雄:春暉出版社,1992 年 7 月,頁 1、73。

傾向於形容詞堆疊的方式描寫，雖然並非華麗而是平淡，卻並非屬於簡潔一類。當然那是屬於鍾理和式的美感表現。鍾肇政給鍾理和的信上說：

> 日前自由談彭歌來信，偶談起這次徵文事，他對兄的作品評為略顯散漫。對兄一向作風而言，我也有點同感，兄的散文筆調，純而美，但近代小說正趨向於簡潔鮮明的具象。如海明威則幾乎把大部分的形容詞一筆勾消，而創一新風格，風靡全球，即可為證，不知兄對此，有何心得，讓我們能討論一下如何？[10]

　　鍾理和在回信當中，似乎並不同意鍾肇政的看法。在鍾肇政給吳濁流的信中，稱之為五四風格的描寫方式。[11]回過頭來看鍾肇政與鄭清文風格之間的距離，特別在兩人的共同好友李喬的批評眼光中，有此共相。如有需要，本章甚至將以三方的通信作為研究的基礎，加以引用。

　　本章的第二節將探討兩人的為人。第三、四節討論兩人對於語言與文學技巧的看法。第五節對兩人的彼此談論的短篇小說作一個討論。

## 第二節　為人風範

### 一、鄭清文在個性上的堅持

　　鍾肇政與鄭清文是 1959 年 12 月開始通信的。認識半年間，包括在文心的婚禮上，兩人已經至少見過三次面，通過六次左右的信。鍾肇政曾要求不必在來信稱兄道弟，特別這是屬於外省人的作風。不過，鄭清

---

[10] 鍾肇政致鍾理和書簡，1958 年 3 月 5 日，莊紫蓉、錢鴻鈞等編《鍾肇政全集 23－書簡集（一）》，桃園：桃園文化局，2001 年 4 月，頁 414。

[11] 吳濁流著，錢鴻鈞編、黃玉燕譯，《吳濁流致鍾肇政書簡》，1963 年的書簡上顯示鍾肇政有此類意見，臺北：九歌出版社，2000 年 5 月 10 日，頁 56。

文還是覺得鍾肇政年長幾歲，寫作經驗上也是有一日之長，稱「肇政兄」仍是有必要。鄭清文認為這稱呼並不會讓人感到生分。這是第一次兩人在彼此對待上，意見的相左。鄭清文這時也談些生活上的不愉快與鍾肇政分享：

> 每當我寄上一篇作品，我是很少附加說明的，「一夕話」也是例外的一篇。我給海音先生說：「我不應該寫這種東西，怕它浪費筆墨，只因它一直鬱結在心裏，不吐不快！」這並不是小說，它差不多是實話，只是略加修飾而已，我不願意用真名，是因為不要同事們知道，同時也是因為不願把自己的姓名和它連在一起。我只是表示一點心跡而已。但類似這不幸的事，卻仍繼續著。我相信我已相當盡力，但經理仍不瞭解我。這我是不在乎的，但前天卻又發生了另一件事。
> 
> 因為昨天是三重埔拜拜，許多客戶要請我們客，但因為行員太少，所以分班前去。我是和那位「林課長」同班人馬的，他勸我喝酒、抽煙，我都不來，他的意思要我多學一點應酬，他是太為我著想了，但我什麼都不依，所以他生氣了，說我像女孩子，我覺得他不但不瞭解我，簡直是侮辱我，實在欺人太甚，本待發作，幸而喝酒不多。喝酒本來是一種享受，一點也不必勉強，一點也不應勉強。在工作的時候，他上面的人有權表示意見，工作之餘他怎麼有權操縱人家的意志呢！現在，我不但不尊敬他們，不但要蔑視他們，有時甚而要覺得他們令人「深惡痛絕」！[12]

鄭清文在認識鍾肇政之初，就認為鍾肇政是直爽的、熱情的。我想這就是一種日本人稱道的阿殺力的武士作風。這次的鄭清文感受到的不愉快，並沒有獲得鍾肇政的認同，並歸咎到鄭清文身上。鍾肇政給鄭清

---

[12] 鄭清文致鍾肇政書簡，1960 年 5 月 21 日，莊紫蓉、錢鴻鈞等編《鍾肇政全集 26－書簡集（四）》，桃園：桃園文化局，2002 年 11 月，頁 18-19。

文的回應是這樣的：

> 上次你的信，說及去吃拜拜的情形。很對不住，我要說些不中聽的話。叨在知交，我也不必客氣。我覺得那位「林課長」勸你喝酒抽煙，說你有些像女孩子──從你的信上，我以為他有理！而你因此就引為侮辱，這是不對的。男子應有男子氣概，煙、酒、女人，都應該「不在乎」才好的，成為「老槍」、「調情聖手」，當然我也不敢苟同，不過在社會上，我們應該對社會的成例保有某種同意，或者說是同情也好，你這樣就要輕視他們，深惡痛絕，未免太過火了。也許你剛出了社會，充滿正義感與潔癖。我無意責難你，但，你該多經一些磨煉，把稜角去掉。尤其我們是寫小說的，在寫小說的人，我敢說任何事都有價值親身體驗一下，就是嫖、賭也不例外。我也曾經蔑視過同儕，同學，俗物太多，這是今古同嘆，東西為然，至今我仍未脫離這種念頭。這是純真，我認為不必介懷，但我們仍應有進一步，對俗物欣賞的襟懷才對的。我欣賞你的為人，主要也是因為你保有較多的純真。因此我一面喜歡你保有這份純真，但一方面也希望你能使你的襟懷磊落，把線條放得稍粗些。
>
> 你知道，我說這些，並不是拿立身處世待人接物的大道理來說教。我總以為站在冷眼旁觀世相的小說家的立場上，這些話是我應該不忌憚地向你吐露的。同時，對那些事物能不在乎，我們的人生一定會更滋潤些。這只是我個人的見解，說出來供你參考，請勿見怪。[13]

「把線條放得稍粗些」，鍾肇政在給李喬的信上也這麼提過，特別李喬給人是神經過敏的印象，文字有如放電。李喬雖然當下並未接受，

---

[13] 鍾肇政致鄭清文書簡，1960 年 5 月 31 日，《鍾肇政全集 26─書簡集（四）》，頁 22。

可是日後終於是加以融會貫通的。鄭清文的回應方式，卻永遠是堅持自己的個性。

鍾肇政提出這個建議，也是從通信與見面時的印象而來的吧。在給張良澤對未來茫然、患得失而感到焦急時，鍾肇政也是以「你真不夠男子漢呀」的方式，刺激、鼓舞張良澤。[14]而這次，鄭清文並未在做人處事上回應給鍾肇政，似乎是不以為然、不接受的感覺。日後，看鄭先生的女兒鄭谷苑寫的傳記，仍顯示出在銀行上班應酬喝酒的陋習，鄭清文似乎仍不以為然之外，還很在意。[15]

我想一方面可以歸為鄭清文保守的心態、初次踏入社會的幼嫩。但是從今天來看，這正是鄭清文的優點，堅持自己的個性，以及用小說家的見證人的方式，而非參與者來處世。甚至在文學的意見上，鄭清文也有相當多與鍾肇政看法不同的地方。

而鍾肇政畢竟年長鄭清文七歲，這時候已經三十六歲，受到社會習俗不少的洗禮。鍾肇政也說過去的他也曾經視同儕為俗物。意思是現在已經有不少改變，甚至鍾肇政認為嫖、賭，作為一個小說家都該嘗試、體驗。那在鍾肇政更年輕時，假如有好友起鬨邀約嫖，我猜想鍾肇政會順應，但是心情上多少會有不潔感。而老年時，就不會感到任何心理上的不適了。也大約是鍾肇政四十歲時，從葉石濤給鍾肇政的信上提到玩樂的事情時：

> 我相信你的喘息大概起因在這裡。你放鬆一些吧！經年累月地寫下去，非有超人的體力很難辦得到的。你應該有一段休閒的日子，儘情的玩樂，哪怕賭博，逛窯子也好，對你一定有益的。陀思妥也夫斯基是沒有錢賭博時，為了還債而寫作的，這情形巴爾

---

[14] 鍾肇政致張良澤書簡，1961年8月4日，莊紫蓉、錢鴻鈞等編《鍾肇政全集24─書簡集（二）》，桃園：桃園文化局，2002年11月，頁19。

[15] 鄭谷苑，《走出峽地──鄭清文的人生故事》，臺北：麥田出版社，2007年12月1日，頁75-76。

> 札克也如此。珍惜身體吧，有朝一日，咱們還要攜手奮鬥的呢！
> 路還很長，你慢慢兒來吧！　　　　　　　（記住，要玩）[16]

　　因為回覆的信件遺失。不過看樣子，鍾肇政的回覆中並未回應玩樂此點。因此葉石濤有點緊張的回覆：

> 肇政：
> 最近好嗎？氣喘的毛病有沒有好些？這之前的信中開了個小玩笑，也許你生氣了吧？[17]

　　「小玩笑」指的正是嫖賭。因此，鍾肇政也是帶點潔癖的。說不高興，倒是不至於。但是，鍾肇政基本上某些地方，還是相當嚴肅的，不似葉石濤、李喬會有點調侃、嘻皮笑臉的態度。鍾肇政也會幽默、輕鬆的一面，但是仍顯得相當的冷靜。因此，在適應社會習俗這一點，鍾肇政只是比較看得開，但是也不會真的去嘗試賭博、嫖妓。而鄭清文在日後自然不會有那麼大的反彈心理。

> 以前我在《笠》詩刊看過詹冰先生錄了歌德的話，說「作品要有性格，人不要有性格」，這句話給我印象很深，人的生活可以跟張三李四一樣，但作品卻可以保持一種很正經的面貌，這句話看起來矛盾，其實並不，你做人可以和和氣氣，可以糊里糊塗，但作品卻要認真去寫，作品才是你真正的人格。[18]

　　這就顯示鄭清文在處世上有相當的改變，而且也立志不受社會風俗

---

[16] 葉石濤致鍾肇政書簡，1966 年 3 月 20 日，莊紫蓉、錢鴻鈞等編《鍾肇政全集 29－書簡集（七）》，桃園：桃園文化局，2004 年 3 月，頁 27。

[17] 葉石濤致鍾肇政書簡，1966 年 5 月 3 日，《鍾肇政全集 29－書簡集（七）》，頁 28。

[18] 洪醒夫，〈誠實與含蓄的故事──清文訪問記〉，《鄭清文和他的文學》，臺北：麥田出版社，1998 年 6 月 30 日，頁 152。

所影響。但是說起來簡單,要人不要有性格,這絕非易事。一如他要走出「峽地」中的傳統的陰影。實際上,人的性格受到教養、環境的影響,是堅韌不易改變的,非常的不自由。還是虛構中的作品,能讓作家自由,盡情發揮。鄭清文說:

> 我寫作,是在尋找自己,並能夠在尋找自己的過程中,逐漸純化自己。[19]

那也僅僅在作品中的世界純化自己。另外一方面也可看到,鄭清文對於自我的堅持,有其思想基礎。而就算是前輩作家的意見,他也寧願走自己所想的路,以自己的個性為基礎,走出自己的文學風格。堅持至今,所獲得的成果,備受肯定。這過程與堅持、自信是令人值得效仿與尊敬的。

而他所謂的純化自己,那是一種理想。立基於他對於人生乃是痛苦與悲劇的思想,找到為痛苦的心靈獲得解脫之路。[20]鄭清文有淑世的理想,他將用自己的風格來表現他的智慧與思想。而純化自己,也表示了自己的道德理想。希望以文學來美化自己、去除人性的缺點。[21]那是人與人之間、人與環境之間的和諧關係。

雖然鄭清文堅持自己的選擇,也說出了「文學的路不只一條」。[22]這句話,不僅是文學觀的發言,也是他看待其他作家的方式。[23]

---

[19] 鄭清文,〈尋找自己、尋找人生〉,《臺灣文學的基點——清文文學評論》,高雄:春暉出版社,1992年7月,頁155。

[20] 鄭清文,〈尋找自己、尋找人生〉,《臺灣文學的基點——鄭清文文學評論》,前揭書,頁153。

[21] 鄭清文,〈小說中的我(二)〉,《臺灣文學的基點——鄭清文文學評論》,前揭書,頁335。

[22] 鄭清文,〈文學的路不止一條〉,《臺灣文學的基點——鄭清文文學評論》,前揭書,頁201。

[23] 鄭清文,〈文學作品的社會性與藝術性〉,《臺灣文學的基點——鄭清文文學評論》,前揭書,頁377。

鍾肇政的熱力，是鄭清文常常所自嘆不及的。但是這一點，說不出來給鄭清文什麼影響。鄭清文自認為保守的個性，卻是個性迥異的李喬，似乎提供鄭清文一種互補的作用給予影響。作品中，鄭清文不向鍾肇政學習，兩人意見常常不一致。鄭清文的學習對象是世界性作家。但海明威行事風格豪邁、福克納取材大膽，而實際上還是李喬給予鄭清文直接的刺激，獲得心態上的改變。[24]

也因此，鄭清文能夠堅持平凡的語言、自己的生活語言，從他的個性上可以獲得印證。相對的，鍾肇政在語言的學習上，早期向女作家如林海音等，學會漂亮的成語、北京話的兒話語。當然，日後鍾肇政很快的調整過來。而在初學寫作時期，鍾肇政會也寫一些反共作品：

> 我很想給文友們都去信鼓勵，但，週來時間至感痛惜，想寫作品堆積而遲遲不能著手，徒呼負負。幸參加亞洲者，草稿已起完，不日即擬刪修繕正投出。此番弟略微安排反共色彩，藉以考驗自己能力，當然我是不會用自己本名的，我將用一化名參加。[25]

在發表不順利，沒有自信時，嘗試著獲得發表，印證自己的文字並非不可取。獲取稿費、獎項，這是增添保護、不必避諱需求金錢維持家計。鍾肇政也這樣推薦文友，藉此鍛鍊筆力、培養自信。他也寫統治者標榜的抗日作品，但是這是表面的，實際上的主題並非是抗日的。這些都是鍾肇政的作法，容易遭受誤解，也是自然的。只要不是認識多年的好友對他不諒解，他都可以一笑置之。這是鍾肇政寬厚的一面，能夠積極對外學習，表現領導人的氣質。

在許多與鍾肇政結識幾十年中，往來信件密切文友。在戰後第二代作家中間有不少人，多少受到鍾肇政影響。可是鄭清文的作品，可說完

---

[24] 林鎮山，〈「春雨」的「秘密」——專訪元老作家鄭清文〉，《離散‧國家‧敘述——當代小說論述》，前揭書，頁196。

[25] 鍾肇政致鍾理和書簡，1960年1月3日，《鍾肇政全集23－書簡集（一）》，頁575。

全沒有受到鍾肇政的任何影響。鄭清文堅持走自己的路、保持自己的個性。縱然給人冷漠的感覺，鄭清文卻不以為意，這是我非常佩服的一點。

## 二、鄭清文與《臺灣文藝》的關係

《臺灣文藝》的編務，吳濁流一開始是交給廖清秀編輯。但是五期後，廖清秀由於擔任公務員的關係，有所不便。忙碌一陣子，也覺得該輪流交給別人。為之奉獻最多的，除了吳濁流，該屬鍾肇政了。可是，不知道多久了，鄭清文也投入不少時間。甚至在 1965 年底時，鄭清文該是在任職的華南銀行之處受到了警告。鄭清文告訴鍾肇政：

> 最近，我已決心辭去「臺文」的編務。你也許會吃驚，但我是已對吳老談過了，吳老當然留我，但我仍然是堅持自己的意見。
> 主要的原因是這樣，吳老到日本，遭人中傷，這個刊物就不好辦了，其次是個人的理由。[26]

其實，《臺灣文藝》在命名、申請時，就不斷遇到困難。而鄭清文信中的「中傷」說法，那該是吳濁流於 1965 年 10 月出國到日本時，[27]在時間上恰巧遇到臺獨案的林水泉也於該年的 10 月赴日，林與王育德、黃昭堂等人碰面，並加入「臺灣青年獨立聯盟」，接受辜寬敏的資助，負責在臺收集情報與分發臺獨宣傳刊物等工作。[28]於是，吳濁流也被牽連，連帶的《臺灣文藝》也更成為敏感的刊物。鍾肇政接到來信，有點不知怎麼回事，或者裝糊塗而尋求更準確的答案。鄭清文進一步的說明：

---

[26] 鄭清文致鍾肇政書簡，1965 年 12 月 17 日，《鍾肇政全集 26—書簡集（四）》，頁 151。

[27] 吳濁流著，錢鴻鈞編，黃玉燕譯，《吳濁流致鍾肇政書簡》，前揭書，頁 146。

[28] 陳佳宏，《臺灣獨立運動史》，臺北：玉山社，2006 年 8 月，頁 104。

> 吳老的意思是要我繼續幹下去，但我想還是到這一期為止。原因，當然不是一個，其他，我覺得編一本書，零瑣的事太多，我的家，我的岳家，最近又因家裡有麻煩的事發生，我在處理這些事就已夠頭痛了，還有換職的事。而且這些本來就不值得去傷腦筋，而又不能避免。我已好久沒看書了。最重要的，我也應該再抽出一點時間寫一點自己的東西。[29]

鄭清文家中處境，當可參考鄭谷苑為他寫的傳記。這時鄭清文仍與姊姊、繼母同住，家中又有妻兒，人口之多當可想像相處的不易。雖然有這麼多困難，可是從未來的通信上看，鄭清文仍是繼續幫忙下去。也仍進一步的參加吳濁流文學獎的評審工作。李喬說：

> 您不能脫離臺文的事務，那是沒法的，記得在北市，我曾私下和您直指，您之於臺文有特殊身分與任務，至少近年內您是要偏勞的，我單純些，時間與才華缺乏如我，倒要專心「弄」幾篇真的。[30]

鄭清文雖然堅持藝術家的性格，不願意為人所指使。特別是吳濁流給晚輩的感受是仗著雜誌是自己的，而操縱雜誌中的言論與評審，但鄭清文仍與《臺灣文藝》保持密切關係。這也顯示出，他對於《臺灣文藝》的認同，也在雜誌中發表不少的小說，這也許是對鍾肇政的熱情的回報。這部分在鄭清文與李喬往來的通信中，常常提到這點。也似乎是鍾肇政的熱情的關係，從中緩和了《臺灣文藝》的創辦人與年輕一輩的作家的衝突。李喬在給鄭清文的信上說：

---

[29] 鄭清文致鍾肇政書簡，1965 年 12 月 23 日，《鍾肇政全集 26—書簡集（四）》，頁 153。

[30] 李喬致鄭清文書簡，1970 年 11 月底，錢鴻鈞整理，尚未發表。

> 對於吳某，我是沒辦法裝笑臉的，我甚至遷怨及老大，老大是性情中人，好朋友，好師長，但之於臺文雜誌，我已不再存任何希望，我已函告他，對於臺文雜誌，日前狀況下，我不再表示任何意見。你聽過「連根腐爛」之說嗎？我想是的。評選人可以由一個老頭子「派」下來，然後加加減減，可笑又可悲。——不過，你現在就退出，我就更感孤絕了，一句話，礙於老大，我實在沒「力量」公然辭「職」，你真的走了，我就更自覺是個猴子了。我想有一句話，是威脅你的，我必須先明告：迫得我透不過氣來，我也不顧老大，也退出，那麼這份道義責任，於由你負。[31]

比較起來，李喬的反應比鄭清文激烈許多，常言不願意去參加吳濁流舉辦的聚會。或許，也是居住離臺北較遠的苗栗的關係。鄭清文說：

> 前星期在中壢大家也算見一次面了。本來，我打算不去，但突然在桃園有點差事，就順便帶了些書給肇政，有的是還他，有的是借給他。（中略）說實在話，我也不曾想到你會去。當然，還不是為了肇政。肇政的熱情是值得欽佩的，這是他的長處，同時也是我們自己所時常感到缺失的。[32]

在鄭清文回給李喬的信中，除了鄭清文緩和的話語外，也顯示出鄭清文對鍾肇政的欽佩。同樣的，鍾肇政對鄭清文對他的幫助，也是不會忘記的：

> 鄭清文除了我處理過他的作品，第一本單行本，還有有些作品在《臺灣文藝》發表，之外，還有信件來往，魚雁不斷。我常常上臺北去開會，也會到銀行去看他。我在臺北車站下車，跑一兩百

---

[31] 李喬致鄭清文書簡，1972 年 11 月 23 日，錢鴻鈞整理，尚未發表。
[32] 鄭清文致李喬書簡，1973 年 7 月 16 日，錢鴻鈞整理，尚未發表。

公尺就可以到他的銀行，常常到他辦公室去看他，他也很熱烈地招待我。如果是近午時分，就拉我去博愛路橫向的巷子有一些小餐廳，味道都很不錯。我們專門找那樣的，味道好的，八成也是很便宜的，不太遠的，這樣的小餐廳吃吃午餐，都是他請我吃飯。這些都已經是四十年以上了。

我跟他建立起來的是文學的朋友，同時也是精神上的至交。我承擔《臺灣文藝》的工作，他幫我很多很多的忙，譬如說，財務方面，帳目方面的事情我是很不會做的啦，這方面他有他的專才，因為他是唸商業的，又在銀行工作，做做帳目啦、替我管管錢啦，通通交給他，他也是很樂意地承擔這樣的工作。不但是我，譬如說臺灣筆會的帳目，我當會長的時候就交給他，我後面當會長的，還是照樣交給他。[33]

工作上，兩人一起為《臺灣文藝》打拼。可是性格上，鄭清文認為兩人有許多差異：

> 我常常覺得我們的脾氣有很多不同，有些地方，甚至於背道而馳。所以一接到你的信我才放下了心。你使我感到，寫了總比不寫的好。
> 
> 你的來信說了不少客套話，這是不必要的，我也不敢當的。我寫那封信，並不是為了那些話，我覺得我們雖然認識了那麼久，而且也接觸過不少，我們之間的瞭解還是不夠的。人家對我的誤會，不管是好是壞，我都不在乎，也不去管他，但我覺得我們有更進一步瞭解的必要。
> 
> （中略）
> 
> 我常常感覺，我瞭解你比你瞭解我還多，這並不是能力的問題，

---

[33] 莊紫蓉訪談鍾肇政，莊紫蓉、錢鴻鈞等編《鍾肇政全集 30－演講集》，桃園：桃園文化局，2002 年 11 月，頁 369-370。

而是性格的問題,也可以說是風格的問題。你是熱誠的,這在你的作品中,也充份地表露出來。你的作品中,總是考慮著讀者的,你寫得明顯,周到和親切。我是含蓄的,冷漠的,這一點你也曾經指出來了。正因為如此,你的優點和弱點,容易被人家發現,容易暴露在人家面前。你的優點在文字,你的弱點在心理。你總是想用文字去說服人,因此一般人就容易給你說服了。一般人是不考慮心理的,這當然是很粗大的看法。[34]

從這裡,可以看出來鄭清文對於兩人性格的看法,與文學風格是有相關性的。不過,鍾肇政還是回應,希望鄭清文能如這次的來信「不含蓄、不冷漠」。這正是鄭清文所不能接受的,感到自己的個性受到操弄而不自由。似乎鄭清文在面對前輩作家,總會令人感到拘束。問題就在於先天上,兩人的年齡有差距,位階不一致的距離感。這一點,如同同代的鍾肇政就與葉石濤較能契合,儘管兩人的個性也有所落差。而鄭清文與李喬也同樣較能契合。

從鍾肇政的立場來看,信中不斷的強調要寫長篇小說如《濁流三部曲》、《臺灣人三部曲》,鄭清文都未加以回應過,這也讓鍾肇政感到遺憾吧。這或許是鄭清文對長篇小說不大有興趣的關係。但是這並不影響兩人間的友誼,鄭清文仍是相當珍惜的。這也正是鄭清文在從事創作中,往往能夠捕捉到感人的題材所致。表面是冷漠的,可是內心是火熱的。

鄭清文保持相當的獨立性,堅持個人的想法,這是相當令人敬佩的。日後,鄭清文在面對外省文人對他的欣賞、翻譯為外文,他也是同樣的獨立態度面對他們,而不致於有過分諂媚、巴結的情形。這是相當令人敬佩的。

看他在《臺灣文藝》上也貢獻不少力量,但是也非整個投入,而是

---

[34] 鄭清文致鍾肇政書簡,1966 年 1 月 25 日,《鍾肇政全集 26－書簡集(四)》,頁 161-162。

有一定的距離。鄭清文說：

> 我的理想是不搞什麼文學運動，只是安安靜靜規規矩矩寫些自己喜歡的東西，這一次給吳老拖下海，許多理由不得不做，也不知浪費多少時間和心血。有一點可以安慰的是一向還平靜也認識了一些朋友，想不到半途殺出了程咬金，照理評選委員的名單已在上面，是一種招牌也是一種負責。[35]

> 我一向不主張搞運動，文學應該是歸人的，最多是幾個朋友間談論談論，我一向主張以作品為主，如有什麼可稱為「運動」，也是作品本身的問題，不知你如何想法？[36]

鄭清文對於評審問題雖然不滿。但是看得出來，鄭清文對於臺灣文學的堅持與對臺灣人身分的認同。鄭清文的說法，則是對得起天地良心。因此在臺灣文學運動上，鄭清文雖然不如鍾肇政那麼狂熱。可是，鄭清文還是持續的保持與《臺灣文藝》的關係。鄭清文的作風是冷的，但是長遠看來，他仍是投入的。這與鄭清文的作品，在文字的選擇上，說是隱藏、平淡的，卻有相當的張力、含有豐富的內在。這個為人上所產生的張力，背後仍是熱情的。作品中的張力呢，也往往是鄭清文的作品中冷淡的劇情與背後的隱藏的思想所在。這裡可以看出鄭清文的為人與文風兩者是一致的情況。

## 第三節　語言的探討

鍾肇政似乎認為語言的顏色、豐富是很重要的。鄭清文的文字顯得

---

[35] 鄭清文致李喬書簡，1972 年 11 月 2 日，錢鴻鈞整理，尚未發表。
[36] 鄭清文致李喬書簡，1972 年 11 月 21 日，錢鴻鈞整理，尚未發表。

平淡,特別與李喬對照來看。在鍾肇政給李喬的信上說:

> 「現代別離」沒有漏洞,也沒有毛病,是一篇結結實實的佳作。不過我覺得不忍,這樣的寫法太吃力了,讀時彷彿看著你用十字鎬一下一下地打進岩石裡,那要花好多好多的力氣呀!我誠心地建議你,這文體也應該漸漸地轉變了。偶一不慎,它會流於酸腐與炫耀。目前已稍覺太凝太濃,鬆些散些,寫的人鬆散,看的人也鬆散,一樣能表達同樣意境的,我相信,這也應是你努力的方向了。[37]

而對照鄭清文,鍾肇政說:「鄭清文的故事淡淡的,表達的方式也是淡淡的,不過在平凡中抓到一些什麼。」[38]而李喬是:「什麼地方選那一個字,讓她活起來。一個字、一個詞活起來,整個文章就活起來。」這是來自於福樓拜給莫柏桑的意見,也是鍾肇政所引用過的說法。但是,李喬過去所走的路,顯得華麗、古文字眼、詞彙多,偏離生活的語言。

鄭清文在選字上,比較起來,或許鍾肇政的考量是比較多。但鍾肇政、鄭清文都有異於李喬的激烈,而走含蓄的路。而鄭清文似乎強烈的主張冰山理論,而在語言風格上也應該如冰塊,去掉味道與顏色。表現出一種與眾不同的書寫質感,近似無色無味的開水。鍾肇政在給李喬的另外一封信說:

> 昨天收到幼文,即讀家鬼。看著看著,福克納的影子就在我眼前閃現。真想讓你也看到「八月之光」。你會成為我們這一代的頂尖人物。不,憑這一篇,你已可以傲視儕輩了。

---

[37] 鍾肇政致李喬書簡,1966 年 10 月 16 日,莊紫蓉、錢鴻鈞等編《鍾肇政全集 25－書簡集(三)》,桃園:文化局,2002 年 11 月,頁 69。
[38] 莊紫蓉訪談鍾肇政,《鍾肇政全集 30－演講集》,頁 346。

一向覺得你的文筆，感情的成分稍嫌過重，文體也黏而濕，（我亦有些病，似乎是稟賦中有所以如此的成分），在這一篇裡所給我的印象，是你把你的人物嚴峻地拒斥在一旁，予以冷酷的剖析，卻又那麼執拗地盯住不放。[39]

鍾肇政不斷的提醒李喬的文字顏色過濃。[40]李喬對鍾肇政的文字的體會則是：

「夜路」我曾拜讀，當時我就想到一個問題：您的用字用詞及行文問題，也許您是在追求一種冷澀剛陽的文體，或借美術為喻，在要求塊狀厚重沉鬱效果，於是在這所謂「純情小說」意態的傳達上，處處出現類似「不協和音程的和音」我以為這會造成一種破壞（或說另一種深越的表達亦未可知）——這在讀「雲影」時也感到，相反地，「中元——」是結構、文體、氣氛的最美好配合了（雖然一讀時，我說前後略有脫節，再讀就不感覺了。）我這話，未審「像不像話」？[41]

「冷澀陽剛」恰恰是李喬文體「黏濕」的對比。可是李喬卻認為鍾肇政文字過於厚重、沉鬱。這在鄭清文的說法，則是認為鍾肇政「寫的過分詳細了，過分為讀者考慮了。」也就是缺乏場面，敘述的地方太多了。[42]這一點，鍾肇政卻認為鄭清文的小說題目在意象上該清楚，鍾肇政建議應為兩個字。鍾肇政說：

大作「獵」我讀後有幾個意見，免去客套，列舉如後：一、題目

---

[39] 鍾肇政致李喬書簡，1969年1月16日，《鍾肇政全集25—書簡集（三）》，頁176。
[40] 鍾肇政致李喬書簡，1969年2月4日，《鍾肇政全集25—書簡集（三）》，頁180。
[41] 李喬致鍾肇政書簡，1969年3月29日，《鍾肇政全集25—書簡集（三）》，頁186。
[42] 鄭清文，〈讀：《魯冰花》〉，《臺灣文學的基點——鄭清文文學評論集》，頁99。

「獵」不很妥當，我對僅一個字的題名向來沒有好感，因為僅僅一個字，不易構成一個鮮明的意象，因為我國文，大體是由詞構成的，詞通常是兩個字，兩字較能構成一個意象，我想你也不會否認。僅一個字而能顯出力量者，我記得的就只有毛姆的「雨」和「飄」兩篇。因此，這篇我以為還是以「狩獵」兩字為妥。[43]

鄭清文卻堅持一個字，有一個字的益處，可以表達更多、更豐富、更有深意。鄭清文的回覆是：

關於題目的事，我想先聲明一下。通常，我要寫一篇文章的時候，它的內容和題目都在腹裏醞釀，雖然時間上並不一致，但在下筆之前，題目也有了，但這一篇卻不然，我寫好了很久，卻還沒想到題目。本來，我想用「父與子」，但覺得不好。也想到過「狩獵」但一方面覺得規模似乎小了一點，另一方面，覺得「狩獵」兩個字只能代表故事的經過，不能代表故事的結尾。所以才用了「獵」。[44]

日後，鄭清文還用了相當多題目為一個字的作品，如〈橋〉到〈髮〉等十多篇。[45]顯見鄭清文是相當堅持自己的看法。這部分，與上文指出鄭清文的堅持己見的個性，而且在文字的使用、考量上，也相當堅持個人的品味。他是保守的、不喜歡暴露自己的，喜歡隱藏自己的。也因此，在作品的表現上，也強調表現出有更多空間讓讀者來思考，作者少講話，文字也更樸素、平淡。也難怪，鄭清文會給鍾肇政的批評，是這樣：

---

[43] 鍾肇政致鄭清文書簡，1960年4月3日，《鍾肇政全集26─書簡集（四）》，頁13。
[44] 鄭清文致鍾肇政書簡，1960年4月4日，《鍾肇政全集26─書簡集（四）》，頁15。
[45] 郭蕙禎，《鄭清文短篇小說風格研究》，臺北：臺北師範學院應用語言文學研究所，碩士論文，2002年。其他還有：〈路〉、〈門〉、〈信〉、〈湖〉、〈睇〉、〈鐘〉、〈抖〉、〈雞〉、〈結〉、〈雨〉、〈升〉、〈焚〉、〈貓〉等。

> 我覺得這篇也有缺點,那就是敘述用得太多。多用敘述固然可以減少許多困難,但卻不很經濟。也許就長篇小說,對於這些問題,比較不重要,重要的還是在內容,情節方面,但這些問題還是無法忽略掉。許多重要的作家,不但在這方面也相當注意,就是文體上也很注意的。我覺得中國所寫的小說,都有這種缺點,把許多困難多用敘述來補救。[46]

從這批評也可以看出鄭清文的個性,如李進益所言:

> 鄭清文是就作品的藝術手法方面加以指陳缺失,其溫和委婉又不失真心的語氣,既不盲從阿諛,也未失之忠厚,表現了他的樸實、踏實、平實和誠實的一面。[47]

因此,一般學界似乎認定鍾肇政是長篇小說家,在寫短篇時,會暴露出在短篇上,意圖寫的太大、太直接,描述過多。早期,鍾肇政是從善如流的,顯得更願意接受他人的意見:

> 敘述太多這意見,我的另一位朋友(不是寫作的)也說過把人物過分強調,性格應由其言動來表現而不應直敘,兩者可以說是不謀而合。這對我是個很好的教訓,我應該記取它。這一點也正是暴露了技巧的不純熟,火候的不到家。我得好好再下番努力工夫的![48]

只是鍾肇政認為是技巧上的問題,也就是結構上情節的安排與巧

---

[46] 鄭清文致鍾肇政書簡,1960年5月18日(原書編者誤判為1961年5月18日),《鍾肇政全集26-書簡集(四)》,頁40。類似意見,鄭清文寫於〈讀:《魯冰花》〉,《臺灣文學的基點——鄭清文文學評論集》,頁99。

[47] 李進益,〈繼承與創新——論鄭清文的文學世界〉,頁271。

[48] 鍾肇政致鄭清文書簡,1960年5月20日,《鍾肇政全集26-書簡集(四)》,頁16。

思,以行動與衝突來表現和暗示。鄭清文對鍾肇政作品保持這類印象,直到〈阿枝和他的女人〉的出現,鄭清文對鍾肇政的短篇看法才有改觀:

> 〈阿枝和他的女人〉是他的短篇小說中的一個異數。我們在他的長篇小說中,找不到任何類似之點。先說題目,真平凡的令人無法忍受,就像安徒生童話中的那隻醜小鴨。但是,在平淡中,我們卻看到短篇小說的各種優點。作者雖然寫得很節制,卻一點也不損壞他那顆溫和的心。這是他的最好的短篇小說。這是一種標竿,也是一種境界。[49]

這裡可以看到鍾肇政也被認為同樣的有溫和的心。總之,鄭清文認為鍾肇政是長篇小說家,長於豐富的內容與磅礡的氣勢。而不善於簡練、平淡,與精鍊的技巧與嚴密的結構。其實,長篇小說何嘗不需要精鍊的技巧與嚴密的結構呢?又鍾肇政的語言何嘗在長篇中不夠精鍊與平淡呢?這大概是鄭清文在短篇小說範疇中的一種批評看法吧。特別鍾肇政是標榜文學之美,就是結構之美的藝術觀。這些都在本章第五節的作品討論時,再進一步探討了。

## 第四節 技巧的探討:小說的觀點問題

鄭清文評論鍾肇政的短篇小說,認為鍾肇政是不善於虛構。這並非意指鍾肇政過於誠實、或者是想像力不夠的意思。而是鄭清文認為鍾肇政太為讀者著想,而描寫太多、透露太多的情節。鄭清文進一步解讀鍾肇政:

---

[49] 鄭清文,〈讀鍾肇政短篇小說札記〉,《臺灣文學的基點——鄭清文文學評論集》,頁72。

他是一位誠實的作家，有時為了遷就事實，反而犧牲了真實。[50]

「真實」這是指文學上的真實，給讀者感動的真實。讓讀者參與、製造更豐富的想像與更深度的思索，而進一步的認同之下所產生的真實感。而遷就事實，乃是與作者個性上的事實，以及鄭清文對於作者與作品的距離的看法，認為不該遷就於作者與題材上的事實。誠實仍是品評作家為人的一個重大標準，一般認為作者為人不誠實，作品的感人程度會降低。這除了涉及作者為人、讀者的參與問題，更在於兩人對於技巧上、敘事觀點上，表現出兩人在從事藝術形象上的創作差異所在。只是如何客觀的表現？運用敘事技巧形成陌生化的效果？這是鄭清文評論方式的一大標準。鄭清文評論鍾理和的作品時卻認為：

> 鍾理和的作品，大都以自己的生活為中心，靠這中心越近，寫得越親切動人，成就也越大。[51]

這顯示了評論標準，有點不一致，但是鄭清文對鍾肇政的批評重點在於隱藏的問題。所謂不善於虛構，是認為鍾肇政太過於暴露自己的個性，讓讀者一眼認出作者的個性「優柔寡斷，溫和、誠實而小心翼翼。」充斥在主角身上，作者與角色的距離太過於接近。這是鄭清文在評論鍾肇政〈簷滴〉的看法。

其實暴露作者的個性與作者介入與否，應該是兩回事。作者介入的判斷應該是初始設定的角色個性、背景，即使在遭遇外來的衝擊，也不能過分的超越角色能力所及的思慮或者行動，造成讀者感到並非角色所能議論的範疇。

---

[50] 鄭清文，〈讀鍾肇政短篇小說札記〉，《臺灣文學的基點——鄭清文文學評論集》，頁69。

[51] 鄭清文，〈讀鍾理和短篇小說集〉，《臺灣文學的基點——鄭清文文學評論集》，頁14。

何況，〈簷滴〉的主角在某一部分的思慮上接近作者，但是他的身分、過往，卻與作者完全不同。主題應該是細微的雨滴聲與因為聽覺上的聯繫，喚起的往事的回憶。有時是強烈的感受，或許有歉疚，但是一如雨滴，聲音也漸漸的消失了、習慣了，而回到現實來主角又麻木了。

鄭清文認為鍾肇政在短篇小說的表現上，應該有如愛倫坡般破壞自己的形象，應該如福克納般的狠來獲取題材。而人物的表現上應該與作者的個性有距離。相對的，這都是顯示出鄭清文的文學走向。鄭清文一再地說鍾肇政善於寫實，而不善於虛構。這裡「虛構」的解釋似乎與一般的定義有異。鍾肇政的看法則是「想像力」。也就是對人類的心靈的想像，以構成人生人性的真相的文學作品。鄭清文則認為「虛構」在於敘事上的技巧，隱藏作者的身影，不介入而議論作品中的角色。

矛盾的則是在個性的本質上，在某部分兩人是一致的。致使鄭清文捕捉到鍾肇政文風上與自己類似的部分如「誠實」，而鄭清文不以為然，認為鍾肇政在文字的表現上停止探索與追求。鍾理和則風格早已確立，顯得某種誠實、誠摯的感人味道，更由於鍾理和有悲慘的遭遇而無須虛構即可造成對讀者的強烈感染所致。當然，鄭清文仍遺憾鍾理和不喜歡海明威，那是因為鍾理和不懂得省略的功夫。

那麼，鄭清文認為鍾肇政之不善虛構，正反映出鄭清文是重視文學規則遊戲的。[52]除了文字的表現外，主要是指造成「隱藏」效果的小說敘事規則。例如，他指出的短篇小說的原則：「單一主題，單一觀點，單一效果。」[53]而鍾肇政對於敘事觀點的掌握到底如何？在李喬方面，兩人之間有大量的討論。

李喬在批評〈阿枝和他的女人〉認為鍾肇政表現了「藝術的社會性」，且認為一九七〇年代學院派大聲疾呼反對語言的「濫情性」，而

---

[52] 鄭清文，〈文學作品的社會性與藝術性〉，《臺灣文學的基點──鄭清文文學評論集》，頁377。

[53] 鄭清文，〈李喬的變貌──序《共舞》〉，《臺灣文學的基點──鄭清文文學評論集》，頁161。

鍾肇政一開始就如斯主張的。這時的學院派主要指顏元叔等，對英美新批評思潮的引進，強調語言張力的審美方式。接著李喬說：

1. 「兒」這一語尾詞，我想不用的好，有點討厭。
2. 為何說「揀」不是「討」？
3. 這是一篇單一觀點控制得極為嚴密的作品，祇有三幾個地方似乎仍可以稍為改動一二句子，消除「作者插入的感覺」。例如 P99 下—5 行等，在讀到「阿枝」的一些「私心」及「阿桶嫂」之賢後，我就猜到您的處理結束是，以誠感化阿枝而「團圓」。如果是我，也一定這樣處理。如果給學院派推崇 irony 的寫法，那麼一定連「卑微的人」心底的那一點點「善」也要加予 irony 的——「『阿』枝私心蠢蠢，將沒法作『阿桶嫂』之蛭」。近來我常沉思：passion 的寫法固然不好，但要我完全隱匿深情，我，不能忍受。您呢？[54]

讀者確實容易感到作者對於阿枝進行嘲諷的表現，李喬也讚賞鍾肇政的冷漠筆法。但是，筆者認為〈阿枝和他的女人〉重點在呈現阿枝原始的情感，或者說情感的原型，諸如做為孤兒，幼年記憶中曾祖母對他的關懷。而阿桶嫂除了做為男人的肉慾對象外，還有母親、伴侶的角色，也就是作為喚醒阿枝的情感原型的角色。而對作者介入與否，鍾肇政的回應是：

作者介入之說，我重看 p99 下—5 行起一段，原來是一段分析。單一觀點，似乎較不利於分析，致予人作者介入之感覺。如果我鈍得連這一點也分辨不出，這誠然是一悲哀事。盼暇時再賜告你以為作者介入之處，以便再研究。我以前對觀點處理極敏，陌上桑

---

[54] 李喬致鍾肇政書簡，1973 年 1 月 7 日，《鍾肇政全集 25—書簡集（三）》，頁 353。

的作品,這種毛病隨處皆是,我曾屢屢指出,他還是矇然,曾為之憮然。[55]

李喬認為的作者介入看法,在鍾肇政認知中則是一種「分析」。分析應為敘事者(或者隱藏作者)的分析。但是李喬似乎認為敘事者的分析,仍舊是作者的介入。如此說來,應該完全以阿枝的想法與行動來展現。李喬再談:

> 我是很迷信「單一觀點」的,我心目中的單一觀點是:「分析」仍要由觀點人物的「能力範圍」去「分析」,或寫「分析」於觀點人物的「動作」(action)之中。普通不管採取哪一種「觀點」,觀點人物與「作者」觀點之內,總有一段若即若離的距離,這個距離作者無權破壞;破壞了,我以為——尤其在單一觀點裡,就是不必要的介入。[56]

觀點人物的能力範圍,指的是阿枝是瞎子,而不該有視覺上的描寫。問題是,作品中到處有明眼人,也有各種景象的描寫。若是敘事者都捨去,那麼作品只剩下了聽覺、觸覺的表現,而大多僅能內心獨白了。鍾肇政的回應則是:

> 觀點的原理,我與你說的完全無殊,但領略上我倒不那麼嚴苛。來信所舉多處,都細心檢討過了。我倒覺得第三人稱的統一觀點,畢竟與第一人稱的不同,應該可以更自由些,更廣泛些,也更深入些,否則與第一人稱無殊了。我常以為,把第三人稱的他或固有名詞(人名)改為「我」即可通用的,採取第三人稱本身即是一項錯誤。而觀點同題,名詞上的運用固然也是一端,卻似

---

[55] 鍾肇政致李喬書簡,1973年1月11日,《鍾肇政全集25-書簡集(三)》,頁355。
[56] 李喬致鍾肇政書簡,1973年1月14日,《鍾肇政全集25-書簡集(三)》,頁356。

更應著眼於內含之是否為「作者之介入」。──這未免太馬虎，你既自稱「迷信」，可能要噓之，不過我倒以為你如此堅持是一項可喜的「潔癖」，證明你另具慧心。近日正在重讀「ドルヂユル伯の舞蹈會」（在火車上）已有十年以上未再讀此書，如今再嚐，卻也頗有心領神會之處。全能觀點，分析為主，這如果也構成「作者介入」問題，不少作品都無法成立。不過我是給你弄得有點糊塗了，正想找找論觀點的專文來研究一下。（中略）再敘
祝
佳

　　　　　　　筆政　一、十八於辦公室

又：觀點問題，我需再舉一點：單一觀點的分析仍要由觀點人物的「能力範圍」來為之──這固不錯，可是這觀點人物若不具備任何能力範圍，恐無能為之矣。這大概是關鍵所在。如果第一人稱，這問題較不存在，第三人稱的「單一觀點」，也許需要另作舖排吧？這是個不小的問題，不知弟臺有何以教之？[57]

　　所謂不具備任何能力範圍，李喬自然想到福克納作品中的白癡一角。到底一個瞎子，如何表現，才是作者或者敘事者不介入呢？其實，應該在主題中，也就是呈現阿枝的情感原型中，盡量安排以嗅覺、觸覺、還有回憶來表現。

　　鍾肇政在現實派時期的作品的《輪迴》到現代派的《中元的構圖》的實驗性短篇小說期間，一開始就使用第一人稱描述較多，然後漸漸的用第三人稱。而在第三人稱中，也常常有回憶、思索時，將「他」轉換為「我」的表現，以進入主人翁的內心世界。因此，鍾肇政會認為「他」與「我」可以通用。甚至採用「他」是一種錯誤。因此，鍾肇政認為既然是第三人稱就應該允許分析，否則與第一人稱敘事無差別。鍾

---

[57] 鍾肇政致李喬書簡，1973 年 1 月 18 日，《鍾肇政全集 25─書簡集（三）》，頁 358-359。

肇政似乎暗示，以李喬對觀點的看法而言，作者介入似乎是不可以避免的。作者介入對主角作心理分析，這其實還是屬於限制觀點。否則就是更嚴格的「純客觀敘事觀點」了。而鍾肇政與布斯的《小說修辭學》是一樣的看法，對於作者的議論，某些情況是可以容忍的，且不能避免。[58]李喬進一步的回應，相當精采。

這可以看出來，鍾肇政對於小說敘事理論，有自己的看法，且不受到理論的作用而限制。且他的看法，在日後的小說敘事學中，也獲得的印證。這似乎也與他的個性有關係，他的潔癖並不在於技巧上與文字上的堅持，而是在創新不重複他人的取材下，認為獲得最大的效果與表現而定。這除了顯示出鍾肇政對於敘事手法的純熟外，也顯現了鍾肇政的寬厚的個性。

雖然鄭清文對於技巧與內容，在引證杜斯朵也夫斯基的作品中，有不同的看法：

> 最近，我漸漸覺得，一篇作品最重要的是在它的內容，內容是作品的性命，至於技巧，只算是枝節。當然，最高的理想是在使兩者能夠調和，發揮最高的效果。我不願否認，有越來越重視技巧的傾向，但技巧並不是唯一的重點。[59]

但是，那畢竟是在長篇小說中的看法。而在短篇小說中，鄭清文的批評，還是傾向於冰山理論。而問題也在於，主角投入了作者的影子，這並非違反鄭清文說的「文學規則遊戲」。基本上，所有的作品都是自敘傳。鍾肇政在選用題材上，確實有潔癖的，除了不與他人相同外，並不希望以題材的激烈取勝，總要造成一個含蓄的效果。這使人覺得鍾肇政既想突破，又顯得畏縮的批評。這批評當然是顯示讀者個人的品味問題了。也顯現了鍾肇政文學的含蓄的文學風格，也是作者為人溫和的風

---

[58] 布斯，《小說修辭學》，華明等譯，北京：北京大學出版社，1986年，頁6。
[59] 鄭清文致鍾肇政書簡，1964年6月23日，《鍾肇政全集26－書簡集（四）》，頁106。

格。這使欣賞激烈傾向的讀者,當然品味不同。

由李喬與鍾肇政之間的討論,顯示了鍾肇政對於敘事技巧的掌握程度。但是鍾肇政的表現又到底如何呢?這裡簡單的以鄭清文對於鍾肇政的自敘傳小說《濁流三部曲》的看法加以回應:

> 現代小說雖然重視虛構,但卻無法排除自我成分。就以鍾肇政先生的《濁流三部曲》為例吧,我們讀著它,就好像會聽到作者在大聲疾呼:「陸志龍就是我」。在這種小說中,自我已經變了形,變得更為寬闊,也更為深奧。自我的推廣,推廣了小說的領域。[60]

從這裡,可以瞭解到鄭清文對於自敘傳小說的重視,以及瞭解的深度。這深度的造成,雖然表面上是顯露了鍾肇政的性格,但是深入去看,不同的時代背景的描寫、語彙氣氛的細膩掌握,表現了不同的時代精神,也正是鍾肇政的對於文體掌握的功力所造成的差異。

反過來從鍾肇政看鄭清文的敘事能力,鍾肇政在訪談中對〈水上組曲〉說看了很感動,而進一步的批評說:

> 鍾:哦!對對對。他描寫得很細膩。鄭清文有所謂的冰山理論,事實上那是當時得到諾貝爾獎的海明威的說法,有很多深刻的意含沒有寫出來,像他的《老人與海》短短的一篇小說,簡單的情節,卻有深刻的含意。文字方面,鄭清文不像李喬那樣特意講究。
> 莊:可是,您剛剛說過,就文學作品來講,文字是首要的東西──
> 鍾:我們看文學作品,所謂「橫看成嶺側成峰」,文字以外,也可以從另一個角度來欣賞。鄭清文的小說,好像把一棵樹幹橫切

---

[60] 鄭清文,〈小說中的「我」(一)〉,《臺灣文學的基點──鄭清文文學評論集》,頁332。

開來,細細地描繪它的肌理,並且再深入內面。你懂我的意思嗎?[61]

鍾肇政認為自己需要三、四句話,可是鄭清文卻能夠一句話交代清楚,而表現結構的緊密、簡潔,而且自然。將社會上的一般人感受不到的現象,抓到並表達出來。鄭清文的短篇小說是經典性的,鍾肇政鄭重的推薦給學習小說創作的年輕人,應該熟讀。

## 第五節　短篇作品探討與比較

### 一、性與死的主題

上文或者在鄭清文評論鍾肇政的小說中,常出現鍾肇政的幾篇短篇小說〈輪迴〉、〈阿枝和他的女人〉、〈溢洪道〉、〈中元的構圖〉。這幾篇表現了鍾肇政熱愛人生的情懷,在死與性的主題的處理方式,鍾肇政是以莊嚴的態度來創作的。在結局的部分,鍾肇政總用開放的方式,讓讀者回過頭來思考主體,往往是純心理的,是人的原始狀態。也就是要讀者回應整個結構所醞釀的性與死的主題。

這裡頭其實傾向於唯美與心理表現,與鄭清文的知性風格有所不同。鄭清文則偏思考性,結尾的處理,往往偏離劇情的方式,讓讀者更陷入五里雲霧,與讀者所預測的方向有所不同。其中的內涵,便是鄭清文在思想上的創新之處。

在回答李喬的問題,鍾肇政對〈溢洪道〉就是純心理的主張:

> 我沒有「完全」「我的」文學主張。內涵是純心理的,表現則以文學乃文字的藝術為最高理想。故而文字求其獨特,有個性,而

---

[61] 莊紫蓉訪談鍾肇政,《鍾肇政全集 30－演講集》,頁 359。

不僅僅以最適當的字放在最適當的地方為足。這不算主張，而且我也言行不符，這也是我的悲劇了。[62]

而鄭清文與鍾肇政之間的討論中，看鍾肇政對自己的作品〈溢洪道〉的解釋：

> 你的長信我廿九日晨收到。你是第一次對於你的思索給了我較詳細的剖析。「在沒有神的世界，性不能解決問題」這是很別緻的一個階段性結論。性與神，你早已向我透露過這個探索，對這我沒有下過工夫，我是不能表示意見的，可是性既與悲劇常常結在一起，你的探索應該有其倫理的結論，這是可以預料的。我在溢洪道裏所追究的，只是單純的「性」，而且還不脫常識性的範疇。當然我的態度是冷靜的，也自以為嚴肅的，而從一個人物的少女時代追溯她的對於性的意識原型，以期使她的變有其潛存的原因，這是我所盡力的地方。[63]

當可看出鄭清文對〈溢洪道〉採取的是哲學上的探討，屬於知性的領略。而鍾肇政的原意僅是探索女性對性的意識原型，作為變化的潛在依據。這也就是純心理的表現，並不涉及思想與意識型態上的作品。因此，〈溢洪道〉也可以是純粹唯美的，以主角徘徊在石門大壩上，領略性與死的人生況味。

鍾肇政自評《歌德激情書》，在寫作當下，仍認為有遊戲之作的感覺。這正是鍾肇政嚴肅取向，探討人生的方式。以鄭清文評論鍾肇政此作時，他認為鍾肇政在「大」之外表現細的一面，只是在寫法上依舊有所克制。[64]那麼，這也反映出鄭清文對於題材上受福克納的影響。鄭清文

---

[62] 鍾肇政致李喬書簡，1966 年 9 月 4 日，《鍾肇政全集 25─書簡集（三）》，頁 63。
[63] 鍾肇政致鄭清文書簡，1964 年 3 月 2 日，《鍾肇政全集 26─書簡集（四）》，頁 98。
[64] 鄭清文，〈大與細──鍾肇政與情色小說〉，莊紫蓉、錢鴻鈞等編，《鍾肇政全集

在相同的主題中有〈不良老人〉、〈花枝、末草、蝴蝶蘭〉、〈相思子花〉、〈最後的紳士〉，氣氛是趨於給人污穢、病態的感受與狠勁，這表現出鄭清文風格特有的美感。特別是〈不良老人〉與〈相思子花〉。其中兩篇同樣有捏乳頭的動作，或許如西洋名畫〈賈畢厄‧黛絲翠和她的妹妹〉中所表示的擁有權，[65]而表現出性暴力的有力形象，最後的劇情安排則都解脫、昇華了。作者縱然有所諷刺，可是最後往往形成強烈的同情味道。在鄭清文早期的作品〈姨太太生活的一天〉也是有同樣的景況。比較起來，鍾肇政反而冷澈客觀來處理題材。鄭清文先生表現出深刻的同情，令人感動。

要從幾篇作品的比較，來回應兩人的個性與作品的技巧、語言風格，應需更多作品來體現。所以，以下繼續往另外的主題發展。

## 二、表現兒童與女性心理的小說

在鍾肇政也有隱藏的手法，與鄭清文的〈髮〉、〈黑面進旺之死〉、〈堂嫂〉、〈轟砲臺〉、〈三腳馬〉、〈春雨〉不同，敘事者我大都是回憶童年時的年長狀態。鄭清文的此類小說敘事者發出的聲音與主要角色的視角並不相同。[66]鄭清文以我與回憶童年的我的雙重聲音的這種手法，造成一種親切感、同情或者真實感。也就是採以第一人稱敘事，可以用幾年前的回憶與當下交替敘事。只是，鄭清文通常是著重於當下，回憶是一種資料的補充或者布局。

而鍾肇政筆下的〈柑子〉、〈榕樹下〉、〈茶和酥糖〉是利用了小孩子懵懂的心理現象、常常帶有疑惑的眼光，來看待大人的複雜的世界、美麗女人的形象、對死去父親的思念，所造成的淡淡的美感與傷感。這幾篇的敘事者的聲音就是主要角色的視角，主要角色就是「我」

---

32》，桃園：文化局，2004 年 3 月，頁 610。
[65] 張心龍，《從題材欣賞繪畫》，臺北：雄師美術，1998 年 2 月，頁 31。
[66] 申丹，《敘事學與小說文體學研究》，北京：北京大學出版社，2004 年 5 月，頁 201-202。

或者就是小孩。當然，鍾肇政也有〈阿樣麻〉是長大回到故鄉後的成人的回想。鄭清文也有敘事者「我」的聲音就是主角的視角，如〈寂寞的心〉，但是主角仍非小孩。鍾肇政以「我」來敘事，通常可以直接轉換成「他」。重點在於鍾肇政擅長描寫某一個年齡、身分當下的心理狀態。而敘事上的人稱為何，就是次要問題了。就算作者跳入直接分析敘事者當下心理，這也是可以為讀者所接受。這也正是鍾肇政寫《濁流三部曲》成功的原因，他能夠鋪陳主角細膩的、短暫的不同年齡、歲月之下的差異。而鄭清文在〈最後的紳士〉所描寫的主角，也表現的淋漓盡致。

鄭清文認為鍾肇政不善於虛構，在敘事術語的意思就是作者的聲音介入了敘事者的聲音，且敘事者與作者的個性太過於接近了。這大概也是鄭清文幾乎沒有自傳體小說的緣故。不希望自己的影子，直接在作品中出現。[67]以致於有以女性主角為聲音的，卻是代表鄭清文的聲音的說法。[68]鄭清文藉女性角色以隱藏作者自己的身影，讓讀者不會想到男性作者居然躲入了女性的角色中來發言。這有雙重的作用，既可以表現自己可能是「弱者」的聲音，又可以逃避做為男性的作者的身影。

鍾肇政那種特殊敘事者，如小孩的觀點外，這在長篇小說《八角塔下》有不錯的表現細膩的刻劃五年的中學生涯每一年的心靈與身體的變化。鍾肇政認為每一個作家基本上至少會有一篇長篇，那也就是以傳記題材為本的小說。自傳題材是相當美好、豐富的小說題材，這是鍾肇政對於題材的看法。並且以第一人稱敘事最為適合。而在其他鍾肇政短篇小說中，最為被稱道特殊敘事者的就是〈阿枝和他的女人〉，表現視障者，只能利用聽覺與觸覺來刻劃主角的感受。一如兒童受到年幼心靈的限制，所形成的客觀觀點。

鄭清文早期以第三人稱限制觀點敘事著稱，後來在〈春雨〉、〈三

---

[67] 林鎮山訪談鄭清文〈春雨的秘密〉，《離散‧家園‧敘述──當代臺灣小說論述》，頁200。

[68] 參考春暉電影公司製作「作家身影─鄭清文─冰山底的沉靜與騷動」DVD，2000年。

腳馬〉、〈秋夜〉等,利用第一人稱敘事,主角卻都是另有其人。鄭清文獨特的敘事方式造成好像是讓讀者在聽故事似的,這形成了親切的、同情的語態,發展出能夠引讀者入戲的開頭與結尾。透過了並非主角的敘事者「我」,確實可以與第三人稱敘事的「他」,既可以保持作者的隱藏,又可以給人一種親切感。有時「我」在故事之外,有時則參與故事其中。

而以刻劃女性心理著稱的鄭清文,相對的鍾肇政也有若干篇,如〈梅雨〉、〈夕照〉、〈金子和蟑螂〉、〈溢洪道〉、〈殘照〉、〈山路〉、〈豪雨〉、〈迷你車與女孩〉的女性主角的短篇小說。這裡面除了中篇小說〈殘照〉外,全都是第三人稱限制觀點。

以女性為視點的小說,在鄭清文則有〈姨太太生活的一天〉、〈割墓草的女孩〉、〈焚〉、〈一對斑鳩〉等。[69]確實比鍾肇政的女性主角的短篇分量多的太多了。過去研究也有相當多討論,裡頭的主角都是採用限制觀點,所以兩人不管採用第一人稱與第三人稱的使用,因為敘事技巧的掌握成熟,而可以交換人稱使用。[70]甚至,鄭清文熟練的程度,連第二人稱也可以加入轉換。如鍾肇政讚賞過鄭清文的作品〈門〉說:

> 人稱的轉換也頗見巧思,時而以「你」的稱呼,時而又以「我」直逼心理狀態。這一切都可以說處理得恰到好處。[71]

以上兩位這麼多以女性為主角的作品,這裡要特別比較,同樣是描繪女性、又是兒童角色的,分別是鄭清文的〈割墓草的女孩〉與鍾肇政

---

[69] 其他還有:〈清明時節〉、〈湖〉、〈在高樓〉、〈秘密〉、〈秋夜〉、〈龐大的影子〉、〈鬥魚〉、〈雞〉、〈苦瓜〉、〈校園裡的椰子樹〉、〈雷公點心〉、〈阿春嫂〉、〈女司機〉、〈白色時代〉、〈夜的聲音〉、〈放生〉、〈婚約〉、〈重逢〉等。

[70] 黃雅銘,《鄭清文短篇小說中的女性書寫》,臺北:東吳大學中國文學系碩士論文,1998年,頁88。

[71] 鍾肇政,〈第四屆臺灣文學獎選後感〉,《鍾肇政全集22》,頁518。

的〈迷你車與女孩〉。[72]特別的是兩個小女孩，作者都安排失去了父親。

鄭清文這篇的小女孩，與過去的回憶性的童年角色不同。真正的以短句的、稚嫩的方式，表現小孩的思維方式。不僅在主人翁小娟與阿康的對話或者說吵嘴，在小娟對自我的描述，也是如此，以重複的口吻來表現小孩的心理。並且鄭清文也充分利用小孩在認知屍水的有限能力之下，特別表現出主人翁的強悍堅定，令人非常的激賞與佩服。而女孩的身分，除了可愛而獲得了大人的同情而給予工作。作者還賦予胸部為阿康所抓住，但是沒有進一步的劇情。僅僅是為了以性徵加強女孩的特色而已。

而鍾肇政的〈迷你車與女孩〉一樣持續著過去鍾肇政對於兒童心理與意識的掌握。而在語言風格上，相當的冷冽與黑暗，有一股令人顫抖的恐怖感。可是在結局，鍾肇政又安排春天的陽光與歡樂，一方面似乎要沖淡令人無法逃出的黑洞與恐怖，一方面似乎要造成一種懸疑，有如基里訶的名畫〈憂鬱與神秘的街道〉。[73]或許這就是鍾肇政被批評為保守的地方了。但是，這正是鍾肇政的一種含蓄、溫和的個性的表現。不想太過於極端與激烈。我認為主要就是造成懸疑，而有的人可能會認為是鍾肇政想帶來一點生命的希望。但是重點應該還是讓讀者多體會小女孩失身與在身體上的虛榮與騎腳踏車上的虛榮的關連性。並且終究造成一種偷竊癖的扭曲心靈、甚且是虛無的感受。而這一切又與失去父親、有個不夠體貼的母親，也有某種關連性。

比較鄭清文的〈割墓草的女孩〉的小娟，〈迷你車與女孩〉中的女孩，後者僅僅只有「她」，鍾肇政沒有給予名字。「她」比小娟還大兩歲。所以身體發育更多了，在性的意識上呈現朦朧的狀態。這部分的心理描寫也是鍾肇政所擅長的。鍾肇政賦予這個女孩，呈現俏皮，卻因為偷竊與失身，造成心理衰竭的狀態，著實可怕。而鄭清文的小娟，則是

---

[72] 鍾肇政，〈迷你車的女孩〉，莊紫蓉、錢鴻鈞等編，《鍾肇政全集 14－中短篇小說（二）》，桃園：桃園文化局，2002 年 11 月，頁 223。

[73] 張心龍，《百幅名畫的啟示》，臺北：雄師美術，2002 年 2 月，頁 74。

與〈校園裡的椰子樹〉一樣的強悍堅韌。只是小娟年少,尚未有任何思想可言。這也正是鄭清文賦予小娟這個小女孩,在行動上展現出不可侵犯的生存上的意志力。

## 三、〈夕照〉與〈校園裡的椰子樹〉的比較

本章最後由這兩篇小說的討論來整合兩人在個性、語言風格與敘事技巧上的比較。這個比較的基礎是由葉石濤所發現的:

> 鍾肇政先生的小說〈夕照〉描寫一個本是美麗、伶俐的農村少女,由於工作中的失事而成殘廢的故事;心靈和肉體原是不可分割的一元體。(中略)這篇小說使人憶起較他年輕的作家鄭清文的一篇小說〈校園裡的椰子樹〉。鄭清文把天生殘廢畸形的知識分子作為素材,記錄了她的自卑、抵抗、絕望和虛無,用的是冷嚴、客觀、乾枯的筆調。這兩個作家的作風截然不同,使人能對四十年代和五十年代的作家作一個清晰的比較。[74]

兩篇作品的題材似乎是一致的。前者是後天的失事,後者是先天的殘廢。並且在個性上都是相當的堅毅。只是〈夕照〉的女主角是農村少女,而〈校園裡的椰子樹〉是大學的講師。

後者呈現一種知性的思考,而非僅個性上、愛情上的表現,是冰山底下更深層的自我,能夠反抗寂寞的,本質上存在的自我,一如不斷落下葉子後的繼續成長的大王椰子。鄭清文的〈校園裡的椰子樹〉,乃是受到存在主義的影響,特別是尼采的「上帝死了」的說法,使得鄭清文思考人如何自救而表現在小說中。[75]並以第一人稱觀點來拉近與讀者的距

---

[74] 葉石濤,〈輪迴論〉,《臺灣鄉土作家論》,臺北:遠景,1979年3月,頁164-165。

[75] 許素蘭與鄭清文對談〈冰河底下的大河水——從《簸箕谷》到《採桃記》〉,《徬徨與戰鬥》,臺南:國家文學館,2007年12月,頁27-29。

離。主角的思想可說完全是作者的，以一種誠實的表現，歌頌女性主角。其實就是表現了鄭清文的意志力與靈魂。

而鍾肇政的〈夕照〉的表現是純心理的：

> 我覺得我目前所追求的作品，是屬於心靈的，或者是剎那的，或者是偶然的，把那心靈的閃現之傾刻撲捉住。「簷滴」你說已看過，這篇也是在這種情形產生的，更早的「梅雨」、「兩塊錢」（不知兄有無印象？）也都莫不如此。[76]

這種純心理的表現方式，是帶有某種美感的，我認為鍾肇政在此有唯美主義的傾向。表現心靈上的唯美，而不帶有任何的社會意識、道德教訓。

在〈夕照〉中，雖然敘事者就是主角「她」，可是美感的暗示，卻需要來自於配角「他」。「他」的作用不僅提供了愛的滋潤、或者救贖，也介入了作為美感的視角。這篇小說的敘事觀點，基本上是保持第三人稱限制的觀點，強烈的客觀性構成一個美麗的圖案。結構上時間穿插、空間變化，步步進逼作者所要營造的最完美的圖像。而女主角相對於〈校園裡的椰子樹〉還是保留了柔嫩的本質。那是鍾肇政所常強調的女性的個性之美。

> 現在，她盡可能裝得矜持地側過了臉。那兒剛好是窗邊，夕陽正好照在她臉上。他一直就在看著她，這時兩雙眼兒不偏不倚地碰在一起了。他感嘆地說：
> 「啊……妳真美呵……」
> 「哼……別太那個了。」
> 「真的啊。」他仍盯住她。他不由奇怪自己怎麼敢這樣看她。

---

[76] 鍾肇政致鄭清文書簡，1959年12月18日，《鍾肇政全集26－書簡集（四）》，頁3。

「你從來也沒說過這樣的話。」

「我是不敢說的。可是……可是我覺得妳今天特別美,比我所知道的更美,所以就禁不住說出來了。」

「你在臺北待了一個月,變得很會說話了。」

她說著就再向前移步。他們維持著原來的姿勢,竝排走到廳堂,跨過大門,下到禾埕上。

寧靜的田園、寧靜的房舍、寧靜的山巒,加上相依偎著靜靜地移步的一個跛腿女郎和一個結實年青小伙子——這一切,在寧靜的夕陽下,構成了一幅寧靜的浮雕。[77]

　　整篇作品表現女主角的倔強心理,以不少的對話,表現抗拒的心理,以及層層的時間的進逼與鋪陳。並以野生的杜鵑,代表原來的美好與希望,女主角卻要將之拔除,表現僅存的倔傲。其實心理是相當的壓抑著接受愛的滋潤。這時,大地是漫天紅霞。到底這對情人有無終成眷屬,已經不重要了。

　　相較之下,鄭清文是知性的,也就是立基哲學背景,表現生命存在性的思考。以大王椰子象徵自己對於獨立自我的靈光一閃的領悟。結構上常需要引讀者入歧途,因為鄭清文所要展示的思想性,與一般讀者預設的有所不同。也因此,文字上的表現,需要克制抒情,在動作上節制,最終宣布鄭清文式的答案,甚至掩飾、跳脫主要情節,造成讀者理解上的衝擊與不解。

　　就像〈校園裡的椰子樹〉中的愛情,以及在鄭清文的作品中對愛情的看法往往是有疑慮的,家人也常常是負面的力量。而鍾肇政的作品裡頭多少呈現愛的救贖,家人是溫暖的給予支持。鍾肇政的短篇則是美學的、技巧性的、創新的、純心理性的表現。而鍾肇政將思想性比較放在長篇小說上發展。

---

[77] 鍾肇政,〈夕照〉,莊紫蓉、錢鴻鈞等編,《鍾肇政全集 13－短篇小說(一)》,桃園:文化局,2000 年 12 月,頁 153-154。

## 第六節　結論

　　鄭清文能夠在作品風格與為人個性上的堅持，不受到前輩作家鍾肇政的任何影響，這是相當難得的。結果證明，鄭清文的選擇與堅持是正確的，受到眾多批評家的認同。而鄭清文在與《臺灣文藝》的關係，雖然沒有鍾肇政那麼投入，可是鄭清文也是幫忙最多的。足見他在堅持獨特的個性與內向的生活中，在臺灣文學運動上仍是認同的。或許有一種個人也需要參與，在情份上才說得過去的正直的想法。也因此能夠進一步的保持個性上的獨立性，也就能夠堅持創作上的獨立性。而這種與文學運動距離上的選擇，與他在文學作品中保持冷漠的態度，但是實際上冷漠中，確實持久的奉獻與認同，表現了他的熱情與思想。可說鄭清文的為人與文風再一次的獲得一致的驗證。特別在解嚴後，鄭清文仍是以一樣的正直的態度面對喜愛他的作品的學者、專家，毫無諂媚的態度，也一樣的客客氣氣與平靜，這是筆者最為佩服的一點。

　　兩位作家語言上的表現都主張含蓄，在選擇的差異上僅能相對性而言，鄭清文以更簡略的字眼，希望達到含蓄更多的意義。連題目上採取單字方式，與鍾肇政對於意象完整的考量，意見不同。語言上的抉擇，正恰巧反映了鄭清文對於鍾肇政敘事上認為描述太過清楚，而作者也太熱心，以致於作者過於為讀者著想，而在觀點上常顯露作者的意見。但實際上鍾肇政在語言上的操作希望達到正確無誤，是否就是違反敘事原則，本章不認為如此。但是，鍾肇政在為人熱誠的風格上，確實與文字的熟練、學習他人表現而進一步營造個人的風格的過程，與鄭清文堅持個人平淡的、冷漠的風趣，完全不同。

　　鍾肇政曾從事繁複的語言實驗於現代主義小說，如〈中元的構圖〉系列小說。由於體會到這種結構上斷裂、語言上疏離的表現，僅適合於表現內心無意識的怪異世界。並非說淺嚐而止，無意帶到長篇小說的寫實式語言。而是內心中所澎湃的歷史見證小說，並不適合此類文體。鄭清文也屬於現代派小說，但是表現的方式並不在語言上以脫離大眾生活的語言發揮，而是在敘事觀點的技巧上。

鄭清文對於閱讀鍾肇政短篇小說的論點，恰恰可以反映出他的冰山理論的文學觀。但是基本上，因為鄭清文是短篇小說家，鍾肇政是長篇小說家。因此，鄭清文對鍾肇政的批評，總在短篇的限制觀點的框架中來討論。事實上，若以個別小說來看，鍾肇政應該不致於有鄭清文所言的不擅於「虛構」，與作品的人物太過於接近的說法。特別以本章探討的〈迷你車與女孩〉與〈割墓草的女孩〉。兩人同樣的模仿童年與女孩的內心世界，並且在語言上、心理上都有相當深刻的表現，符合各自的主題。在敘事距離上，也是相當的控制得宜。前者，令人感到不敢接近的黑洞與不敢思考的灰暗。後者，令人想要進一步的親近與讚賞。

但是，也該同意鄭清文的看法，鍾肇政的許多短篇如《大肚山風雲》是透露出太多作者的影子了。這也是因為鄭清文不喜暴露作者個人的身影。而鍾肇政則以長篇小說家的姿態來說，每一個人都應該有一部自傳性的長篇，個人的生涯，都是一部絕佳的題材。不僅在長篇加以表現，甚至在短篇中，鍾肇政也以見證歷史、記錄個人生涯的姿態，不客氣的把自己的經歷，改編為小說。

鍾肇政的小說使命感，乃是「歷史見證」。在鄭清文的文學觀則是「只作證人，不作判官」。這也造成雙方對於文字的使用與敘述描寫上不同的觀點。不過，這不該是以鍾肇政的長篇風格來比較鄭清文的短篇風格。因為畢竟長篇的文字要求，特別是歷史的見證，是要細膩些、鬆散些。但是，單就長篇來說，鍾肇政的文字，仍是屬於精確、簡練的。而結構、技巧在長篇小說中，也必須講究才是。因此，鄭清文說看長篇小說是一個人的成長，確實仍有斟酌的餘地。而這基本上還是相當有見解的，令人感到啟發的。

而鄭清文在敘事張力的掌握上，距離的控制太遠、太近的問題，這與你所選擇的讀者有關係。特別是鄭清文強調思想性的，需要更有張力的故事與距離的考量。也是由於距離性客觀性的藝術觀，鄭清文不以文采取勝的語言，而更需要福克納的包含一種狠的題材。這可彌補鄭清文在個性上的保守性。其實，若以作品才是代表人，那麼鄭清文的個性是已經因為創作而改變了。

而就取材來講，鍾肇政則是以更大的企圖心，採用廣大的歷史事件與人群的小說這表現了他的個性上的熱誠、熱力。也因為寫實與見證的角度，鍾肇政在長篇小說中，採用的距離不可以太遠。畢竟需要採以全知全能的分析。至少要不停的變換觀點。而鍾肇政的批判也是比較溫和的，過去不僅是白色恐怖的問題，也是鍾肇政的寬厚的個性的影響。

　　而就以短篇小說來看，鍾肇政是純心理的表現。相對的來看，鄭清文是放入了更多的同情，當然，仍是非常技巧性的，造成客觀的而親切的，並且有相當思考性。這在〈夕照〉與〈校園裡的椰子樹〉獲得了絕佳的印證。前者的語言是平淡中有銳利、矜持的美感，後者則樸實中有知性的閃光。

　　以想像力而言，鍾肇政在文學中大膽發揮個性、表達自我，而以誠實、樸實的文筆與結構之風格取得讀者的信任。實際上長篇或者短篇中投入自己的影子中的愛情故事，都是虛構的，以鍾肇政的講法就是騙人的。而鄭清文以女性身影來透露自己的思想與感情，福樓拜的說法就是「波法利夫人就是我」，鄭清文的講法，就是狡猾。讓讀者認為作者與主角的距離是夠遠了，完全沒有介入。不過，這些說法，都只是相對於鍾肇政與鄭清文的比較而言。基本上兩人的限制觀點，都是相當的嚴密的。

## 參考資料

1. 鄭清文，《臺灣文學的基點》，高雄：派色文化，1992 年 7 月。
2. 鄭清文，《鄭清文短篇小說全集》，臺北：麥田，1998 年 6 月。
3. 鄭清文，《玉蘭花──鄭清文短篇小說選 2》，臺北：麥田，2006 年 6 月。
4. 鄭清文，《校園裡的椰子樹》，臺北：三民，1970 年 11 月。
5. 鍾肇政，《鍾肇政全集》，莊紫蓉、錢鴻鈞等編，桃園：文化局，1999 年 6 月—2004 年 3 月。

6. 鄭谷苑，《走出峽地──鄭清文的人生故事》，臺北：麥田，2007 年 12 月。
7. 江寶釵、林鎮山主編，《樹的見證──鄭清文文學論集》，臺北：麥田，2007 年 3 月。
8. 李進益，《繼承與創新──論鄭清文的文學世界》，臺北：致良出版社，2004 年 3 月。
9. 鄧斐文，《鄭清文短篇小說人物研究》，高雄：高雄師大國文系碩士論文，2007 年 1 月。
10. 許素蘭著，《冰山底下的大河──鄭清文短篇小說研究》：臺中，靜宜大學中國文學碩士論文，2001 年。
11. 郭惠禎著，《鄭清文短篇小說風格研究》，臺北：臺北市立師範學院應用語言文學研究所碩士論文，2002 年。
12. 黃雅銘著，《鄭清文短篇小說中的女性書寫》，臺北：東吳大學中國文學系碩士論文，1998 年。
13. 呂佳龍著，《成長與記憶之河──鄭清文的小說研究》，雲林：南華大學文學研究所碩士論文，1993 年。

# 第九章 「高山四部」短篇小說研究

## 第一節 前言

　　筆者曾在〈賽達卡精神與日本精神——《戰火》論〉,[1]以日本精神的詮釋角度切入,來穿透出原住民精神的本質。也就是詮釋《戰火》所表現出的原住民精神,需要透過日本精神的外衣,特別是原住民在日本殖民統治已經長達四十年以上的時間,原住民精神改變多少?原住民文化又被日本文化包裝了多少?是否原住民精神的本質已經改變了呢?這是鍾肇政想要探索的。他特別要回答一個問題是,為什麼經歷霧社事件的賽達卡遺族,[2]在經歷上一代的血海深仇,而下一代卻仍以血書、自動自發的要為日本帝國而戰,以高砂義勇隊之名,勇敢善戰,留下好名聲。讓那些在參戰中為原住民所救的日本人感念不已。高砂義勇隊,比日本人還日本人,在叢林裡更為善戰,比日本人更有日本精神,不怕死,槍林彈火中立下英雄巨功。

　　筆者在該文中進行辯證,那其實就是賽達卡精神,日本精神僅僅是外貌而已。賽達卡人還是保有賽達卡人的本質,那也就是鍾肇政的意圖,表現賽達卡人的英雄氣質與靈魂,賽達卡精神的美。鍾肇政利用番刀與出草的儀式,作為賽達卡人的象徵物。番刀比日本刀在叢林中更好用,原住民反而救了不少的日本人,比日本人還強。

　　這一章,筆者私擬了〈高山四部〉由《鍾肇政全集 15—中短篇小說

---

[1] 收錄於拙著,《鍾肇政大河小說論》之附錄二。
[2] 「賽達卡‧達耶」是鍾肇政在《戰火》中所用的霧社幾個部族的稱呼,賽達卡,即為該部落族名,達耶為泰雅,合起來就是真正的人,真正的勇士之意。今因為魏德聖電影之故,常用「賽德克‧巴萊」。賽德克為今通用的音譯名,鍾肇政則用賽達卡。賽德克‧巴萊,據魏德聖言,為霧社當地稱呼真正的英雄之用法。

集（三）》，其中的「原住民類短篇小說」從〈月夜的召喚〉、〈回山裡真好〉、〈馬拉松冠軍一等賞〉、〈獵熊的人〉四篇。[3]筆者一路念下來，認為這四篇的文學體例、味道、筆法一致，更重要的是一貫的表現了原住民的精神的本質，並呼應了在《戰火》中的高砂義勇隊的精神、日本精神與出草的精神文化間的糾葛。事實上，在整個長篇小說之《高山組曲》包括《川中島》與《戰火》創作之三年前，鍾肇政就提出了為何經歷霧社事件的遺族，其年輕人會反過來幫日本人打太平洋戰爭的問題。《川中島》正是回答這個問題的布局，算是序曲。而〈回山裡真好〉等四篇，就隱藏了這個問題的回答。這四篇的回答或許還比《戰火》本身還清楚。畢竟這幾篇短篇的劇情，在時間的設定，已經是離太平洋戰爭的年代更遠了，可以更清楚的穿透歷史的迷霧，看到原住民精神的本質，也是這個精神本質使然讓霧社事件遺族為爭取榮耀，透過國家的戰爭，展現出草的獵人精神。這雖然是稍嫌浪漫溫情的鍾肇政式的理解與意圖，但是我認為是相當接近原住民的心靈世界，表現原住民真正的光榮歷史。

「高山四部」與鍾理和「故鄉四部」的〈竹頭庄〉、〈山火〉、〈阿煌叔〉、〈親家與山歌〉，這四篇作品的內涵平行的是，「故鄉四部」表現戰後的臺灣鄉村疲憊與人心荒廢的狀況。鍾理和寫出典型的富有人道主義精神的農民文學。而「高山四部」是原住民文化在戰後的漢人統治之下，進一步的傳統斷裂，尊嚴受損之下，鍾肇政的歷史反思、對原住民精神的領略下而成的作品，也是富有人道主義精神的高山文學。

兩者描寫不同的是，「故鄉四部」以敘事者「我」的角度，觀察久違而回到故鄉的變貌，而「高山四部」則是敘事者或以全知角度、或以意識流技巧，抱有悲天憫人的胸懷，關切原住民文化存廢與生存的尊嚴。而前者僅在最後一篇小說以客家山歌喚起一點光明與希望。後者則

---

[3] 這四篇創作按照寫作順序，分別為 1978 年、1980 年、1980 年、1982 年，發表順序也是按先後排列。

在每一篇都注入希望與活力,並且還表現了原住民的純潔的民族精神與文化之美。而「高山四部」最後一篇小說〈獵雄的人〉,更是表現戰鬥場面的雄壯與激昂,訴說了原住民文化的本質。

特別比較兩人在最後一篇的文字上,鍾理和的小說抒情呈現悲哀的美,往往耽溺於舊憶的美好與反思現實的醜陋到底怎麼回事。鍾肇政則加入相當多的現代技巧,時空交叉的書寫,化於無形於故事行進當中,敘事流暢而痛快。

更重要的是,「高山四部」筆直閱讀下來,不僅令人感動,而且可以從更近於現代的角度來瞭解鍾肇政對於原住民文化傳承的關懷,以人道主義的溫情來塑造原住民現代生活困境。在這之外,更重要的是鍾肇政將原住民的靈魂與血液的躍動與澎湃刻劃的如此之美,令讀者低迴不已。

這四篇小說已有郭慧華的論文做了相當多的探討,分析精闢,但是限於主題、情節與結構、人物形象三點來分析。而本章則集中在原住民精神與文化的本質做探討,並在技巧運用而產生的美感,加以剖析。而不專注於郭文所提出,有關鍾肇政對於社會批判上的暗示。

## 第二節　鍾肇政早期原住民短篇小說

這一節的目的一方面是補郭慧華的論文所遺漏,有關鍾肇政的原住民圖像書寫的部分,也是要考察鍾肇政創作原住民小說的原點。一方面也可以觀察鍾肇政整個小說技巧的進展與文化的思考。

鍾肇政在八十年代第一次在個人年表的整理中,提到他在淡水中學因為私自將圖書館的書帶回未歸還而被查獲。除了一種個人潔癖的自剖外,而這本書是有關霧社事件的——這當然是一種選擇性記憶。也就是說鍾肇政不怕自剖,是否僅有這一本書,也難說。或者其他本書,可能忘記了。

鍾肇政在八十年代主要作品,說是原住民小說的創作,固然沒錯。

但是他在霧社事件三十年當頭,為這個日子寫下以莫那‧魯道為主角的《馬黑坡風雲》。根據《鍾肇政全集37》的鍾肇政年表,在1960年9月鍾肇政製作了「高山同胞資料簿」一本。或許是借來的書,有必要寫下心得與閱讀筆記。也許是自己的書,有必要作一些整理。前者似乎比較可能,因為自己的書,鍾肇政若非創作理由,是絕少寫心得筆記的。長達十年以上的寫日記習慣,也於鍾理和過世停寫。無論如何,鍾肇政想是利用暑假的空檔而閱讀的日文學術作品。在這之後到《馬黑坡風雲》之前,未見鍾肇政有何相關於原住民的小說。而1960年,鍾肇政所創作的《李棟山》(後改名《鳳凰潭》,發表部分後遺失原稿),與原住民抗日故事有關,就不得而知了。

但是更早時間,在1955年6月鍾肇政發表〈石門花〉的小說,[4]就是以原住民抗日事件為題材。可見在1950年代,除了臺灣人的抗日事件,特別是客家人在1895年龍潭地區的抗日傳說是相當引起鍾肇政注意的。那麼,鍾肇政搜集到原住民的抗日傳說,是相當自然的。特別是創作發表習作之初,反共歌功頌德鍾肇政作不來。而抗日故事,不僅能夠傳送臺灣人的英雄事蹟與氣魄,也是有利於發表的機會。在此也顯見,鍾肇政對臺灣人的內涵與組成的思考,已經包括了原住民,並且有了創作實踐。只是當時平地漢人與原住民之間的往來與瞭解,顯得相當生疏,並未有合作、共同反抗統治者的情事。只是表現著平地人讚嘆原住民的美麗與勇敢,以及相互不服氣的景況。這在後來的鍾肇政長篇《插天山之歌》就是這麼表現。

〈石門花〉這篇小說長達約兩萬字,比起一般報刊刊載的三千字短篇,雜誌型刊物可以容納比較長。難怪鍾肇政說,在1958年後,鍾肇政開始在《聯合報》發表時,必須限制字數,也讓鍾肇政經歷了如何在字數縮限之下,學得凝鍊的經驗。而之前的〈石門花〉刊登於容納量較大的《自由談》,這時候的鍾肇政就比較恣意揮灑了。

---

[4] 《鍾肇政全集15-中短篇小說(三)》,頁62。

而顯現出來的文字與結構問題,〈石門花〉有關文字使用在成語、對仗用法頗多。鍾肇政在戰後經歷學習白話文的語言轉換,必須經過的學習代價。當時鍾肇政以為多用成語是可以幫助表達,而且是美文所不可或缺的。當然不久後,鍾肇政有痛切的反省。特別是思考到北方語言,在地方情感上的表達,非方言不可,才能貼切而親切。不然一同日文腦譯成中文般,以北京話來寫故鄉情事,也猶如翻譯。也就是,成語更是一種沒有個性的弊病,並且無法將思維表現的妥切。這種反思,一直要到 1963 年鍾肇政創作《流雲》時,才真正甩開文字表現的襲用而沒有獨創風格問題。這時候鍾肇政更進一步的認為,其實連方言也僅僅是風格塑造的一部分,而非 1955 年代,早先那樣比較有意識型態的或者勉強的加入作品當中,僅利用方言來形成鄉土風格。

說回來,成語在創作當中,也並非需要全然不用。有時候,仍有幫助凝鍊的效果,可以一筆帶過次要的劇情。但是,成語確實並非是創作當中的所必要的,更是常常有傷害的。[5]例如,〈石門花〉還有「樂不思『職』」這樣的說話,這種文字的操作,本意是一種成語的轉換。但是效果卻給人家一種小聰明、文字遊戲的感覺。無法呈現不想離開蓓菲的心理。

鍾肇政因為在聯副的發表,可能考量編輯者的文學觀,還因此有了選材受限於身邊小事的問題,還有兒話語的大量運用。這些後來也都自然讓鍾肇政有了反省的機會。不過,在聯副之前的作品來看,鍾肇政的取材本來就是極廣的,有自傳、傳說、歷史故事與鄉土風情。

有關結構方面,是由主角與好友一起在石門遇到的一位李姓原住民,由他以回憶方式,來講述有關「石門花」的故事,但這是一個平地年青人身上發生的故事,而講給原住民李先生聽的。層層轉述,表現了鍾肇政在敘事上的處理,還嫌青澀。為何又事先要安排原先的主角與從大陳島撤退的好友,同遊石門呢?可能是與後面要講的戰鬥故事有關

---

[5] 兒話語、成語、方言的隨筆。

吧。並且這種敘事模式，有一點像鍾肇政寫〈大巖鎮〉，也是常常穿插著主角的日記的方式進行。末尾，又回到參訪的主角與好友，點出了要將蓓菲花的花名改為「石門花」，請希望要將殉死的女性遺骨與男性情人兩人，都保存好，以免為石門水庫建成而淹沒。

這位李先生，鍾肇政描寫是：「面目和善，流露這山地人特有的誠樸神色。」然後故事的敘事者，就換成那個青年了。由他來講述如何愛上一位山地姑娘。這位泰雅族姑娘，又美又大方，名字叫做蓓菲‧馬丹。這個青年釣魚的經過，完全呈現了後來鍾肇政寫《插天山之歌》的景致。中間有關愛情不順，由日本警察所阻礙，青年被害調去當兵。這些情節的設計也大致出現在後來鍾肇政另作而於 1965 年發表的《八角塔下》。

最後這個愛上蓓菲的青年經由長談，而從蓓菲的解釋，瞭解到山地人對日本人的敬畏僅僅是表面上的。實際上是心中埋著仇恨，且牢牢記住日本人在枕頭山之役殺害族人的故事。青年說：

「這一次長談，使我對山胞的觀感一變，領略到他們絕不如外間所傳說的是愚昧蠻悍的落後民族了。」[6]

其實，這正是作者認識原住民的歷程。作者借故事重述的意圖，當然是想改變山地人在平地人間的形象。可是這是否是真正的原住民對日本人與平地人的想法，就很難說。特別是原住民精神與原住民對歷史的看法。

至少在鍾肇政創作《戰火》或者在 1980 年代所創作的原住民短篇小說，原住民精神是與日本精神相當融合，甚至超越的。與鍾肇政寫平地人的日本精神轉化為臺灣精神的過程有所不同。另外，1950 年代這時候的鍾肇政也尚未產生高砂義勇隊的上一代與日本人也血海深仇，卻有強

---

[6] 《鍾肇政全集 15－中短篇小說（三）》，頁 75。

烈意願去參戰的疑問。

　　有趣的是，鍾肇政在 1950 年代的短篇故事中，常出現光復初期的社會騷動的說法。這當然是講二二八的歷史記憶，只是鍾肇政不敢點明。這是另話，他文再敘。

　　另一篇以原住民男性為主角的是〈石門之狼〉，沒有正式發表，僅收錄在《鍾肇政全集》。[7]創作時間，應該跟〈石門花〉是相近的，在原稿中，鍾肇政的筆名仍是用九龍。在這篇，鍾肇政就強調了臺灣人。因為敘事者「我」自稱對臺胞抗日感到興趣。在訪問耆老，想要知道 60 年前的事情，也就是 1895 年的「抗日戰爭」。但是主角卻是抗日的原住民，號稱「石門之狼」。本來要田野調查平地人的抗日，卻連帶挖掘到原住民的抗日歷史。受訪的老人回答有關殺最多的日本人：「有，不過不是臺灣人。」相當有趣味。

　　感覺上主角是相當認同這個原住民的，當時稱為高山同胞。但是這並不代表，作者不認為原住民並非臺灣人。而是無法在這篇小說中詳細討論，順著寫實與當時一般人的認知語境，這麼稱呼原住民不是臺灣人。否則會搞不清楚到底主要角色是屬於哪一種族群，一般講到臺灣人，會認為就是平地人。猶如客家人現在自稱講自己是臺灣人時，往往也要強調自己是客家人，否則就無法凸顯自己是與一般提到臺灣人時的認知有所不同。而原住民大概也不會自稱自己是臺灣人，而是說自己是哪一族的。但這也不代表原住民不認為自己不是臺灣人。這些都是時代語境與認知的問題。

　　這篇作品所表現的主題，僅僅是歌頌與塑造「石門之狼」的善戰驍勇，讓日本人膽顫心驚。石門之狼靈魂永存於後世。最後敘事者「我」還作了一個夢，以這個方式來完整描繪石門之狼宰殺日本人的英姿。並且以笛聲連接夢與清醒之間，這個聲音代表著石門之狼的象徵。這個笛聲類似嬰兒哭叫的狼嚎之故。而石門之狼正是在報仇雪恨殺了日本人

---

[7]　《鍾肇政全集 37》，頁 519。

時，以葉子做成笛發出聲響。這個笛聲，正是這篇作品的巧思之處。

中間敘事的過程，乃是以追索報導的方式，進入深山的老叔公處探訪。過程的景色的描繪，與老叔公的人物，跟〈石門花〉一樣，再次是作為未來的《插天山之歌》的前奏曲。

語言表現方面除了成語的使用中，還可以感受到作者的得意。鍾肇政特別用「風蕭蕭兮易水寒」來表現傷感的景致。以武俠的劍客神仙來描繪「石門之狼」的神祕與俐落。重點在於相較於後來的原住民短篇小說的創作，鍾肇政在這裡畢竟是以平地客家人「我」來敘事，較困難加入原住民語言的詞彙。更重要的是，此時鍾肇政對於原住民形象的塑造與歌頌，缺乏原住民的性格與文化的特色。也因此，僅能用神仙劍俠來比喻。雖然說，故事中指明這是鄉愚的誤解。但是說回來，仍是作者的表現力的問題。

寫原住民主角為小說，跟表現客家泥土味的鄉土小說，後者雖然僅僅用客語詞彙來增加客家味。但是基本上敘事行為以北京語法，來表現客家人的思維方式，大致仍能通用。在以原住民為主角的小說中，就算增加了原住民的音譯方式的漢字詞彙，將露出平地人寫原住民的缺乏原住民味道的困境。這在下兩節繼續討論。

而鍾肇政這兩篇小說，雖然有意同情原住民、歌頌原住民，可是故事情節的安排，似乎僅僅是一個愛情的悲劇，中間受到壞人的阻隔。或者僅僅塑造一個神祕的英雄人物。這兩個主題，顯得太通俗。因為把故事主角、地點，換成是平地人、平地，似乎差異也不太大。主角的性格、心理，沒有原住民的特色。劇情的愛情或者報仇雪恨，也沒有原住民性格、文化與心理的融入。

這並非是敘事者是平地人之故，所產生的侷限。鍾肇政需要進一步的挖掘下去，將原住民是如何思考報仇，原住民又是如何思考戀愛、感受生命，這兩篇小說才會更加的有文化特色而動人。

比較鍾肇政在初戀情書中以日文的自剖中，那是相當的深刻與細膩

的表現。[8]因此鍾肇政這時候的小說表現深度，主要還是白話文運用的侷限，而影響到小說思想上的構思，與心理挖掘的深度。特別是倚賴於成語的用法，就會產生語言與劇情的通俗表現。若是先寫下日文，然後再翻譯成中文，鍾肇政的文體，會產生日語詞彙之外，更多的描寫與更多的形容詞，以及更長的句子。這是在 1950 年代初期，如《圳旁一人家》的長篇試寫中可看出。而〈石門花〉大致已經是直接用中文思考了，而不必透過日文思考然後在腦中翻譯，更不必先寫下日文。

## 第三節　故鄉呼喚

### 一、〈月夜的召喚〉

　　故事的開頭，作者將莫勇這位 15 歲的原住民少年，設定成害羞、無言、低頭、臉漲紅，原因是不熟悉平地語言與性格使然。有違作者為這個主角所取的名字中，帶一個勇字。而莫勇的莫字，讓人撲朔迷離，他到底是勇敢的還是不勇敢。至少劇情一開始的設定，他是對自己的無用，而感到慚愧，甚至有罵自己該死的自責口吻。

　　於是這篇小說的主題呼之欲出。事實上他是勇敢的，但是又為什麼，他無法表現他的勇敢的本性呢？特別到了末尾，筆者看到他回歸到大自然，也就是月夜的召喚，召喚的並非是僅僅是故鄉的鄉愁，這部分是離鄉背井的人的普遍的主題，月亮的符號代表給異鄉人的共同思鄉感受。而鍾肇政這時所設定的卻是原住民，因此召喚的不僅僅是鄉愁，而是莫勇作為原住民的血液。這篇小說令我們感動的，也就是體會到了原住民的英勇的、表現出靈魂之美的原住民文化本質。所以故事最末尾，莫勇不理會他人，迎著十四日晚上的月亮，開始了他的舞蹈、他的歌唱。此時他與月亮溶成一體，表現的正是原住民的靈魂與血液和大地一

---

[8] 張良澤、高坂嘉玲翻譯，《苦雨戀春風：青年鍾肇政初戀情書集》，世聯倉運文教基金會出版，2015 年 02 月 01 日。

起脈動。

　　也就是說,原住民的本質就是作為一個獵人,他要勇敢、善戰,也要獵場與獵物,更需要長老的傳承,以及團結與耐力。至於出草的過去習俗,也是要以獵人的文化來理解。作為一個獵人,出草需要新的方式來作為一種象徵與儀式。而在下面幾篇作品,表現在日本統治當中,太平洋戰場上的殺人行為,有了新的意義。作為國家精神的日本精神,一方面可以說取代了原住民的精神。一方面也可以說原住民精神戰勝了日本精神,這是鍾肇政所要賦予的作品意義。

　　〈月夜的召喚〉故事中間的過程,僅僅是一個布局。雖然鍾肇政意圖中,也有批判的部分。可是重點,筆者認為是在故事鋪陳中的技巧,讓我們在猜測當中,最後迎來答案之前,閱讀的趣味昂然,受到答案的吸引,思考故事的力量所在。

　　那麼這個引人的力量是什麼呢?主要是現代技巧的藝術性吸引力。利用意識流技法與夢中的獨白,以斷裂的語言,將主角惆悵莫名的心理加以表現出來。技法與心理刻劃融為一體,而不僅僅是賣弄現代技巧。

　　特別是鍾肇政所設定的平地頭家一家人的角色,可都算是好人。莫勇的鄉愁,本身並非是這篇作品的特色,也因此他對於穿來平地的衣服的依戀,也並非作為一個離家的原住民的特色。故事的悲哀,主要也非平地人所造成的。或者兩者的文化差距與衝突所造成的。而是原住民的對於月夜本身的敏感所造成的,月夜正是象徵著原住民特有的祭典的到來。

　　現代性的技巧是表現在莫勇洗澡的時候,因為是生平第一次泡熱水,在壓迫感與昏沉中,作者寫:

　　　　進了澡堂,水龍頭一扭,水就嘩啦嘩啦地流出來了,而且還是燙人的。真是驚奇啊。先生教他如何在浴缸裏裝水,如何洗澡。如何用肥皂,還特別關照他,頭髮也要好好地洗乾淨。
　　　　這是莫勇有生以來第一次全身浸在熱水裏。他感到渾身被無數的針尖刺著,胸膛裏有一股可怕的壓迫感,幾乎使人暈眩。不過這

暈眩很快地就過去了,代之而來的,是亂七八糟的思念。[9]

於是,在意識流動的過程中,莫勇的聯想此起彼落,整理下來不外是想著家裡有關爸爸媽媽與打獵的事情。還有同樣離開故鄉去了大都市的國中同學。以及,恐懼寄住的家庭,有個大哥哥不知道是否會欺負他。

接著小說提到沒頭沒腦的思緒一個個地浮上來,又隱沒。最後送走了離遠行的第一天。可是妙的是,接下來有三段,也是此起彼落的回憶,原來是在夢境。夢到的是父母忙於酗酒時的爭吵。總共有三個段落,表現三個場面。令人無限唏噓。後來是父親要揍莫勇,莫勇逃走,但是怎麼也跑不快。這時,鍾肇政最拿手的串連技巧,就是連結了白天被嫌臭的劇情,在此刻又提到了臭,表示回到了現實與當下。夢就醒了。

月亮連接的是粟祭。平地人並不懂莫勇突然心情黯淡、食量變小的原因。鍾肇政不斷在作品裡暗示月亮的轉變以及莫勇隨之而來的心境。平地人認為是陌生感、舊衣服被丟了、想家。這些都是原因,但是鍾肇政並非安排這些普遍人性的鄉愁。鍾肇政所設定的是文化層面,原住民所特有的儀式,特別是曹族的粟祭。

平地人並非有何問題值得批判,問題僅在於無知,而非道德問題。當然自知無知而不求知,那變化有道德問題了。鍾肇政安排了舊曆八月十四,地方作平安戲。而莫勇對月亮,也就是對粟祭的渴盼,達到最高點。在前一天的十三號時,主人的家人招待莫勇吃供品:

> 莫勇猛點一下頭就接下,燙得連連換手,哎唷哎唷地直吹著氣就吃起來。阿婆和媳婦微笑著看他,一種莫可比擬的溫暖與快意,在她們心中盪漾著。那是莫勇的異乎尋常的高興樣子,就像他學

---

[9]《鍾肇政全集15─中短篇小說(三)》,頁209。

騎車子時那樣的，或者捧著大碗的飯爬到屋頂上去吃的模樣——不，還要高興好多倍好多倍的樣子感染了她們的。那是人間少見的快樂，至少在平地人臉上恐怕早就絕跡了的。也許可以說，那是毫無私心的，絲毫未受世俗的污染的，一種真正純粹的喜悅吧。好大的紅龜，莫勇一口氣吃下了四隻。[10]

這是鍾肇政最擅長於刻劃原住民的純真之處。但是在第二天，莫勇雖然拿到新衣服，可是再也無法抑制自己血液中對祭典的躍動。平地的主人，一點也無法瞭解與注意到莫勇的表情與內心世界。莫勇也想著家人，即便他們是嗜酒而爭吵的。終於莫勇消失了，主人一家怎樣也找不著莫勇。似乎只有小弟弟知道似的，但是爸爸並不聽小弟弟的意見。

這時來到劇末，鍾肇政安排了莫勇跳舞與唱歌，再也不是當初來到平地時的羞澀與無言。這是高潮迭起、令人感動的一幕：

> 非唷夫〔月〕圓啦……非唷夫圓啦……圓溜溜的非唷夫……蹦蹦蹦……嘴琴響起來了……蹦蹦唷蹦蹦，蹦蹦唷蹦蹦……來呀威西〔舞〕要開始了……咚咚——咚咚——快樂的威西，跳呀，喝呀，這是大家威西的時候，大家來呀……非唷夫圓了，粟祭之夜，蹦蹦呀蹦蹦……
> 懷念的旋律在莫勇耳畔響，鼓聲敲響著莫勇的胸。[11]

這時候的莫勇，才是真正的莫勇。莫勇來到了平地人的墓地，他也不怕，他給自己壯膽著，自言自語。莫勇終於甩脫恐懼。

> 他總算放下了心，思緒便又飛翔了。他的耳朵裏的鼓聲、嘴琴聲及歌唱聲由遠而近。他已置身在舞陣之中。腳下是他熟悉的軟軟

---

[10] 《鍾肇政全集 15》，頁 229-230。
[11] 《鍾肇政全集 15》，頁 231-232。

的草,軟軟的泥土,以及凸凹不平。菅草葉割破了他的臉,灌木枝劃破了他的小腿,刺痛了他的腳底,他都一無感覺。

非唷夫的清光在召喚……。

「曹」的血在隨著他耳朵裏的樂聲鼓聲而鳴響,而騷亂,而奔騰……。[12]

鍾肇政一再的寫下粟祭之歌、之舞。這樣的串接,讓讀者進入了原住民的心靈世界中。原住民純潔、天真的本質,與大地、自然相融和的幸福感、快樂與驕傲表現無遺。

## 二、〈回山裡真好〉

與鍾理和的「故鄉四部」比較,戰後臺灣的經濟凋敝、民心崩壞。這在「高山四部」也有點出原住民部落在國民黨統治下的傳統不再。不過鍾肇政是以原住民的年輕人為主角。年輕人一方面是失落的,但是相對於老人,也是有希望的、能夠轉變的。並且鍾肇政在探討傳統崩壞,造成飲酒氾濫的原因。也等於是隱微的、間接的批判了平地人介入山地社會文化所帶來的罪惡。但是表現出的藝術力量卻是令人可以發乎深省的。

上一篇〈月夜的召喚〉是接近於第三人稱單一觀點,因為仍有轉移到其他角色的談話,這時主角並不在場。但是大致是單一觀點,是可以讓讀者客觀的進入主角的憂鬱的內心世界,與憂鬱面之外的狂放自由的本質。比較之下,〈回山裡真好〉就更接近於全知觀點來敘事。因為牽涉到父子傳承的問題,也就是探索原住民文化與精神的本質,以全知表現較適當。因此上一篇以月亮與祭典的關聯,來做為傳承的召喚時,可以解決單一觀點的困境,仍能把握原住民文化的所在。後者的自然景觀,就是許多許多的星星。星星比月亮更能夠凸顯山上與平地環境的不

---

[12] 《鍾肇政全集 15－中短篇小說(三)》,頁 233。

同。平地是容易受到光害的。雖然故事的時間點設定在 1980 年，仍給讀者相當強烈的鎖定〈回山裡真好的〉的題名。這顯示出鍾肇政對於主題的把握，以及意象凸顯的本領。

　　同時第一、第二，兩篇的主角都是設定為沉默寡言，尤其面對平地人。除了語言的不通外，似乎隱隱的還有內在的傷痕，一種強烈的壓抑。來自於整個部落面對現代文明、漢人強勢政經侵入的問題。否則原住民為何必須下山工作與接受平地人方式的教育呢？他們不是一直活得好好的，有他們自己的解決大自然威脅的方式嗎？雖然他們也有權接受所謂「現代文明」的洗禮，但是這應該是他們能夠自由選擇的才是。平地人帶給他們的到底是正面大於負面嗎？在鍾肇政小說中所表現，是抱持疑惑的。

　　更為矛盾的是，鍾肇政設定的原住民，或者挖掘原住民的本質往往是剽悍的。在這兩篇的主角卻常常是憂鬱沉默的。在〈回山裡真好〉已經強烈的隱射，原來原住民青年喝酒的脫序與失矩，正是平地人以番、以野蠻人來稱呼原住民，帶給原住民只能以壓抑的方式來處理內心的世界。而且鍾肇政進一步的點出，原住民原來的剽悍的血液，千百年下來保種留下的傳統與文化，出草被所謂的「文明」進一步的禁止，又被外來殖民者以戰爭來利用與扭曲原住民的出草精神與文化。使得原住民青年茫然與外界的歧視，最後僅僅能在祭祀中與寒冷環境中發展的喝酒的文化下，獲得取暖。也進一步的將內在的剽悍的血液，以平地人眼光成為脫序的方式來更深、更有力量的壓制原住民原有的光芒與活力。

　　可以說，鍾肇政以全文精密的結構來挖掘出原住民在戰後，特別是經歷過高砂義勇隊的原住民，其後代子孫，他們是如何面對新的殖民統治者，在現代社會中所遭受的困境。儘管鍾肇政還是相當浪漫的設定了或者挖掘了原住民的真正的武勇與令人尊敬佩服的精神文明。

「我問你，孩子要緊還是打獵要緊？」

「哼哼……」

「你還在做馬嘎嘎（出草）的夢！巴杜，現在是什麼時代啦？」

「胡說，誰在做馬嘎嘎夢！」
「就是你啊。」
「沒有馬嘎嘎啦。」
「就是嘛，所以我說不要做馬嘎嘎的夢。送兒子去唸書要緊。」
「都說約好了的。」
「去，去告訴老馬拉荷你有事不能去啦。」
「泰耶魯不能反悔的。」[13]

　　主角的爸爸古木並不認為小孩子去學校是有必要的。特別是山下的學校並不懂原住民青年，更不懂原住民文化的本質，而且還充滿了歧視。因此，鍾肇政在這裡強調了打獵對於原住民顯得更重要，除了食物之外，還有文化與精神的要素。更有原住民血液裡，對於馳騁、自由與自我價值肯定的意義。所以古木的太太巴杜完全猜中古木的心理，而以馬嘎嘎來嘲諷古木。事實上，讀者若能夠理解鍾肇政的創作意圖時，巴杜的話語裡，卻藏著一種疼惜。而讀者才能夠與巴杜一樣認識到古木的夢。

　　在這裡也就產生一種情節對話與結構之下藝術力量與動人的美感。理解到原住民天真樸實的性格與響往。這種帶著情感上的理解，是比在書本上讀到的知識上的理解，更為重要的。這是藝術力量發揮的效果，這也就是鍾肇政的創作意圖。

「亞爸，你要去馬嘎嘎？」還沒到廳裏他就喊。
「唷，你在說什麼？」亞亞眼睛睜大了。
「我在問亞爸是不是要去馬嘎嘎？」
「武達歐，」亞亞急起來了，「你還沒清醒是嗎？誰說馬嘎嘎來著？你聽錯了。」

---

[13] 《鍾肇政全集15－中短篇小說（三）》，頁243。

「不,亞亞,我聽得很清楚。」

武達歐在沙發上坐下來。巴杜又開始抽煙。

「沒有啦。武達歐,你聽錯啦。」

「亞爸。」武達歐轉向巴杜。「亞爸,你要去馬嘎嘎是不是?」

「胡說。」巴杜回答說:「哪有什麼馬嘎嘎。」

「可是……」

「兒子,別胡思亂想,現在還有什麼馬嘎嘎啦。」

「武達歐。」亞亞說:「亞爸要送你回學校,明天,好不好?」

兒子迷惘著。

「武達歐,聽亞亞的話。」古木又說:「好好回去唸書啦。亞爸陪你去。聽到沒?」

武達歐點點頭,迷迷惘惘地。[14]

　　這段顯示了青年主角對於馬嘎嘎的嚮往,特別是當在山下遭受到歧視時。故事在這裡僅輕微點出,不過稍微沉思,就能夠感受到青年在接受現代教育中的創傷,而容易回到過去時代,而對出草文化的嚮往。出草、打獵,等於是一體的,甚至對於自我的認知,也需要出草與打獵的儀式來進行,才能夠建立完整的自我認同。有自我的認同,也才能快樂、靈魂安定。不過在這篇故事裡,連與出草、打獵相關的跑步的天分,唯一表現武勇的機會,也在現代教育中被漠視。難怪「回山裡真好」。

　　最精采的歷史糾葛,就在主角武達歐在亞爸送他回學校時,兩人的對話裡:

「亞爸,你不是原來要去馬嘎嘎的吧。」

「傻孩子,你也知道現在沒有馬嘎嘎啦。」

---

[14] 《鍾肇政全集15—中短篇小說(三)》,頁244。

「亞爸,你去馬嘎嘎過嗎?」
「沒有。那是你尤達斯(祖父)的時代的事。」
「不,亞爸,你以前告訴過我確實馘過人頭。」
「那不一樣。那是打仗。戰爭,懂嗎?」
「不是馬嘎嘎嗎?」
「是差不多啦,不過不一樣的。」
「你說過馘了四個人頭?」
「嗯。」
「馬嘎嘎!」
「都說不一樣啦。可是那才可怕哩。要坐船,坐好多天好多天。在南洋。南洋你懂嗎?」
「懂!」
「戰爭還是和馬嘎嘎不一樣的。飛機,轟炸。那爆炸,好可怕哩。大砲也一樣。殺死了好多人,也好多人被殺死了。我們巴隆去了二十一個人,回來的祇三個。我和……」
「亞爸和巴耶,還有瓦當,是不是?」
「對啦。」
「馬嘎嘎也會死那麼多人嗎?」
「不會!」亞爸眼光一亮。
「為什麼沒有馬嘎嘎了呢?」
「日本人來了以後過了一段時間就沒有啦。」
「為什麼?」
「因為馬嘎嘎不好。」
「嗯,亞爸,馬嘎嘎是不好。可是尤達斯的時代呢?。」
「那不一樣啦。」
巴士引擎聲遠遠地傳過來了。[15]

---

[15] 《鍾肇政全集 15—中短篇小說(三)》,頁 246。

這是相當有趣的一段對話。簡單的概念中，充滿了對相同的一件殺人的事情，在戰爭、在傳統文化中、在老一輩的父親眼裡與青年的理解裡，激盪出不同的心靈世界。一同面對過去、當下與未來。並且在「殺人」這件事情上，鍾肇政用不同的詞彙，而無需過分的修辭，就能夠產生出意義的力量。

　　總之，這篇小說點出了原住民精神最重要的出草文化的失落，沒有新的方式來取代。並且在太平洋戰爭中，雖然重拾了某部分出草文化所需要展現的武勇的價值觀。可是在戰後又產生了新的迷惑。並在平地人歧視之下，青年人只能以回到家鄉的方式而無能面對現代社會所帶來的精神上的困境。

## 三、小結

　　相對於上一節早期的兩篇作品，〈月夜的召喚〉、〈回山裡真好〉的景色描寫減少了。更多的敘事，其實反映著主角的隱微的心理與情緒。這兩篇故事的地點發生大多在平地並非山上，而心理描寫已經是鍾肇政的小說重點。

　　並且對比上一節的兩篇主角為原住民的故事。〈石門之狼〉表現原住民的武勇善戰、復仇的血恨。另一篇〈石門花〉則是原住民純潔的少女的隕落。但是敘事角度上卻都是以平地人來講故事的方式。雖然作者本身就是平地人，以平地人的敘事角度倒也並非問題，就看作者所要敘述的主角是什麼。而所設定的平地人對於山地人、歷史與文化到底瞭解多少。我認為作者在 1950 年代所認識的原住民文化與精神，當然與 1980 年代是有差距的。但是熱愛原住民、想要為原住民洗刷遭受歧視、誤解的想法，則是一致的。

　　而在文學創作上，主題的設定，多少仍與文字表現受到中文並非母語、並非鍾肇政所擅長的日語有關連。而且鍾肇政對於文字個性的展現，觀念尚未不足。以為用漂亮的成語，就等於是完成文學上的創作。對於詞彙在文化意涵上的使用，鍾肇政也僅限於客語上的方言，而未能

以有原住民特色的詞彙。這造成 1950 年代與 1980 年代的創作差距。

而在主題上的挖掘，1980 年代的創作，鍾肇政把握住高砂義勇隊、番刀、喝酒、出草等等之間的關聯性，並且在時代歷史上與幾代之間文化的傳承上，在現代的時間點上呈現出種種的矛盾與糾葛，1980 年代的主題呈現是非常豐富的。這在鍾肇政於 1950 年代時的浪漫角度來認識原住民本質上雖然一致。但是在歷史與現實的問題上的認識，當然是有差距的。1950 年代若是以日文來經營原住民的短篇小說，基本上是可以避免成語，更細膩的表現原住民的純潔與武勇的精神，但是文化的意涵上，應該肯定是仍會比較粗疏的。

特別觀察鍾肇政在第一篇作品〈婚後〉，當時是以日文寫稿，然後翻譯成中文。可以感受到當時的文字樸實，可是更能夠顯示出作者在婚後所經歷的生活轉變，以及寫給對象為最好朋友時，所表現的誠摯的感情上的依賴。在 1950 年代中期，似乎鍾肇政掌握了更多的成語的表現，呈現一段學習過程當中有趣的現象。這在 1980 年代的原住民短篇小說中，幾乎未見。

## 第四節　雄壯威武

### 一、〈馬拉松冠軍一等賞〉

在〈回山裡真好〉中的校長，是相當有日本精神的陶冶的平地人，會說日本話外，為人爽朗，並且對於武達歐的爸爸相當的崇敬，認為他們族人有許多高貴的戰士，認同高砂義勇隊在戰爭時的表現。但是這個校長喜歡打乒乓球，希望武達歐能夠多運動。可是武達歐天生的就是跑步者，卻不被認可這是運動，或者注意到他「很會運動」。作者並且設定這個挺有日本味的平地人校長，卻對於原住民文化陌生，他也僅以漢姓來稱呼武達歐的爸爸與主角。這顯現了平地人雖然透過日本話能夠與老一輩的原住民溝通，但是仍無法透視原住民的精神與文化的本質。

「高山四部」的第三篇〈馬拉松冠軍一等賞〉，就完全是第三人稱

單一觀點了。雖然說涉及到文化傳承的問題，安排了老瓦丹這個老人。但是因為整個劇情是馬拉松，老瓦丹總是在主角山普洛旁邊陪著跑。所以敘事角度不必離開山普洛的視野，老瓦丹仍可以山普洛的視角來看老瓦丹、想著老瓦丹，並與老瓦丹交談。並且又重拾了現代的技巧，有內心獨白與意識流的方式，來探索山普洛的內在世界。

出草文化其中跑步部分的一種轉化。還傳承獵人的文化所需要的具備的，以現在的詞彙而言，就是運動的能力：

「瓦丹，你為什麼每次都一等賞呢？」「我啊……誰知道，是因為沒有人跑得過我吧。」「哎哎，老瓦丹，你莫名其妙，當然是沒有人跑得過你啦。」「知道了，幹嘛還問？」「我是問你怎麼跑得那麼快？」「練習吧。」「我可沒看過你練習啊。」「笨人，打獵啊，馬嘎嘎（出草）啊……」「哇，瓦丹，你去馬嘎嘎過？」「沒啦沒啦。」「那你剛剛不是說……」「那是從前從前。」「從前從前，你去馬嘎嘎過是不？」「不啦不啦，不是我啦，我亞爸他們啦。」「我不信。」「小孩子，怎麼不信大人的話？」「因為你騙我。」……[16]

牽涉到的價值觀仍與英雄的崇拜相關，而提及老瓦丹曾經參與太平洋戰爭，以及祖先又曾經反抗日本人、出草日本人，但是為何後來又要幫日本人打戰，當一名皇軍呢？這是老瓦丹也無法跟山普洛說清楚的。山普洛的問題，也正是鍾肇政想要探究的問題。

鍾肇政很有技巧的用意識流的方式在跑步的過程中來穿插，又以加油聲，讓主角回到現實：

山普洛有點喘著。羅辛還是在前面，步子看來好穩好有力。在大

---

[16]《鍾肇政全集15－中短篇小說（三）》，頁261。

樹下,瓦丹已經喝了不少酒,山普洛也吃下了帶來的一隻大飯糰,然後把自己的酒喝下了半瓶。對啦,我昨晚又問起了那個疑問。「瓦丹,你一直沒有回答我。」「回答什麼?」「為什麼還跟日本人去馬嘎嘎?」「笨人,怎麼還問,早告訴過你了。」「你沒有。」「有吧。」「瓦丹,你真地沒有哩。」「那是……」瓦丹又想了半天。煙斗發出一陣陣紅光,閃閃的。「是因為日本人說,皇軍是最了不起的,最強的,所以做一個皇軍才是最偉大的。我們要聽話,才能做一名皇軍。我們泰耶魯一定要聽話。不然……」「不然怎樣?」山普洛略的一聲吞下了一口口水。「就是不行啦。」「會殺頭嗎?」「不會的。」「日本人不殺我們的頭嗎?」「那時不會啦。」「所以你就去馬嘎嘎啦。」「說幾百遍啦?不是馬嘎嘎!是戰爭!」「……」「戰爭,笨人,懂了沒?」[17]

　　過去在 1960 年代鍾肇政所用的意識流技巧,鍾肇政比較應用在斷裂、瘋狂、虛無的主題上。在這裡卻巧妙的運用原住民跑步的過程中,表現原住民思考方式比較單純的語言上思維的流動。相當富有趣味。在郭慧華的碩士論文中,也一再點出鍾肇政利用跑步呼吸,一進一出的喘息的過程,來接續意識流與現實的表現。鍾肇政在技巧與主題的搭配,實在奇妙。

　　在這裡,作者已經點出純摯的原住民心理,崇拜英雄與武勇,而原住民雖然分得出戰爭與出草的差異,而且也知道出草日本人,又幫日本人打戰的祖先,過去與當下的殺人行為不同,但是當下作為一個皇軍還是最光榮、符合原住民的追求榮耀的精神。純真的原住民無法抵抗現代國家的軍事與戰爭的行為。必且還認為是光榮的,這是剽悍的血液的作用,過去祖先出草日本人的事件,再也不是重點,而是當下的、現世追

---

[17]《鍾肇政全集 15－中短篇小說(三)》,頁 265。

求武勇的機會。

　　並明顯的為原住民喝酒的文化釋疑。接連了漢人頭家子要請他喝酒，引起他的興奮與期待，但是作者設定了更重要的原住民青年來自老一輩的英雄的鼓舞。

> 他連連地猛力搖頭，腳步一不對，整個人差一點就栽倒下去。他喘不過氣來了。
> 「山普洛，你怎麼啦？」
> 有遙遠的聲音傳過來。
> 「山普洛！山普洛！」
> 不，這聲音很近哩。一看，身邊竟是老瓦丹。他在陪他跑。他嗅到酒味，精神稍稍振奮了一下——不是因為酒味，而是老瓦丹挨近，給了他力量。

　　幾篇也都有提到原住民女性下山往都市下海的問題，鍾肇政輕描淡寫。他是要為歷史記下一筆抱著同情原住民處境與不公義的時代的悲憤心理，但是其他作家寫太多了，以創作創新的立場來看，鍾肇政不想在此多筆。

　　故事的最後，山普洛沒有去拿唾手可得的冠軍或者第一名、一等賞，領受他幾年來想要超越羅沙的夢。這可以詮釋為作者認為老人的武勇是最重要的。更重要的是老人的精神本身，是原住民青年的楷模，意味著原住民老人的完美的人格，在原住民精神傳承中地位是永恆的。

## 二、〈獵熊的人〉

　　對比鍾理和的「故鄉四部」的最後一部〈親家與山歌〉，山歌似乎是客家人的樂天知命的象徵，有了山歌，就有希望、有歡樂。維持著客家人的尊嚴。就是在現代，山歌也是客家文化與語言淪喪的最後一道防線，且是藝術性的。鍾理和在「故鄉四部」中最後一部為戰後荒蕪的客

家社會帶來一抹光明。

而「高山四部」的最後一部〈獵熊的人〉，不僅承接過去三部的月亮、星星與馬拉松所含有故鄉與文化的傳承，獵熊的描寫是最為驚險、撼動人心，代表除了出草以外，原住民狩獵文化中的最相關的戰鬥行為了。

並且在喝酒文化、高砂義勇隊的疑惑中，鍾肇政作了總結。所以才安排兩兄弟最後在獵熊活動中，重拾感情。甚且兩兄弟還是有著不同的父親，其中目的就是讓作哥哥的父親是高砂義勇隊的成員，但是已經過世死在戰場上。

這篇小說已經沒有在世的老人的角色出現。所以，鍾肇政安排了年青人對於出草或者說馬嘎嘎的否定。

「你是的，歐畢魯，你是個泰雅魯，誰說你不是？！」
「可是……我沒去打獵，沒有去『馬嘎嘎』（出草），我不再是啦。」
「馬嘎嘎？奇怪啦，歐畢魯，你怎麼會想到那馬嘎嘎呢？——我們不再是那種野蠻人啦，不過泰雅魯還是泰雅魯啊。」
「亞爸就馬嘎嘎過。」
「他也沒有啊。」
「有的。我記得亞爸說給我聽的故事，他馘過不少人頭。」
「那是戰爭，不是馬嘎嘎。」
「一樣。」[18]

鍾肇政一方面將弟弟歐畢魯安排為墮落離開部落，不像哥哥那樣堅決維護傳統的，作為一個泰雅魯。但是卻賦予弟弟對於出草的認知與憧憬。似乎暗示著弟弟的不認同生身父親，乃是與整個原住民獵首的文化

---

[18] 《鍾肇政全集 15－中短篇小說（三）》，頁 289。

的喪失有關。而哥哥比拉克雖然認知到戰爭與出草有所不同。並且在獵首文化消失後，他仍認為泰雅魯人還是泰雅魯人。這個想法，應該就是鍾肇政的想法。

這當然是鍾肇政對於泰雅魯人的期許。至少他希望平地的讀者能夠瞭解泰雅魯，或者更多的原住民。他們並非野蠻人，而是高尚的族群。

> ——弟弟確實是個好泰雅魯，如果不是時代變了，必定是一名最出色的戰士。獵熊獵豹，他會是無往而不利的，就是獵人頭，他也必是最好的一個。不，獵人頭不好，那是古早古早的事了，是祖父的父祖輩的人，才會有那種事情的。平時，歐畢魯雖然不愛打獵，但今天把他拉出來，確實是件值得慶幸的事。祇希望他在緊急關頭，能夠冷靜地作戰。神啊，亞爸在天之靈啊，請保佑他，讓他平安吧。也讓他能為亞爸報仇吧……。[19]

而這個否定，為獵熊所取代。等於說獵熊成為原住民出草文化中的精神能夠真正的傳承下來的，而維持原住民的尊嚴而不墜的活動，或者說祭典儀式。而原住民還是獵人，泰雅魯也仍是泰雅魯。

但是也引發一個問題，一方面鍾肇政對於出草、馬嘎嘎，深懂這是原住民保種所發展出來的文化，甚至是宗教。沒有了出草，泰雅魯人真的還能夠成為泰雅魯人嗎？但是在現代國家，特別經歷了日本時代的太平洋戰爭，泰雅魯人不再因出草而殺人，而是為了國家戰爭而殺人，這中間的轉折，鍾肇政做了最深刻的描繪。可是在1980年代的泰雅魯人怎麼去澄清這一切呢？而得以走向未來。這是鍾肇政要大家一起省思的，包括原住民自己。但是，至少鍾肇政讓我們能夠以更敬佩的態度面對原住民，也浪漫的盼望原住民能走出一條新的，在沒有出草文化時，泰雅魯仍舊是泰雅魯。

---

[19] 《鍾肇政全集15－中短篇小說（三）》，頁291。

除了狩獵以外，原住民彼此的對待，不同父親的兄弟也好。還有上節馬拉松的敵手也好。都是那麼真誠的祝福對方、欣賞對方。這也是原住民純真的而令人感動的本質。

　　這一篇小說最為精采的當然是與母熊廝殺的過程了。雖然殺死亞爸的母熊跑掉了，可是兩兄弟還是成為馬利科彎部的英雄。他們至少帶回了小熊。而長柄刀的用意呼之欲出，也就是代表著老人的智慧所遺留下的禮物。雖然，末尾作者質疑還可在哪裡找熊呢？而又，雖然長柄刀仍存在。可是，這代表著鍾肇政讓讀者思考。泰雅魯人雖然沒有了出草，而就算沒有了狩獵，泰雅魯人還是可以成為泰雅魯人。這也是靠著傳說、老人留下的智慧，泰雅族人的精神是可以不滅的，本質是可以永恆的。這也就是一種光榮的、希望的結尾了。特別是兩兄弟雖然都回到原來的開計程車、替果園主人打零工的生活，但是他們家裡還留下一個熊尾巴。

　　不過更大的危機，還非沒有大的獵物如熊。而是這篇作品，兩兄弟連女性友人、伴侶都沒有出現。女性在這篇作品的消失，或許是劇情並不需要。但是女性的不在場，也隱隱的指出原住民的女性受到平地人更大的在肉體上的剝削。鍾肇政的「高山四部」短篇小說，雖然充滿光明和希望。但是也隱隱的存在的有力的批判。

## 第五節　結論

　　閱讀鍾肇政的「高山四部」短篇小說的作品，似乎需要對原住民文化與精神的本質瞭解，也才能更瞭解鍾肇政的藝術的構成。當然鍾肇政文學本身就強調了原住民本身的獵人、番刀與出草的文化，更有原住民的剽悍的血液的強調與定位。四部的形成，體例一致，構成整個八十年代的原住民面臨新時代的困境，以及鍾肇政所賦予的人道溫情的關懷，真誠的歌頌原住民精神。

　　在鍾肇政的原住民小說的創作歷程來看，這四部短篇介於《馬利科

彎英雄傳》與《高山組曲》之間。前者是類似平地人的民間文學，也就是鍾肇政取材原住民的口傳記錄，原來是由日本人所做的工作，鍾肇政再加以編錄虛構成的原住民英雄故事與傳說。以這部英雄傳為基礎，當可進一步的瞭解「高山四部」所表現出的原住民英勇的本質，血液中就存在的原住民精神。祭典、兩次出草、喝酒文化、占卜、兩性愛情、戰鬥與狩獵等等都可以與「高山四部」中的祭典、酒、賽跑與獵熊相互呼應，以作為閱讀「高山四部」的基礎。

《馬利科彎英雄傳》文字結構上則通順流暢，並非鍾肇政作為藝術性帶有個性文字的創作來進行。這時候，鍾肇政也不必用成語，畢竟成語在一般故事的情況也不消幾句話，造成凝鍊清楚表達意思的效果。兒話語，倒是完全沒有了，改去了鍾肇政在 1970 年所寫的《馬黑坡風雲》的習慣。[20]如此一來，《馬利科彎英雄傳》此作更適合與容易改編為電影，這本書的末尾已經出現過「泰雅魯‧巴賴」真正的男子的說法，而非魏德聖的電影名字先有。或許日本人記錄這些歷史與語言也比鍾肇政更早吧。也可以比對出原住民神話故事多，而近代歷史的故事卻少記錄。鍾肇政在創作「高山四部」時，明顯的在文字上，有關原住民的命名與自我的關係，富有歷史文化意義的用詞，特別花了力氣。

而有關四部中的出草與太平洋戰爭中的殺戮之歷史糾葛，就需要先詮釋《高山組曲》中的《戰火》，鍾肇政試圖在這部書所要探索的問題，也就是霧社事件遺族與青年，為何要反過來以血書志願為日本人在太平洋戰爭中參戰。[21]然後重新回過頭來再閱讀「高山四部」短篇小說，可以更清楚的理解 1980 年代，這些高砂義勇隊之後的第二代子孫，在現代社會中所受到的困境與突破的心理動向。

而原住民文化的原型，可能要追溯到日本人來之前，或者更早的平

---

[20] 或許鍾肇政在 1973 年 1 月 7 日收到李喬來信提到：「『兒』這一語尾詞，我想不用的好，有點討厭。」讓鍾肇政有所警覺而收斂吧。不過兩人通信還是這兒、那兒、從頭兒、一塊兒、點點兒，用的很習慣。（見《鍾肇政全集25》）

[21] 參考拙著〈賽達卡精神與日本精神──《戰火》論〉，收錄於《鍾肇政大河小說論》附錄二。

地人來之前的故事，除了《馬利科彎英雄傳》之外，鍾肇政對遠古的卑南原住民也做了探索，那就是《卑南平原》這部書。

　　至於原住民在 1990 年之後的發展，這就不是鍾肇政想要處理的主題了。雖然他在 1990 年代，仍計畫著完成《高山組曲》第三部，但是終究未成，不無小小的遺憾。如果進行的話，以鍾肇政寫歷史小說，表現著展望未來與希望、信心的主題，當可以對原住民在 1990 年代的新變局，提供新看法與帶來更大的鼓舞。

## 參考資料

1. 郭慧華，〈鍾肇政小說中的原住民圖像書寫〉，國立臺灣師範大學國文系在職進修碩士學位班，2004 年。
2. 彭瑞金，〈心路歷程的碑石〉，《鍾肇政集》序，臺北：前衛出版社，1991 年 7 月，頁 9-12。
3. 彭瑞金，《鍾肇政文學評傳》，高雄：春暉出版社，2009 年 6 月。
4. 莊嘉玲，〈臺灣小說殖民地戰爭經驗之研究〉，國立臺灣師範大學國文系在職進修碩士學位班，2002 年。
5. 許惠文，〈戰後非原住民作家的原住民書寫〉，靜宜大學中國文學研究所，2008 年。
6. 許鈞淑，〈霧社事件文本的記憶與認同研究〉，國立成功大學臺灣文學研究所碩士論文，2006 年。
7. 黃秋芳，〈從《馬利科彎英雄傳》談鍾肇政的英雄追尋、浪漫嚮往與在地時空構築〉，《大河之歌：鍾肇政文學國際學術會議論文集》，2003 年 12 月 12 日。
8. 吳亭儀，〈論臺灣原住民的後殖民印象與臺日知識分子的原住民書寫經驗——以非原住民作家文本為中心〉，東海大學日本語文學系碩士論文，2011 年。
9. 鍾肇政，〈我小說中的原住民經驗〉，《臺灣原住民族研究》季刊，

2008 年。
10. 吳錦發編,《悲情的山林——臺灣山地小說選》,晨星,1987 年。
11. 下村作次郎著,邱振瑞譯,《從文學讀臺灣》,臺北:前衛出版社,1997 年 2 月。
12. 錢鴻鈞,《鍾肇政大河小說論》,臺北:遠景出版社,2013 年 2 月。

# 第十章　戒嚴下的青春浪漫小說

## 第一節　前言

先說明這章如何選取相關作品的。首先是鍾肇政在計畫中曾經擬了一本書的目錄，書名就是「青春」，裡頭的篇章為：〈青春〉、〈宜人京班〉、〈夜路〉、〈銀夜〉、〈清明時節〉、〈叛骨〉、〈野外演習〉、〈遠雷〉。

不過，目前並沒有發現〈夜路〉、〈銀夜〉與〈叛骨〉諸篇。這些作品基本上都是 1967 年之後開始的，並且主要發表在《中央月刊》，題材都是鍾肇政的青春時代的回憶，遠追到童年。而背後的時代背景，也追溯到日本統治時代。主題不免都會有抗日、愛祖國、熱愛中國文化這一類。

因此在第二節討論了作者真正的動機與時代背景的關係。第三節則討論相關的作品。

第四節討論上述的作品的年代之後，有關以浪漫愛情作為題材的小說。在第三節討論的作品一樣，都不是鍾肇政重要的短篇小說，都沒有被收錄到《鍾肇政傑作選》、《鍾肇政自選集》等結集出版的篇章中。不過，都一定的表現了某種溫情與浪漫、家族親情與戀人的渴望。

第三節的作品可以反映到當時的政治時代氛圍，鍾肇政又是怎麼面對的。第四節所要討論的作品，都是在 1978 年之後，鍾肇政五十四歲，算是初老階段，對過往初戀失敗的再次的留戀不捨，或者內心中揚起一種老少配、師生戀的幻想，作為題材。[1]

---

[1] 當然，鍾肇政在約 37 歲的時候就有類似師生戀的作品〈殘照〉，不過也僅有此篇而已。一直到 1978 年之後，才有類似的題材，相關創作比較多。〈殘照〉的討論，請參考本書第四章。

第四節的作品，可以透露出當時的作者的心聲外，還有作者的個性，家族友人的關係。多少可以當作某種鍾肇政傳記書寫的一些材料。

## 第二節　創作時代背景

鍾肇政與政治的關係是很微妙的。似乎他要被高層所捧的時候，接著就是一陣子對他施以的白色恐怖時期。第一次被統治者捧，那是在 1961 年底《濁流》被中央電影公司採用，說要被拍成電影的要求。不過又不會捧他太高，後來當然並未被拍成電影。

之後，他儘管參加臺灣電視公司電視劇，不過第三部的《流雲》卻沒有機會在官方的媒體發表。

第二次機會在 1965 年，官方又開始要捧他，那是屬於《幼獅文藝》的系統，等於蔣經國也掌握部分文藝系統，要吸收當時的年輕一代的人。不過十大傑出青年獎章卻不給鍾肇政。然後鍾肇政在那時間，又遭遇到「臺叢與臺獨」等傳聞的白色恐怖事件，以及他的創作《臺灣人》也被懷疑是臺獨，而稿子被警總拿走。

在停頓了兩年之後的 1967 年，第三次機會要捧鍾肇政，那是統治者要給他教育部文學獎，連帶著《沉淪》的出版，推薦他獲得嘉新新聞獎。更重要的是《青溪》、《中央月刊》邀稿，並請他幫忙編輯邀稿。前者是警總特務系統的新成立刊物，後者則是中央黨部的刊物，如同《中央日報》的黨報性質相同。

但是接著，鍾肇政又在 1971 年前後遭受到強烈的臺獨指控。因此，鍾肇政之後又沉寂了好幾年，在憂懼之下，寫了《插天山之歌》，投到《中央日報》以求得保護。這是鍾肇政第三次在《中央日報》刊出長篇了，之前兩篇為《濁流》與《江山萬里》。之後，《滄溟行》也是發表在《中央日報》，這四本都是鍾肇政最重要的代表作品。但是，也帶來鍾肇政受到臺灣人這邊部分人士的指謫。

直到 1977 年，鍾肇政接替吳濁流執掌《臺灣文藝》，接著又被派編

輯《民眾日報》的文藝欄,以及之前東吳大學日語兼任講師,不多久隨著美麗島事件發生,又開始被嚴厲整肅,丟掉了《民眾日報》文藝欄的編輯權。直到 1981 年,官方又要利用鍾肇政,為了維護中華民國在世界的文學協會的會籍,又拉攏鍾肇政。讓他與國民黨的文藝黨官尹雪曼等訪問日、韓。

1992 官方又給他國家文藝獎,但是講詞卻說鍾肇政的思想是不合時宜,顯然這次得獎是一個妥協下的產物。

總之,鍾肇政大概有三次機會,可以說國民黨要捧他,但是捧也不會捧到太高而無法掌握。可是之後又打壓他,而打壓他,卻又不敢用力過猛,如讓警總、調查局約談他之類的。個人以為裡頭都有蔣經國系統的因素。如 1980 年之後的 2 月 28 日,非常敏感的日子,林義雄家人也在這一天被屠殺,鍾肇政卻與林海音、林懷民等人於下午四點,蔣經國約見他們八位文藝界人士,本省外省都有。或許有點要降低美麗島事件的影響,也說不定。[2]

自從 1961 年鍾肇政發表《魯冰花》、《濁流》,鍾肇政從退稿專家變成名作家,開始受到不同報章的邀稿。而特別是 1967 年以後,如上述所言,警總與國民黨文藝系統的開始向他約稿。

> 肇政吾兄:
> 覆示拜悉。兄寫此文,甚感。關於此項文稿,已決定了一個原則,一、不寫日人對國人的殘酷行為,僅寫我國中華民族在對日抗戰之八年中的勝利信念。希望兄能寫一篇本省同胞在八年抗日戰爭中的堅信抗戰必勝的信心,這個問題,寫一篇就夠了,二萬字上下。下月五日交稿可以。最好月底。崇即大安!

---

[2] 筆者猜測,如果國民黨真心努力的要捧鍾肇政,一如後來的李登輝當上副總統、總統的身分。而鍾肇政是否繼續推動臺灣文學呢?個人認為是確定的。這是假設國民黨的寬大、公平、平等對待臺灣人,一切以臺灣的住民幸福為考量。那麼,雷震的中華臺灣國是會成立的。不過,這一切都是假設,且不可能的。

弟　子雲叩上　五月十七日
　　◎創刊號已預定六月初問世。──弟黎明敬上（原謂五月份出版，因種種關係而稍延，宥云；祝好）順致鍾兄[3]

　　很奇特的，信上說，不能寫太多抗日？恐怕是國民黨自己人寫太多醜惡的日本人的形象，如南京大屠殺等，簡直把日本人也當作共匪一般看待。但是，考量經濟與外交因素，才有所收斂，一直到 1972 年日本與中華民國斷交。國民黨才又放手大肆醜化日本人形象，並拉攏臺灣日治時期作家，如楊逵等有強烈反抗意識的作家。

　　在這當中，查到慘死的童尚經，被國民黨抓走的原因，竟然有宣揚抗日，意圖破壞中國民國與日本的關係等語。筆者聯想到李鏡明與陳有仁。特別是陳有仁，筆者約於 1998 年，幾次聽他很嚴肅、帶有一種誇大、興奮的精神狀態，說起童尚經怎樣的被判死刑，還有一個怪名字「沈嫄璋」，這是一名女性，被在牢裡被性虐待死。[4]而童尚經的罪狀

---

[3] 魏子雲給鍾肇政信，1967 年 5 月 17 日。1978 年 4 月《文學思潮》季刊創刊，發行人尹雪曼，青溪文藝學會主編出版。主編就是魏子雲，其創辦與鄉土文學思潮的興起有一定關係。他在創刊號呼籲：「我們應把我們的寫作基點，豎立在我們這五千年一貫下來的仁人本位的人文主義思潮上，方能發揮而展舒出我們的民族文學。什麼浪漫，什麼鄉土，只不過是餘韻而已。」出自 2005 年《臺灣文學年鑑》，頁 384。

[4] 維基百科，沈嫄璋條目：
1950 年代臺灣後期，特務單位針對 1933 年的閩變大舉抓福建人，《新生報》有很多福建幫，因此成為標靶，此舉揭開《新生報》第二波大整肅的序幕，受難者都是外省人。
當時有匪諜嫌疑的《新生報》報社人員可以向《新生報》安全室主任金廣自首，但金廣壓住不往上報，直到自首期限已過，才將積壓而「逾期」未自首的名單呈辦邀功，包括姚勇來、姚勇來妹妹、乃至以後的《新生報》副總編輯單建周、路世坤、童尚經等人，都是金廣的邀功。姚勇來、沈嫄璋被檢舉在福建當記者時曾參加過讀書會，但是調查局副處長李世傑認為不可信便將公文簽結。蔣經國為部署接班需先掌控情治單位，因此在調查局內先引發整肅鬥爭。沈之岳接任局長後，蔣海溶一派被鬥倒失勢，《新生報》也受連累。調查局為整肅李世傑、蔣海溶，以此為由先逮捕李世傑，指控其為潛伏匪諜，再分別騙沈嫄璋說二女兒生病，讓她到臺中イ由調查局約談，丈夫姚勇來則在臺北被捕。
1966 年，姚勇來夫婦被監禁在三張犁的調查局第一留置室內逼供。當時，姚勇來已結婚的長女，得知父母雙雙被抓，立即在表叔的陪同下，到調查局找蔣海溶處長要人，但無效。姚勇來夫婦因為不肯誣咬蔣海溶、李世傑是共產黨而遭刑求。其中，沈嫄璋被扒光全身的衣服，「在房子對角拉上一根粗大的麻繩，架著她騎在上面，走來走去。沈嫄璋哀號

為：

> 「……主編新生副刊的時候,在民國五十五年十月中旬全國正在籌備慶祝總統華誕的時候,你登了一篇文章說十月三十一日是鬼節,侮蔑總統;你刊登綠島服刑人之投稿,以變相資助政治犯。你舉辦『理想丈夫』『理想夫人』『兄弟姊妹』徵文,企圖用親情來沖淡民眾反攻大陸的士氣;舉辦『血債』徵文,要挑起與日本的民族仇恨,離間我與友邦之感情。你擔任新生報資料室主任時,購買『觀察』、『展望』等查禁刊物,為匪宣傳,提供情報給在臺潛伏匪諜……還購買了『盧騷懺悔錄』、『少年維特的煩惱』這些書,影響社會人心……。」[5]

可以預見,國民黨裡頭的內鬥,是相當可怕的。除了新聞媒體外,特務機構內的白色恐怖事件也是更為慘烈的。而指控的「事實」,有些顯得是非常的荒謬。

這位童尚經就是童常,跟陳有仁在《新生報》是同事關係。陳有仁牽涉的案子很多,相關的有鍾肇政、陳映真,再來還有這個童常三條線以上,甚而跟李榮春也會有警總調查案件。[6]

那起訴書寫到,連罵日本人都不行,那是 1970 年的事情。說是挑起日本的民族仇恨。那麼,國民黨全部的人都要抓去關了,不是嗎?他們

---

和求救,連廚房的廚子都落下眼淚。那是一個自有報業史以來,女記者受到最大的羞辱和痛苦,當她走到第三趟……」私處血流如注,最後死在留置室。
調查局對外宣稱沈嫄璋畏罪自殺,再將沈嫄璋屍體布置成自縊狀。學過醫的姚勇來如此寫下妻子的死狀:「沈嫄璋右頰骨下有巴掌大的紫青,嘴巴微張,嘴唇發黑,舌頭未露出,左頸下有明顯勒痕……一切都指出她不是自縊身亡,而是被刑求致死。」姚勇來被押去為亡妻更衣、化妝。在大雨的黑夜裏,屍體被軍車載到六張犁公墓埋葬。

[5] 維基百科之童尚經的條目,中間有起訴書的內容。
[6] 筆者腦海中,還有陳有仁在解嚴後,他內心還有點恐懼、壓抑、憤怒。有次遊行示威時,他偷偷的用他瘦小的身軀,用身體的力量去扭斷國民黨軍警車的天線,筆者感到那是相當可愛的樣子。但是,也是相當可悲的,可見他是多麼的恨國民黨。畢竟,他在童年時,就見過二二八時,頭城媽祖廟前槍斃埋屍的慘案。

更恨日本人。還有鍾肇政寫那麼多抗日的事情，不用關嗎？

而鍾肇政如何應付類似的邀稿與合作的榮譽呢？他能夠拒絕嗎？是否鍾肇政想著有稿費也好，這時候鍾肇政的小孩已經是上大學的時候，家中花費甚大。甚而鍾肇政想著為文友找發表機會也好、保護自己也好。總之，鍾肇政不大有空間拒絕。能藉此練練筆，很快的下筆應付一下，對鍾肇政是簡單不過的事情。

> 籌備「青溪」雜誌的創刊，蒙您多方鼎助，特先申謝，現在，「青溪」創刊號決定於六月一日出版（六月號）茲訂於五月廿五日下午五時卅分在本市國軍英雄館二樓貴賓室餐敘，並研商自第二期起（七月號），刊載有關八年抗戰之各戰中的小故事，用以表報（一）全國軍民心一體合作，在蔣委員長領導下表現出的英勇事蹟。（二）全國軍民對抗戰必勝之堅定信念。（三）全國軍民對國家至上民族至上軍事第一勝利第一，意志集中，力量集中心堅忍表現。本社業已商請總政戰部田原上校負責提供寫作資料。此次餐敘及座談會由本社發行人甯俊興中將親自主持。敬請撥見出席為荷！此致　　鍾正先生
> 青溪雜誌社敬啟　　青編字○○一號　　五六年五月十九日[7]

《青溪》雜誌的來信，竟然顯示出田原上校，還有甯俊興中將，真是可怕的年代。[8]由於這是很有趣的事情，因為特務的高層與鍾肇政間接

---

[7] 魏子雲給鍾肇政信，1967 年 5 月 20 日。《青溪》發刊一延再延，最後於七月一日出刊。田原與朱西甯都是軍旅出身，兩人共同於 1971 年籌設創立黎明文化公司，田原為總經理，朱西甯擔任總編輯。田原獲得的獎項也很多，有中國文藝協會文藝獎章、嘉新文化著作獎、中山文藝獎、教育部文藝獎、吳三連文藝獎。

[8] 1968 年時，甯俊興中將已經是警總政戰主任，身後其妻女曾上新聞有：「中將官舍變高檔餐廳判拆屋還地賠鉅款」，見中時新聞網，2015 年 5 月 8 日。另外，甯俊興將軍也出現在《彭明敏回憶錄：自由的滋味》中，時間當為 1965 年，有專門一節說「寧俊興將軍」：

有一天，魏參謀出現，說：「你今天要去拜見一位重要人物，必須要理髮。」不久便有一

聯繫了,表示鍾肇政多少都在這些特務高層的有一定的檔案。被詳加的調查過,才得以被授以「重用」。

鍾肇政提供的彼此都有利的合作方向,就是「鄉土風格」,當然最好的方向是有臺灣文學的精神的方向,這當然是不可能這麼直接提出的。

肇政兄:

青溪的版型,正建議上鋒改為廿四開本,內容決自第三期起,照

---

位理髮小姐進來,為我理髮修翻子,我的皮帶和鞋帶也還給我。天暗後,魏參謀穿著整齊地來了。一部黑色轎車在外面等著,他帶我上車,這一次我的手沒有上銬,也沒有警衛跟著。我心裡非常好奇,猜疑著到底是什麼場合呢?

當我們到離「總統府」不遠的一個辦公大樓時,魏參謀緊張地,又帶著很重要的口氣說:「你是要見警備總部政治作戰部主任寧將軍。」

寧將軍是一位非常客氣有禮的人。他開始便說:「我們很難過發生這樣的事件。這真是不幸。他們有沒有虐待你?請讓我知道。我也是大學畢業的。我原來是學農學的。你的學問比我好得多,我不能與你辯。我們只是在職務上,不得不處理這件事。」

後來,我才知道寧將軍剛剛昇任這個職位,便接到我們這個案件,恰好給他一個好機會,藉以表現他的辦事才能。他似乎比較單純而誠懇,作為一個高級軍官,他實在很努力,比一般軍人好得多。早先參加多次偵訊,而不發一言的王軍官便是他的心腹,幾乎等於他的私人秘書。

我與寧將軍見面約三十分鐘,他客氣得對待我幾乎有如貴賓。他說他要安排我與一些重要人物見面,由他們來給我講解臺灣的形勢。我得到一個印象,到目前為止,他們不打算嚴罰我,而是要給我再教育,看看能否利用我。魏參謀一直在外面走廊上等待。寧將軍以父兄的口氣說:「不要絕望。你有過很傑出的經歷。大家都很看重你。這種事情發生,非常可惜。」

當他結束這次會面,而叫魏從走廊進來時,他又再度提到希望我與一些重要人物見面。結尾時,他放低聲音,像要道歉似地問:「我把你們那份宣言給他們看,你不介意吧?」他這麼細心關切的態度,使我感覺很意外,也給我很好的印象。

在我們車子開回去營地的路上,魏參謀顯得緊張,一再問我:「他說了些什麼?」寧將軍是警備總部政工部主管,那是最令人畏懼的單位。我被那個單位請去談話,辦理我們案件的人員當然很怕我攻擊他們處理不當。

幾天之後,又接到通知,寧將軍要親自到營區來看我。整個營地緊張起來。理髮小姐又來給我修一次翻子。囚房也清理得很乾淨。獄官們都穿起制服來。寧將軍和其助手們這次的訪問是很拘謹而正式的。他問我是不是一切都可以,還要想知道我吃的東西是什麼樣的。一位獄官立刻插嘴說,我吃的是最好的,與軍官伙食團吃的東西一樣。十五分鐘後,訪問結束,寧將軍臨去時說:「政府有天還需要你的。」(當時王昇則是國防部政戰部主任,蔣經國的得力助手。)

與兄計畫中的鄉土風格改進。稿請能在本（七）月十五日至卅日間，集得三、五萬字。此事，均有賴兄鼎力。耑此叩請
大安！
　　弟　　魏子雲　　七月四日[9]

因此，這也表示鍾肇政在《青溪》發表的，都會傾向於所謂的鄉土風格。例如在本章討論到的〈清明時節〉。[10]

肇政先生：
非常抱歉，因我最近在婚假中，故您的信到今天纔回；鄭煥兄的稿當於日內儘速拜讀，如適用，將於十二月號刊出，如不適用，我想在一週內可退還。
恭禧您得到今年的中山文藝獎；同時，最近在電視上欣賞了您編劇的「黃帝子孫」；明知您是大忙人，還是希望您有空時再替青溪寫篇稿。
自由談黃小姐願與青溪交換刊物是我們的光榮，已經照辦了，有機會和黃小姐寫信時請代致謝意。　　祝
好
　　弟隱地敬上　10／30[11]

後來中山文藝獎，莫名的原因，鍾肇政並沒有領到。這是少數有獎金的獎項。鍾肇政幾乎什麼獎都領過了，唯獨漏掉這個有高額獎金的。

另外，林海音為何會找警總身分背景的人來幫忙編輯呢？恐怕也是一種方法，表示自己是純文學，沒有問題的。吳濁流也用過這樣子的方式，盡量讓有黨政背景的人來參與。

---

[9] 魏子雲給鍾肇政信，1967 年 7 月 4 日。
[10] 其他鍾肇政在《青溪》發表的有〈大肚山風雲〉，1 卷 2 期，1967 年 7 月。
[11] 隱地給鍾肇政信，1968 年 10 月 30 日。

說回來，鍾肇政對這類比較符合國策的邀約，鍾肇政還是有拒絕過。

肇政兄：
闊別多年，未通修矣，念在知交，不拘形跡，請恕疏懶之罪。
總統 蔣公崩殂，風雲變色，天人同悲，為紀念此一代偉人之豐功偉績及身後哀榮，俾全國軍民海外僑胞永深悼念，勝利之光畫刊將於近日出一專輯，敝友應公度君忝為海外版主編，深感責任重大，不敢迫忽，廢寢忘食，以求其盡善盡美，現中文正文已敦請丁中江先生主筆說明部分由敝友自行擔任，英、法、西……等文學翻譯，亦為請專家為之，唯日文翻譯尚無適當人選，特來垂詢於弟，思之再三，實以兄為最佳人選，第一，兄之中日文造詣深湛，譯筆之信達雅必可兼顧無遺，第二，兄為本省籍同胞，以本省籍同胞沐。
總統之德澤既深且遠，因此譯書，必恭且敬，自有更深一層之意義在，故期恩兄必排除萬難，毅然盡此一分國民應盡之心力也。
譯稿連說明約萬五至兩萬字，稿費約與中副相同（此點兄當不以為意）編後將註明譯文出乎何人之手，不致泯沒一番執忱及典雅之文筆也。所須注意者為譯文請書寫端正，一則利於排印及校對，一則或將永遠付史館保存，使千年萬世之炎黃子孫，識今日吾輩對總統之悲念。
若萬一兄因故謙辭，則請介紹一中日文造詣與兄相似者，以膺重責。（諒不致為此）
務請即復　耑此　敬請
撰安
弟駱璸敬上[12]

---

[12] 駱璸給鍾肇政信，1975年4月14日。

照 1968 年，鍾肇政表現恭敬、圓融的情況，鍾肇政應該是不會拒絕的，特別駱璜算是從《臺灣文藝》創刊的時期，就彼此友好。駱璜也以兩峰的筆名供稿多次。結果卻是這樣子的：

> 翻譯之事，不僅謙虛，確屬顧慮周到，有些問題，非弟意料所及，勝利之光為國防部新中國出版社發行之刊物，閱者眾多，平常一字之訛，必交相指摘，此次為總統印輯特刊，所需謹慎小心尤逾常日，兄感責任重大，弟亦不敢再行勉強，已轉告，敝友另請社方自行設法，王先生覆亦不再去麻煩了，費神之處，甚感，異日有暇，當博一暢談，寬慰是也，不贅　敬請
> 肇政兄　大安
> 弟駱璜上　64 年 4 月 17 日[13]

鍾肇政曾告訴筆者，他回應邀稿方，總統怎麼翻譯，他也不知道，日本人是以大統領稱呼的。大概跟這事情有關係。而鍾肇政敢於拒絕這樣子的任務，實在是很有勇氣的。

至於後來，有個蔣公紀念堂完工後的詩作的邀請，類似歌功頌德之作。鍾肇政原來也是推託的，鍾肇政告訴筆者，他說沒有看過那建築物的樣子。不過對方竟然派車來接他，他就無法拒絕了。[14]

鍾肇政可能是在戒嚴時代，少數受多方邀稿的「榮寵」的省籍作家吧。這些邀稿信很多，不僅短篇，也有隨筆，甚至長篇。而長篇更是不准有犯罪的情節在當中，都會要求鍾肇政一改而改，刪去大量的篇幅。

例如在很早的時候，一封來信：

> 肇政先生賜鑒：
> 久仰盛名，至欽至佩。

---

[13] 駱璜給鍾肇政信，1975 年 4 月 17 日。

[14] 此作為〈牌樓下的省思〉，《聯合報》，1980 年 4 月 4 日。

「中華副刊」擬拾光復節日刊一篇有關光復節的小說，擬請先生執筆，尚祈前兄。專此即頌

文安

華副編者　　弟趙振東敬上　　十月五日

文長五千字，十九日以前交稿[15]

　　這類有關光復節為主題而邀稿的作品很多。而這種邀稿，剛剛好，也刺激了鍾肇政的臺灣人意識，或者鍾肇政想到可以利用光復節的名義，來為臺灣文學作點什麼。例如更早的時期，彭歌的來信：

九龍兄：

久未通函，近況好否，時在念中「自由談」自二期適逢臺灣光復之期，兄可否寫一篇與光復有關的，或光復前後比較的文章，有趣味一點的逸事之類。

兄寫作甚勤，想可一蹴而就，請候教嗎。

祝

教安

弟姚朋上　　九、十六[16]

　　這便刺激到鍾肇政，平常沒有看到臺灣作家的名字、作品也就罷了。可是光復節時，鍾肇政會特別敏感，特別他已經有準備，希望有機會能認識臺灣作家，不僅他自己很寂寞，也常常被退稿的關係。他希望臺灣是有作家、有人才的。而如果沒有出現臺灣作家，他就會非常失望，想東想西，而進行反思，難道自己差勁，所有臺灣人都差勁嗎？還是另有原因，比方文壇被人霸佔了。

---

[15] 趙振東給鍾肇政信，1962 年 10 月 5 日。

[16] 彭歌給鍾肇政信，1954 年 9 月 16 日。

> 肇政先生：
>
> 本報將於六月廿日慶祝十四週年社慶，由弟主編特刊「金色臺灣」一冊（八開十六頁），全部特刊主題，在於表現本省的富足及國民生活（特別是農民生活）的改善。擬請先生撰寫萬字短篇小說一篇，稿酬甚薄，千字暫定五十元，甚盼
>
> 惠賜撰寫，並請於本月底或下月初賜下，內容如能側重描繪本省農民光復前及三七五減租後所獲得之改善，本省農民與外省人士間之融洽，尤所企盼，倘先生能介紹本省籍其他作家撰著同一主題之散文、詩歌或小說，亦至歡迎，稿寄弟收即可。
>
> 專此即請　近好
>
> 尹雪曼上　五月十九日[17]

　　亦即，除了反共抗日、歌功頌德之外，把臺灣的生活寫得很好，也間接說明國民黨統治的善政，也是另一種類型的歌功。這些邀稿與主題，鍾肇政都必須去面對、去應付。下一節所討論的作品，也就是在這種時代氛圍中所產生的。

　　而第四節所討論的作品，主題是老少戀。除此之外，因為脫離了白色恐怖的氛圍，或者國民黨統治比較失去掌握，特別是在美麗島事件之後，所以過往比較傾向於抗日的主題，這時反而締造臺日的戀情。小說中反而除了懷舊之外，還透露出對日本時代的好感。

## 第三節　青春與政治

　　鍾肇政曾經編過一本書《青春》（不過不明原因，並沒有完成），一如《大肚山風雲》的格局，主要是一種自傳性的懷舊的題材，前者以鍾肇政個人的成長經驗為主。後者則是講鍾肇政的學徒日本兵的經驗，

---

[17] 尹雪曼給鍾肇政信，1963 年 5 月 19 日。

特別以沈英凱為模特兒的相處的故事。作品基本上都在 1968 年前後,且都是順筆寫下,沒有用太困難的技巧的探索,把經歷講出來。

又因為,那個時代背景,是黨政核心的雜誌如《青溪》、《中央月刊》,鍾肇政特別在其中,加入了抗日、熱愛祖國、光復臺灣等符合國民黨的意識形態的要素在其中。基本上是應付時局而為,除了多少賺稿費,應付當時鍾肇政子女都即將讀大學需要不少花費的年代。也是將腦海中一些值得懷念的朋友、家族故事記錄下來。

以下照時間的順序排列下來討論。

〈那天──我走過八吉隧道〉[18]

這篇小說某種程度是一個回憶性的故事,主角爬上陡峭的古道來到「宮之臺」,可以遠眺插天山、鳥嘴山、李棟山等等。目的地是來到百吉(舊稱八結)主角過去曾住在這裡。這部分跟鍾肇政的經歷相同,在鍾肇政於淡水中學三年級時,他的父親鍾會可來到八結分教場教書。

而小說的主角說離開八結已經二十三年,這篇作品的發表時間為 1969 年,所以二十三年前是 1944 年,也符合鍾肇政的經歷。以及帶到鍾肇政的小說《濁流》中提到的喝酒、拉胡琴的老頭等等。並且疑惑著為何這樣子的山村會有人來居住。以及聯想到自己從戰爭中活過來,當時真是非常虛無的年代。

主角另外要找瀑布,但是無法找到。主角回憶到,過去走過舊的八結隧道,不過故事中稱為八吉隧道。那是日本時代就有的隧道,很容易有落石,相當危險。這讓主角想到了死的問題。最後主角坐上公車,並穿越新的百吉隧道,完全離開了此地,回到主角的世界中。

不過在敘事上,這篇回憶青春時期的傳記小說,有很多類似意識流的描述,在故事一開始堆積紊亂的意識,好像跟隧道給人的黑暗,引起人的一種渺小感有關係。並且,作者還安排一個酒鬼還是山地人,與主角對話時,表現著那個人的怪異。鍾肇政曾告訴筆者,那是由於那個年

---

[18] 1969 年 10 月發表於《臺灣文藝》4 卷 25 期。

代狂犬病很多,而觸發他安排這樣子的怪異的人物。

由於這篇小說發表的年代比較遠離實驗小說時期,所以放在這裡當成是一種青春類型的範疇中討論。

〈青春〉[19]

這篇小說後來擴大為《青春行》的長篇自傳性小說。差異是《青春行》的主角是一個跛腳。而下一節討論到的〈我的第七個初戀情人〉也是講同樣的故事。不過〈青春〉是講兩個女性的角色跟主角相處的情況,一個是曜子,一個是欣華。[20]而〈我的第七個初戀情人〉則專講欣華,不過在這篇小說是以 R 來稱呼。後者講了更多的初戀與分手的細節。

故事是從接近 1946 年聖誕節的時間的,敘事者回憶著為何自己認真的練習鋼琴,那是因為半年前的也就是敘事者來到這個國小教書的一個月後,因為試彈了學校的鋼琴,而認識了欣華,也因此墜入了愛情。不過,欣華到底怎麼想這一段感情的,似乎不是很明白。

因此〈青春〉有描述到,欣華收到敘事者的求愛的信,久久沒有回應,讓敘事者大感不滿,而謾罵著:

> 我用力地敲打著一隻隻琴鍵。貝多芬發狂了,蕭邦也發狂了。燭焰不停地微幌,是在隨著我身子的幌盪而幌的吧。
> 
> 在一隻隻跳動的音符之間,我的思緒也跳動著,激烈地、絕望地、無助地。我絕不再理誰!誰也不!永遠永遠!我要獨斷獨行,在天地間,不必任誰來伴我,也不要任誰來理我。我要做一個孤獨的巨人,獨來獨往。女人,哼,讓妳們都死個精光吧。這世間,女人原就不是必需的。[21]

---

[19] 約發表於 1969 年。

[20] 曜子的本名應為唐崎照子,本姓吳;欣華則應該就是陳氏蘭妹。

[21] 《鍾肇政全集 14—中短篇小說(二)》,頁 442。

這個喪志的吶喊，事實上在鍾肇政經歷中，真正的情況是失戀時而喊出來的。並且造成鍾肇政開始酗酒，也沉淪好一段時間，更對知識女性感到失望。未來的婚姻，他考慮知識女性根本靠不住，希望找到能夠愛他、照顧他的鄉下女性才是。但是，事實上鍾肇政對愛情的遐想，在很多短篇小說又不大一樣。還是出現很多知識型的女性。鍾肇政說，就是要讓這類的女性，至少在小說中成為他的手下敗將。這種抒發的心態，也是非常正常的。

然後，敘事有另外一條線是描述同事曜子，她是牧師的女兒，以大姊的姿態但是對主角似乎又有朦朧的情愫，照顧著主角飲食，一同過聖誕夜。後又倒敘講兩人如何認識，敘事者又如何借了與宗教主題相關的兩本小說〈闊瓦迪司〉與〈天路歷程〉。曜子認識到敘事者對文學的憧憬，極力的鼓勵敘事者往這條路走。

敘事者似乎對曜子並沒有特殊的感受，曜子並非很活潑可愛的女性，年紀也略略大於敘事者。敘事者轉而猛力追求欣華，不過欣華的家庭非常保守、封建，但也稍稍回應了敘事者，給了敘事者一點希望。

曜子與敘事者在相處一年後，決定離開學校，要到內地（祖國大陸）升學，這時間來到 1947 年 5 月。並在離別時送了敘事者耶穌像與一盆蘭花。希望敘事者好好照顧蘭花，把蘭花當作是她。[22]但是這些相處的狀況，也讓敘事者疑心欣華會不高興。

劇情發展得很快，欣華偷偷的去相親，並且答應了對方而訂了婚。儘管這些都是父母所逼迫的。敘事者感到欣華的哭泣有可能是虛情假意，但是也感到自己沒有男子氣概，敘事者想起那是之前欣華不斷的刺激敘事者說的批評。敘事者沒有向對方家長談判的勇氣，也沒有要一刀兩斷，乾脆的分手的風度。

故事就在敘事者把之前練習的樂譜焚燬，茫然的如大海的孤舟，結束了這篇小說。但是也仍留下一個小尾巴，表示自己在未來仍可能站起

---

[22] 筆者曾於 1999 年問過鍾肇政，事實上如何對待那盆花，感覺鍾肇政只是隨便的澆澆花。印證鍾肇政在實際經驗上對那位同樣是信教的同事，並沒有太大的愛意。

來。

　　比較作者鍾肇政的真實經歷，更多的往來的細節、曲折的情況，以及結局的戲劇性情況都沒有在這篇小說中呈現，例如鍾肇政可說是被對方騙了兩次，女方是訂婚又被退婚，兩人復合後，女方又背叛了鍾肇政，再度的去相親並且終於離開鍾肇政而去。也因此，實際的兩人戀愛交往期間應該是兩年以上的。只是，鍾肇政也受到自己父母的催促，也常去相親，儘管鍾肇政認為自己只是去敷衍一番。但是女方知道後又會怎麼想呢？這是一段對鍾肇政來說，真是剪不斷的痛苦經歷，影響了鍾肇政的思想，也帶來對鍾肇政在創作上的影響。

〈清明時節〉[23]

　　這是一篇倒敘的回憶的文章，中間又幾次的穿插不同時間的過往。似乎是利用了童養媳的舊式婚姻的不幸福，而以「我」的視角來看從童年時代就熟悉大他十歲的松哥，以及照顧過「我」的寶妹姊，兩人的一段悲劇。

　　而小說裡頭有濃厚的文化節慶的意涵，例如舊曆年、清明節掃墓、家族親屬關係；以及多少講述了日本人統治之下的負面的控制手段，如禁止講臺灣話（此篇文章指客語）、徵召臺灣人做軍伕、忠君愛國與體罰。

　　但是，小說也隱約寫出了主角在日本時代的童年時期，就建立了崇拜醫生的觀念。儘管「我」也佩服寶妹姊勤勉、精於農事，但是仍感到寶妹姊不配在醫院工作的松哥。

　　而在情感的描述上，講到了家族的冷淡，對於寶妹姊的死，非常不重視。還有「我」對寶妹姊的憐惜，在寶妹姊臨終前去看她，表現兩人的一種姊弟的真情意，這裡是非常感人的。但是，荒謬的是儘管松哥在外面有女人，可是寶妹姊卻在松哥染上了肺結核時，不但細加照顧，還認為把松哥的肺結核傳染到自己身上，松哥就可以脫離此病。

---

[23] 1968年7月1日發表於《青溪》2卷2期。

而長大後的「我」除了看到寶妹照顧家人與小孩，也幫助了「我」這邊的親人，努力的耕作。並且看清了，小時候崇拜的松哥，其實在醫院時只是藥童，也是一個膚淺的感時髦的臺北人而已。並且還在臺北養了女人。還把這個女人帶回家裡。儘管松哥之後跟松嫂，也就是寶妹姊合好一陣子，不過也在這時候松哥染上了肺結核，這時是 1948 年，「我」是二十歲了，還拼命的學祖國語言。

　　而清明時節的題目，也就是「我」在松嫂死掉的第二年清明掃墓時，這樣的時間碰到了連送葬都沒有的松哥，「我」認為松哥寡情。但實際上是松哥內心相當愧疚，希望「我」聽他解釋，松嫂做了非同尋常的可怕的事情。也就是松哥染上了肺結核，松嫂開始不給松哥碰她身體，幾次以後松哥發怒，失去理智的謾罵松嫂。忽然間松哥大量的吐血，而松嫂竟然用手去接那些血，然後：

> 「忽然，我在視野的一角看到她把捧著的那污物，舉高起來，舉到嘴邊了。她猛然朝手掌俯下面孔。我大吃一驚，趕快把眼光投向她。噢！天哪……天哪……」

松哥說了這些，把面孔俯進舉起的雙掌當中，劇烈地嗚咽起來。我渾身起了一陣雞皮疙瘩，但馬上心情就平靜了——是說，那污穢感與恐怖感，祇不過一兩秒間就過去了。換上來的是一種莫可名狀的崇高感，聖潔感。我也激動起來了。[24]

　　筆者看了，也是感到這是非常噁心的一幕，雖然松嫂是非常的愚蠢、過於傳統迷信，但也是表現了她實際上是深愛松哥的，也因此這樣子犧牲自己來表態。並且她也說松哥先死的話，她也是不想活了。松哥與「我」都感到那給人一種聖潔感、崇高感。

　　小說回到開頭，「我」已經四十歲了的清明節，再次看到松哥時，

---

[24] 《鍾肇政全集 14－中短篇小說（二）》，頁 495。

松哥已經失去了所有的光彩，變成一個廢人的模樣。這表示松哥對於松嫂的死，也是充滿著懺悔與強烈的失落的。

〈遠雷〉[25]

　　講故事的主人翁劉福增從新竹州被派到臺中州奉工，為了建機場。不料卻意外腳受了傷，只好回到家裡療養。而老大元發十九歲，也經常奉工，並且隨時有被徵兵的可能。在此之前，主人翁希望元發可以先娶了媳婦玉秋。

　　而主人翁奉工的兩個月期間，老婆的肚子已經大了很多。主人翁想著如果沒有戰爭、沒有奉工，作青年、志願兵那一些，該有多好。可以種很多茶。這裡暗示著日本統治末期，臺灣人所受到的極大的苦難，以及懷抱著幸福的希望。一如這個題目「遠雷」象徵著，光復如大地一聲雷，雨水的到來，他們辛苦種的茶樹，所謂的臺灣之寶，將會帶給他們多大的收益。

　　而故事中間，相當不得已的，只能派十四歲的月香代替家人去奉工。那是在橫崗頂，單程就要兩個小時。不過月香相當了不起，還是撐過來了。而大概一百天，劉福增腳傷也好的差不多，開始到茶園幹活。沒想到他的父親也正在茶園努力耕耘著。而父子兩人就算感到白費力氣，但是父子合力，也仍讓他們感到幸福。

　　故事發展到不久，臺灣光復了，大家不必再奉工、志願兵等等，幸福的日子就在眼前了。

　　鍾肇政小說中，常會描寫客家女性的堅韌，更常在小說中會出現一個了不起的老人。這個老人的形象也常常都帶有鍾肇政的父親鍾會可的影子。

　　結尾的遠雷，也就是即將下大雨，也是鍾肇政多篇小說的結尾，代表一種喜悅的來臨。雷聲也好、雨聲也好，也是描繪農家，一種幸福的象徵。

---

[25] 1968 年 10 月 31 日發表於《中央月刊》1 卷 1 期。

對於在《中央月刊》這種刊物發表，可以說都需要許多批判日本人統治的內容。這刊物是「中央文物供應社」編輯與發行。屬於中國國民黨的黨營事業。跟《中央日報》屬性一致，是一種黨報、黨營的媒體。當然就是配合國策，反共復國，歌功頌德為主，再來就是反日的主題。

　　這篇小說是發表在 1968 年，且是 1 卷 1 期，表示創刊號就已經聯繫了鍾肇政，要鍾肇政供稿。跟《青溪》找鍾肇政幫忙的情況一樣，[26]這是一本警總的刊物，目的是拉攏後備軍人，讓他們能夠透過這本雜誌，支持國民黨政權，特別是蔣經國。《幼獅文藝》也是同樣目的的刊物，閱讀者是大學、高中的師生。他們絕非任意的找省籍的文人來寫稿，並且如《青溪》還要鍾肇政投入邀稿的行列，並且請鍾肇政建議《青溪》該走的方向。

　　因此，可以想像到，首先鍾肇政無法拒絕。而鍾肇政也化被動為主動，積極的找出可能合作的空間。而在創作上的短篇小說的題材、內容，跟長篇小說一樣，表面上是愛祖國的、抗日的、熱愛中國文化的，並且支持領袖的。而在隱微處表現鍾肇政所詮釋的愛鄉土的精神，臺灣人的意識。

〈宜人京班〉[27]

　　這一系列的故事似乎都會牽涉到回憶日治時代的日本人不平等、壓迫式的統治。以及剛剛戰後的一種對於解脫了日本人的束縛，而對於祖國的結合，對未來充滿希望與熱愛祖國。認為祖國就是祖先住的地方、血緣相同，也因此進一步的認同的祖國這個國家、文化與民族。可以判斷說，鍾肇政在這個時期，大約 1968 年之後，鍾肇政面對白色恐怖的時代，有了更為圓融的作法。

　　〈宜人京班〉就是非常典型的，敘事時間是敘事者「我」，直接以被過去是好同學，現在是好同事的阿鐘古，稱呼敘事者為阿政古。而時

---

[26] 可參考錢鴻鈞，《戰後臺灣文學的建構者：鍾肇政研究》。
[27] 1969 年發表於《文藝月刊》。

間點是鍾肇政在二十二歲，也就是 1946 年 5 月後來到母校龍潭國小任教的時候。

　　講述阿鐘邀約阿政看宜人京班。這讓阿政，也就是「我」這個敘事者回憶到童年時代同樣看他們表演，並且他們將來龍潭十天。在回憶當中，講出了阿鐘偷票的不良習性，[28] 還有阿政因為戲癮發作，去幫忙宣傳廣告。但阿政因為認為自己是體面人，而在大街上遊行，感到羞愧。儘管不再敢做遊行拿招牌的事情了，但是還是做了偷鑽到戲院的行為，而被抓到了，再度引起了自己的犯罪感，感到會給父親懲罰。

　　這篇小說，可以認知到作者鍾肇政的頑皮的天性，但是因為父親的地位一方面讓自己感到驕傲，一方面也因此多少節制了自己的搗蛋的行為。鍾肇政的家世給他很矛盾的想法。似乎本質上他是單丁子受寵愛，也有頑皮，甚至崇拜英雄，[29] 看不起過度的卑屈、懦弱的人。可是，也造成他行止上有了某種道德、安全上的考量的限制，又感到自己就是懦弱、無能的。一方面罵自己，也一方面激勵自己。

　　小說中一段話，很能夠反映出鍾肇政的個性受到壓抑的部分：

> 每當這樣的時候，我就不由自己地想入非非了。我是不是也可以去學戲呢？讀了十幾年日本書，如今臺灣光復了，到頭來豈不是文盲一個？學戲，或者也是學習祖國文物的一個方法，說不定那會使我更容易接近祖國的一切哩。而且我還能經常地和她們在一起……
>
> 多麼荒唐的念頭！連我自己都為這些糊塗想法失笑了，以我的家世，以我的教育程度，以我的年紀，不管從哪一方面來設想，都

---

[28] 有關阿鐘的形象，在鍾肇政的「滄海隨筆」中，有不少的描述。見《鍾肇政全集 37》。

[29] 所以他會有點類似沈英凱這樣子的帥氣豪邁的朋友，或者跟甚至跟故事中的阿鐘（本名鄧仁鐘）會相當契合。討厭扭扭捏捏的、放不開個性的人，比方他就勸過鄭清文被勸酒的時，應該要懂得放開自己，特別是作為一個作家的需要，這使得鄭清文大不以為然。還有鍾肇政也會極度厭惡戰後在龍潭國小的校長魏廷昌，看到他面對國民黨的黨工或者督學時，那種卑屈的醜態。

是不可能的。何況如今已沒有日本人騎在我們頭上，我們都可以一展抱負，在這新的時代裏轟轟烈烈地幹一番事業的。這祇是一場夢罷了。夢可能是綺麗的，然而畢竟是不著邊際的幻影而已。想到這兒，心口的一股悵悵然的感覺，居然也頓時淡薄了。[30]

回到故事中當下的時間，敘事者重新的領略宜人京班的樂趣，特別是國語的表現，他說：

從三結義，直到走麥城，十天的夜戲，我沒有缺一場。祖國文化的博大精深，我承認領略不多，但若說京戲也是其中一門，我倒是充分地領受到這一門的逸趣了。[31]

另外吸引敘事者看戲的，還有表演的兩姊妹順蓮跟秋蓮，甚而感到愛慕那兩姊妹，還因此想要唱戲。而阿政不顧路途遙遠跟著阿鐘來到大河（應該就是大溪）繼續的看宜人京班。最後，雖然到了後臺去看了姊妹花，但是一切也僅止於此，敘事者在祝福著她們姊妹幸福而故事結束。[32]

〈野外演習〉[33]

寫敘事者「鍾」在淡水中學的經驗，這經驗可以說就是取材自作者鍾肇政。但是把實際上是在日後與沈英凱認識的，這篇小說中插入這個情節在這個故事中。

故事中間多少會遇上一個女孩的故事，互相相讓，最後並沒有結

---

[30] 《鍾肇政全集 14－中短篇小說（二）》，頁 465-466。
[31] 《鍾肇政全集 14－中短篇小說（二）》，頁 464。
[32] 實際鍾肇政接觸「宜人京班」，可參考〈歌仔戲到宜人京班——一個頑童的傳統戲劇經驗〉，收錄於《鍾肇政全集 19－隨筆集（三）》，頁 77-85。基本上小說的故事沒有偏移這篇隨筆。
[33] 1969 年 9 月 1 日發表於《中央月刊》1 卷 11 期。

果。不過也充滿著溫情,那農家的女孩以及家人對沈、「我」都非常友善,送他們橘子吃。沈也很自動的願意付錢,另外買雞蛋等等。

故事的過程是行軍到遠方,進行打靶的訓練。然後同學當中有「特拉」(本名黃寅)的一群太保型同學,常常打架鬧事。「我」與他們格格不入,卻又感到他們很有豪俠之風,敢反抗日本的上級生。這又讓「我」感到崇拜了。只是「我」仍認為要以學業為重,打架還是不正當了。

小說的高潮是主角的同學矮子,也就是特拉拿群人其中的一個,偷了子彈要打日本人川崎等,使得欺負他的日本人終於不敢再欺負他,且偷槍的同學並沒有被懲罰。在這中間傳達出了「我」受到日本教育中「武士道精神」,不可當一個卑怯者的價值觀。

而拿槍想要報復惡劣的日本人,這一幕與《江山萬里》、其他短篇也有類似情節。鍾肇政在 1950 年代試寫的長篇《迎向黎明的人們》,便是以此為故事的核心所發展出來的。[34]

〈老人與大鼓〉[35]

從發表的時間來看,必定是報社邀稿的,因為主題正是歌頌雙十國慶。這不可能是鍾肇政主動想要寫的。

故事從明山老人的兒子金木蓋了新房子要老人搬出老房子,一起住。儘管老人習慣老房子,還是聽從兒子的好意。不料,新房子卻因為下雨漏水,把老人的大鼓給淋雨淋壞了。而這個大鼓是他們黃家在國慶日可以出風頭的時候,金木更無法向老人交代了。

故事回溯到明山老人在童年的時候,家裡的窮困,以及辛勞想要擺脫貧苦的生活。而這當中,打鼓就是大家的娛樂,更是長大後,明山最擅長的技藝。然後,如本節一系列的小說,都會提到日本統治時禁止「臺灣式」的活動,如拜拜、演臺灣戲、放爆竹、打大鼓等等。特別是

---

[34] 隨筆中提到相關的情節,可參考《鍾肇政全集 20－隨筆集(四)》,頁 593。
[35] 1969 年 10 月 10 日發表於《臺灣日報》。

戰爭時期的歲月。

而當明山四十五歲時，臺灣迎來了光復，並且有了十月十日的雙十節，那是祖國的一個大日子。這是自己的節日，而不是明治節、天長節。大家更要利用大鼓好好慶祝一下自己的節目。而被日本人強徵到海外服役的金火，也回來了。

故事回到現實，就明山煩惱沒有大鼓時，金木卻從臺北買回一個新的大鼓。然後金木也敲打起來。明山老師當然是高興萬分。故事的結尾說：

> 明山老人看到那隻大鼓了。木框塗成大紅色，鼓皮是用大頭銅釘釘的，發著金黃光芒。哎哎……明山老人在內心叫了一聲。真彆扭，這哪算是大鼓，簡直是邪門兒的……是的，那兒他的那個古樸的土大鼓簡直不能相比。漂亮是漂亮，可是……
>
> 他有點迷惘。確實地，那鼓不能令他滿意，可是如今也祇有將就了。而且他也不能否認內心一股欣慰，這樣總算在國慶遊行能一如往年湊上一腳。因為正和中國人之不能沒有國慶一樣，國慶遊行也不能沒有黃明山家的大鼓啊。
>
> 於是明山老人衝著擊鼓的老二，回了一個笑。[36]

小說再一次的強調中國人、國慶日，而被黃家所認同的符號。

〈源遠流長〉[37]

這篇小說的結構，跟很多篇一樣，[38]都是在開頭，舉行一個儀式之類

---

[36] 《鍾肇政全集16－中短篇小說（四）》，頁216。
[37] 1970年4月1日發表於《中央月刊》2卷6期。
[38] 例如〈清明時節〉、〈宜人京班〉就是如此結構。可見，對於類似邀稿，報社或者雜誌社，要求配合國家慶典或者符合國策的作品，鍾肇政就順手把自己儲藏的題材，很快的用同樣的結構、文字風格、時代背景，加上配合國策的文字，把故事講的愛國、溫情、懷舊，就敷衍過去了，回到自己更為重要的作品或者活動，如建構臺灣文學、創作大河小說這樣子的目的。

的，然後時間回到過去，特別是日本統治時代，然後中間還有幾次的插敘的方式來補敘、說明。故事最後，時間回到一開頭的時間點，在這種抗日的、愛祖國的題材中，是以某種溫情、光明面結尾的。

一樣跟〈清明時節〉的背景，一開始是安排掃墓，不過題材跟鍾肇政家族的經驗，是相當符合的。敘事者「我」，也用了阿政這樣子的名字，作者跟敘事者幾乎是重合的。只是，作者是信基督教的，跟小說中安排三牲與香燭金銀爆竹等，是不合事實的。從這裡表示，鍾肇政希望表現更為普遍的民間信仰的的祭拜程序。

故事大意是鍾家在天穿日掃墓，然後厞叔說「我」的曾祖母是在長山被火燒死了。而四年前，也就是 1966 年，說「我」的父親，也可以說就是鍾肇政的父親，在曾祖母與曾祖父合葬時就提過了。

於是父親開始回憶日本人打來時，他是八歲。如何在「我」的曾祖父的帶領下走反。而在中間說明曾祖母是最疼父親的。並遠遠看到日本軍正在燒龍潭街。然後也提到七十三公。這兩件事情跟《沉淪》的描述是一樣的。可見，鍾肇政創作長篇小說《沉淪》自然也是從父親那邊聽來不少故事。父親是這麼說的：

> 那年我才八歲。日本人來了，在街路上，還有在我們的小村莊上，也都有過戰事。那是一場很激烈的仗，給了入侵的日本人很不小的打擊。我們族裏也有幾個人去打。他們用的是舊式的火銃、鳥仔銃，還有就是刀啦，鐮刀之類。自然囉，這樣的東西在現代化武器之前是沒有多少力量的，結果是抵禦不了日本人的炮火，教他們南下而去了。
> 我所知道的這抗日戰事，全都是聽人家說的，自己親身目睹的祇是我們一家人逃難的情形。我跟著祖父，祖母他們，還有母親、嬸嬸她們，聽到風聲，就在祖父帶領下，提著大小包袱和口糧，逃進山裏。父親和叔父他們有的加進抗日軍裏，有的留守家園，

以免被趁火打劫的歹徒們搶劫一空。[39]

然後曾祖父回到祖國，曾祖母因為捨不得父親，在第二年才回去。又因為曾祖母想念父親，且曾祖父與許多回祖國的親戚，靠著祖父在臺灣的耕耘，實在無法撐下去了。父親說：

> 事情是在祖母過長山轉回原鄉後大約兩年的時候發生的。祖父和叔叔他們要再次到臺灣來了。當時，我祇是為這消息而高興，卻不知這其間包含著多少辛酸。以後我方才明白過來，他們之所以要來臺灣，是因為父親再也無力負擔隔著臺灣海峽分住在兩邊的一個大家庭的生活。不是由於生產減少，更不是由於父親能力減退，實在是因為日閥官方不喜歡這種方式來接濟在大陸上的親人，所以匯款時不但常遭麻煩，而且還要受到層層剝削。[40]

曾祖父就準備著回臺灣，並帶上曾祖母。不料就在回來的前一晚，打翻油燈，因為頭髮著火的關係，就被燒死了。然後故事回到現實，講祭拜要用的祭品，還有跌筊，結果一連幾次都沒有聖筊，大家說需要「我」的父親來，才會很快的得到聖筊。因為父親是曾祖母最疼愛的。

然後提到曾祖母的骨骸仍是父親大約於 1913 年，當父親是 25 歲去大陸帶回來的。父親表達，自己對祖國的憧憬是很深切的。所以回到故鄉，是非常高興的。那是到了長樂。

然後故事又回到現實的掃墓，大家分著發糕吃，而不愛吃的「我」，居然這次也吃的津津有味了。

以上有不合鍾肇政經驗的部分，因為鍾肇政是第三代的基督徒，清明掃墓是否用了那麼多雞鴨魚肉來祭拜，可能並非如此。畢竟筆者聽過鍾家人說，其他房不信基督教的，總會取笑他們這一房的祖先會餓死，

---

[39] 《鍾肇政全集16－中短篇小說（四）》，頁 220-221。
[40] 《鍾肇政全集16－中短篇小說（四）》，頁 224。

沒有子孫給他們吃。

看完此篇,會覺得深深不可思議。作者是撰寫《沉淪》的作者嗎?也就是《臺灣人三部曲》第一部的鍾肇政是同樣一個人嗎?不過,鍾肇政在改寫《沉淪》為電視劇是被電視公司改為「炎黃子孫」。鍾肇政很怨嘆「臺灣人」的標題,還是走不通。如果,〈源遠流長〉的主題,真的就是鍾肇政創作當時的真心的想法的話,又為何他無法接受「炎黃子孫」的說法呢?而執意要打出有危險性的「臺灣人」的標題。這表示「源遠流長」並非他真心想要表達,只是應付一下《中央月刊》的邀稿而已。

〈故鄉子弟〉[41]

這是講少年工的故事,而結構上也是一開始就安排角色邱文煌被美國飛機打死了。然後「我」以回憶方式,講怎麼認識邱文煌的。而也說明他們是在神奈川的海軍工廠工作,且來的少年工越來越年輕,顯示日本人能徵調臺灣人也是越來越困難。

再來就是提到飢餓的問題,並引起兩個少年工偷蕃薯吃,並且還吃到對方所偷的而打架。然後被小隊長早川發現打架事件,而懲罰兩人「耳光對抗」。敘事者說因此每個學校也學起這種非人道的懲罰方式。

而琉球這時候也被美國攻擊,因此日本本土也開始受到美國飛機攻擊。故事回到開頭,除了邱文煌死了,「我」的小隊總共死了六人。並且責怪日本小隊長如果早些警告大家,也不會死這麼多人。「我」很無奈,作為分隊長也只能繼續的保護隊員,那些故鄉來的少年子弟們。

〈鹿鳴坑之夜〉[42]

戀愛的時空接力,從父親當年的戀愛,到做為兒子的「我」的戀愛。從日本時代的背景到戰後的今天的「我」,兩者間相差了四十年。

地景上,鹿鳴坑應該是在新埔鎮,西北與照門、汶水坑為鄰,東與

---

[41] 1970 年 9 月 1 日發表於《中央月刊》2 卷 11 期。

[42] 1971 年 6 月 1 日—7 月 1 日發表於《大同》半月刊 53 卷 11 期—13 期。

打鐵坑為鄰，南邊為大茅埔。小說中也提到汶水坑，還有琉璃坑，不過新埔似乎沒有琉璃坑，也沒有小說中提到的溫泉。

故事是很單純的，不過文筆把愛情的故事，聯繫到鹿鳴坑的景色的美麗，甚至於鹿鳴坑這個名字。而敘事者「我」的父親，自然是一個抗日分子，因為躲避日本軍憲，所以才躲到這個山村。也因為跟這個溫泉旅社的女生產生愛意，才在這個旅社待了兩個月。

小說又有一種偵探的味道，敘事者與現實時間中的少女阿珍，一起探索著過去這美麗的一段浪漫的故事。不過，人物都沒有仔細的描繪，也沒有深刻的內心世界的表現。

〈大除夕的故事〉[43]

是講述敘事者「我」在大除夕時，都會講「將甜粄做成簽的」、「日本人不准過年的」這兩個故事。小說是相當貼近作者的生活，儘管故事中只有兩個女兒，實際上鍾肇政有五個小孩，三女二男。因為故事的發展是「我」跟兩個女兒的對話，有時候「我」的太太也會加進來。因此，安排太多小孩，不利於故事的講述。

鍾肇政在小說中很少提到母親，反而曾祖母或者祖母會提到比較多。不過，這次因為牽涉到有關過年時，母親跟太太一樣，都會準備很多過年要用的雞、鴨。不過，小說發表時，作者的母親卻還健在，但小說中所寫是母親過世了。

更特別是媽媽作甜粄，那在物資缺乏，而「我」在童年時感到特別飢餓，有甜粄可吃，是一個相當幸福的事情。這種經驗，在鍾肇政於《八角塔下》或者《江山萬里》都會提到。

另外在回憶中，就是日本人禁止農曆年，也就是「恩人過年」，這也是小說、隨筆經常會用到的經驗。

比較特別的是故事中的老么提到媽媽買這麼多東西來祭拜，不是浪費嗎？不過老大卻提到初二時姑姑與那麼多表弟妹回來，會有如蝗蟲一

---

[43] 1976年2月1日發表於《中央月刊》8卷4期。

般那麼會吃。而且還只會吃，一進門就吃，直到離開，嘴巴吃不停。

「蝗蟲」的描述，筆者也聽作者鍾肇政在跟他妻子聊天時，半開玩笑，也是一種安慰妻子侍奉公婆之外，寒暑假還要為幾個當老師的姑姑來長期作客，還帶了很多小孩來，做菜等等相當辛勞。而鍾肇政當然是不大介意自己一點薪水要奉獻給姊妹與家人那麼多。

故事的最後，敘事者「我」看到女兒快樂的樣子，「我」感到現在生活的幸福。這一句話，應該也是特別應付發表在《中央日報》上而強調的吧。還可以一提的是，鍾家信基督教的事情，儘管就算沒有拜祖先這些儀式，還是會吃年夜飯、過年團圓那些聚會吧。

## 第四節　浪漫小說

有關鍾肇政的愛情世界、他的愛情觀，儘管他在初戀失敗後，產生一種對知識女性的失望。並且儘管他在失戀後，曾描述過，他是怎樣的女人都好，或者恨透所有的女人。當然這是一時的氣話，受到相當的刺激的激烈的說法。

而現實上，他以相親的方式很幸福的找到能幫助他持家、百般忍耐的妻子，全力支持他的創作與建構臺灣文學的志向。但是，事實上對於初戀的失敗經驗，還是不容易走出來，特別是對異性的一種憧憬。

因此，在他接近五十五歲時，他大量的書寫老少配、師生戀的故事。當然在〈殘照〉等作品，約三十七歲也有類似的憧憬、幻想，表現在小說中。但是，在五十五歲時的老少配或者異國戀情，他卻安排身體上的結合。這是在他的長篇小說中，都沒有如此安排的。

〈法蘭克福之春〉[44]

這篇小說的成立，基本上是鍾肇政瞭解歌德的生平，特別是鍾肇政

---

[44] 1978 年 4 月 6 日發表於《聯合報》。

在 1975 年 12 月出版了翻譯的書《歌德自傳》。當然，鍾肇政很早就認識了歌德的作品，以及歌德相關的愛情故事。因此，鍾肇政知道歌德在老年時，有一位少女是過去的愛人的女兒，這位少女跟歌德通信，然後還藉此出版了與歌德相關的書籍。

而鍾肇政在 1977 年時，收到了一封陌生讀者的來信：

> 鍾先生您好：
> 我是在大同月刊雜誌認識您的，讀了您的作品使我受益不少；尤其最近簡介名著故事的附記，短短的幾行正是我挖空心思無法體識出來的。
> 希望能登門造訪瞻仰尊容的想法，存在心裡已經很久了。八月二日我有事北上，想藉此機會順道拜訪，但願您不會拒絕。假若您不介意的話煩請寄給我詳細的住址，以及是否有公車可以搭乘？我才疏學淺，若有冒昧之處，尚盼原諒。敬祝　撰安　讀者 王慧瑛敬上[45]

因此，在實際生活上的刺激之下，結合了歌德的軼事，創作這篇小說的意念就成立了。這種外來的故事，加上現實生活的刺激，而結合而成的小說，是鍾肇政創作的慣用方法。最有名的是就是他的最後一本小說《歌德激情書》的成立，也是類似情況。[46]

在 1977 年 9 月 29 日王女士還因為鍾肇政親切的回信給一個陌生人，鍾也贈書給她如《史懷哲傳》、《非洲的故事》與《滄溟行》，而王女士則無以為報，寄上自己的照片給鍾。並且在第五封信表達問候，以及說出：「有一點想您。」[47]

---

[45] 王慧瑛給鍾肇政信，1977 年 8 月 14 日。

[46] 其他如〈簷滴〉，把他人的故事，加上個人的身心上的經驗，融合而成；中篇小說〈殘照〉的構成，更如〈法蘭克福之春〉與讀者的來信有關而促成小說。以上，可參考本書第四章。

[47] 王慧瑛給鍾肇政信，1977 年 9 月 29 日。

筆者猜想王女士對自己的相貌，或許很有自信吧。而且她這時約二十歲，因為信上提到她高中畢業，但是聯考受到幾次的挫折。如此的年輕、仰慕鍾肇政、因為聯考挫折似乎也多少有些令人憐惜，任何人面對此，都會有一些浪漫的幻想。這時候鍾肇政已經五十三歲，有些類似愛情的想像上的刺激，是相當正常的。至少可以說，相當的刺激鍾肇政寫出此篇小說。如小說中提到：

> 天真可愛的少女，永遠使詩人動心，可是他也知道，慧瑛麗希這位天真可愛的少女，就像過去他所接觸到的許許多多的少女一樣，是虛幻的。或者可以說，當她在握筆寫這封信的當兒，她是實實在在的，可是一旦信寫畢，放進封袋裏投寄出去以後，她便成了一個虛幻的實在，至少在受信人來說是如此。[48]

不過，王女士在 1977 年 9 月 29 日（第五封）的信件之後，直到 1978 年 8 月 13 日（第六封）才有信來，[49]不知道是否中間有何狀況，作品也在 1978 年 4 月 6 日發表出來。

從第六封信來看，彼此似乎都解釋清楚了。本來是無一事的，說明與信任也就夠了。也就是對於鍾肇政以王女士為模特兒，特別是女主角慧瑛麗希，頭兩個字用了王女士的名字，王女士表現平靜。照理講王女士應該表示感到榮幸與高興的，畢竟這只是一篇小說而已。若當中傳達怎樣的隱密的心情，就彼此放到內心深處就夠了。

> 鍾伯伯：
> 前幾天寄一本「空中文稿」給您，是這期雜誌社多寄兩本給我，一本給我一位同學，她來信問我是否為推銷員，千萬別也那麼誤

---

[48] 《鍾肇政全集 16－中短篇小說（四）》，頁 385-386。
[49] 當然這段時間也有可能有通信，個人以為一定有的，至少在該小說發表之前。只是目前找不到，或者已經遺失了。

會。
　　最近情緒不穩定，生活也不安定，倒不是對您有什麼誤會。您的聯副那篇寫的很好，我喜歡您作品中的主角都是那麼堅強。我當然不會把它當做一篇故事，我對自己的好奇而自責，希望您這段不愉快的戀愛史已把它忘了。那女孩也有她不得已之處。
　　「沙丘之女」看完了，也順看了幾篇愛倫坡的小說。以後再談。
　　祝　　安　　　慧瑛[50]

　　前信，可能是王女士對鍾肇政的愛情經驗產生好奇。而彼此談論的應該是鍾肇政初戀的挫敗，也就是下一個作品要討論的。而這篇的敘事方式，是以時空交叉來表現了，也就是運用一個少女給歌德寫信，然後喚起歌德想起初戀情人葛蕾卿。並且歌德與鍾肇政都有幫人代筆情書的經驗。只是，最後歌德拋棄了葛蕾卿，終身悔恨。相對的，鍾肇政卻是被對方所拋棄的。
　　還有一點一樣，但是說法卻不一定一樣的，就是這篇作品中，歌德向葛蕾卿索取接吻，可是葛蕾卿是拒絕的，說法是：

　　「我不要吻，」她說：「接吻不太俗嗎？不過，如果可能，我們就相愛吧。」[51]

　　而鍾肇政在小說如下一篇本章要討論的作品〈我的第七個初戀情人〉，女主角的拒絕原因，就無法確認了。筆者認為是女主角是傳統的俘虜，根本沒有那種激情能超越時代風氣，或者女主角對於肉體的接觸是排斥的。但是，鍾肇政或許不認輸，而有了比較正面，讓鍾肇政自己比較安慰的理由。
　　而葛蕾卿讓歌德的重要作品中，永遠有她的影子。相對的鍾肇政初

---

[50] 王慧瑛給鍾肇政信，1978 年 8 月 13 日。
[51] 《鍾肇政全集 16－中短篇小說（四）》，頁 390。

戀情人R女士，對鍾肇政的創作，又有何影響呢？

〈我的第七個初戀情人〉[52]

這是一篇多少有開玩笑性質的小說，並且為了掩飾作者的身分，避免被小說中的相關人有些困擾，而署名了啞鍾。主要也是為了讓自己可以避免掉一些現實的糾葛。另外就是「第七」這樣子的數字，但實際上有往來、深刻的應該就是這個「第七」個。[53]

故事也提到敘事者原先抱著是多種主義如晚婚主義、升學第一主義、獨學主義、自然主義，後來變成戀愛至上主義。筆者以為這是作者創作時才這麼命名這些主義的，是一種回憶過往時，當時自己的狀態。而發表在 1978 年，大談主義，多少也是諷刺當時留下的什麼主義等意識形態。

不過，並沒有成功。很快的被認出，被女主角找上門。鍾肇政還大感意外，怎麼會被認出呢？其實，是很容易的。連《望春風》發表後，都會有不相干的男士跑到家裡來質問「為何把他太太的故事寫進去」，這樣子的荒謬的連結。作者被女主角上門聲討，造成尷尬之外，更糟的是引起家庭風波了。[54]

小說的開頭有點像〈雲影〉這一篇，朦朧的、迷茫的把男性的戀愛

---

[52] 1978 年 6 月 23 日—24 日發表於《聯合報》。（署名啞鍾）

[53] 從相關資料，鍾肇政本人寫過的、愛慕過的女性從公學校到這「第七」個之前，有在公學校的黃姓女同學、國小時疼愛鍾肇政的蕭老師的妹妹、擔任大溪宮前國民學校的日本女老師，甚而同時的戶渡清子，也就是《濁流》的谷清子的模特兒。就讀淡水中學或者彰化青年師範學校也可能有淡淡的愛慕的對象。如此算起來，就有六個了。

[54] 據鍾老告訴筆者，也參考全集可知，該女主角結婚後，生活並不如意。後來回到龍潭國小教書，也住在鍾肇政宿舍附近。不久邀約鍾肇政吃尾牙之類的，以鍾肇政個性沒有去拒絕。結果又是一陣家庭風波。這種風波的背後因素，又跟張九妹的教育背景、家世，以及鍾家姑嫂婆媳之間的互動有關係。詳細只能在傳記書籍中探討了，可參考《鍾肇政全集－隨筆集（六）》，頁 382。（「如果我要數說她所受的來自家庭的委屈，那簡直是罄竹難書。婆媳之間加上姑嫂之間，舉凡舊式大家庭裏所可能加諸於一個無助的小媳身上的苦楚，她都全部體驗過了。而我這個做丈夫的，同時也必需做兒子、兄長，加上我是個懦弱無能的人，常常只能默默地為她抱屈，卻一無著力之處。」）當然，這與鍾肇政的文學創作或者他展開的文學運動有無關連，則需要進一步研究了。

啟蒙甚而性啟蒙的昏暗感表現出來。只是〈雲影〉更完整的把飄渺的理想女性的心像給傳達出來，從幻夢一直到肉身的現實為止，陶醉當中，激情當中。似乎過程的美麗、追求的過程，也是整個人生的隱喻。不過在此篇，則相當理性的分析那些初戀只是單戀而已。

這個小說的題材，鍾肇政之前已經寫在長篇《青春行》或者其他短篇〈青春〉、自敘隨筆、回憶當中了。可見，確實如敘事者說的，想到此事，不禁還是會暗自神傷。

然後敘事者仍以好笑的筆調，說自己當同事的軍師，還可以幫忙代筆，可是自己卻相當的保守、不敢主動。不過，一位老大姊的女同事起鬨之下，敘事者「我」：「那麼輕易地就給煽動起來了。」從這裡可以知道作者的一種思考與行動的模式，很多事情，當內心有一個種子，又是那麼壓抑之下，當受到周圍的人的鼓勵，就會產生一種激情與衝動。而又會是怎樣的情況，作者會自發的有激情，或者有主見，不會讓人挑撥呢？或者怎樣的情況，會錯聽，而判斷錯誤呢？

其次，由這個初戀情人接到主角的信後，半個月不回應，竟然敢要求主角的幫忙。主角心想：「我好想拒絕，但我狠不下心。」這也是作者的一種心軟的個性，經不住他人要求的口氣。這也是作者本人的重要的行為模式。只是，何時作者又會表現出決斷的狠心的狀況呢？

然後，敘事者在內心又表現出，女主角，加上她的媽媽的招待，他認為可能把他當成猴子耍，要利用他。一旦瞭解不是如此，又感到安慰。可是，又存有戒心，又有一種綑綁自己的執念、想法，影響自己的判斷。認為自己是男子漢、女人有魔性，而無法見到事情的真相、本質。

而當初戀情人派給他另外一個任務，作者寫：「我覺得不能在任何方面輸給別人。」雖然這僅僅是在小說表現一種跟情敵上的競爭，可是也可以反映出作者本人不服輸的精神，特別在創作發表上，也是如此。除了說創作是鍾肇政的興趣，唯一能走的路了。戰後的重聽的問題，讓鍾肇政感到自卑，也相對的刺激了他向上。

小說中有一個自相矛盾的錯誤，就是主角是 1946 年 5 月就職小學教

師，而與女主角通信有兩年時間，信件約有兩百件。那麼，分手至少應該是 1948 年 5 月，可是小說中卻寫的是 1947 年 5 月呢？明顯交往的時間兩年應該是正確的，可是分手的時間，應該是 1948 年。[55]

終於女主角是背叛敘事者了，且是二度的偷偷的去訂婚、結婚去了。最後一次相見，保守的連敘事者要求的 Kiss 都不肯。卻在請妹妹送回通信時，其中有一封是血書。內容是什麼，小說並沒有寫，不過主要就是傳達對鍾肇政的真愛吧。只是相當矛盾的，到底真與假，又真又假，無法理解與驗證了，也不會有答案，感情之事太複雜了。

情節以主角生了重病，然後回家養病與父親團聚，受到同事與父親的鼓勵，決定繼續升學。升學的時間在作品中仍是 1947 年的時候，但作者的現實上是 1948 年。不知道是作者搞錯時間，還是故意如此。

〈有雨的風景〉[56]

這篇小說的題材類似師生戀、老少戀，且有點三角戀愛的味道。女生的性格也很不穩定，男主角則被賦予「石像」的形象，也可以說性格。類似不解風情或者過分的矜持、保守，除了此時此刻外，也談起了過往的初戀，認為是那個情人引導他，他才懂得身體上的接觸，勇敢的進前一步，撫慰情人。他說：

> ……是她教我，我才懂得那樣做的。不是用話語，也不是用任何動作來教我。我不是冤枉她。我確實覺得是她教我，至少觸發了我。我的手就伸到她那胸前的堅硬著的隆起上，剛好容納在我的手掌裏。我清楚地感覺到，她的身子一震，接著就開始微微地顫抖起來。她喃喃地：抱住我，緊緊地……聲音也是微微地顫抖

---

[55] 參考張良澤編，《苦雨戀春風》，世聯倉運文教基金會，2015 年。
[56] 1981 年 1 月 19 日發表於《自由日報》。

著。觸了電一般地我們緊緊地抱在一起，也吻在一起了……[57]

然後主角又如石像了，講述初戀故事給女主角聽，又沒有進一步的動作。

這篇小說是少見的全知觀點，一下子進入男主角的內心世界，或者他的觀點講述，而也由這個女生回憶十五歲時的初戀，講給男主角聽。她在認識後三天，搬到男友家住了一年，彼此仍自由自在，說是滿足了漂泊慾。小說並沒有明說有無肉體關係。而十年後的現在，算一算，她應該是二十五歲了。

故事是講男主角回到可能他曾經讀書的地方淡水中學，當時是太平洋戰爭的時代。而女主角說了之前兩個初戀故事，更回到現在的時間，說她不喜歡人群，因為怕前面的人群中有她心中的情人。而且是主角他的得意高足，也是新進的藝術家。

而儘管男性表現的很呆板、被動，沒有回應女生的熱情與暗示。女生仍似乎喜歡這種父親般的男性，存在著某種依賴感。男性的保守或許跟成長的背景有關，他的初戀中，甚而對方還在信件中提到，把貞操給了他。會永遠記住他，即使不再相逢。但實際上彼此並沒有肉體關係。

本篇小說有個副標題「風景之一」，似乎牽涉到作者常常提到的「純潔」這樣子的詞彙，比方寫信給朋友的時候。[58]或許指的就是這種小說中的矜持吧，也存在創作者的浪漫的幻想中。

〈旋轉的風車〉[59]

這是上面討論的續篇，副標題為「風景之二」，一樣的全知觀點，

---

[57] 《鍾肇政全集 16－中短篇小說（四）》，頁 399。
[58] 可見於鍾肇政給東方白信，1985 年 2 月 26 日。「臺灣時報要我交新春試筆，家裡適逢變故，苦於無處著筆，想不如給你寫回信吧，你的信重看，我立刻能寫出這篇文章了。因此，我要把這剪報寄給你，我迫不及待。這一份今天才收到，且又只一份，我只好另函請再寄一份了。看了幾個朋友的試筆，我覺得該為自己驕傲，因為我還是這麼純潔的。（還有另一個驕傲，讓你去猜好了。）」
[59] 1981 年 2 月 5 日發表於《自由日報》。

不過「他」是同一人,「她」卻不是同一人。此篇與「風景之一」交集在「他」去淡水與當時是有雨的這一段話。而「他」也希望「她」也能夠來淡水。

這時的「她」是一個似乎有精神疾病或者失眠症,總想要自殺,原因是因為愛。「她」約「他」出來就是想要自殺之後。

故事插敘說,他們之前有兩次的吃飯,一次在西餐廳、一次在臺灣料理,這次則在日本料理。之所以有不同料理,是為了故事的時間感的分明。「她」似乎很能感受到「他」的一種溫暖、紳士態度。而「她」也坦承,跟上一篇一樣,都有自己喜愛的男人。也是熱愛自由、無拘無束。

然後穿插在第一次於西餐廳吃飯時,「她」被朋友說是破壞人家家庭的。「他」並沒有責怪,並且認為哪是一種友誼,而提到對方是浪漫的,不會與人「做愛」的。

到底兩人是怎樣的關係呢?這個男人是否很有手段,取得了女性的信任呢?而「風車」給人一種目眩神迷的感覺。到底作者要表現一種邪惡嗎?或者單純是一種長輩、老師的沒有邪念的關愛與溫暖呢?

著實令人難以琢磨。這或許就是作者故意要表現一種模糊的劇情吧。讓讀者有更多思考的空間。

〈旅途〉[60]

這篇小說是鍾肇政訪問日韓的行程,所獲得靈感。那是 1981 年 5 月 1 日出訪,訪問一個月。情節感覺離奇、荒謬,是一種類似師生戀、老少戀的想像。

故事是直接設定在日本機場,接受親友送機開始,主角也設定為鍾姓,其中有一位女性叫做清子,對主角戀戀不捨的道別。採取一種倒敘的方式開始故事。

裡面的人名,應該在現實生活都有一些對應。特別是泉清子,可以

---

[60] 1981 年 10 月 10 日發表於《關係我》5 期。

對應到鍾肇政在 1961 年發表的《濁流》，其中的女主角谷清子。而谷清子，也是真有其人，是鍾肇政在大溪宮前國民學校的同事，本名為戶渡清子。[61]

不過奇異的是，查詢「臺灣總督府職員錄系統」，戶渡清子僅僅在1942 年、1944 年的新竹州員樹林國民學校出現，身分是助教，月薪四十三元（1944 年為四十五元，可能是一年資歷就加一塊錢。[62]），福岡人。那是介於龍潭與大溪之間，隔著一條河比較接近大溪的國小。鍾肇政則在大溪宮前國民學校，職稱為助教，月薪四十元。因此她與鍾肇政並非在同一個學校教書。事實如何，非常耐人尋味了。[63]

回到小說中，故事同樣安排女主角清子很奇特的對主角鍾有善意，甚至於有愛意，很不拘束的帶著主角四處遊玩，彼此也有緊握著手、攬著手臂，甚而到主角的旅社，還有額頭上的親吻。而主角這邊，最後還懷疑著，是否自己不該優柔寡斷，大膽的到清子的房間中，有進一步的行動。儘管清子強烈的暗示，希望主角能常留日本來創作，為她來創作，甚至可以住在清子家，清子願意照顧主角鍾。

小說中還安排彼此對唱日本老歌，有一段理想性的，很自然的遐想是這樣子的：

---

[61] 不過在小說《濁流》中描寫到谷清子洗浴時，不小心全裸身子被主角看到的場景，卻非來自於戶渡清子，而是鍾肇政在晚年的隨筆中提到，是鍾肇政在八結居住時，父親任教的八結分教場的日本人校長的二十多歲的女兒的身影。這一幕，才是鍾肇政刺激到他的神經、腦門充血的經驗。

[62] 1944 年，鍾肇政的父親鍾會可則是在八結國民學校，職稱為訓導，月薪五十五元。在龍潭國民學校，可能是鍾肇政的初戀情人陳氏蘭妹（在小說中都以 R 之代號出現），身分為助教，月薪四十一元。其他在龍潭國民學校跟鍾肇政生平相關的人名還有黃氏國香、鄧仁鐘、魏民雄、唐崎照子。大溪宮前國民學校任教的，與鍾肇政相關人名有白石喜代子、黃振榮、萩原節子、梅村貞夫等。

[63] 又，經查《鍾肇政全集 22—隨筆集（六）》，頁 284。提到戶渡清子比鍾肇政遲了七個月才來，而鍾肇政應為 1943 年 4 月來報到，戶渡清子就是 1943 年 11 月報到。可能因此沒有登記到她在大溪宮前國民學校的紀錄。在臺灣總督府職員錄系統中，似乎缺了很多 1943 年的資料。

> 那銀杏巨樹是那麼地給人幽邃的感覺。當秋天來臨的時候，杏葉轉黃，加上對面山上一片嫣紅，那會是怎樣一種情懷呢？
> 我與清子都沉默著，彷彿一開口便可能打破這至美至純的境界。而我清楚地感覺到我的心正在一片洶湧的激情裏往下沉落。那也正是先前我一直感受到的那種奇異的感動，在那奇異感動的波浪裏，我頻臨滅頂。
> 我讓自己那麼適意地載浮載沉，好像鄉愁，好像傷感。那是我熟悉的，並且我也知道以我的年齡，實在不應該有的，然而，我又有什麼辦法呢？[64]

儘管主角相當的克制，也認為自己的年齡已經超過談戀愛、不該擁有激情的那種歲月。更體會到至美至純的境界，似乎不該有肉體上的接觸。可是，那畢竟太過理想性的。而作品也只成為作者本人的一種創作，或者遐思與幻想。

〈零雁〉[65]

以下兩篇，也是訪問日韓後所觸發的小說。主角為政仙，就是與鍾肇政的同時代的好友，同事或者故鄉的同學會這麼叫他。主角在日本時，遇到了戰前的初戀情人靈韻的姊姊靈妙，提起了靈韻有個女兒文子，一直懷疑政仙就是她真正的父親。不過，政仙算了時間，認為文子並非他的女兒，也一直有點閃躲，不想見文子。

奈何，文子似乎有戀父情結，對於母親能夠在苦難中活下來，都是因為內心深處有政仙這個人，否則早就自殺了。因而文子把母親對政仙的感情，轉到自己身上來。

故事用文子終於找到政仙，然後政仙以回憶的方式，把當年的事情講給文子聽。這故事，鍾肇政同樣的利用了與〈大機里潭畔〉同樣的素

---

[64] 《鍾肇政全集 16－中短篇小說（四）》，頁 326。
[65] 1981 年 12 月 1 日－4 日發表於《臺灣時報》。

材,[66]就是哥哥把妹妹嫁給他的好朋友,但是妹妹已經有心愛的人,不過還是聽從哥哥的想法,嫁了過去,而不幸福。而政仙被塑造的個性也是一如〈青春〉的作品,或者鍾肇政個人的狀況,不敢去為愛而爭取,自卑、退縮。特別自己是私立中學的學生,而戀愛的對象是第三高女。[67]

但是,兩人在戰爭快結束前,有了肉體的接觸、性的結合。這一部分,則是過去的作品都沒有這樣子的情節的設計。主要就是讓文子誤以為政仙可能是她的真正的父親。然後,讓戀父情結發酵,使得這個老少配有合理的空間。

不過,由於政仙跟靈妙仔細的計算文子出生的日期,仍有可能文子跟政仙是父女關係,並可以經由科學的查驗得到結果。特別是文子內心中已經認為自己是純中國的血液了。

而由篇名「零雁」可以知道,文子與政仙將止於留下一個美好的記憶,文子將飛向遠處巴黎,政仙將離開日本回到故鄉臺灣。並且連上飛機前的見面都沒有。這種結束,當然有點草率、不合理之處。不過,作為一個中篇小說,也只好這樣子結束,並帶來一種傷感。

〈櫻村殘夢〉[68]

這篇等於是〈零雁〉的姊妹作,也是訪日所發生的故事,一樣是一個姓鍾的學者與一位大學女生梨惠的某種豔遇,也一樣有著戀父情結,因為父親的早死與懦弱所致。藉由主角鍾的堂哥與秋子的異國戀情,以及鐘與秋子的妹妹春子為公學校的時代童年緣分,讓訪日的鍾與梨惠,扮演在太平洋戰爭死去,無緣與秋子結合這樣子的異國婚姻。鍾與梨惠有了肉體之愛。

故事,是安排鍾的堂哥與秋子都留下了日記,由閱讀日記,讓鍾與梨惠都更體會到那段異國戀情的美麗與哀愁。

---

[66] 參考本書第四章。

[67] 有關把哥哥死前遺言,要把妹妹嫁給好友的題材,可見《鍾肇政全集 22－隨筆集(六)》,頁 313-314。

[68] 1981 年 12 月 16 日－19 日發表於《自由日報》。

不過最後梨惠擔心過分的沉湎於與鍾的浪漫，會耽誤鍾的生活，而決定遠離鍾，終於結束了這個跨國、跨代的戀情。

對於作者而言，所有的創作的小說，長篇也是一樣。故事中的愛情，甚而其他題材，都是在彌補內心的缺憾。小說中的主要人物的角色，也充滿自己的影子。不過，就以上五篇而言，都是 1981 年時發表的，鍾肇政這時候五十七歲，相當直接的在小說中投射出自己內心的盼望，都是一種初老的年紀的人的故事，與一個年輕女郎的邂逅。這時刻，是鍾肇政相當特殊的生命階段。

〈一種別離〉[69]

這又是一篇老少配、師生戀，距離上次類似的題材，已經是近十二年前了。鍾肇政也由五十七歲來到六十九歲。鍾肇政還是持續不斷幻想類似的場景、氣氛、人物。只是這次是少見的第三人稱的敘事方式。造成一種比較客觀的距離感，而並非「我」來做敘事者。如此，比較能造成一種氣氛、景色的主題。也就是「一種離別」這樣子的題目。

故事講女主角將在幾個小時後搭飛機往巴黎去留學，出發前來看老師，並希望老師帶她到蕭瑟的茶園中散步。而在這個四處無人，女主角主動的帶著老師走到草叢深處，引發老師的遐想，而女孩則進一步的主動要幹什麼，故事戛然而止。

比較 2002 年鍾肇政寫《歌德激情書》，實際上也是鍾肇政自稱在七十二歲時訪問德國，而聯想到歌德在七十二歲時愛上十七歲的少女烏爾麗克，當下引起鍾肇政的遐想。思慮如果自己遇到相同的狀況，他是否會有勇氣跟少女求愛呢？並且鍾肇政受到日本作家的老人文學的影響，希望挑戰性愛這個主題。

而更為特殊的是直到 2002 年鍾肇政有機會在平鎮短住時，習慣在附近的產業道路散步，遇到一位美麗的小姐。如此進一步的激發了鍾肇政《歌德激情書》這本小說的創作。

---

[69] 1993 年 9 月 29 日發表於《自由時報》。

這正是萍水相逢的那一類吧？以後記得也碰到過一兩次，但是彼此之間已無多少話可談了。是我不善於多談造成的。真的，有時候我自覺太寡言、太沉默了些。我只能私下裏想：也許，我來寫寫她吧。「產業道路上的女孩」，我能這麼寫嗎？這是多麼笨拙的文題啊！

　　──哎哎，已有多久不再與她碰面了呢？回來龍潭，不再有機會在那條產業道路上散步，自然也就不可能再相逢了。幾時，還是會再去平鎮小住吧，那時一早起來仍會走上那條路是必然的，不過是不是能與她相遇，那可不一定呢。如果碰上，我在想著，也許我會說──不管是不是她先開口，我要說：「一日千秋啊！」[70]

　　而在後來的《滄海隨筆》中，鍾肇政確實將這位美女的少女、產業道路上的女孩，與 R，也就是鍾肇政的初戀情人聯繫起來了。而產業道路，恰巧也可以 R 作為代號。鍾肇政也告訴她，確實在寫她，一個新的叫做 R 的少女。[71]

　　而〈一種別離〉，是否也是有一個模特兒與別離的經驗，刺激了鍾肇政寫下這篇作品呢？總是，儘管鍾肇政伉儷情深，但是還是樂於創作類似主題的小說。去追求、愛慕一個少女。並且還是追求一種純潔的境界，就算在小說中有肉體的接觸，也是讓鍾肇政自覺自己仍是純潔的。

## 小結

　　從上述短篇來看，鍾肇政在初戀上的失敗，似乎是他一輩子都耿耿於懷的，也因此在小說中不斷的數說，並且責怪於自己的懦弱與自卑。而因為自己是相親結婚的，多少對於自由戀愛，或者戀愛本身的美妙是充滿憧憬的。儘管戀愛本身，對於每一個男人都可能會是永恆的、新鮮

---

[70] 《鍾肇政全集 22－隨筆集（六）》，頁 379。
[71] 《鍾肇政全集 22－隨筆集（六）》，頁 401-404。隨筆名稱為《滄海隨筆》。

好奇的,特別是對一個藝術的創作者而言。會充滿著幻想,一如歌德,更是會受到女性的刺激而有了新的、更為美麗的創作。

儘管鍾肇政說他的創作,跟異性是不大有關係的,也在現實生活上,不算有真正的戀愛關係。而夫妻之間的愛,那種溫和、長遠、平凡,與戀愛的激情是不同的。儘管夫妻之間也有激烈的性愛的肉體關係。但是精神上跟戀愛的關係還是大大的不同。特別是鍾老年時,對於年輕的肉體、少女的頑皮的趣味,還是有著憧憬的。

只是,這些初戀的挫敗,在鍾肇政的長篇小說,無論是《臺灣人三部曲》,或者是自傳體小說《濁流三部曲》卻很少展現出來。這兩部大河小說的女性的主人翁,主要的身影,可能是鍾肇政的原配妻子是更多的,儘管女性的角色,大都是許多女性的模特兒所綜合出來的。特別是那種所謂的大地之母的女性角色,跟初戀的情人的身影有很大的差距。

## 第五節　結論

這一章的小說,都落在屬於本書所謂第五期的範疇中,不過,都不算是屬於鍾肇政重要的短篇小說,在技巧與題材上都接近通俗大眾小說。特別是以「青春」為標題的小說的結構都是非常類似,開頭是現實情況,然後回憶到日本統治時期、戰爭時期,最後回到現實。中間刻意的加入符合國民黨意識形態的語詞。在本章的第二節已經以當時鍾肇政正處於被國民黨所看重的時期,第二度的想要利用鍾肇政為國民黨做事。而鍾肇政自然有其智慧去應付國民黨,產生不僅對自己,更對他所領導的臺灣文學作家的群體有益的方向,讓大家藉此機會能夠多發表,練練筆,獲得稿費,甚至獲得一定的來自黨內的某方面的保護。

而接著青春政治類的小說,這段時間之後,也在第五期中,他題材上比較特殊的是,他產生了多篇對於老少配、師生配的一種幻想的小說。這除了能瞭解鍾肇政的愛情觀外,更多顯示出鍾肇政的個性是相當矛盾、複雜的。他對於夫妻、朋友、父母子女的對待相處,在社會上活

動應對,這些對於他在創作上的角色安排與結局,都有相當的關連性。

且他與時代的互動,使得他在個性的本質上,有所改變、有所成長。在本章以及其他篇章,都有相當的討論。由於這些討論,讓我們對作家的創作心理能夠有一些基本的探討。

# 第十一章　結論

## 第一節　中短篇小說的分期

　　本書第一個貢獻是以鍾肇政創作的技巧,將鍾肇政的中短篇小說分為五期的進展。

　　第一期,開始創作的模仿時期(1951－1958 年)。第二期為少兒小說時期(1959－1963 年)。第三期為心景式心理小說期這時間大約在 1959 到 1963 年。第二期、第三期時間有重疊,這是正常的,因為有些作品可能更早就寫完,之後才發表。或者同時創作兩種風格的小說,都有可能。這部分的小說,幾乎都沒有被收錄到某些集子中。

　　第四期,則是鍾肇政利用《臺灣文藝》創刊,開始把過去寫過意識流或者性活動強烈的主題的小說,加以發揮出來。多少以 1960 年代《現代文學》的創刊,與之對抗、比賽,不服氣的樣子。

　　一開始是 1964 年所發表〈溢洪道〉,一直到 1968 年的〈雲影〉,是鍾肇政的前衛意識流小說時期。這些作品大都收錄在《中元的構圖》中。在這裡,鍾肇政完成他對前衛技巧的嘗試,將土俗的民情加以融合在一起。這是相當有見識、創新的方式。鍾肇政永遠存在一個臺灣文學有臺灣文學的特色在創作的意識中,也就是他強調的泥土味的風格。

　　第五期是後期的藝術作品,約 1969 年之後的如〈豪雨〉、〈阿枝和他的女人〉等,被收錄到《鍾肇政自選集》或者《鍾肇政傑作選》等集子中。鍾肇政以異常冷靜客觀的第三人稱的敘事觀點表現,所以本書命名為後期藝術小說期。

## 第二節　特殊議題與長篇的相關

　　鍾肇政對於探討死亡、性、生病的議題是相當的有興趣的。這在鍾肇政的長篇中，很少直接的表述。鍾肇政的短篇小說的題材，趨向於精神異常的人物，或者呈現悲傷、傷感的人生，探討的往往跟性與死有關係。除了小說本身的藝術性，也是鍾肇政技巧上極需要突破的。

　　鍾肇政的浪漫的本質，讓他對於性的探討的興趣，對於男性對性的執著，有相當深刻的表達。並且，無論男女，常常是在死亡邊緣，把性的議題帶進來，或者露骨的提到性而把性描述為跟死的感受，兩者融合在一塊。

　　而對於生病與死亡的主題，鍾肇政表現顯得很無力、無奈，人似乎是無法突破對死亡的恐懼，瞭解死亡，閱讀叔本華、尼采的思想，一樣的也是相當的無力，人類終究在死神面前是被打敗的。除非人已然瘋狂，無知無感，才能得到某種解脫。

　　在幾個地方探討了這些中短篇小說的技巧與題材，與鍾肇政的若干長篇的情節、技巧的關連性。基本上，鍾肇政在《大壩》、《大圳》也實踐了長篇中的前衛技巧，加到土俗的題材。不過，因為是發表在官方的雜誌當中，或者邀稿。有些犯罪的題材必須被刪除，除了在結構上能發揮交叉敘事的技巧，而描述上就很難突破。

　　鍾肇政只有在《沉淪》中，當主角人物有了創傷，以夢中的情景來表現前衛的技巧，描述主角混亂的夢中意識，也就是潛意識。語言上也做了相應的發揮。之後，鍾肇政就甚少在長篇中有如此表達。

　　不過在許多人物的塑造與情節上，也不少長短篇之間是互通的，比方銀妹拿著瓢子或者雙手去接牛的尿。谷清子對於不能得到幸福的命運的想法，在〈殘照〉中也出現了。

　　比較奇特的是，鍾肇政在「日本精神」的正面價值上，表現於《插天山之歌》的隱喻的層次上，而解嚴後在《怒濤》則明白的高喊日本精神，而把日本精神化為在二二八時代的臺灣人的時代精神。可是在短篇小說中，日本人的歷史形象，都是負面的。部分原因當然是配合統治者

的意識形態，不得不如此。這一點又是鍾肇政在長短篇中的差異，而本書附錄 B 評論《八角塔下》，鍾肇政說他在淡水中學就讀五年，那是他的精神故鄉，那裡有隱含著日本精神的樣貌。

## 第三節　特別題材的短篇小說

　　本書除了在鍾肇政的小說技巧上的歷史分期外，還歸類了原住民小說、浪漫愛情小說、青春政治小說與家族小說。在技巧上本書認為就無必要再劃分新的時期了。不過在題材上則有不同的創意。

　　對原住民小說，鍾肇政除了長篇的筆者命為「原住民四部曲」的《卑南平原》、《馬黑坡風雲》、《川中島》、《戰火》，還有大約六篇的原住民短篇小說，本書選了四篇藝術價值最高，批判性最為強烈的四篇短篇小說。鍾肇政為原住民發聲，作為代言人的企圖是相當明顯的。而有別於長篇小說，都是歌頌原住民的英雄與美麗、純潔，以歷史為背景的故事。短篇小說就比較是反映現實，表現原住民流落都市的悲哀，希望回到美麗的部落的渴望。但是也有表現兄弟之愛的，儘管表現的是獵雄的英勇行為，主題仍牽涉到回歸原住民身分的一種悲願。

　　其次，鍾肇政的青春浪漫懷舊的小說。這部分的題材通常是有關當日本兵的經驗，或者過年、掃墓的家族風俗習慣。而因為主要發表在《中央月刊》等黨國的刊物，也是當時的鍾肇政被監視、注意、利用、賞識的階段。鍾肇政在這當中加入抗日、愛祖國的意識形態，符合黨國的要求，這是很正常的。

　　跟作者個性與家庭生活的聯繫息息相關的家族小說。這可以進一步瞭解鍾肇政最平凡的生活面，他的最為日常的作為處事的一面。鍾肇政的性格一般是溫和保守，尤其在面對愛情、政治反抗上，但事實上，他也有固執、堅持、勇猛的一面。特別是在臺灣文學運動上的表現。當然在外表，他仍是恭順、順從的、忍從的，可是他的決心、隱藏自己的想法的部分，他仍是無愧唯一個領導者。並且樂於分享、幫助。但是，他

當然也有把臺灣文學當作就是自己的事業、自己的兒子那樣子看待。也會有嫉妒、不滿之類的情緒。這當然是相當正常的。因為最為重要的，猶如筆者前一本書所言，他確實是戰後臺灣文學的建構者，更是最為勇猛的大河小說的創作者。

　　而對於家人，特別是兒女對他的重要性不言可喻，絕對的保護兒女，不容外人的侵犯。而對妻子是感恩又虧欠，從結婚後開始學習相處之道，儘管夾在婆媳當中很為難，最後還是克服一切。兩人至老恩愛非常。對於兒女也是，在從事創作、文學運動的忙碌當中，學習當中，漸漸的也懂得如何關愛兒女，且寬容又嚴厲，總以祖先、家族的榮耀，血液的連結來鼓勵兒女，往光明的路走去。

　　最後是有關老少配、師生戀的浪漫愛情小說，儘管鍾肇政聲稱異性之愛，對他的創作的動力來源是不相關的，與那些大藝術家如歌德、畢卡索是不同的。不過顯然現實上的愛情的幻想，初戀失敗的經驗，夫妻的生活，對他的刺激、成長的養分，與他的作品的風格與題材的選擇，描繪女性的深度，都是很有關連性。

　　無論家人或者愛情，在附錄 A 中，研究《魯冰花》可以帶來許多與中短篇小說的互相比對上意義，可以幫助理解鍾肇政的創作意圖。特別他在對待朋友、他人的相處模式、認知歷程上，某些時候他是相當重視潔癖的態度，如果他認知到不符合他的癖性與價值觀的，他這時候是相當的絕決的，做斷然的處置。對於民族國家的態度，認同的情況，也是可以這種模式，做這樣子的推論的。而潔癖的生成，可以說跟他自認的值得驕傲的家族，以及日本的精神教育有關。

# 全書參考文獻

## 一、專書

### （一）鍾肇政小說

彭瑞金主編：《鍾肇政集》，臺北市：前衛出版社，1991年。

鍾肇政：《歌德激情書》，臺北市：草根出版社，2003年10月。

鍾肇政：《輪迴》，臺北市：實踐出版社，1967年5月。

鍾肇政：《魯冰花》，臺北縣：遠景出版社，2009年7月。

鍾肇政：《鍾肇政自選集》，臺北市：黎明文化公司，1979年7月。

鍾肇政：《鍾肇政傑作選》，臺北市：文華出版社，1979年3月。

### （二）鍾肇政全集

莊紫蓉、錢鴻鈞等編輯：《鍾肇政全集 5：魯冰花、八角塔下》，桃園市：桃園縣文化局，1999年6月。

莊紫蓉、錢鴻鈞等編輯：《鍾肇政全集 12：綠色大地、圳旁人家》，桃園市：桃園縣文化局，2000年12月。

莊紫蓉、錢鴻鈞等編輯：《鍾肇政全集 13：中、短篇小說集（一）》，桃園市：桃園縣文化局，2000年12月。

莊紫蓉、錢鴻鈞等編輯：《鍾肇政全集 14：中、短篇小說集（二）》，桃園市：桃園縣文化局，2002年11月。

莊紫蓉、錢鴻鈞等編輯：《鍾肇政全集 15：中、短篇小說集（三）》，桃園市：桃園縣文化局，2002年11月。

莊紫蓉、錢鴻鈞等編輯：《鍾肇政全集 16：中、短篇小說集（四）》，桃園市：桃園縣文化局，2002年11月。

莊紫蓉、錢鴻鈞等編輯：《鍾肇政全集 17：隨筆集（一）》，桃園市：桃園縣文化局，2002年11月。

莊紫蓉、錢鴻鈞等編輯：《鍾肇政全集 18：隨筆集（二）》，桃園市：

桃園縣文化局，2002 年 11 月。

莊紫蓉、錢鴻鈞等編輯：《鍾肇政全集 19：隨筆集（三）》，桃園市：桃園縣文化局，2002 年 11 月。

莊紫蓉、錢鴻鈞等編輯：《鍾肇政全集 20：隨筆集（四）》，桃園市：桃園縣文化局，2002 年 11 月。

莊紫蓉、錢鴻鈞等編輯：《鍾肇政全集 21：隨筆集（五）》，桃園市：桃園縣文化局，2002 年 11 月。

莊紫蓉、錢鴻鈞等編輯：《鍾肇政全集 22：隨筆集（六）》，桃園市：桃園縣文化局，2002 年 11 月。

莊紫蓉、錢鴻鈞等編輯：《鍾肇政全集 23：書簡集（一）》，桃園市：桃園縣文化局，2001 年 4 月。

莊紫蓉、錢鴻鈞等編輯：《鍾肇政全集 24：書簡集（二）》，桃園市：桃園縣文化局，2002 年 11 月。

莊紫蓉、錢鴻鈞等編輯：《鍾肇政全集 25：書簡集（三）》，桃園市：桃園縣文化局，2002 年 11 月。

莊紫蓉、錢鴻鈞等編輯：《鍾肇政全集 26：書簡集（四）》，桃園市：桃園縣文化局，2002 年 11 月。

莊紫蓉、錢鴻鈞等編輯：《鍾肇政全集 27：書簡集（五）》，桃園市：桃園縣文化局，2002 年 11 月。

莊紫蓉、錢鴻鈞等編輯：《鍾肇政全集 28：書簡集（六）》，桃園市：桃園縣文化局，2004 年 3 月。

莊紫蓉、錢鴻鈞等編輯：《鍾肇政全集 29：書簡集（七）》，桃園市：桃園縣文化局，2004 年 3 月。

莊紫蓉、錢鴻鈞等編輯：《鍾肇政全集 30：演講集》，桃園縣：桃園縣文化局，2002 年 11 月。

莊紫蓉、錢鴻鈞等編輯：《鍾肇政全集 31：訪談集、臺灣客家族群史總論》，桃園縣：桃園縣文化局，2004 年 3 月。

莊紫蓉、錢鴻鈞等編輯：《鍾肇政全集 32：歌德文學之旅、八十大壽紀念文集（上）》，桃園市：桃園縣文化局，2004 年 11 月。

莊紫蓉、錢鴻鈞等編輯：《鍾肇政全集 33：八十大壽紀念文集（下）、大河之歌：鍾肇政文學國際學術會議論文集》，桃園市：桃園縣文化局，2004 年 11 月。

莊紫蓉、錢鴻鈞等編輯：《鍾肇政全集 34：書簡集（八）》，桃園市：桃園縣文化局，2004 年 11 月。

莊紫蓉、錢鴻鈞等編輯：《鍾肇政全集 37：年表、補遺、演講大綱》，桃園市：桃園縣文化局，2004 年 11 月。

莊紫蓉、錢鴻鈞等編輯：《鍾肇政全集 38：影像集》，桃園市：桃園縣文化局，2004 年 9 月。

（三）書信、書簡集及回憶錄

錢鴻鈞編、黃玉燕譯：《吳濁流致鍾肇政書簡》，臺北市：九歌出版社有限公司，2000 年 5 月 10 日。

錢鴻鈞著：《臺灣文學的萬里長城：鍾肇政六百萬字書簡研究》，臺北市：文英堂出版社，2005 年 11 月。

鍾理和、東方白著；張良澤編：《臺灣文學兩地書》，臺北市：前衛出版社，1993 年 2 月 15 日臺灣版第一刷。

鍾肇政著、張良澤編：《肝膽相照：鍾肇政‧張良澤往返書信集‧〔張良澤卷〕》，臺北市：前衛出版社，1999 年 11 月。

鍾肇政著、張良澤編：《肝膽相照：鍾肇政‧張良澤往返書信集‧〔鍾肇政卷〕》，臺北市：前衛出版社，1999 年 11 月。

鍾理和、鍾肇政著；錢鴻鈞編：《臺灣文學兩鍾書》，臺北市：草根出版社，1998 年 2 月。

（四）鍾肇政相關文學專著

莊華堂主編：《鍾肇政口述歷史：戰後臺灣文學發展史十二講》，臺北市：唐山出版社，2008 年 7 月。

陳萬益主編：《大河之歌：鍾肇政文學國際學術會議論文集》，桃園縣：桃園縣政府文化局，2003 年 12 月。

彭瑞金：《臺灣現當代作家研究資料彙編：鍾肇政》，臺南市：國立臺

灣文學館，2011 年 3 月。
鍾肇政：《臺灣文學十講》，臺北市：前衛出版社，2007 年 11 月初版第三刷。

（五）其他專書

文訊雜誌社編輯：《光復後臺灣地區文壇大事紀要：增訂本》，臺北市，行政院文化建設委員會，1995 年 6 月二版。

皮述民：《短篇小說構成論例》，臺北市：華欣文化事業中心出版，1974 年 11 月。

李喬：《小說入門》，臺北市：時報文化出版企業有限公司，1986 年 8 月初版二刷。

李喬：《臺灣文學造型》，高雄市：派色文化出版社，1992 年 7 月。

葉石濤：《臺灣鄉土作家論集》，臺北：遠景出版社，1979 年 3 月。

彭瑞金主編、鍾肇政著：《鍾肇政集》，臺灣作家全集・短篇小說卷／戰後第一代 5，臺北：前衛出版社，1991 年 7 月。

## 二、期刊、學術研討會、專書收錄之單篇論文

李喬：〈為臺灣文學壽鍾肇政：鍾家之寶鍾肇政宗長天錫遐齡〉，《臺灣文學評論》第 4 卷第 1 期，2004 年 1 月，頁 22-24。

李魁賢：〈鍾肇政的青春文學〉，《Taiwan News 財經・文化周刊》第 110 期，臺北市：Taiwan News 財經・文化周刊社，2003 年 12 月 4 日—12 月 17 日，頁 41。

花村：〈鍾肇政小說裡的愛情觀〉，《臺灣文藝》75 期，臺中市：臺灣文藝聯盟出版，1982 年 5 月，頁 291-295。

莊紫蓉：〈女性、愛情與文學：鍾肇政先生專訪〉，《文學臺灣》第 32 期合刊，1999 年 10 月，頁 22-48。

莊紫蓉：〈探索者、奉獻者：鍾肇政專訪〉，《臺灣文藝》第 163、164 期合刊，1998 年 8 月，頁 58-68。

莊園：〈讀鍾肇政短篇小說札記〉，《臺灣文藝》75 期，臺中市：臺灣

文藝聯盟出版，1982 年 5 月，頁 283-286。

陳芳明：〈鍾肇政小說的現代主義實驗：《中元的構圖》的再閱讀〉，收錄於陳萬益主編：《大河之歌：鍾肇政文學國際學術會議論文集》，桃園縣：桃園縣政府文化局，2003 年 12 月，頁 307-324。

壹闡提：〈女性的追尋：鍾肇政的女性塑像研究〉，《臺灣文藝》第 75 期，1982 年 2 月，頁 251-282。又收錄於李喬：《臺灣文學造型》，高雄市：派色文化出版社，1992 年 7 月，頁 211-257。

彭瑞金：〈傳燈者：鍾肇政〉，《聯合文學》第 18 期，1986 年 4 月，頁 104-119。

葉石濤：〈鍾肇政的文學特質〉，收錄於葉石濤：《臺灣鄉土作家論集》，臺北市：遠景出版事業公司，1981 年 2 月再版，頁 153-156。

鄭素娥：〈十七歲的清溪：評鍾肇政的《歌德激情書》〉，《臺灣文學評論》第 4 卷第 2 期，2004 年 4 月，頁 274-282。

鍾肇政：〈鍾肇政談族譜、來臺祖及其他〉，收錄於莊紫蓉、錢鴻鈞等編輯：《鍾肇政全集 19：隨筆集（三）》，桃園市：桃園縣文化局，2002 年 11 月，頁 459。又收錄於《漢聲雜誌》，1989 年 5 月出刊。

鍾肇政等：〈八旬老翁的秘辛：我小說中的愛情與女人〉，收錄於莊華堂主編：《鍾肇政口述歷史：戰後臺灣文學發展史十二講》，臺北市：唐山出版社，2008 年 7 月，頁 371-372。

## 三、學位論文

郭慧華：《鍾肇政小說中的原住民圖像書寫》，臺北市：國立臺灣師範大學國文系在職進修碩士學位班碩士論文，2004 年。

吳鳳琳：《鍾肇政中、短篇小說女性形象析論》，國立屏東教育大學文化創意產業學系碩士論文，2013 年。

# 附錄 A　《魯冰花》與《法蘭達斯的靈犬》的比較：談鍾肇政的創作歷程

## 第一節　前言

　　《魯冰花》已經有碩士論文專論，也有與電影版本的比較。[1]這裡是對世界兒童名著《法蘭達斯的靈犬》[2]作比較。也由於有論文指出：

> 鍾肇政的《魯冰花》，據林鍾隆的說法，借取了《富蘭達士的義犬》的素材與靈感。[3]

　　也是這篇論文的緣起，讓筆者產生研究的動機。而林鍾隆的說法是在於 2000 年 3 月在臺北市立圖書館「1945－1998 臺灣兒童文學一百研討會」上的口頭敘述。《富蘭達士的義狗》為洪炎秋翻譯，收在東方少年文庫第十四號之中，1956 年出版。[4]

　　又臺灣轉播 1975 年由日本製作根據原著《法蘭達斯的靈犬》所編製的卡通《龍龍與忠狗》，使得熟悉這部卡通與《魯冰花》，屬於五年級

---

[1] 郭秀理，《論鍾肇政的魯冰花》，臺東師範大學碩士論文，2002 年 6 月。楊嘉玲，《臺灣客籍作家文學作品改編電影研究》，成大大學藝術研究所碩士論文，2000 年 6 月。

[2] 本文採用版本為志文出版社出版的《法蘭達斯的靈犬》，齊霞飛譯，2002 年 2 月。

[3] 許建崑，〈六十年代臺灣中長篇少年小說作品評析〉，戰後初期臺灣文學與思潮國際學術研討會，東海大學中文系主辦，2003 年 11 月 29－30 日。

[4] 事實上在戰後也有 1959 年美國所改編的電影《A dog of Flanders》，1999 年也有重拍，並且 1935 年也拍過。都將主角年紀改為比原著更小，主題上也偏向於小畫家對畫畫的渴望，而不在人狗之間的友誼。

的臺灣人世代，會想起兩者之間的關聯性，如林裕凱博士也跟筆者談起過兩部片子的相似性。這使筆者大感驚訝，原來他也如筆者同樣有此感受。更激勵筆者想要探索林鍾隆說法的真相，並且想在這真相探求的初衷外，以更深刻的角度來加深對《魯冰花》的認識。

首先引起林裕凱對卡通與《魯冰花》感到類似的地方為小畫家之死的劇情安排。背景亦為窮苦兒童受到階級不平等的對待，甚至連畫畫的天分的傾向也被蔑視。最後雖然獲得平反，但是已經因為主角的死亡而顯得完全無意義了。除此以外，下文將指出兩書中在情節、人物上還有什麼相似的安排，而《魯冰花》的創意在這種多方面比較之下，更能夠顯現出來。而在靈感上、素材上是否有所傳承，其解答的重要性也將因而降低為次要的問題。

另外，《魯冰花》作為鍾肇政發表的第一篇長篇，這使得鍾肇政擠身為與鍾理和、廖清秀相當地位的臺灣作家。緊接著他又發表《濁流三部曲》，而成為首席的臺灣作家，並受到美國人的注意。這段歷史還很模糊，不過對鍾肇政發表作品的歷史，卻是一段很關鍵的故事。根據資料，1959 年 10 月 24 日，林海音來信索取資料，說要寫一篇臺灣作家的特寫。這是要刊登在與美國新聞處有所接觸的《文星雜誌》，後於 12 月刊登出來。另外一方面 1960 年 3 月《現代文學》雙月刊創刊，背後是否有來自美國的經費所支持，還不清楚，不過白先勇並未說明十萬元的創刊基金來源如何？白先勇倒是明確指出在第二年第 10 期、11 期各六百冊為美國新聞處麥卡瑟所出資印出。[5]歐陽子也感謝麥卡瑟撥了一筆經費印行「Heritage Press」英譯臺灣的文學作品，並辯護說：

> 最近美國卻有人翻舊帳，指責 CIA 曾經浪費金錢，在世界各地印刷無關書籍，應該檢討。可見今日一些美國人，是多麼現實與短

---

[5] 白先勇，〈《現代文學》的回顧與前瞻〉，1977 年 2 月。收錄於《第六隻手指》，1995 年 11 月，爾雅。

視！[6]

可見 CIA 確實並非一般如電影情節中只是一個暗殺的機構而已，在國防情報與安全上，更能化消極蒐集為積極製造並且以文化方法這種更細膩的手段從事諜報工作。美國對臺灣的一貫策略為扶植各種可能勢力以便取代蔣介石的政權，且希望能夠完全控制各種的勢力，至今猶然。而這也是符合以美國自身利益為目標，一種相當自然的邏輯結果。在這種大環境背景下，1960 年 6 月 21 日，鍾理和給鍾肇政信中謂林海音要編輯《臺灣作家合集》。1960 年 7 月 26 日，林海音則致信鍾肇政，說美國新聞處要臺灣作家的短篇作品：

> 肇政：
> 這裡美國新聞處，託人向我說，要留篇本省作家的短篇小說給他們，我還不太明白，他們是否要選些翻成英文。

1960 年 8 月 18 日，美國總統艾森豪來臺訪問兩天，更顯示當時臺美局勢的特別意義。許久以來美國政府一直推動中國、臺灣的兩國論，也曾經接觸臺灣將領孫立人，極期待有另種可能。1960 年 12 月 22 日，鍾肇政獲臺北市西區第六屆扶輪社文學獎。1961 年 8 月，有短篇小說集的英譯本出版，林海音落選，鍾肇政卻排在卷首。1961 年 9 月 11 日，鍾肇政受邀到臺北參加美國大使館茶會。其後更有《濁流》要英譯的傳聞。1962 年 12 月 5 日林海音來信：

> 接獲來信，很高興，你那天能有時間接待這位美國朋友，已告訴他你的安排。我的是九時在公路局站見面，那麼大概就乘九時一刻左右的車前往，當依你所說的無誤。

---

[6] 歐陽子，〈回憶《現代文學》創辦當年〉，1976 年於美國德州。文章收錄同上。

原《自由中國》文藝方面的主編聶華玲也在這個月，與林海音一起來到龍潭拜訪鍾肇政，還在石門水庫合影留念。根據陳若曦的說法，[7]她在 1960 年代到了美國，便知道美國利用同樣在越南的手法，想要扶植臺灣的地方人士。她個人也為美國所邀以英文寫了介紹臺灣文學的評論。[8]因此，鍾肇政獲得「賞識」除了依靠自己的實力，也是有當時美國的「兩國論」的時代背景。果然，1963 年 4 月 23 日林海音就因為「過於接近美國方面」的內幕原因，而被忌諱，終於被逼下《聯合副刊》主編職位。還好這一切並未牽扯到鍾肇政身上。可能是鍾肇政此時身分地位不足為當權者所慮吧，且鍾肇政也盡量小心謹慎，避免得罪他人或遭忌而引來災難。

　　林海音則於 1965 年 4 月 18 日應美國國務院的「認識美國」計畫邀請訪問四個月。如此一切便在不言中。而這中間還有保羅安格爾於 1963 年 3 月訪華，保羅安格爾正是麥卡瑟出身的愛荷華大學的教授，兩人同為好朋友，與聶華玲結婚其後帶往美國，主持「作家工作室」而與臺灣文壇有不少牽連。

　　然後鍾肇政因為《濁流》的發表，吳濁流因此與鍾肇政有第一次接觸，這是臺灣文學史上最重要的會面之一。兩人攜手同心合作苦辦的《臺灣文藝》雜誌，更是臺灣文學史中的重要里程碑。由以上觀之，筆者認為更有必要研究《魯冰花》除創作靈感素材以外，亦需發掘其在臺灣文學史中新的意義與重要性。環境的變動，除了刺激了鍾肇政的寫作動力，也引起了美國新聞處的注意。後來的《濁流》能夠發表，確實是有作品之外環環相扣的各種因素。而筆者認為更重要的，《魯冰花》在於鍾肇政文學的創作歷程本身的變化如何，也是本文的核心價值，將在以下文章中討論。

---

[7] 2004 年 3 月 22 日，訪談陳若曦於麻豆。

[8] Lucy H. Chen，〈Literary Formosa〉，The China Quarterly，July-September，1963 年。

## 第二節　兩書的相似處

本文先介紹《法蘭達斯的靈犬》，最後提及兩書相似性的部分。《法蘭達斯的靈犬》在 1940 年前日本就有翻譯本，原著是 1872 年，臺灣最早的翻譯則是 1956 年。其後又有多種譯本或改寫，靈犬有時翻譯為義狗、義犬、忠狗。總之，標題都依照原著名稱《A DOG OF FLANDERS》，故事則強調主角是一隻比利時當地的狗。因此也被列為動物小說的文類。我的日文與美術老師，現在住在佳里的陳金胡先生，他也說他在國小五年級就看過這本書，當時應該為 1948 年，如是則中國就有更早的翻譯本傳過來臺灣。陳老師印象深刻在於一個小孩牽著小狗走著，主角是否為小畫家則印象模糊了。陳老師說這種孤兒的小說，外國曾經很流行，如《清秀佳人》、《孤雛淚》、《苦兒流浪記》、《小英的故事》。不過筆者可以先點出來的是《魯冰花》的主角古阿明並非孤兒。這是鍾肇政要針對臺灣社會狀況所作的批判，而非著重在孤兒的特殊身分，兩書比較之下相同處為天才的身分著手。

薇達原來從事為大人而寫的長篇小說，如《兩面國旗下》描述軍人的生活。三十歲則開始寫童話故事，出版《流浪兒的故事》。兩年後 1871 年由母親陪伴，攜帶愛犬旅遊比利時、德國、奧地利。最後到達義大利，在佛羅倫斯定居，六十九歲過世。相信 1872 年她發表的創作《法蘭達斯的靈犬》正是來自旅遊比利時的靈感。這一年她還出版《紐倫堡的壁爐》。[9]

《法蘭達斯的靈犬》故事表現主人翁也就是天才小畫家尼洛與忠狗之間的純潔友誼。敘事上常常以靈犬的擬人化的心靈角度觀看尼洛的嚮望或哀傷。而另外一點令人感動的是尼洛本身，那麼純潔的對於繪畫藝術的崇拜，想要成為藝術家的偉人。他最大的願望是觀賞在地的畫家魯本斯（1577－1640）所畫安放在安特瓦普教堂中的《耶穌上架圖》與

---

[9] 參考志文出版社出版《法蘭達斯的靈犬》，附錄部分，曹永洋編輯之薇達年表。

《耶穌下架圖》。因為要看畫要付觀賞費，而對靠鄰居善心過日子的尼洛來說，根本是一個遙不可及的夢想。雖然尼洛需要錢看畫，達成最大的夢想，但當在地主柯赫斯要以金錢購買他畫的獨生愛女愛羅雅的肖像時，尼洛卻拒絕金錢交易，也失去一個難得看魯本斯畫作的機會。顯出尼洛對藝術創作不能為金錢所買賣的高貴見地（也許是薇達的見地），這是做為藝術家的高貴的情操。

最後他雖然拾取柯赫斯的金錢而獲得可能的重生機會，但是因為繪畫比賽失利，他已經沒有了求生的意志，而在魯本斯的畫前放棄生命，更令人感受到他對於藝術追求的生命意志，這是屬於天才特有的夢與理想。當然靈犬也因為陪他而凍死，又增加了故事的傷感性。簡言之，本書對於天才兒童的心靈世界的描繪，可謂高潮層起，吸引讀者澎湃的感情而共鳴。天才的夢，連他的親爺爺也很難理解。作者又說這是小孩的心靈，兩者似乎有點不融洽。到底是天才才會有的夢，還是反映小孩的心靈世界呢？或許作者認為每一個小孩都有天才的心靈吧。

故事的背景是發生在拿破崙戰爭（十九世紀初）之後，作者將尼洛的身世置於沒有後路的狀況，父母早死，只剩下八十歲也是形同殘年的爺爺相依為命。爺爺也是因為拿破崙戰爭而受傷，作者隱隱有批判戰爭的味道。重點為，這貧窮的背景固然有增加靈犬這個角色的重要外，也是凸顯窮苦人家生活於被歧視階級的狀態。顯見作者對人間冷酷的批判。甚至對於教會需索金錢才讓人觀看魯本斯的畫作，有強烈的暗示性的批判。

地主柯赫斯老爺之外，包括村民也全都畏於地主的權勢冤枉尼洛放火燒風車，更有尼洛的屋主在聖誕節前夕將他趕出，讓尼洛雪夜無屋流浪街頭的情節，整個世界形成明顯違反耶穌基督教義而形成犯罪的共同體。以致於繪畫比賽的勝負都取決於有錢人手上。或許作者是女性，因此作品中柯赫斯夫人還保有唯一的同情，且不顧身分差異，願意讓尼洛作為她的女兒的男伴，甚至婚姻對象。雖然最後大家都有所覺醒，不過小天才已死，一切都已經枉然了，作者在此仍進一步不讓大家有贖罪的機會。

這部作品的語言風格確實是對小朋友講的話，尤其在稱許地方的偉人時，作者講：

> 各位在世界各地的讀者，你們一定要珍惜自己國家的偉人。因為有了這些偉人，以後的人才會想起你們。[10]

作者稱許安特瓦普城懂得標榜偉人畫家魯本斯（1577-1640），因此城市的名字，才會在全世界每個人的口中被提起。而作品中小天才尼洛的生命意志，也是要向偉人看齊，期許自己也能成為一個偉人。而「魯冰花」作為與魯本斯不同的圖騰，也似乎在提醒著讀者，天才的可貴與天才可惜的殞落的教訓，不過這都要讀者自己去理解、思考了。

因此兩書最大的相似性，首先是天才小畫家之死是劇情的核心，而背後同樣有階級背景，因而造成畫作不被理解、欣賞的因素，甚至心靈與行為被曲解，促成天才的殞落。當然畫作的理解、評價問題還是其次，主要就是階級形成富者根本不願意輸給窮人的心理，而周圍的人更只作錦上添花的事情。而經濟面的貧困，更可以說是造成天才死亡的直接原因。這裡，兩位作者對於社會採取了同樣的批判角度。

## 第三節 《魯冰花》的原創性

若要從兩書的差異的觀點來看，很多可以指出來。比方主角設定的年齡一個為 15 歲，一個為 10 歲。對於人世、藝術的領略都大異其趣。只是都對於世界某事情專注，有共通的純潔靈魂。如黃秋芳所說：「《魯冰花》是以青少年為主角，但是內容偏重其成長及啟蒙的過程。」[11]書中往往有啟蒙者的角色，也就是郭雲天。但本書被啟蒙者則是

---

[10] 參考志文出版社出版《法蘭達斯的靈犬》，附錄部分，曹永洋編輯之薇達年表。
[11] 黃秋芳，〈拓展少年小說的臺灣風情〉，發表於「臺灣少年小說學術研討會論文集」，後合集為林文寶主編《少年文學天地寬》，九歌出版社，2002 年 6 月。

林雪芬，而並非是古阿明。

最重要的差異是《法蘭達斯的靈犬》的主角與敘事觀點常常在一隻狗，也就是這隻靈犬身上，可說是一本完完全全的兒童小說。《法蘭達斯的靈犬》的故事集中在靈犬與 15 歲男孩間的心靈感應過程的舖陳，而《魯冰花》有更多的成人的愛情故事。《魯冰花》的敘事觀點是全知的，因此有更多成人的想法，全知觀點之下成人的爭執、齷齪，卑鄙，和醜陋。

以下，筆者首先探討《魯冰花》作者的創作歷程，以挖掘作者真正靈感的來源，進而討論作者的原創性。

## 一、作者的創作歷程

根據鍾肇政的訪談記錄，他說：

> 1960 年聽到臺灣小朋友的畫得到國際性大獎，是提筆的原始動機，思索到落後的東方人竟然能在新的西洋美術教育裡得到大獎，得到那麼好的成績，這是不是反映了某些現象呢？[12]

如此只要可以找到這個新聞，那麼可以證明鍾肇政所言不虛，更可以進一步的證明《魯冰花》與《法蘭達斯的靈犬》毫無相關。想是記憶上的時間問題，當時應確實有這樣的新聞。又從最新的訪談紀錄，高麗敏於 2003 年 6 月 26 日拜訪鍾肇政時，鍾肇政提到：

> 會寫作《魯冰花》，主要看到一本日文雜誌裡一則消息，大概的意思是：若要參加國際性的繪畫比賽，只要將作品直接寄至參賽地點，當年的參賽地點在南美洲，阿根廷或巴西。[13]

---

[12] 邱秀年訪鍾肇政，〈教育三十年〉，《人本教育札記》第 3 期，1989 年 3 月。
[13] 高麗敏，〈疼惜與祝福──和鍾肇政聊近況、談教育〉，《臺灣文學評論》3 卷 4 期，2003 年 10 月 1 日。

由此，鍾肇政進而想了想，為什麼這樣「送出國得獎」的題材，然後可以觸發那麼多東西。確實有當時的時代環境、鍾肇政個人的成長背景與文學心靈。這才是本文想要探究的重點。因此筆者抱持的態度是：《魯冰花》是恰好與《法蘭德斯的靈犬》的劇情有所接近的。

　　首先將《魯冰花》的劇情與背後的構思簡單的介紹。這是一本反映到美術教育的問題，而以天才少年之死作為表現。然後「魯冰花」作為象徵性主題是作者構思的方向，而實際賦予血肉的，則是畫作問題與愛情的糾葛，而配合社會問題的探討。有趣的是在訪談中，鍾肇政一貫的溫和態度回答高麗敏說：「當時的教育環境，實在談不上有多麼不合理的情形。」因此，鍾肇政的批判方式是否嚴厲，要靠讀者去思考、去感受。

　　鍾肇政的構思是將筆觸伸向更深一層的社會結構或者兒童心理。難怪整部作品的構成既快速而又嚴謹、豐富，更不會落入兒童小說的格局。根據筆者知道作者本人在被稱為好好先生之外，他也是有強烈主張的，只是在外表往往不容易顯現而被輕易觀察到的。

　　這時來考察另一件事，根據鍾肇政的研究筆記，在他知道畫畫可以寄到國外比賽的新聞後，他花了很多的心思在研究兒童畫比賽的評審講評。而他的研究主要參考來源是 1959 年 10 月份的《主婦與生活》。也就是說這個比賽的新聞，應該是在 1959 年 10 月之前，除非他有蒐集這本雜誌的習慣，或別人給他過時的雜誌。事實上在這期的《主婦與生活》就有兩位臺灣小孩，投往日本參加比賽的作品，入選有中年級、高年級各一位。而鍾肇政到 1960 年寒假開始寫作，距離則不到兩個月。開始執行則是寫作前的人物安排、情節設定、場景制訂，則於 1960 年 1 月 1 日開始。[14]

　　故事發生在教育界，明顯地是與作者個人的背景有關係。而鍾肇政擴展到老師受到社會的貧富階級觀念的影響，所表現的醜態、冷酷，並

---

[14] 參考鍾肇政於 1952 年 12 月所開始寫的一本「隨想錄」。登記住址為東勢，姓名為鍾九龍。前有國父遺像與總統肖像。

稍稍觸及對賄選的批判。且當時寫作在短篇上如〈蕃薯少年〉、〈劊子手〉也都是牽涉到老師在教學上所遇到的情景與批判。也有許多篇則是以兒童的心理與感受作題材的，如〈茶與酥糖〉、〈柑子〉。[15]

1959 年 11 月中旬將有龍潭國校六十週年的校慶，也不無刺激鍾肇政撰寫批判校園環境的小說，以作為紀念。而那時候，鍾肇政都以翻譯《冰壁》交代工作，這頗讓他覺得感慨。因為他已經有兩年沒有寫長篇、刊出長稿。同輩作家文心卻在林海音的《聯合副刊》獲得刊出兩萬字小說〈千歲劊〉，連載於 1957 年 11 月 29 日到 12 月 14 日長達兩個星期。文心又於次年 1958 年結集出版《千歲劊》，[16]更刺激了鍾肇政輸給人的心情。而鍾理和、廖清秀、李榮春都曾以長篇獲得大獎，鍾肇政卻都還沒有得過文學獎。這時候《自由談》以「十年歲月未蹉跎」為題，有徵文比賽。以上，等等幾個原因都讓鍾肇政對自己的創作生涯頗為沉吟、反省與回顧。

事實上在 1959 年 12 月之前，鍾肇政所計畫的只是五萬字中篇，或者更短的作品。後來才想到以「魯冰花」命名為此作的題目。這中間鍾肇政也不斷的構思自傳性長篇，也就是後來的《濁流三部曲》，之前則命名為《阿龍傳》。1960 年 1 月 3 日鍾肇政在給鍾理和信中仍表示為一中篇，而題目已經預定為「魯冰花」。1 月 17 日在信中則表示仍在構思，包括人物、場景的設計了，字數則在七、八萬字左右。1 月 19 日開始起草，他希望在寒假終了前完成初稿。

果然寒假結束前四日，於 2 月 13 日完稿寫成九萬字草稿。3 月 9 日則已將《魯冰花》整理成十二萬字長篇。24 日寄出投往《聯合副刊》，3 月 29 日則開始連載，一開始刊出一千兩百字，其後每天有一千五百字。林海音去信給鍾肇政說明刊登理由：

> 我先已約在美國於梨華女士時，她因生產未寄來。你的大作來

---

[15] 參考本書第二章。

[16] 文心，《千歲劊》，蘭記出版社，1958 年 6 月。

了，我就連夜拜讀，剛一開始似覺沉悶，但後來漸看漸好，體裁別致，所以就決定用了，而且急急上場，也為好拒絕其他陸續的來稿，說也算救了我。你這篇寫的實在不錯，連載剛開始也許差些，過些就好了，希望全省的教師都讀到它。自己看自己的作品是越看越乏味的，因為麻木了，每人都有這種情形，你不必過慮，也不必臉紅，等到你成了「寫作的老油條」時，（一硒！）就沒這情形了。

北平的諺語，確實的傳說是：「來早了，不如來巧了。」這樣的巧事，都讓您趕上了！[17]

　　獲得刊出機會且得到讀者的欣賞，使鍾肇政得到創作以來第一階段的自信，暑假時並以〈殘情〉中篇開始意識流小說的嘗試。其後續寫《魯冰花》的姊妹作《鳳凰潭》，結果《鳳凰潭》未獲刊出，而致使鍾肇政在題材上有所轉折。那就是自傳體的大河小說《濁流三部曲》了。而另外一方面現代性技巧、實驗性作品同時進行。鍾肇政在腦中同時的醞釀種種長篇小說與題材的計畫。

　　由寫作時間、過程，多少能讓筆者對《魯冰花》的構思程序有些瞭解，筆者在翻閱鍾肇政的筆記與友人往來的信件，鍾肇政完全沒有提到有受到《法蘭達斯的靈犬》直接或間接的影響的跡象。最重要的是，根據邱垂豐的文獻〈茶園冬季綠肥作物——魯冰〉[18]所記載：

臺灣光復後，平鎮茶葉試驗所曾大力倡導種植普通黃花魯冰（苦種）綠肥，藉以改良茶園土質，提高生產力。自民國 39 年開始，經農婦會補助經費推廣，栽培面積最高層達八千多公頃——大部分佈於桃、竹、苗紅壤土臺地茶區，固為本省茶園栽培面積最多的唯一綠肥作物。

---

[17] 林海音給鍾肇政信，1960 年 4 月 2 日。
[18] 發表於《嘉義農專農藝學報》28 期，1996 年 6 月。

之後陸續於 1955、1956 年，有自美國、日本、法國引進黃花、藍花甜種魯冰。通常在每年的 9 月到 1 月間播種，在第二年 3 月間達到開花盛期。因此，這種魯冰花盛開的景象，在 1950 年代確實為居住於龍潭的鍾肇政所熟悉，尤其平鎮茶改場距離龍潭頗近。而其作為冬季綠肥作物的用途，當然為鍾肇政所瞭解。除了作為花肥還可以改良土質。作為茶農後代的鍾肇政，龍潭的經濟也是靠茶業，事實上鍾肇政的父母親於退休後也常幫忙茶樹的栽種等等。因此很早鍾肇政就曾經以茶園風光作為文學的描寫對象。在筆記上也對於製茶作了不少記錄。另外，鍾肇政家中也有養豬的經驗。

在此該記錄一筆的是：魯冰，又名黃花羽扇豆，學名 Lupinus L. 英名 yellow lupine，屬於豆科作物之魯冰屬（lupinus），本屬約有 500 餘種（species）。論文上常有魯冰花就是路邊花的說法，[19]這說法不知從何處而來，但鍾肇政沒有這樣子的說法。筆者曾向鍾肇政印證過，也澄清未有此事，筆者也猜測鍾肇政不會作這種客語近似音「路邊花」的發明。

## 二、作者的原創性

對於《魯冰花》中所要進行的社會批判，選拔選手竟然採用民主的手段投票。這反而是對民主的絕大諷刺，事實上是利用民主的說法而已。真正的選舉時，卻用買票、老師也不中立投入助選。誠如書中所說，這裡並不缺少光明，而卻也有黑暗。所謂的繪畫觀的辯論，使阿明落選，其實還是其次的因素。不過也正因為兒童畫觀點的特殊性，鍾肇政很偶然的將兒童教育與社會黑暗所反映的權勢問題結合起來。而男女之間的單純的愛情背後，也與審美觀還有權勢、社會文化等問題，結合在一起，使得整部書的結構緊密而細緻，並強而有力。

---

[19] 黃秋芳，〈解讀《魯冰花》〉，《臺灣文藝》145 期，1995 年 8 月 20 日。黃秋芳，《鍾肇政的臺灣塑像》，時報出版，2000 年 12 月。陳文芬，〈鍾肇政在龍潭〉，《INK 雜誌》2 期，2003 年 10 月。後者應是參考前者所寫，但是做出一個訪談的樣子，令人感覺是鍾肇政所講，事實上並未有訪談。

而貧窮的背景，若根據一種模仿的可能，依照《法蘭達斯的靈犬》的作法，本來鍾肇政也可以加入臺灣人加入太平洋戰爭而產生的後遺症，不過鍾肇政並未如此作。這是集中批判於茶農本身，在國民黨經濟政策上並未能有好日子過，而並非歷史的因素。

　　對於愛情的敘述，在本書倒是次要的安排。而女主角林雪芬的個性描繪，受到大家庭影響而不敢反抗傳統。這似乎也與作者個人失敗的初戀經驗有關。不過穿插愛情，在郭雲天品評女性美的標準上，也與繪畫的美感經驗相似。在這一點與主線統一起來，形成兩個相呼應而交織的情節發展。

　　筆者要指出的兩部作品最大的不同，在以下有三點分析：

　　第一，在《魯冰花》所抱持的繪畫理論為類似後期印象派作品的兒童畫，鍾肇政採用馬蒂斯（1869－1954）的野獸派作為解說的依據。目前並無資料說明鍾肇政從何處參考而得。[20]不過在 1957 年 6 月 4 日鍾理和收到外省人好友張仲勛來信中，說明了不少野獸派的畫風，很值得參考。且資料方面有提到臺灣人所藏的日文本的《世界美術全集》，顯示出臺灣人知識階層依賴日文獲取新思潮的一般狀況。並且日治時代莊培初於 1935 年《臺灣新聞》，發表詩作〈有一天早晨的感情〉，陳千武翻譯於《光復前臺灣文學全集：廣闊的海》。其中有一段為：

　　Matisse 的女人啊
　　為了不眠的夜
　　酖於獸慾快樂的夢

　　證明臺灣人早就認識、也認同野獸派的大畫家。張仲勛給鍾理和的

---

[20] 根據 2004 年 8 月 25 日訪談鍾肇政於鍾宅，鍾肇政告以日治時代就知到馬蒂斯的名字，但是內涵瞭解很有限。但撰寫《魯冰花》之前，看了一些馬蒂斯的資料，但是也並非怎樣深入。倒是龍潭國小同事中有師範大學美術系畢業者，亦為龍潭人，據鍾肇政說此人是很優秀的，可惜 1960 年後不久，年輕早逝。鍾肇政向他問了一些兒童畫的問題，很有心得。

信上說：

> 美術史的書籍在抗日戰爭中逃難時丟了許多，到臺灣後沒有買過書籍，只有一本太專門的批評新派繪畫，而不是屬於「史」的，因為太硬性，我亦從沒有好好看過，恐怕你亦不適用。今年年初曾在某本省人處見到日本文的「世界美術全集」中的兩本，一本為初集，另一本為十七集，該部書共約廿集或廿多集，可說是大部頭，就所見到的兩本已和大辭源差不多，全集恐有三十斤重量以上。該兩本既不完全，叫價二百元，我沒有要。南部如能找到此集書本，足可供你一閱，不知找不找得到。
> 有一本省人施翠峰先生為美術評論家，卅多歲人對於美術史相當有研究，在某中學教課，（似又在農復會兼差）不知你在臺北的友人有沒有熟識的，他的中文、日文書籍甚多。他係彰化鹿港鎮中山路二四八號人，過去曾與討論選美問題通過三數次信，但無交情，已將兩年不通訊了。
> 野獸派是一種新畫派，這是在德國的一群年青畫家形成的一個名稱，他們有著熱烈豐富的感情從事繪畫，尋求繪畫的新途徑，他們之中有的人對繪畫的忠實像狗的忠實性格一樣，有的則感情的兇猛像獅子一樣，也有和平良善像貓一樣的，在這群青年畫家中，差不多每人的性格都有某動物來代替，於是一班批評家稱這群為野獸群，稱他們的畫派為野獸派。野獸的性格是奔放不羈的，所以他們的繪畫用熱情奔放的色彩——大紅大綠，像村姑的衣裙一樣，在我們看來，簡直像小孩或原始人的用色。同時畫面上喜用粗魯的輪廓和線條，畫得亦是那樣奔於不羈的。像前年去世的世界上首席大師馬諦斯，就是野獸派大臺柱。臺灣今日畫家郭柏川，也是屬野獸派的。野獸派的繪畫差不多全在色彩與線條上用工夫。

畫派甚多,手邊無書,我也不好亂七八糟介紹,以後有機會再談如何?[21]

信中所言德國畫家,應該指的是來自德國的表現主義的觀念。而野獸派名稱的緣起,原來是一種評論家的輕視的角度而名之得來的。根據北門高中退休老師與畫家陳金胡所言,在 1955 年代就有《小學生》雜誌如霍學剛其人將現代主義的畫家介紹到小學校園中了。而報章雜誌也多所介紹野獸派的作家。大學教育中則有教授在模仿,只是並非主流。據陳老師記憶中也有留學西班牙的屬於「東方畫會」的蕭勤其人與霍學剛,於 1957 年 11 月以新的教學法指導兒童畫,使兒童能自由自在地表現他們自己,將成績送到巴塞隆納展出,受到外國觀眾大加歡迎的報導,而之後更到海洛那城等各地畫展巡迴展出。陳老師並示出 1958 年《中央副刊》剪報,有怒弦報導〈青年畫家蕭勤〉。

而《法蘭達斯的靈犬》則是標榜魯本斯畫作,屬於巴洛克宮廷藝術中,在寫實主義範疇下的作品。而鍾肇政在《魯冰花》所引用的則是馬蒂斯畫風的理論,有著反映在情節上的需要。兩書在這一點情趣上大有不同,魯本斯的畫給讀者較多的是一種宗教上的慈悲的氣氛與地區的風土味。薇達在作品中表示:

> 並沒有人教尼洛怎樣打底稿,以及遠近法、解剖學,或者明暗法之類的繪畫方法,但是這個畫中人物,尼洛很妙的捕抓住了已經工作很精疲力竭的老樵夫身影,不僅是艱辛和憔悴的可憐外表,就連那痛苦的內心世界,尼洛也絲毫不差的,栩栩如生的描繪了出來,在暮色逐漸蒼茫的背景的樵夫的孤獨身影,宛如一首詩般,使得看的人深受感動。
> 當然這幅畫還顯得有些粗糙,也有許多缺點,但是描繪得非常生

---

[21] 張仲勛給鍾理和信,1957 年 6 月 4 日,原信存於「鍾理和紀念館」。

動而又自然，這才是最真實的藝術，而且雖然看起來充滿了想像，可是卻使人從當中感受到一種美感。

差異的原因為《魯冰花》的主角古阿明設定為 10 歲的小孩，相對於 15 歲的尼洛被敘事為擁有一顆高貴的天才心靈對於藝術的執著；古明阿則有天才兒童的特色，那是純潔的對於幻想世界的專注。也因此為了說服讀者，古阿明確實是個天才，鍾肇政設計讓阿明畫了五幅的兒童畫，[22]而且在與其他老師爭論時，在書中頗說明了兒童畫的表現應該如何，尤其天才兒童，特別有對色彩的敏感度。這是《魯冰花》的重頭戲，也是作者創作前特別對兒童畫作了研究。雖然如此，兩本書都強調繪畫該有繪畫者表現出主觀的特有情感世界。

第二，臺灣教育的不正常現象與臺灣的社會階級問題，正是給鍾肇政的作品《魯冰花》的靈感的泥土，以及他個人對小朋友的愛。而《法蘭達斯的靈犬》作者薇達當然也愛這個世界與兒童，所以才為兒童創作那麼美麗的小說。不過比較不同的是她一生單身，從小跟母親在一起外，就是與狗在一起，原居住於英國而後遷往歐洲大陸時，也是帶著狗一起跨海搬家的。她很能體會狗與人之間的友誼。另外，她的創作背景有聖經、大畫家、風車，以及運河的地方。鍾肇政只有他熱愛的人民與土地，鍾肇政對比於薇達，她作為一個英法的混血兒與一個國際人、歐洲人，兩為作家大不相同。薇達是與母親、狗一同作長久旅行後，最終停留於義大利。《法蘭達斯的靈犬》的敘事者，確實像一個愛好旅行的角度，來觀看安特瓦普城的建築以及法蘭達斯的特殊風光的。

薇達是因為偉人畫家而開始的，是一個旅行者與藝術欣賞家的角度看事情，當然也是一個女人與愛狗者的立場。然後設計一個崇拜畫家的小孩子再加上狗的故事。鍾肇政則是因為教育問題，知道畫畫問題，心裡面對於五十年代的文學教育、創作環境有所感觸，而投射在畫畫的問

---

[22] 黃秋芳，〈解讀《魯冰花》〉，《臺灣文藝》145 期，1995 年 8 月 20 日。

題上，而非音樂、寫作，或許因為這兩者比較難表達。而鍾肇政選擇習見的「魯冰花」的意象來結合。也有某種臺灣人意識的心情，愛臺灣的人往往會成為一個犧牲者。「魯冰花」的意象，也只有出現在開頭與結尾而已。顯而易見的，這是鍾肇政構思一開始就設計好了。《濁流》也是這麼設計的，劇情到最後才出現「濁流」的場景，說出啟示一般的一段話，最後結局時又對故事作出總結。這與《魯冰花》的構成非常類似，

《魯冰花》也是一篇表現出無論如何黯淡的時空背景，主角永遠有一絲光明與希望。這就是古阿明最後一幅未完成的畫中，作者讓主角內心中所抱有的理想。《濁流》也遵循《魯冰花》的題旨，很明顯的在創作一開始就設定好了，在書本的結尾出現小說題目的寓意。以上種種都可以看得出來鍾肇政在文學歷程上的連續性的創意，而與《法蘭達斯的靈犬》毫無關連。

第三，主角的親人在《法蘭達斯的靈犬》之中，只有一個幾乎無用的親爺爺，他的上場只有前述對戰爭的批判，和連接尼洛不幸的一生。而在《魯冰花》中，許多鍾老創作史上還有許多原型人物都上場了。《魯冰花》的第二個原創性為古茶妹的角色刻劃，這完全是鍾肇政式的角色，所謂的鍾肇政的原型人物。因為本書處理為畫作問題，是小孩子的世界、想像的表現，增加女性角色，而姊姊的戲份較重，是比媽媽還來得適當。不過根據鍾肇政受訪表示，與他和三姊的感情有關係。古茶妹的角色安排，毋寧也是很自然的。[23]這是以作者回憶幼年時三姊對他的照拂為感情基礎的。[24]三姊的女性形象，永遠的活在作者心靈世界中。

本書頗多筆墨都是以古茶妹的觀點行文的。這裡也暗示，真正如茶妹才是作者內心中的愛情理想對象。一個鄉下的、純樸、顧家的女性，能夠照拂他個人的藝術天分，讓其盡力發揮者。翁秀子、林雪芬永遠只

---

[23] 郭秀理，《論鍾肇政的魯冰花》，臺東師範大學碩士論文，2002年6月。

[24] 郭秀理訪談鍾肇政於2002年6月7日於其女兒之中壢住所，見郭秀理，《論鍾肇政的魯冰花》，臺東師範大學碩士論文，2002年6月。

是在創作之中，放在彩雲中的文學理想女性，一種幻想的、文學藝術人物的滿足，也永遠在鍾肇政心中有一地位。

鍾肇政為自己、也為林雪芬解釋，她是居於傳統父權家庭的女性，不會選擇個人的自由。這是回過頭由觀察鍾肇政的創作中，最後鍾肇政所真正選擇的理想女性的形象是古茶妹類型的，而非林雪芬。而觀察《魯冰花》之前的創作，所有表現客家純樸女性的特質有〈榕樹下〉的阿秀，其後接著有《摘茶時節》的月桂，都可稱為鍾肇政的理想女性的典型。

因此，筆者認為《魯冰花》在鍾老創作史上還有許多原型人物的重要性。如茶妹、郭雲天，甚至古阿明都是一種後來的鍾老自傳小說的原型人物、永恆女性的原型人物。《濁流》筆下姊姊型的谷清子的原型人物就是古茶妹，《濁流》筆下的藤田節子的原型人物為《魯冰花》中的翁秀子。

從對比結構來看，《魯冰花》是鍾肇政著作中，第一本相當典型的長篇，他成功的將「魯冰花」的意象與教育批判的主題配合。而《滄溟行》、《怒濤》是第二、第三本採取人物的對比結構而成的小說。然後鍾肇政又延伸到戰後，成為第三段故事。另外加上永恆的女性的描寫、性意識的成長小說。這就成為《濁流三部曲》的創作概念發展。人物的塑造方面，所謂永恆的女性尚未發揮，寫出如《濁流》的谷清子、秀霞的美麗人物。

此時，鍾肇政還未如《大壩》、《大圳》寫下意識流技巧的小說。《魯冰花》也未如《沉淪》、《濁流三部曲》穿插意識流技巧、挖深複雜的成人心靈世界。因此可從《魯冰花》看出鍾肇政創作歷程的大概。

總之：創作主體是兒童畫法的研究，但是對社會與教育的批判才是作者真正的目的。個人的特色、強烈的個性之美，文字上的選擇也刺激作者要表達一己的文藝思想。作品所標榜的兒童的英雄思想，也來自於鍾肇政個人。作者並未強力的描繪當地的風土民情、鄉間景色，反而在大人們的愛情著墨不少。這是鍾肇政作品的基調。或許應該說，鍾肇政從《魯冰花》的創作中，深感批判性題材在白色恐怖的限制，所以之後

在創作上,將筆觸轉為歷史素材。且更大的長篇,似乎更能包容更多東西,滿足他個人的創作慾望。

## 第四節　結論

比較現行的兒童畫教學理論如《兒童畫的認識與指導》,[25]書中所強調以兒童畫為範疇,如 10 歲的古阿明乃在想像畫末期,有別於寫生畫時期。兒童畫乃是兒童生命力、想像力、人格的自然表現。而兒童畫反而更像現代畫如印象派之後的表現,所重視的不再是像不像實物,而是作畫的兒童,有無把自己的喜悅、悲哀、幻想與內心的感動,在畫面上表達出來,表現到什麼程度,這才是最重要的。兒童畫的重點在於自我表現,而在色彩的使用上,更是一種心理學上的發揮,而非按照實物實景了。

因此鍾肇政在《魯冰花》的小說創作作品中,十足表現一種臺灣美術教育的改革。不僅是兒童畫或者時代教育的問題。更是反映那個時代在文學文字語言[26],與文化種種的對人性自由取向的束縛。對於 60 年代的臺灣,鍾肇政作了相當深刻的批判,也給當代在比較一些兒童畫的書籍時,仍有不少啟發性。

筆者訪問作者是否看過《法蘭達斯的靈犬》這本書,鍾肇政回答並未有這本書的印象。不過作品中的相似性的問題而被指出靈感來源的問題是事實。以創作的角度來看,看過與否並不重要。而是原創性在哪裡,文學作品確實是必須放到世界文學的角度來衡量。《魯冰花》筆下的人物,確實都是鍾肇政成長經驗中,以他周遭親朋好友為模特兒,而形成創作上的原型人物。《魯冰花》筆下所表現的感情,也都是顯示出

---

[25] 陳輝東,《兒童畫的認識與指導》,藝術家出版社,1998 年 4 月。

[26] 錢鴻鈞,〈具批判與反省的鍾肇政〉,《戰後臺灣文學之窗——鍾肇政六百萬字書簡研究》,2002 年 12 月。

一個如鍾肇政那樣的教育者、愛鄉土者。

　　由本文可以從作品的相似性去倒推,是否鍾肇政有受到啟發的可能之處。更重要的是這個創作的過程是什麼?給未來的創作者有什麼啟示。如同歌德的《浮士德》,是否靈感來自於偶劇已經不重要了,因為重點是有了歌德的獨創的詮釋。而天才畫家之死,也自有屬於鍾肇政個人、屬於臺灣的經濟、教育背景的獨創性。

　　甚至「魯冰花」本身就是作者的思想、故事原型,主角終於成為犧牲者,但是如花肥一般豐養下一代。天才是那麼謙卑,憂傷中還有樂觀,啟發讀者思想,激勵讀者的未來道路。而造成悲劇的因素,是階級上的不平,除了貧富差距以外,也可以是省籍、是殖民地的統治階級問題。鍾肇政的作品《沉淪》、《怒濤》都可以找到「魯冰花」的故事原型。所以「犧牲」總是有意義的,在於喚醒未來的人們。鍾肇政對於個人的文學生涯,不也是自己為過渡時期的一代,仍舊努力奮發嗎?反映出「魯冰花」的象徵意義。

　　在更細膩的比較如《魯冰花》的畫作比賽,為何要寄到外國,才能獲得肯定。而為什麼是南美洲呢?而並非歐洲,這也是一種對臺灣「近廟欺神」的傳統思想的諷刺。老師為何是校外來的?似乎也暗示若非外來的人、思想,則改革幾乎不可能。

　　小孩有小孩的想法。音樂與作文,似乎需要一點知識技巧。圖案的表達是可以更直接的。只要對於色彩有更敏銳的認識。而圖案技巧,可以先不予考慮。而鍾肇政所選的題材為何不是根據他小時候的音樂天分的經驗,為何不是作文?可能美術並不同於文字技術,顏色比文字的對兒童更容易表現感情與描繪眼睛所看到的東西。美術在小孩階段是特別容易突顯出來。音樂在臺灣更缺乏環境,文字表現算是間接的,因為臺灣的國語文比起西方語文太難學習。因此只有美術是國際共通的語言。因為作者小時有特別的音感,故鍾肇政在《魯冰花》發表成功後,確實也有要以姊姊為音樂天才當主題的想法。

　　不過鍾肇政自己的音樂天才的未受培養,他就是在淡水中學就讀時,受到日本老師的斥責,所以埋沒了音樂興趣上發展的可能。這一切

似乎早已是構成《魯冰花》的感情血肉之一。這個進步青年郭雲天，所代表的鍾肇政過去的感情經驗，還有冷冰冰的女主角林雪芬本身的意識形態上的限制，暗示兩者必然是無法結合的。

將《魯冰花》放在鍾肇政的創作歷程來看。書中有很多作者日後創作的原型人物，但是這些原型人物都是產生自鍾肇政自己的環境周遭的模特兒。無論古阿明，或者郭雲天老師都有作者的影子。鍾肇政對於個人幼年時的音樂天分，沒有獲得啟發、成長的機會，鍾肇政頗有遺憾。因此也想過《魯冰花》之後，寫篇有音樂天才的古茶妹為主角的《魯冰花》姊妹作。

而班長林志鴻也有鍾肇政的小學同學為模特兒。另外在鍾肇政內心裡一直有惋惜沒有獲得任何老師的愛，也投射到本書中而設計了郭雲天疼愛古阿明的形象。而學校中的校長、同事也莫不有某位老師的影子。尤其郭雲天與林雪芬的愛情，更有鍾肇政戀情失敗的影子。林雪芬的造型充滿著對初戀情人的懷想。原型人物以外，可以借此書進一步瞭解鍾肇政的創作世界，顯露出作品中啟蒙的過程和對比的結構，《滄溟行》、《怒濤》為之後對比結構的繼續。[27]

雖然鍾肇政在《魯冰花》中以馬蒂斯凸顯色彩、誇大的技法為藝術標竿。但是馬蒂斯也崇尚簡單的線條，一如幼童的表現，都憑感覺作畫而不模仿自然，只是畫家思考了繪畫的基本元素，色彩與線條，這本身代表的就是畫家的感情。似乎馬蒂斯也相當瞭解幼童的性格的特質，指出創作的根本要件。馬蒂斯舉幼童為例說明：

> 希望不帶偏見地觀看事務的努力，需要勇氣，需要勇氣這類東西；這種勇氣對要向頭一次看東西時那樣看每一事物的美術家來說是根本的：他應該向他是孩子時那樣去看生活，假如他喪失了這種能力，他就不可能用獨創的方式（也就是說，用個人的方

---

[27] 陳姿羽，〈從對比設計看《魯冰花》的人物刻劃〉，發表於「臺灣少年小說學術研討會論文集」，後合集為林文寶主編《少年文學天地寬》，九歌出版社，2002年6月。

式）去表現自我。[28]

　　鍾肇政個人的文學發展，在未來被視為是樸實、寫實的，毋寧比較接近《法蘭達斯的靈犬》所主張的感情與自然的表現。但是，鍾肇政的文學卻非缺少技巧，這可以從他自 1961 年起的實驗性短篇、長篇小說看到濃烈的西方現代文學技巧。而在他發揮他的生命主題之時，他將比那些誇言技巧的作家，表現得更懂得技巧，而讓人無知於他已經超越一般性技巧論，讓讀者無知於他所用的技巧而能信服於他所虛構的精采世界中，而表現出樸實、寫實的，真正能夠代表臺灣的特色的小說。

　　感謝林裕凱博士賜與討論機會，並提供多項建議。

---

[28] 選自〈用兒童的眼光看生活〉，收錄於《現代藝術札記》，北京：外國文學出版社，2001 年 5 月。

# 附錄 B　論鍾肇政的隱喻風格——從《八角塔下》談起：日本精神與感傷的對話

## 第一節　緒論

### 一、前言

　　對於《八角塔下》的詮釋，過去論文皆以愛情、性生理成長方向討論。[1] 對於日本皇民化教育，則持以批判態度詮釋這一段殖民統治史，凸顯作者意圖為全盤否定過去所接受的教育。特別在第一篇提到對《八角塔下》的評論意見，葉石濤寫到：

> 反映日據時代末期日本人謳歌侵略戰爭，迫害臺灣青年的真相，實在超越地域性，從特殊中能見出一般，可以媲美同時代法國抵抗文學的一些作品。[2]

　　但是後來的評論者，卻忽略了葉石濤強調的：

---

[1] 劉相宜，〈性意識的萌芽與性探索：以鍾肇政《八角塔下》為例〉，高雄：性與文學研討會，2006 年 4 月 28 日，頁 37。花村，〈細讀鍾肇政的《八角塔下》〉，《書評書目》95 期，1981 年 3 月，頁 86。

[2] 葉石濤，〈一年來省籍作家及其作品〉，收於《臺灣鄉土作家論》，臺北：遠景出版社，1979 年 3 月，頁 89。許俊雅，〈臺灣文學中的淡水書寫〉，收於《見樹又見林：文學看臺灣》，臺北：國立編譯館，2005 年 2 月，45 頁。林明孝，〈鍾肇政長篇自傳性小說研究〉，中山大學中國語文研究所，2001 年 6 月。

由於本省特殊的歷史背景，亞熱帶颱風圈內的風土，日本人留下來的語言和文化的痕跡。[3]

那麼《八角塔下》的內涵，是否也有被忽略的日本文化與日本人所帶來的正面價值觀呢？特別如葉石濤一樣成長於日本教育背景的作家鍾肇政，描述這一段歷史，除了表現臺灣青年被迫害的內涵外，也有積極一面的價值。

另外一個角度來看。鍾肇政自剖，受到維德金的劇本《春醒》的影響，[4]而有《八角塔下》的作品。比較兩作，前者強烈的批判社會對於性教育的封閉，致使未婚懷孕外，也有受虐狂的情節設計，終究青年男女以死亡作終。《春醒》帶有強烈的批判性、抗議社會的色彩。[5]《八角塔下》則直接刻劃男性的生理成長與細膩的表現內心調適過程，可是在男女交往上卻顯得非常保守，讀者容易以男主角個性問題作為主要原因，其次是以殖民者阻撓異國戀情作為原因。主角面對父母有難過、愧疚的心情，書中描寫到雖不是很認同讀書蟲，但仍標榜著讀書第一的目標。而在《春醒》卻是批判為了升學理由，學生有學習過度得弊病。

比較《春醒》對於性教育封閉，提出嚴厲的批判。《八角塔下》在教育制度上抗議色彩較平淡，且主要是指向為殖民者教育不公義待遇。在男女兩性上，受於時代限制，接近於寫實面而非理想面、前衛面。鍾肇政描寫主角的變化偏重於肉體上的成長，價值觀趨向於讀書而非戀愛。但是，肉體的成長描繪細膩，在創作當下也遭受到副刊編輯者不小的反對。說起來，《八角塔下》也有很多突破，這部分，在今日仍有益於青年朋友正視肉體的成長，緩解緊張、敏感，正視與認識而接受自己的生命變化。

---

[3] 葉石濤，〈一年來省籍作家及其作品〉，頁39。

[4] 鍾肇政，《鍾肇政口述歷史：「戰後臺灣文學發展史」十二講》，莊華堂編，臺北：唐山出版社，2008年7月，頁301。

[5] 鍾肇政，《名著的故事》，臺北：志文出版社，1979年11月，頁153。《西方現代戲劇流派作品選3》，北京：中國戲劇出版社，2005年1月，頁101。

《八角塔下》的抗議色彩，傾向於殖民者高壓式的皇民化教育，少年對國家、民族的重新認識。或者更為基本的人性的尊嚴，表現在反抗的啟蒙上。但是，對兩性的交往方式，仍嫌純情、感傷，男女間有相當的距離感。反映在寫實、重現過去時代生活為主。卻在劇情中安排的是對殖民者、師長的激烈反抗。這些也都讓讀者傾向於解釋《八角塔下》的內涵是批判殖民統治者、批判殖民地教育。但是，鍾肇政筆下所刻劃的角色面對日本文化、文明，事實上態度如何呢？

　　因此本文想要探討的是，想從《八角塔下》探討鍾肇政的風格，也就是除了挖掘出主角的態度，表現了肯定日本精神的價值與認同。且認為這不僅是一種文化價值，塑造了角色的外貌與內在精神的形象，而且這就是一種審美風格的角度。這在本文第三節作探討。

　　而在第二節，筆者認為鍾肇政另有一種與日本精神的進取面所不同感傷的風格。這可以從鍾肇政早期創作歷程看出，並在下文探討。

　　因此，這兩種風格有如對話，形成一種作品的張力。並且揉合為一種新的精神。融合成一種風格，本文稱之為時代的隱喻風格。這在第四節探討。

## 二、早期創作歷程與文章個性論

　　鍾肇政創作初期，表現一種溫情味的勵志、反抗故事。如第一篇創作〈婚後〉，接著的〈採茶女兒採茶歌〉、〈苦兒求學記〉。[6]而在1950年代早期，另一條路線，則是在表面上呼應了國民黨標榜的反共文學中的戰鬥文藝。在鍾肇政則是藉此潮流刻劃出臺灣鄉下人的勤奮精神，如老人三部曲的〈老人與牛〉、〈老人與山〉、〈老人與豬〉。這精神也就是葉石濤所說的「執念」，[7]表現鍾肇政的剛毅精神。這些也表現在鍾

---

[6] 《鍾肇政全集16－中短篇小說（四）》。

[7] 葉石濤，〈臺灣的鄉土文學〉，收於《臺灣鄉土作家論》，臺北：遠景出版社，1979年3月，頁35。

肇政書寫抗日題材的〈臺灣青年淚和血〉、〈石門花〉。其他幾篇則略含有批判味的〈窄門〉、〈社會改革家〉。這些都是以九龍為筆名的時代。

從鍾肇政接受訪問中，自言受到作家影響最大的為吉田弦二郎、高山樗牛。[8]這兩位在臺灣是比較沒被提起的日本作家。不過明治時代頗有地位，屬於感傷作家。高山樗牛後期則標榜國家主義。這中間更暗示了感傷、浪漫主義與右派軍國主義思想的關聯性。

鍾肇政在五十年代創作中後期，大約是 1958 年後，也就是改以鍾正為筆名發表作品的年代。從被認為富有文學味的成功短篇作品〈柑子〉等等，其感染力來源，就是讓作品富有感傷味。幾篇鍾肇政以描繪幼年心理為對象的小說如〈榕樹下〉、〈蕃薯少年〉、〈阿樣麻〉等，不僅氣氛飄渺，在純真的童年中，竟然透露出人間的悲哀。可見到鍾肇政的文學筆觸加入了感傷味。

1950 年代在創作前幾年，鍾肇政尚未掌握到感傷的文學路子。漸漸的轉變過程中，還零星夾雜些感傷角度、藝術味不重，但是也略有感傷味的題材，如 1957 年的〈鄉愁〉、〈美姝〉、〈寧馨兒〉。一直到接近 1957 年的「文友通訊」時期後，才大量採用感傷角度，醞釀感傷氣氛的筆法才完整成形。其後成功的長篇小說《魯冰花》，以及從名稱而言就可判斷作品基調的三部曲《濁流》、《江山萬里》、《流雲》，甚至刻劃臺灣人精神的《沉淪》、《滄溟行》、《插天山之歌》，其中以第二部名稱中最見傷感味。而第一部則表現了莊嚴與希望，又不無透露出臺灣人苦難的氣氛。第三部的主角則反映出作者的感傷個性，也是充滿日本精神的戰鬥味。[9]

對於鍾肇政的個性，早年對富有感傷性的和歌也迷戀過，特別是從他唱歌選擇的風味，可以看出：

---

[8] 蕭文，〈鍾肇政先生答客問〉，《臺灣文藝》75 期，1982 年 2 月，頁 287。

[9] 錢鴻鈞，〈《插天山之歌》與臺灣靈魂的工程師，收錄於《戰後臺灣文學之窗：鍾肇政六百萬字書簡研究》，臺北：文英堂出版社，2002 年 11 月 30 日，頁 15。

我尤其喜歡那種含有傷感味或者悲涼味的歌謠。[10]

鍾肇政相當欣賞陳映真的感傷特色，[11]這也是鍾肇政努力的方向之一。鍾肇政認為陳映真有富於感染力的文字，就是來自感傷的文字渲染。而鍾肇政對於感傷的看法是肯定的，但認為文學藝術作品、人生境界尚不僅於此，鍾肇政認為還需要提升：

> 故鄉作為文學——或者說一個文學者——的精神回歸的基點，顯然尚嫌其不夠強勁有力。一些具有前衛思想的藝術家的全面否定，故鄉原是首當其衝的。此無他，實因故鄉乃是人類感傷面上一種本能所希求的歸驅，「故作」以一場眼淚滂沱來結束，適巧也說明了這一點。一個從事藝術者的精神的回歸基點，實不僅僅於此。[12]

感傷作為一種藝術手法可以當作基礎，但是在人性上尚有光明、積極的一面，需要更強有力的構成，做為終點。這是鍾肇政所嚮往的文體。鍾肇政對於語言的選擇懸為最高理想的想法：

> 是一種意思只有一種表現方式，不能稍加增減改動的文章。它不僅要符合內心的感受，而且必須充溢強烈的個別性。[13]

這個文章個性說，自然表現的就是鍾肇政個人的個性，那是感傷、易感的。只是，鍾肇政還需更進一步的提升、琢磨傷感，從自己的個性開始，還需要加入一種前進的、上進的精神。那也就是日本精神的影

---

[10] 《鍾肇政全集 18》，頁 109。

[11] 《鍾肇政全集 30》，頁 570。

[12] 《鍾肇政全集 19》，頁 270。（鍾肇政對於李喬的作品〈故鄉〉的評論。）

[13] 《鍾肇政全集 32》，頁 66。

響。鍾肇政將兩者加以融合，作品中互相對話，而使得個性成為有韌性的一面。自然的鍾肇政在文字上，也將隱含一種韌性，一種不顯露的力量來描繪時代精神與刻劃角色。

## 第二節　風格要素一：感傷

### 一、作品基調

　　《八角塔下》主角陸志龍的個性、本性，呈現的是傷感。容易流淚，同情弱者，對人生、生命有過多的幻想。而且是少年的時代，易感的年齡。陸志龍家境並不富裕，他常常想起父親的辛勞，想要努力用功以報答父親，卻感到無力而抱歉。在學校生活以壓迫的教育方式對待之，更讓個性感傷的志龍，憂鬱不已。

　　從題材而言，這部書不無回憶錄的角度，即失去的時光紀錄。內容則牽涉主角離開故鄉，帶有濃重的鄉愁。整個大時代背景，則是日治殖民時期，處處有臺灣人的苦難、臺灣人是悲哀的，臺灣人是有志難伸的。且時局漸漸走入戰爭激烈處境的皇民化時代。這時代對人性的壓迫、對臺灣人的束縛到達極點。

　　情節設計上，特別是愛情的對手，鍾肇政設計阿純的角色，其家境清寒引人同情，最後阿純還自殺。對於志龍與日本女孩靜子的愛情，更是苦戀。兩人雖有心，終究無法突破統治者的阻隔。主角在面對愛情，也總是自卑以對而擁抱著感傷情懷。與其說，陸志龍是受到時代的影響，族群的差異，造成愛情無法圓滿、成功。無寧說，是鍾肇政故意製造作品的感傷情調。

　　而且臺灣女性純子、彩霞，表現悲情、感傷面居多。靜子身上所表現的基調與臺灣女性的傷感味有所不同。而在該書後半部，當志龍與日本女孩靜子在一塊時，卻同樣出現一個同名的彩霞與管恕在一塊，後半部出現的彩霞似乎造成角色管恕的墮落成分居多。如此前後對彩霞形成的對比，更把靜子的身分、地位抬高了。在感傷面外，還有一種對日本

女孩的審美觀的作用。

在志龍受到狂犬的攻擊後，鍾肇政描寫：

> 靜極了。天上有一彎下弦月，照出我跟前的寂寞的影子。八角塔的白牆顯得格外白，看來那麼幽遠。相思樹林成了一堆黑影，圖書館的一個窗子有黃光。大操場對面是高爾夫球場，緩坡線條如夢。風靜止著，沒有一點聲音，也沒有任何動的東西。祇有我的影子伴著我踽踽獨行。
> 我想家，想父母，那麼劇烈地想著。我想哭。我希望母親撫摸著我的頭，聽我的哭聲，就和小時候我常常經驗過的那樣。噢！想到母親時，我終於流淚了。那麼熱的淚流從我臉上留下一絲涼意迸湧而下。我在運動場邊的堤坡上席地而坐，讓眼淚痛快地洗刷我心中的無告哀情。[14]

這在情節上，達到感傷的最高潮。黑夜中氛圍的描寫，並且提到希望媽媽的撫慰。最後志龍終於畢業：

> 下午，我們就和這美麗的港口告別了。噢！五年的歲月就這樣去了。在這兒，我從一個無知的小孩，一個和尚，一個五郎長成一個青年了。把感慨、傷心，以及那無限的回憶都埋在心底吧。別了，淡水……[15]

感傷劇情與筆調到最極致的地步。作者在後記中提到：

> 我想，甚至我的一分天生的傷感傾向還使我自認我是比任何一個

---

[14] 《八角塔下》，頁217。（本文的《八角塔下》，皆用「草根出版社」之版本，1998年4月15日。）

[15] 《八角塔下》，頁386。

「兄弟」更懷念她的。在意識裏，就有如一個比別的兄弟們更少受到母愛眷顧的兒子那樣地，總覺得我是個受到歧視的兒子，因而在懷念她的感傷裏不免摻著絲絲自卑。但是，傷感的成分畢竟要隨年月的累積而趨於淡薄的吧，那自卑也跟著年歲的增長而消失於無形，於是我覺得踏向母校的步子也不再那麼沉重了。[16]

　　作者自剖個性天生傷感，著筆時自然帶著感傷、懷念的情調。更重要的是說明了自己被母校歧視的心理，這更證明了作者的個性是感傷的，過分的誇大了情緒，一直抱著被學校歧視，缺少被學校關注，並且以母愛的眷顧的說法，加以描述。似乎也反映了作者獨生子的個性，以及早年家庭中成長的經歷，也是缺乏母愛的記憶。[17]說明了作者感傷個性形成的主要因素之一。這些都與鍾肇政筆下的角色之個性有一致性。

　　其實，學校怎麼歧視他，這完全是鍾肇政自我的想像。因此，也如對話般，作者自己設定了感傷，然後又想盡辦法將之趕走。這種模式，如沒有提升為另外一種聲音，將會讓作品走向自憐自怨、誇大而單調，讓讀者討厭主角的狀態，一如英國的感傷主義的作品。

## 二、生命情調與價值：感傷的審美角度

　　敘事者是第一人稱單一觀點，容易展現出主角內心的世界，讓讀者感到親切，進入主人翁感傷的個性。雖然敘事者常常以反省、無可奈何的角度批判自己，但是背後卻隱隱的透露出人性的高貴、誠實、良善的價值觀。主角的感傷個性呈現出有懦弱、自卑的一面，也有純潔、真誠的一面。

　　作者的風格說是反映了主角的個性，不如說是反映了作者的價值

---

[16] 《八角塔下》，頁 397。

[17] 郭秀理，《論鍾肇政的魯冰花》，臺東師範大學兒童文學研究所碩士論文，2002 年 6 月。

觀、美學觀，與理想的人物。這種價值觀，來自於浪漫主義的思想。也是一種浪漫主義的美學觀。對於人的理想，真誠的，內心的個性，加以修養的。這種美，含有濃種的道德精神的成分。

　　「八角塔下」的建築物在小說中乃是精神與性的成長象徵。但是它的形象在故事一開頭，是設計在夕陽殘照之下：

> 八角塔正在漂浮的夕陽殘照裏靜靜地鵠立在綴著白雲的藍天下。
> 我匍匐在草地上。草香與泥土味輕柔地抱擁著我的整個身子。
> 這寬敞的運動場，四顧沒有一個人影，一種莫名的孤獨感與渺小感悄悄地鑽入我的心房中。
> 噢，這麼靜——靜得使我的少年之心一層一層地剝落著，溶解著……[18]

　　並且對照著主角在空曠、安靜的草地上，表現出孤獨的感受。在情節的末尾，設計在凌晨的大霧中與親愛的友人分離，主角將面對茫茫的未來。也就是作者對風景的描寫，也往往以傷感的角度刻劃。作者採用少年易感之心的說法，讓風景的描寫更有審美的感染力。也就是作品裡，從頭到尾，無不充滿回憶、離別，也就是傷感的基調，挑動讀者的心弦。最後一幕的描寫，呈現的更有美感：

> 車站的房舍朦朧地在前面浮現了，燈光還黃黃的。如果不是濃霧，天早已亮了吧。
> 離別的時間近了，傷感又攫住了我。[19]

　　在主角成為三郎時，正是小說人物的精神、意志成長的轉捩點，作者在此特別加強了主角以傷感角度作自我分析：

---

[18] 《八角塔下》，頁1。
[19] 《八角塔下》，頁392。

> 有一次，我發現到館前的一小段路上舖的砂礫裏頭夾雜著很多的小貝殼，就更喜歡上它了。我是生長在遠離海岸的小村鎮裏頭的人，對貝殼一類的東西，似乎有一分天生的喜愛，所以有一陣子，我一空下來就往那兒跑去，蹲在砂礫路上揀貝殼。我想下次放假回去時，把那些小貝殼當做最好的土產帶回家去給妹妹們玩吧。
> 我是那樣地悒鬱，那樣地孤獨，那樣地寂寞，祇能向那一粒粒形狀類似的小貝殼訴說心聲。
> 我想，我之所以這麼落落寡歡，似乎是一種生命上的必然過程吧。是一種傷感年齡的必然現象吧。事實上，我卻也知道我所以這樣易感，是由種種原因造成的，我能自覺到的就不祇一兩種了。[20]

有好幾種造成志龍易感的原因：鄉愁、學寮搬離而懷念劉明旭、成績的問題、未來不確定的苦悶、初戀破滅。特別是孤獨的撿貝殼，內心裡想念著故鄉中的妹妹，最具有審美的情調。以認知心理學來講，傷感的記憶，這是一種強調，甚至是改變。而造成了這種文學風格，或者對於這種風格，特別有所感觸，而改變了過去對自己的回憶，最後創作者在文學作品中加以強調。

最美麗的是志龍對破滅的初戀的回憶。阿純給他的無窮的憂鬱的感受，彩霞則給他在肉體上某種懊悔。志龍總結初戀的滋味：

> 這些都是題外的話了。我祇曉得，阿純使我的憂鬱更加深，而且還帶著一種強烈的感傷色彩。我第一次領略到在命運之前的一個人的渺小與無力。是的，這一定就是命運了，祂在主宰著人間一切啊……[21]

---

[20] 《八角塔下》，頁193。
[21] 《八角塔下》，頁199。

這是志龍作為一個男人的矛盾,負載著騎士的潔癖。這種浪漫色彩,正表現了感傷的文學風格。而這潔癖也與日本精神教育有關。在鍾肇政小說中的意義,陸志龍的靈魂裡,已經有純潔為人的價值觀。

所謂文章的個性,不也正是作者的個性。而不也有風格即人的講法嗎?那麼,特別在作者投影至主角的個性中,不也就反映出作者的文章風格了。何況,鍾肇政也理解到文學藝術,就是要表達自己獨特的思想和感覺的藝術。[22]這裡說感覺,特別指的是傷感,使主角有良善的本性,容易同情弱者,擁有藝術家的氣質,而獲得讀者的同情與認同。

## 第三節　風格要素二:日本精神

### 一、文化價值的認同

淡水中學的殖民式教育,以現今批判的角度,可以再談。雖然以此角度來談的評論者也夠多了。而本文要問的是,就從作品第一人稱單一觀點的角度來看陸志龍的內心世界,他如何感受呢?雖然他很早在考中學時就感受到「差別待遇」。也可以從另外一方面講,他因此更想作一個日本人,融入日本人,或者贏過日本人。從他說的這句話,可以看出來。

> 我發現到再也不能懵懵懂懂地混日子了。因為如今我是堂堂的一個中學生了![23]

那麼,怎麼樣才是作一個堂堂正正的中學生呢?其實,就是作為一個堂堂正正的日本人。從志龍面對校長在入學典禮的講話:「你們是優秀的、有重大使命、要領導本島人走皇民化的光明大道的人物,要努

---

[22]《鍾肇政全集 19》,頁 194。

[23]《八角塔下》,頁 6。

力、奮鬥。」主角自言仍雖然不能明瞭這些概念，但是也深刻體會到自己是個中學生了。從衣服、帽子等等就體會這不能馬虎，而這也正是淡中精神的訓練。特別是無法做到的，就受到嚴厲的懲罰。這將督促自己、激勵自己。並且在被毆打時，還要加上被老師訓斥，怎樣才是作一個男子漢的形象：

> 「這樣就倒下去，精神不夠！日本精神就是不倒下去的。」[24]

這讓陸志龍感到需要更加努力，以符合淡中精神的目標。也就是說完全的同意學校對學生的種種要求與作法。志龍也體會到背後的價值觀，並且也在濛濛懂懂中同意「本島人根性」的說法，要努力的接受鍛造成為真正的日本人。

> 「皇民精神，也就是淡中精神，不屈不撓，做一個堂堂正正的日本人，成為六百萬島民的先驅，這就是淡中精神，也就是皇民精神……」
> 每次聽這樣的話，我都彷彿置身一種陶醉狀態裏。制帽、制服、制鞋，挺著身子，一絲不苟。噢！確實地，我跟以前不同了——我常常這麼想，這麼警惕自己。[25]

從故事一開始志龍就感謝學校給了他一個怪漂亮的名字。那是日本名字叫作陸龍五郎。這裡頭作者並沒有批判、諷刺意味。筆者可以解讀志龍被催眠，而在日後志龍也可以從這裡反省殖民統治的手段。但是當年那漂亮的名字的感受，將持續存在於志龍的心裡。志龍也說，他向來知道內地人取名的習慣。從此沒有人叫他志龍了，似乎志龍認同了日本文化，接受了那名字的漂亮味。甚至直到書末，志龍也沒有對名字的事

---

[24] 《八角塔下》，頁10。
[25] 《八角塔下》，頁15。

情，有所反抗。

在書中，陸志龍從公學校就沉迷於日本劍豪俠士故事的閱讀，產生日本劍道的認同。特別當武道教師川岸先生說日本人的特色就是能正坐，從前的劍豪武士都是這樣修練的。陸志龍對此產生強烈的共鳴，而心焉嚮往穿著「防具」成雙地互相攻打的一天。當練習的這一天到來，自己彷彿也成了古代的武士，一劍在手可以橫行天下了。這裡表現了主角的浪漫精神。這也都在日本精神的教育下，滿足了他的幻想。

主角認為要：「成為一個淡水中學的學生，不簡單。」而漸漸的「從純粹的小孩，變成一個懂事的少年。」這中間的美學觀確立了，更加讓日本精神紮根在志龍的靈魂裡。而「八角塔下」，淡水中學的象徵，志龍感到「莊麗、虛無飄渺、渴望不可及的樓房感。」精神上也表現了與「八角塔下」的形象看齊：堂堂正正。志龍表達一種強烈的感激。

志龍甚至覺得自己是幸運的。當被認為自己身為私立淡水中學是榮譽的、特殊的，而表示自己的背脊這時挺得更直了，臀部的筋肉收縮的更緊。這裡，作為有反殖民意識的讀者，當然會覺得可笑。不過，志龍確確實實的是這麼訓練過來的。甚至也可以預想到，當志龍長大，恍然大悟後，自己也會為當年的精神覺得可笑，但是卻也會覺得這就是他，而這精神裡頭，也仍有值得驕傲的地方，那就是真正的日本精神。

陸志龍崇拜日本軍人的形象，雖然偶有嘲笑之處，但是對軍人的神氣，還是很意外。最有趣的乃是主角在追求日本女性靜子時，猶豫不決。他正是以男子漢的價值觀，激勵自己。最後有日本軍人與志龍競爭愛情時，很自然的志龍是自慚形穢了。

志龍犯了校規，卻不出賣朋友。這也就是日本精神所標榜的俠義精神。這證明了日本精神已經深入志龍的骨髓。最後管恕提到日本東京，並沒有分內地人、臺灣人，並計畫到日本留學。作者安排這一段，也是顯示出雖然日本人在臺灣是殖民統治者，但是在代表日本文化的內地，還是有可取的地方。總之，志龍對日本文化的感受，是相當深入、長期的獲得培養。

## 二、日本精神價值觀的審美深化

除了日本文化的一般性教養，做人的風格外。陸志龍的持續深化日本精神給他的影響：

>「成長的格外快速，不是指身體上的，精神上的，言動上，風度上，智力上的。」[26]

除了文化價值的認同外，這中間還有審美的因素。志龍的老師戰鬥艦告訴他，相撲是最不能投機取巧的，也就是日本精神。相撲是公學校就知道了。現在知道並非只是玩而已。這也是一種日本精神的深化，從玩的遊戲中，也賦予了精神的訓練。除了相撲之外，唱歌這種藝術表現，美感的訓練，也深化了志龍對精神教育的理解：

> 謠曲是鍛鍊日本精神的最好方法……武士道精神、大和魂的另外一種表現。你們是皇民化運動的先鋒，應該好好學習，體會日本精神的偉大才好。[27]

反過來看，日本精神也如藝術般灌入志龍的審美意識中。當在志龍已經懂得反省、更深刻的思考時：

>「我想，我未必就是個具有濃厚日本精神的皇民吧，而是一種對能獲上級生寵愛的人物的一種嫉妒之心的流露吧。」[28]

話雖如此，卻是一種衡量內心世界的方式。更含有一種價值觀的思

---

[26]《八角塔下》，頁28。
[27]《八角塔下》，頁193。
[28]《八角塔下》，頁196。

維模式。志龍已經用日本精神的審美價值作為標準在思考事情。縱使自己並非皇民,並非完全認為日本國民、皇民的意識。可是,仍需要獲得上級生的寵愛。要獲得寵愛的方式,那也只有唯一的方式,照老師、學校所要求的道德觀來作,也就是滿足日本人的審美觀。

在這本書的後半部,志龍開始結交有義氣、豪爽,甚而有點不良的朋友。相對於死讀書的同學,主角則感到不以為然。這不可說不是受到受劍俠小說的影響:

> 對正經的事嗤之以鼻,對人家所敢一試的不正經事,我也要一點兒也不在乎——說起來也許是一種幼稚的虛榮的,但這也是我的很切實的感覺。[29]

這是日本武士在面對下階級的時候,表現的一種不在乎、流氓海派的形貌,也是阿莎力的表現。更重要的是日本精神,除了國家的認同意義外,還有審美的標準,以及審美意識在文明上的內涵!作者安排主角喜歡上日本女孩靜子,就是一個明證。岩本靜子的形象是:

> 那兩條垂在胸前的髮辮、白白的臉兒以及那深黑領帶、滾三條白線的黑領子和雪白的上衣,像那天上的浮雲一樣白的。[30]

似乎,日本女性就是那麼高潔、進步的讀書人。幽雅、落落大方、整齊、清潔,這就是日本仔的女兒。主角與靜子第一次見面,作者是安排在一座座插入雲天的巍峨峰巒,似乎隱射日本女性高不可攀的地位,她是難以接近的,有著陸志龍難以擄獲的美。這也正是日本教育帶來的審美觀念。這讓陸志龍覺得卑微、害怕,又極想接近、追求。那是一個皇國的女性,端淑而又有禮。志龍一開始只能夠偷偷的、貪婪的,肆意

---

[29] 《八角塔下》,頁334。
[30] 《八角塔下》,頁271。

用視線來愛撫與擁抱靜子。且深怕自己家裡太髒,為內地人所看不起。自然而然的要求自己要符合某種日本精神的價值觀,才能擄獲靜子的愛。

比方說:如果在追求上表現懦弱,志龍就告誡自己,不是個男子漢。一如在學校沒有符合學校規定,那也不是男子漢。靜子成為一個日本式的美的理想,鼓舞著志龍要好好用功。鍾肇政安排志龍發狂般的仰天大笑一陣,大罵一聲:

「馬鹿野郎!我要幹哪!!」[31]

由這個大罵的語言表現,更可深入瞭解到志龍的靈魂是日本式的。另外,鍾肇政在書中老是安排日本女性都是他的手下敗將,好像是征服了日本人。可是,這是虛構的,也就是說被擄獲的還是作者本人。那也就是作者自己,已經被教育成帶有日本式美感的,終身都有日本式文化、靈魂的臺灣人。

就理論上,一個人的世界觀萌芽於少年期,形成於青年初期而對世界的全面而深刻的認識相聯繫。不單只理論認識,更重要指的是思想情感、生活態度。因此在中學教育上,對青年初期世界觀的形成上有重大意義。如此可見,陸志龍的經過「八角塔下」的日本精神教育方式,他的思想已經穩固。何況,這中間還有審美標準的作用,而將日本精神的價值更加深化。如此,雖然說是鍾肇政對主角的精神的塑造,而這也可以代表作者的寫作風格。鍾肇政說:

日治時代,日本人灌輸給我「堂堂正正做人」的觀念,就是積極樂觀的精神,這和時代有關係。……我只知道日本教育所灌輸的「作一個正義、正直的堂堂正正的人」,人生的價值觀就在這樣

---

[31] 《八角塔下》,頁365。

的基礎上建立起來了，自然就有樂觀進取的心態。[32]

這積極進取的樂觀精神，除了是鍾肇政的道德觀，也正是理想人物的，作為一個美學的形象的典型。這也是人類共通的人性。

## 第四節　對話與隱喻：溫和的抵抗風格

### 一、感傷與日本精神的對話

作為一個文學風格，感傷顯然是不夠的。雖然作者的個性呈現為感傷，可是作者也仍有向上心。除了天性以外，日本精神教育的影響，可說是至關重大。而且，日本精神本身，也有感傷的一面。《八角塔下》中校長在強調日本精神時，作者設計的口吻卻是感傷的。

相反的感傷雖然是退縮的，但是也有成長進化為浪漫進取的一面。傷感與浪漫的關係，那是同時的容易轉變的。特別有日本精神的激化時，浪漫有積極浪漫，也有更退縮的時候。感傷的個性本質有伸縮性，感傷也可以說是一種熱愛生命，欣賞生命苦楚的基本能力，而能夠成為一種美的情調。

從作品中的情節來看其文學基調是傷感的，但是作品也透露出了反抗的色彩。這在少年的教育過程中，最重要的精神成長，這也是經歷痛苦後的結晶。在上半部的故事中，安排志龍被老師的狂犬攻擊，想起了最好的朋友林鶴的不抵抗式的反抗。後半部又有管恕以武力反抗狂犬，再次讓志龍體會到反抗精神的重要。或是讓讀者從這中間領會到反抗的啟示。這是一種隱微的成長方式的反抗心理的描寫。

換言之，若完全是日本精神的積極面，作品將呈現一種乾枯的戰鬥性。而在藝術感染上不免是低落的。完全以積極進取，則缺乏一種感人

---

[32] 《鍾肇政全集30》，頁243。

的調性。太過於陽剛,則有如古老時代的英雄。現代的英雄,也應該有平凡面也就是感傷面。而形成一種反英雄,現代英雄。因此在日本精神的進取面向上,還需要一種感傷的調性,加以調和。

何況作者個性原本趨向於感傷。他如果單單勉強自己上進,在作品中成為一種說教與謊言。於是作者安排陸志龍誠實的批判自己的感傷取向,然後又表現一種上進心,附加以帶有光明面的未來。這中間就成為一種音樂上的二部曲,在文學上則是一種對話。

進一步申論,如果說日本精神是一種理想的象徵的話,那麼在追求理想的過程中,這位這尚未達到的距離,會讓人不斷的產生傷感。日本精神將帶來一種懷鄉病,一種幻想的失落,而顯得將此理想精神誇大。在後來的鍾肇政作品《怒濤》中,這種失落感的表現特別明顯。

如果把《八角塔下》當成是《濁流三部曲》中的陸志龍的前傳,光在個性上,筆者曾將後者的陸志龍以唐吉訶德加以類比。[33]那麼,《八角塔下》中的陸志龍除了個性中的感傷基調,有持續發展外,在日本精神的進取心、行動力,也在後者有所成長。在日本文化的趣味上,兩書也是一致的。

上文提過日本精神本身也是帶有感傷味的,也在《濁流》與《江山萬里》分別提到,主角陸志龍迷上感傷幽微的和歌。和歌乃是代表日本最為高尚與深奧的文化。以及對日本軍歌,陸志龍感到特別的帶有感傷味,而喜歡哼上幾句。在語言的表現上,一方面鍾肇政喜歡用簡潔、明亮的語言,配合日本精神的豪爽,而又能夠抒情的,更需要加強傷感的語調,加重少年的哀愁氣息。也就是一開始在創作上分別有感傷的表現,另外有國民黨文藝政策所要求的戰鬥精神。然後戰鬥精神在鍾肇政筆下,在配合日治時代的文化取向時,將之轉化為日本精神。

最終鍾肇政的語言,乃是融合日本精神與感傷的風格,而形成一種韌性。不容易摧折的、隱微的。主角的形象將是冷靜的、靜默的。在內

---

[33] 錢鴻鈞,〈《亞細亞的孤兒》與《濁流三部曲》的比較:從吳濁流與鍾肇政的浪漫精神談起〉,收錄於《戀戀桃仔園:桃園文史研究論叢》,2008年5月3日,頁103。

心中不斷有兩種聲音在對話。雖然自我反省批判是感傷的，而日本精神應該是前進的。最終結局，才飽含理想與光明。過程是冷靜予以客觀刻劃的，也是壓抑的。這種文體，在戒嚴時代，不能對時代直接加以批判，因此主角更有韌性。而表現出來的作品，將對現實的不滿與抗議，成為一種時代隱喻的風格。

諸如主角陸志龍在面對狂犬的攻擊時，就是隱忍、靜默的方式，遭受毆打。而並非拿出日本精神的積極面與之正面對決。這與劇中人物狂犬、林鶴的反擊方式有所不同。狂犬、林鶴的模式，也是作者所欣賞的。但是對比之下，特別在殖民地的環境下，鍾肇政選擇一種更為靜默的，而帶有韌性的反抗。也因此，在鍾肇政作品常常有比反抗對象日本人，更有日本精神的對抗方式。這在《插天山之歌》、在鍾肇政實際的創作人生中，也是採取一樣的帶有韌性的反抗方式。

在鍾肇政另部書《江山萬里》，也表現出主人翁倔強的，不願意將家中苦惱說出，而任由部隊長官毆打的方式，最後獲得同情。因為陸志龍瞭解，當下說出來，那就是一種真正的懦弱。而不說出來，其實，就是一種溫和的抗議，帶有感傷性的抗議。

## 二、隱喻的風格

### （一）《八角塔下》隱含的時代對話

鍾肇政刻劃陸志龍眼中的日本皇民化統治，確實有是高壓、虛偽的一面。其實，這在小說中不必強調，鍾肇政也並未強調，因為這是淺顯的主題。隱喻的時代對話，才是鍾肇政苦心經營的。鍾肇政寫作年代是戰後二十年，他所遇到國民黨統治，在高壓、虛偽面，往往有過之而無不及。如果說，作品中有批判過去的統治者的意圖，若詮釋為暗批當下的執政者，是合理的：

> 那麼《八角塔下》是什麼呢？我在裡面有兩個主題，一個是我中學時代所受的「皇民化教育」。皇民化教育就是日本統治臺灣末

尾的幾年間，特別是中日戰爭開始以後才實施的一種教育，我在書中把它寫成「催眠式教育」，一天到晚灌輸你是大日本帝國的臣民，是了不起的皇民這一類的話。很湊巧地，戰後國民黨也繼承日本人的教育，灌輸你是黃帝子孫、中華兒女，我們要反攻大陸、殺豬拔毛、萬惡共匪等等的話，這類口號充斥在教育的過程中。日本人在統治末期大概就是這樣，灌輸皇民精神、皇民意識，所以我稱之為「催眠式教育」。[34]

也因此，在日本人咒罵臺灣人為張科羅時，角色所抗議的，表面上是覺得受辱了。裡頭也隱含著作者認同張科羅的意義，也就是作者對中國人的印象，並非是良好的，就是張科羅。更進一步的解讀中，成為作者以日本人的角色代替他咒罵中國人的味道。

「還要硬嘴，你們這些張科羅，你們都是張科羅！」（張科羅為日人罵中國人的髒話）
他竟一連兩次說張科羅，而且是你們，不是罵我一個人。想想吧，你們都是張科羅，這話能聽下去嗎？可是我還忍著。
「我不是張科羅，都老實說了。」[35]

在這錯綜複雜的創作心理裡，除了透露出反抗意志外，還有顛覆寫作當下環境的力量。所以，若是在戒嚴時代作者寫到戰後，也會認同張科羅的講法。《八角塔下》確實也有與時代對話的面向，那麼「八角塔下」的精神，或者就說是日本精神，也就是一種時代的隱喻。

鍾肇政使用嘲諷的方式，是向時代對話，而非對過去的殖民統治者。藉由日本人來罵張科羅，中國人。書中的主角是對漢民族認同，而

---

[34] 《鍾肇政口述歷史》，頁 301。亦參見，王昭文，〈《八角塔下》的臺灣連魁精神〉，桃園：鍾肇政文學國際學術研討會，2003 年 12 月，頁 240。
[35] 《八角塔下》，頁 318。

非中國人，因為中國人是張科羅。血緣是那邊的漢民族來的，但是文化上，陸志龍已經與漢民族不一樣。對被說是張科羅，作品中的角色表現很氣憤，認為自己並非張科羅。未來也很自然的會將他眼中所看到的真實的中國人，以張科羅定位之。

在與時代對話這一點上來看，解嚴後所寫的《怒濤》與解嚴前的《八角塔下》是可以接續上。閱讀《八角塔下》可以幫助理解《怒濤》。[36]相反的，閱讀《怒濤》也可以幫助理解《八角塔下》。換言之，在解嚴之後的作品《怒濤》的角色精神狀態，早就在《八角塔下》作了預言。也與時代作了對話。而不僅僅是主角的個人在日本精神與感傷的自我對話。

在楊青矗的發言中，他眼睛所見到的他上一代的臺灣人，嘴巴裡充滿著日本精神的形象，與鍾肇政所言的日本精神，可以作個比較：

> 在四十四、四十五歲左右受日本教育的人，我接觸的不少，這些人日本思想濃厚，他們瞭解日本人，也瞭解中國人；時代的嬗變使他們感性敏銳，凡事都會拿中國人的作法和日本人的作法對比，對是非的判斷往往依據他們那一套日本精神的看法。他們厭惡日本人欺壓我們同胞的行為，但也佩服日本人的好處，他們精通日文，卻無法用中文寫簽呈或公文，更無法以中文來寫出他們對事情的看法；對這他們很納悶，社會上貪污，或其他他們看不順眼的事情，他會以他們的日本精神藉聊天來發洩他們的看法。這些，我聽得太多了，我未成年時對這些人覺得他們「強國奴」的劣根性難改，慢慢年歲漸長，自己能夠獨立思考和判斷，我能瞭解他們，他們嘴說的是日本精神，身作的是保住飯碗的可憐相，我藉他們這面對比的鏡子透視了我身為中國人的真面目。[37]

---

[36] 錢鴻鈞，〈《怒濤》論：日本精神之死與純潔〉，收於《戰後臺灣文學之窗：鍾肇政六百萬字書簡研究》，臺北：文英堂出版社，2002年11月30日，頁133。

[37] 李昂，〈喜悅的悲憫：楊青矗訪問〉轉引自蕭阿勤，《回歸現實：臺灣1970年代的戰後

楊青矗所體認的日本精神內涵並未說明清楚,但是至少該是有行動力的,而不該只是掛在嘴巴上。這樣的人物,在鍾肇政的《怒濤》中,也提出的批判。鍾肇政在書中安排一個小角色托西來表現。這裡辯證了鍾肇政內心中的日本精神與楊青矗的認識是一致的。楊青矗說的很妙,他藉那些口中日本精神叨念不停,認為就是中國人的真面目。也就是說,楊青矗也體會到,真正的日本精神為何。這與《怒濤》對臺灣人的批判是一致的。認為臺灣人墮落了,根本學不到日本精神。

不僅在《怒濤》的人物陸志駿、陸志鈞,甚至托西,事實上是有行動力的。在《八角塔下》中的陸志龍所表現的,雖然並非如管恕、林鶴以行動來反抗欺壓他的老師與學長,但是至少表現出不屈服的態度,面對強權正面壓迫的時候,並不求饒,更不在背後自傲、誇誇而談。而自有一套何謂男子漢的價值標準,確實的要求自己,等待時機反抗與對決。或許,有人認為這並非日本精神,應該切腹以對。但是,這畢竟這對人性上生存下去的本質,而作切腹的要求是否太過分了呢?筆者寧可認為鍾肇政筆下所塑造的理想人物,所認同的日本精神的價值觀,所表現出來的行為,至少並不同於楊青矗所批判的「強國奴」劣根性。或者說,經由臺灣特殊環境的改造,日本精神已經成為臺灣式的精神,也就是後文提到的「無花果」、「臺灣連翹」精神。

微妙之處是,楊青矗稱呼那些私底下愛喊日本精神的懷舊式、沒有行動力的臺灣人,認為這是「強國奴」劣根性。鍾肇政在《八角塔下》中所安排的管恕,正是經歷所謂的「張科羅」事件,同時引發幾位同學不滿。更可見,楊青矗同樣是站在類似日本老師狂犬的立場,來理解「張科羅」是什麼。可見,楊青矗也有認同日本精神真正的精神內涵之處。他只是慨嘆那些臺灣人不長進,這不正也是鍾肇政也感嘆的,只是鍾肇政知道僅僅能以行動、實力證明。對他個人而言,是創作再創作。在作品中的人物,則不斷的以日本精神的標準來衡量自己,批判自己。

---

世代與文化政治變遷》,臺北:中央研究院社會學研究所,2008 年 6 月,頁 211。

## （二）臺灣精神與日本精神的辯證

鍾肇政在戰後所書寫的作品中所表現的日本精神與皇民時代的創作中所呼喊的日本精神有何不同？戰前，那是有現實考量的。或者配合統治者、或者被壓迫；而戰後日本人走了，對鍾肇政而言這是一種回憶，壓迫的、催眠的說法是次要的。更重要的是表現一種價值觀，而不僅僅是親日、懷舊。那就是鍾肇政自己所認同的道德教訓。就是時時刻刻批判自己、要求自己的方式。特別是在當下時刻面對所看到的不滿時而自然而然的感到的憤怒情緒。那也就是自己所建構的價值觀，內心深處，真實的聲音。

鍾肇政的日本精神刻劃的其實是一種自我認同，並非是認同統治者，服從統治者。而是認同過去的歲月、教育中的價值觀。在鍾肇政撰寫《高山組曲》，同樣的也是感到高砂義勇隊的所擁有的精神，是那麼純潔、高尚，與鍾肇政個人所受的皇民化教育的同樣結果。[38]

在《八角塔下》與廣義的皇民文學如〈道〉、〈奔流〉、〈志願兵〉作比較，[39]在認同上最大的差異是，鍾肇政並未有想要做為日本人的深刻苦惱。因為在陸志龍的認知，他在身分上本來就是日本國民，但是也知道自己與真正的日本人有所不同。他也並不積極、努力作一個真正的日本人、實踐皇民精神。等到他經受了日本殖民統治者的差別待遇，而恍然大悟，自己並非日本人，而是漢民族。他有了強烈的反抗精神時，可是他的價值觀卻都已經日本化，也就是無形間表現了日本精神的道德觀。諸如怎樣才是真正的男子漢，並以此自詡，以及時刻反省到自己的懦弱。有趣的是，特別是在鍾肇政創作的日治時代為背景的抗日作品中，當要反對日本人、塑造反抗日本人的英雄人物時，也是以要比日本人還要日本人，作一個精神意識上的戰鬥。

---

[38] 錢鴻鈞，〈賽德卡精神與日本精神——《戰火》論〉，收錄於《戰後臺灣文學之窗：鍾肇政六百萬字書簡研究》，臺北：文英堂出版社，2002年11月30日，頁183。

[39] 林瑞明，〈騷動的靈魂：決戰時期的臺灣作家與皇民文學〉，收錄於《臺灣史論文精選》，1996年9月，頁203。

一般認為解嚴以後才有《怒濤》中的日本精神認同與表現。可是經由筆者的研究，在《臺灣人三部曲》已有日本精神、日本文化的認同。《濁流三部曲》也有強烈的日本味。也可以說，從某個角度講，作者也已經將他所體會到的臺灣人精神的價值觀為何。縱然揉合了日本人帶給他的精神面，但是也反映了臺灣人的歷史、環境。特別是鍾肇政個人的個性而加以建構的臺灣人精神。

　　過去，筆者的研究有許多論述鍾肇政作品中的日本精神內涵。而至此，從《八角塔下》出發，再一次的以風格的角度，將鍾肇政的精神內涵更清楚與完整呈現。鍾肇政所要形塑的臺灣人精神也將更清楚。就文學而論，鍾肇政作品富有相當豐富的文化內涵與典雅的精神層次。也因此，在戒嚴時代的作品，則造成相當多的時代隱喻。這是一個藝術層次、象徵的語言，是一種與當下統治者的對話。

> 　　周婉窈評論皇民化運動對臺灣年輕人的影響，她推論：皇民化運動雖然未曾達到改造臺灣人為日本人的終極目標，臺灣人的「中國性」卻因此多少減低了，尤以青少年為然。戰後的臺灣可看成是臺灣人對「中國性」的重新認識與適應的一段歷程。不幸的是，戰後來臺的是一個令臺灣人十分失望、痛心的接受政府。[40]

　　周婉窈說這時候的臺灣人是一種「低中國性」。既然並非臺灣人並未被改造成日本人，那麼認同日本精神的內涵果然是文化、價值上的認同，而非日本國民的認同。然而當然有臺灣人被後來的統治者刺激因而可能認同日本人了，或者是日治時代的既得利益者認同日本人。不過，在鍾肇政這種受到日本人壓迫的，筆者倒認為，二二八之後的臺灣人的反抗意識形成，這就是一種「臺灣性」的形成，也就是臺灣精神的雛形。甚至，可以論證為：並不存中國性，而且也並非認同日本人，也就

---

[40] 周婉窈，〈從比較的觀點看臺灣與韓國的皇民化運動（1937—1943）〉，收錄於《臺灣史論文精選》，1996年9月，頁191。

是沒有「日本性」，那麼無論怎樣的反抗行為，那是一種人性上求生存、求尊嚴的必然結果，縱然是受到外來的精神、文化的影響，鍾肇政名之為日本精神，或者就說是一種「臺灣性」吧。對鍾肇政來說，文學創作本身的前進心、創新，乃是有一個是使命感。那也就是臺灣文學應該有的新的、創新的意識。但是那種反抗性、價值觀，卻是來自於日本的。或者說那正面的積極的精神已經超越國界，深藏於鍾肇政內心。

當日本精神與原本鍾肇政的感傷個性，再度的綜合在一起，這是相當純潔的、也是真誠的。這是他的理想與價值觀，也反映在作品中所設定的人物形象。鍾肇政所設定的感傷基調，不僅是他的個性，也是臺灣歷史的基調。如何從此傷感、哀愁基調，產生一點人性上的力量，帶出臺灣人的精神。

既然有論者陳建忠博士在回應拙文時，所說鍾肇政所建構的臺灣精神但是卻帶有日本精神，那是臺灣文化主體的混雜與不完整。或者認為鍾肇政所強調的日本精神是策略性的工具，並且是缺乏「歷史哲學」。[41] 甚而是思想上的薄弱所致，而建構日本精神式的臺灣人形象？奇妙的是，在筆者尚未對《插天山之歌》提出日本文化認同的解釋之前，鍾肇政被認為是討好國民黨而只會寫抗日小說。這是筆者寫該文的辯誣心情。[42] 其實，鍾肇政重點就在於堅強的反抗意志的刻劃，那就是臺灣精神。小說中反映的並不僅僅是主角一人的意志而已。該書也刻劃了開拓山野的艱辛，更重要的是美麗帶有泥土味形象的女性，作為引導主角的精神，能把女性刻劃成臺灣的大地之母、永恆女性，這才是令人激賞的。

作品中，雖然鍾肇政以知識分子觀點描述，但是卻能因此描述複雜的人類心理，探求微妙的深層文化。更重要的又能夠超越知識分子格

---

[41] 陳建忠，〈後戒嚴時期的後殖民書寫：論鍾肇政《怒濤》中的二二八的歷史建構〉，《被詛咒的文學：戰後初期（1945－1949）臺灣文學論集》，臺北：五南圖書公司，2007年，頁239。

[42] 錢鴻鈞，〈《插天山之歌》與臺灣靈魂的工程師〉，收於《戰後臺灣文學之窗：鍾肇政六百萬字書簡研究》，臺北：文英堂出版社，2002年11月30日。

局，觀察到各階層的生活與思想。而鍾肇政使用平實的語言，刻劃優美的自然，給予作品思想上的象徵性。若不以知識分子觀點為之，在小說敘事學上，如何平衡敘事者與小說人物間思想上的差距，這將是一大挑戰。特別是更抽象的生存本質，歷史哲學，臺灣人的精神動向與做為臺灣人的使命，並非是純樸的鄉下人、小人物能夠承擔。所謂的作為小說思想深度的歷史哲學，又要符合藝術作品美學上的考量，該要由人物的作為、作品的結構來探求。這該由讀者去認知、去挖掘。《插天山之歌》就有如此的結構與主題作呼應，《八角塔下》也有如此的時代隱喻。

其實從《插天山之歌》的奔妹、一景一物來看，筆者認為該承認鍾肇政小說中已經帶有臺灣的主體性，或者說是臺灣歷史過渡時期的主體性。更恰當的作法是，將混雜的說法顛倒過來說。那是在這戰後短短的過渡時代裡，臺灣精神與其他外來的精神重疊，也可以說日本精神的內涵有人性光明面普遍性。而這普遍性，尚不認為就是臺灣精神，但是也並非是什麼混雜性。所謂的主體性應該放到壓迫的脈絡、弱小者的歷史中去看。那才是該臺灣歷史過渡時期、劇烈震盪、臺灣精神轉變時期的主體性。雖然說是日本精神，但正是《怒濤》所表現的正是人類的愛心與理解、以及複雜矛盾幽微的心理。

因此，反過來說，如果直接把所謂的「混雜」主體日本精神去除掉，而說那個反抗外來統治者的行為說是臺灣精神，而不說日本精神，反而是說謊、媚俗。但是鍾肇政這裡也有反省、自我批判，鍾肇政在解嚴以後的作品，有了新的對話者，那也就是臺灣人自己，臺灣人怎麼變得那麼糟糕啊，這樣的心情。臺灣精神成為新的時代隱喻。「臺灣人」究竟是什麼？臺灣精神如何建立呢？

只不過，小說畢竟是感情的產物。那種特殊時空下的感情，還是很需要讀者瞭解。因此，可以說日本精神是鍾肇政所見證的時代的隱喻，一種反抗精神，一種代表自己的正面的價值，一種矜誇，不畏懼被說成奴化與失去臺灣精神的主體。在文學上，日本精神成為臺灣精神的時代隱喻。也就是看你怎麼去解釋日本精神，該說這是一種普遍性的人性光

明面,包括高潔、有正義感、勤勉、誠實、禮儀、規律、清潔、公德心的價值觀,日本精神僅僅是名字而已。或者說,鍾肇政已經將日本精神的內涵,按照自己所感受的、經歷的,加以改造過。也因此,抽去這個稱呼,而僅以抽象的思想、哲學來刻劃反抗的精神,那是脫離現實的虛構。或者,直接說明這就是臺灣精神,恐怕很不妥當。由此說來,《怒濤》表現一種時代精神的見證,這不僅僅是鍾肇政個人的想像。

也就是必須把鍾肇政的小說放到創作與見證的時代脈絡中去談。因為這是小說內涵中的邏輯。若以建構式的方式來談,還是應該把作者的相當自然、純樸的感情帶入。畢竟,鍾肇政隱忍了相當長久的一斷時間。需要讀者瞭解他的心路歷程,而非過於理想化的建構出所謂的臺灣精神。一如在《插天山之歌》的結局,作者唱什麼歌,以「臺灣人」為名的、標榜臺灣精神的,非常弔詭的是日本軍歌。但是除了日本軍歌還有什麼歌最符合書中的邏輯呢?其實那種慷慨激昂的狂喜,以日本軍歌最能表達臺灣人的心聲,也是當時鍾肇政的內心最底層的、誠實的聲音。那就是臺灣人的心聲、臺灣精神。最重要的,只是讀者願不願意這麼詮釋與接受。日本軍歌的意義,已經不是代表皇軍的歌曲,而是表現出臺灣人的心情。日本軍歌成為臺灣人心聲的隱喻。合宜的隱喻詮釋,即可以消除這些矛盾。在藝術上來說,本來文學創作就是要訴諸矛盾來產生張力。

也就是鍾肇政筆下人物,說是認同了日本精神、日本文化的價值觀,其實已經與原來的日本精神大不相同了。那是有歷史脈絡、臺灣特殊的環境所產生的精神。日本精神已經被改造成為臺灣精神。

在參照王昭文的論文,非常奇特的,她說從《八角塔下》看出了吳濁流的《無花果》、《臺灣連翹》的精神,默默的開花、以不同路徑展現自己的個性的精神,說明鍾肇政接續了吳濁流的精神。[43]她卻沒有覺得《八角塔下》的精神,有任何混雜之處。從本文的觀點來看,與王昭文

---

[43] 王昭文,〈《八角塔下》的臺灣連翹精神〉,桃園:鍾肇政文學國際學術研討會,2003年12月,頁239。

的認定是類似的。只是本文的說法，是一種溫柔的反抗，沉默卻不斷的努力培養實力。我與王昭文的看法，差異在於內涵多了鍾肇政所經歷的時代特色與文化認同。而不僅僅以吳濁流精神名之。但是卻奇異的有相同的結論，這是為適應臺灣特有的環境造成的吧。

　　也就是說，在鍾肇政的筆下的時代臺灣精神尚未建立。這正是鍾肇政的命題，要發揚臺灣人精神、也要同時建立臺灣精神。那麼建構的方式，當然從自身與歷史的經驗、真實的感情談起。鍾肇政所見證的時代精神，是一個隱喻，特別需要需要讀者去解讀。王昭文將此時代的精神隱喻，解讀為吳濁流式的「無花果」與「臺灣連翹」精神。我則直接稱之為「八角塔」精神，也未嘗不可。

## 第五節　結論

　　本文首先對鍾肇政的五○年代早期的作品分為兩類，一為富有戰鬥精神的，一為浪漫傷感的。前者演化成日本精神，鍾肇政將兩者結合在一起，成為穩定的風格。在鍾肇政對理想主人翁的刻劃上，可以「韌性」的形象總結。是一種不服輸的個性，而有耐力，特別是屬於一種弱者求勝的精神，永不放棄，不屈服的精神。時時刻刻反省自我，要像一個男子漢。特別在感傷的時刻的話語，其後又加以反省，有如自我對話，自此是一個激勵，然後感傷昇華了，那是自我要求的另外一種聲音，一個自我的對話。

　　相反的情況，在自我標榜如男子漢時，而又不完全是表現日本精神的敢死隊的一面。又有另外一種話語、另外一種旋律與之對話、交響，即以感傷成分融入，使生命緩和下來。那也就是表現為韌性、溫和的抗議或者是冷靜與客觀的姿態，等待時代轉變，時機來臨，默默的培養實力。

　　這種自我的對話，呈現作品中的兩種調子。融合在一塊後，形成了鍾肇政特有的風格，也是臺灣精神的表現，符合臺灣特殊的環境的反抗

精神，一種富於臺灣戒嚴時期中，表現時代精神的隱喻風格。這是表現鍾肇政的完整的風格，並透露出鍾肇政風格的兩種要素，日本精神與感傷，兩種有相近也有區隔的內涵。

本文除了對《八角塔下》有不同的文化角度、精神層次看到主人翁的成長外。也對作品的風格作探討。也就是此作融合了鍾肇政的傷感個性、適應了臺灣的環境，過去從日本教育、日本文化所吸收到的價值觀，融合成為獨特的精神，那或許就是尚未為臺灣人認定的臺灣精神吧，這裡是一種忍耐與韌性。

當在小說裡，設定主角有了反抗意識，也就是脫離了日本人的認同。其後，日本精神有歷史性的意義。在正面的意義為鍾肇政這一代臺灣人所吸收，而為日後以日本精神名之的抵抗精神，除了有顛覆統治者、祖國意識的意義外，也有過渡時期現象，換言之臺灣精神尚未建立。鍾肇政也立刻提出了疑問，什麼是臺灣人精神。無論如何，所謂的臺灣精神，也將融合這一段反抗歷史與反抗的精神。那麼，在下一個反抗事件中，融合了另外一個時代，也傳承了上一個時代的精神，也就成立了新的精神，稱之為臺灣精神。

換言之，日本精神是臺灣歷史過渡期現象，那主體也是臺灣主體的。是鍾肇政自我的成分，也是臺灣歷史不可分的一部分。該批判的，乃是膚淺的日本精神，掛在嘴邊的日本精神。一如現在掛在嘴邊的臺灣精神。鍾肇政的作品是促進了臺灣精神，或者說是表現了過渡時期的臺灣精神，而非異化、混雜。「八角塔」本身，就充分表現了作為時代隱喻的象徵。

或者說是尚未建立的臺灣精神。而在鍾肇政的敘事脈絡下是正面的、有普遍性的人性的光輝。或者鍾肇政已經做出批判過渡時期的臺灣人、尚未有臺灣精神的臺灣人，甚至在臺灣精神的脈絡下，也是做出了批判臺灣人本身。

鍾肇政在《八角塔下》所設定的感傷基調中，呈現反抗心，深刻而隱微。雖然瞭解到日本人的仇視臺灣人的心理，但是在日本文化、在價值觀、興趣、品味無不受到日本教育的影響，更在人格上受到日本精神

的影響，要有一個堂堂正正的人、真正的男人、男子漢。有了反抗意識後，陸志龍的鬥志、陸志龍的韌性，是可以期待的。那麼，臺灣人的反抗、英雄事蹟是鍾肇政所要刻劃的目標。從鍾肇政身上所投影出去的人物陸志龍是可以代表的臺灣人的理想的。而在主題上、人物形象上，鬥志與韌性是普世民族的價值觀，韓國、日本，甚至中國也有這樣的類型人物。但是，以鍾肇政的個性、成長背景中，配上了臺灣人的反抗鬥爭的歷史，哪也就是臺灣人的鬥志與韌性了。也就是臺灣人的精神。鍾肇政改變了讀者對臺灣歷史的想像，也改變了現代的臺灣，讓之更美、更現代。也讓臺灣人有想像的空間，有樂趣、有思考。也造就許多作家、開闢許多空間。

## 參考資料

### 一、專書

1. 許俊雅，《見樹又見林──文學看臺灣》，臺北：國立編譯館，2005年2月。
2. 葉石濤，《臺灣鄉土作家論》，臺北：遠景出版社，1979年3月。
3. 鍾肇政，《鍾肇政口述歷史──「戰後臺灣文學發展史」十二講》，臺北：唐山出版社，2008年7月。
4. 鍾肇政，《名著的故事》，臺北：志文出版社，1979年11月。
5. 《西方現代戲劇流派作品選 3》，北京：中國戲劇出版社，2005 年 1 月。
6. 鍾肇政，《鍾肇政全集》，桃園：桃園縣立文化中心，2000年12月。
7. 鍾肇政，《八角塔下》，臺北：前衛出版社，1998年4月。
8. 蕭阿勤，《回歸現實──臺灣一九七〇年代的戰後世代與文化政治變遷》，臺北：中央研究院社會學研究所，2008年6月。
9. 陳建忠，《被詛咒的文學：戰後初期（1945－1949）臺灣文學論集》，臺北：五南圖書公司，2007年。

10. 錢鴻鈞，《戰後臺灣文學之窗——鍾肇政六百萬字書簡研究》，臺北：文英堂出版社，2002 年 11 月 30 日。
11. 錢鴻鈞，《臺灣文學的萬里長城——鍾肇政六百萬字書簡研究》，臺北：文英堂出版社，2005 年 11 月 30 日。

## 二、論文

1. 花村，〈細讀鍾肇政的《八角塔下》〉，《書評書目》95 期，1981 年 3 月。
2. 蕭文，〈鍾肇政先生答客問〉，《臺灣文藝》75 期，1982 年 2 月。
3. 王昭文，〈《八角塔下》的臺灣連翹精神〉，桃園：鍾肇政文學國際學術研討會，2003 年 12 月。
4. 劉相宜，〈性意識的萌芽與性探索——以鍾肇政《八角塔下》為例〉，高雄：性與文學研討會，2006 年 4 月 28 日。
5. 林瑞明，〈騷動的靈魂——決戰時期的臺灣作家與皇民文學〉，收錄於《臺灣史論文精選》，1996 年 9 月。
6. 周婉窈，〈從比較的觀點看臺灣與韓國的皇民化運動（1937－1943）〉，收錄於《臺灣史論文精選》，1996 年 9 月。
7. 錢鴻鈞，〈《亞細亞的孤兒》與《濁流三部曲》的比較——從吳濁流與鍾肇政的浪漫精神談起〉，收錄於《戀戀桃仔園——桃園文史研究論叢》，2008 年 5 月 3 日。
8. 林明孝，《鍾肇政長篇自傳性小說研究》，中山大學中國語文研究所，2001 年 6 月。
9. 郭秀理，《論鍾肇政的魯冰花》，臺東師範大學兒童文學研究所碩士論文，2002 年 6 月。
10. 徐惠玲，《臺灣現代小說中的淡水校園成長書寫——以鍾肇政《八角塔下》、蔡素芬《橄欖樹》為研究對象》，國立臺灣師範大學國文學系在職進修碩士班碩士論文，2008 年 7 月。

# 本書各章出處

第二章：2013 年 1 月，〈從鍾肇政短篇創作歷程——看鍾肇政少兒小說之藝術性與客家味〉，《歷史與藝術、臺灣人文論叢》2，博楊文化事業有限公司。

第三章：2014 年 5 月 3 日，〈鍾肇政的〈大巖鎮〉與我所認識的李榮春〉，靜宜大學臺灣研究中心主辦「李榮春文學研討會」。

第四章：2024 年 5 月 3 日，〈鍾肇政的心理小說研究：以 1959－1963 年的中短篇小說為範疇〉，臺灣真理大學東亞研究中心、真理大學國際企業與貿易學系主辦，真理大學第十五屆臺菲日國際學術研討會。

第五章：2019 年 5 月，〈鍾肇政的現代主義實驗與小說觀：從〈大機里潭畔〉談起〉，《真理大學人文學報》，第 22 期。

第六章：2024 年 5 月，〈意識流實驗小說〉（未發表）。

第七章：2024 年 5 月，〈後期藝術與家族小說〉（未發表）。

第八章：2009 年 11 月 28 日，〈從鄭清文、鍾肇政往來書簡看兩人的為人與文風〉，真理大學臺灣文學系主編《第十三屆牛津文學獎鄭清文文學研討會論文集》。*本篇論文為 95 年度國科會計畫之部分研究成果，計畫題目：鍾肇政的「臺灣文學觀」研究，計畫編號：NSC 95-2411-H-156-001。

第九章：2014 年 10 月，〈「高山四部」短篇小說研究〉，《仁德學

報》，第 11 期。

第十章：2024 年 5 月，〈戒嚴下的青春浪漫小說〉（未發表）。

附錄 A：2004 年 11 月，〈《魯冰花》與《法蘭達斯的靈犬》的比較——談鍾肇政的創作歷程〉，《臺北師院語文期刊》，第 9 期，頁 267-292。

附錄 B：2013 年 6 月 5 日，〈論鍾肇政的隱喻風格——從《八角塔下》談起：日本精神與感傷的對話〉，臺灣客家語文研究輯刊第二輯，臺灣客家語文學會。*本篇論文為 99 年度國科會計畫之部分研究成果，計畫題目：鍾肇政大河小說論，計畫編號：NSC 99-2410-H-156-021。

# 後記　我只會這一個

　　不知道為何,好友,不只一個會叫我換做一個題目。還說我不是會客家話嗎等等,可以做其他研究。本來,我還洋洋得意,這是我這個主題的第三本學術著作了,這樣子,除了傳記之外,就幾乎做的完整了。多厲害。

　　因此,我有點廢寢忘食了,誇張的說。我在第二本書受到好友、師長的肯定,我自己更是感到踏實。如此之下,外界怎樣的風風雨雨,我內心中似乎都有一個千鈞的秤砣的樣子,八方不動。我也可真的如一隻鴻鳥,張開翅膀就可以在玉山上方滑翔,東轉西轉看盡人間滄桑喜樂。

　　好友啊,我就只會這個啊!我還會做什麼呢?我最擅長這個了。過去,我還說過,上帝只讓你做好一件事情,你就該好好的做到底,以此自詡、自滿,也自傲並且感到榮寵。事實上,我也可以將吳濁流研究結集出版,加上兩三篇論文的話。甚而,我也可以將客家作家研究結集,還有另外一本比較文學研究也結集。

　　不的,我就要把短篇小說研究,在鍾肇政這個主題下的第三本厚厚的學術著作完成。這想法是二月時報名學校的一個研討會,然後,我四月還沒開始寫,偶爾資料,然後遲交稿了,延期了兩次,壓力大得不得了,終於寫完。

　　然後,我把所有寫過短篇小說的論文集結起來,發現再三篇就可以成書了。於是有點急功近利似的,廢寢忘食,雖然沒那麼誇張,不過連續的熬夜,生活作息大亂,也不大出去游泳。甚至有時候寫的很厭煩,第二天又開始寫。完全忘記了之前遲交的壓力。

　　是的,最早是用歌德講的話:上帝只讓你做一件好事。這樣子鼓勵自己,中間心態轉折又轉。一切只能說田啟文帶給我的改變,否則第二本書不會出現,這一本應該也不會出現吧。這在上一本書的後記,我已經寫過了。

感恩那些話，上一本也寫過了。本來想要找名家幫我寫序，要找誰呢？不要麻煩別人吧，就自己寫一寫，做一個簡單的紀錄就好了。把成書的過程與心態說一下。

好友啊，我只會寫這個，也最擅長這個。是否您常常聽我抱怨著什麼，好像我不該做這個。我確實也因此停了十年都有了。我確實逃過，也用創作來展開第二春，也蠻有趣的。就當作命定吧，今年把這書寫出來。以後大概也不會再做這一類的，該做的是否都做了呢？

真的，如我自我解嘲的。我物理太爛了，半導體科技業又待不下去，只好來這裡，似乎可以發光發熱啊。我一定要展現光熱與溫暖給好友。讓好友不要為我感到憂慮了。為我高興吧，歡呼吧。我只做這個，只能寫這個了。

最後，感謝真理大學的環境培養我，並給我很多在會議上發表的機會，在如此刺激、逼著我完成相關的論文，最終可以結集成書。當然，還有歐宗智老師賜序，他對我多年的愛護，真不在話下。祈伍也給我一些好話，作為友誼的紀念，我非常高興。另外還有邱思慎校稿王，幫助我不擔心錯字疏漏太多了。

p.s. 我來換一種說法吧。我看了電影《最後的修理店》有感。

看他們因為有了音樂改變了自己，然後他們甘心為窮人修理樂器，他們認為這樂器將會幫助某些人獲得葛萊美獎。

我忽然有所悟，競爭、比較，為了得獎的目標、成名，有時候是有意義的。將掌聲給這些最優秀的、最努力的的人。然後世界會更豐富。

當然，也仍要回歸平淡，享受當中的快樂、美麗，而非掌聲。

那麼，我有一個工作，我不必跟人競爭呢？那是沒有人要做的。所以，我就是最好的。甚而要花很多錢、很多力氣、犧牲，我都願意。說是為了掌聲，可是沒人要走這一條來獲得掌聲。過程中，往往還頭破血流的。被嫉妒、被嘲笑的。

儘管我掌聲不多，走一條沒人要走的路，也是蠻幸福的。我也懂得平淡，還有沉醉當中的美麗，所帶來的快樂。

至於中間那麼多年的許多糾葛，無論在學校內、社會上的，我也領悟到了，我所選擇的路，必然是會遭受到惡意的攻擊的，且人生的路本來就存在很多惡劣的狀況。一條美麗的路，也因此而成。否則一切平順，那還需要我來走嗎？還會美麗嗎？確實，光輝因撞擊而展現更為耀眼吧。

錢鴻鈞<br>
2024年8月28日

國家圖書館出版品預行編目(CIP)資料

大河之下：鍾肇政中短篇小說研究 / 錢鴻鈞 著.-- 初版.-- 臺北市：元華文創股份有限公司, 2025.07
　　面；　公分
　　ISBN 978-957-711-451-8 (平裝)
　　1.CST: 鍾肇政　2.CST: 臺灣小說　3.CST: 文學評論
863.57　　　　　　　　　　　　　114007607

## 大河之下：鍾肇政中短篇小說研究

錢鴻鈞　著

發 行 人：賴洋助
出 版 者：元華文創股份有限公司
聯絡地址：100 臺北市中正區重慶南路二段 51 號 5 樓
公司地址：新竹縣竹北市台元一街 8 號 5 樓之 7
電　　話：(02) 2351-1607　　傳　　真：(02) 2351-1549
網　　址：https://www.eculture.com.tw
E-mail：service@eculture.com.tw
主　　編：李欣芳
責任編輯：陳亭瑜
校　　對：邱思慎
行銷業務：林宜葶

排　　版：菩薩蠻電腦科技有限公司
出版年月：2025 年 07 月 初版
定　　價：新臺幣 520 元

ISBN：978-957-711-451-8 (平裝)

總經銷：聯合發行股份有限公司
地　　址：231 新北市新店區寶橋路 235 巷 6 弄 6 號 4F
電　　話：(02)2917-8022　　傳　　真：(02)2915-6275

版權聲明：
　　本書版權為元華文創股份有限公司(以下簡稱元華文創)出版、發行。相關著作權利(含紙本及電子版)，非經元華文創同意或授權，不得將本書部份、全部內容複印或轉製、或數位型態之轉載複製，及任何未經元華文創同意之利用模式，違反者將依法究責。

■本書如有缺頁或裝訂錯誤，請寄回退換；其餘售出者，恕不退貨■